楠谷 佑

118

案山子の村の殺人

東京創元社◎ミステリ・フロンティア

案山子の村の殺人

目次

登場人物

宇月理久　大学生　作家〝楠谷佑〟の執筆担当
篠倉真舟　大学生　作家〝楠谷佑〟のプロット担当
秀島旅路　大学生　理久の友人
秀島亜佐子　宵待荘女将　旅路の母
見内精三　宵待荘従業員
竜門太一　宵待荘従業員
園出由加里　宵待荘宿泊客　大学院生
中河原万穂　宵待荘宿泊客　外科医
丹羽星明　宵待荘宿泊客　歌手
堂山信比古　堂山酒造の蔵元　自治会長
堂山純平　信比古の息子
矢守丈吉　宵待神社神主
矢守初乃　丈吉の孫
銀林寿美代　自治会副会長
銀林秋吾　木工職人　寿美代の夫
津々良叔子　案山子職人
引間　案山子職人
木佐貫　宵待村交番巡査
剣征作　秩父署警部補
桐部直　大学生　故人

第一章　狩人

1　推理作家はふたりいる

ディスプレイの時刻表示が正午を示しているのに気づいた。混み始める前に、学食に行かなくてはならない。

僕は文書ファイルを上書き保存しながら、この八十分間で原稿用紙一枚分も執筆が進んでいないことに気づいた。思わずため息が出る。

ノートパソコンをリュックにしまって、大学図書館を後にした。晴れた空の下、寒風が吹きつけてくる。たまらずダッフルコートの前を掻き合わせた。幸い、学食は図書館の隣にある。まだ混んでいないだろうと思って扉を開けたが、けっこうな人が席に着いていたので驚いた。二限目が終わるには、まだ五分以上あるはずだが。

そうか、今日は一月二十八日——すでに学期末である。解き終わり次第退室可、という試験が多いから、学生たちが教室から出てくるのも早いのだ。

学食はやめようかと思いかけたとき、ぽんと背中を叩かれた。

「よう、楠谷《くすたに》先生！」

大きな声で、しかもペンネームで呼ばれた。振り返ると、予想どおりの人物が立っている。

「その呼びかた、人前ではやめろって言ってるだろ」

悪い悪い、と秀島旅路《ひでしまたびじ》は頭を掻いた。日焼けした顔に、少年めいた笑みを浮かべている。彼が学食の中へと歩き出したので、僕もついていくことになる。

「でも、そんなに隠すことねえだろ？　せっかく大学生でいろんなやつと関われるんだから、会う人みんなに宣伝して回ればいいじゃん。小説買ってくれ、って」

「そういうのは好きじゃない。それに外部に身許がバレて、変な人につけ狙われたらどうするんだよ。そういう意味でも『楠谷先生』はよしてってこと」

僕みたいなのにストーカーがつくとは考えられないが、相方にはその手の心配は尽きない。

「そういうもん？　大丈夫な気もするけどな。我らが創桜《そうおう》大学は五万人以上も学生がいるんだぞ。……と言っても、たしかに身許がバレるのはおっかない時代だよな。すまん」

秀島は詫《わ》びながら入り口のトレイを取った。僕にもひとつ渡してくれる。

「いや、べつに本気で怒ってるわけじゃないけど。考えてみれば、大学構内で『先生』って呼ばれている人を見ても、普通は教員だと考えるだろうし」

自分で言って、閃《ひらめ》いた。大学構内で「先生」と呼ばれる人間は教員。ということは、ある登場人物が大学内で「誰々先生」と呼びかけられれば、読者はその人物を教員だと考える。でも、じつはそいつが学生作家だったという叙述トリック――いけるかも。

僕はスマートフォンを取り出して、いま思いついた内容をメモした。

「お、出た出た。先生のいつものメモ」

「……先生呼びを続行するなよ」

「悪かったよ、宇月《うづき》。とりあえず、早く食うもん買おうぜ。おれはカレーが食いたい」

「僕はうどんにするよ」

麺類《めんるい》コーナーの前に並んで、先ほどの思いつきを頭の中で転がしてみる。アイディアというのは閃いた瞬間は素晴らしく思えても、大抵しばらく弄《もてあそ》ぶうちにチープだったり実現不可能だったりすることに気づく。しかし、僕は列が進むあいだずっと、先ほどの発想に手応えを感じていた。問題は、叙述トリックというやつはそれだけ思いついても作品全体がどのようになるのかイメージできないということだ。

ここからは相方の仕事だ、と判断した。

僕は考えるのをやめて、月見うどんを注文した。そのときコートのポケットでスマホが震えたので、取り出して見る。メッセージアプリで連絡をよこしたのは、折しも思い浮かべていた相方だった。『いま本《ほん》キャン出るところ』というメッセージを見て、僕は今朝の約束を思い出した。

「どうした、宇月」

カレーライスをトレイに載せた秀島が、列の外から声をかけてきた。

「真舟《まふね》と昼食の約束してたのを思い出した。いま本キャン出たって」

「もうひとりの作家先生か。そっか、じゃあ、おれはひとりで飯食うから……」

「大丈夫、この学食まで来てもらう約束だから。せっかくだし、三人で食べよう」

もうひとりの楠谷佑《たすく》――篠倉《しのくら》真舟も、秀島とは面識がある。そもそも、僕がふたりを引き合わせた席で真舟が口を滑《すべ》らせたせいで、秀島に作家業のことを知られてしまったのだ。

それにしても、秀島旅路という男が僕によく絡んでくるのは不思議なことだ。彼はオールラウンダーサークルに所属する活発なスポーツマンで、僕みたいな文化系青年とはいちばん縁遠いはずの存在である。

一年のとき、中国語と必修英語の両方が一緒になったから、お互いが大学で最初にできた友人なのは必然と言ってもいい。けれど、二年生も終わろうとしているこの一月、いまだに彼が僕に声をかけてくるのは解《げ》せない。いま被《かぶ》っているコマは大教室での講義ひとつだけなのに、その日は毎回話しかけられるし、今日みたいにたまたま行き会ったときには、お茶やご飯に誘われる。まあ、仲良くしてくれる人間がいるのはありがたいことだ。なにを隠そう、僕は友達が少ない。

月見うどんを受け取ってレジで会計を済ますと、すでに着席している秀島が手を振って自分の位置を知らせてきた。彼は気を利かせて四人がけのテーブル席を確保してくれている。二人で四人席を使うのは罪悪感があるから、我が相棒には早く現れてほしい。

「篠倉くん、本キャンからわざわざ来るならおまえと大事な話でもあるんじゃねえの」

向かい合って座った後も、秀島はなお気にしている様子だ。僕は箸《はし》で卵黄をかき混ぜつつ、かぶりを振る。

「そんなことないよ。真舟、いつも暇を見つけてはこうして文キャンまで来るんだ」

創桜大学は、新宿区にふたつの文系キャンパスを持っている。メインのキャンパス、すなわち「本キャン」は政治経済学部や商学部、教育学部など多数の学部を擁《よう》している。そこから徒歩五分の距離にあるこの小さいキャンパスが、文学部と文化構想学部だけが置かれている通称「文キャン」である。法学部の真舟が本キャンを拠点にあちこち移動する一方、文学部所属の僕はこの狭いキャンパスにこもっており、あちらにはほとんど近づかない。

「へえ、わざわざ来るのか。愛されてるねえ、宇月」

「大げさだな。あいつ、人並み外れてフットワークが軽いだけだから」

真舟も秀島同様、僕とは全然違うタイプの生き物だ。バスケサークルにボウリングサークルにカラオケ愛好会、かるた研究会にＴＯＥＩＣ勉強会と、多岐にわたるサークルを飛び回る毎日を送っている。おまけに持ち前のルックスの良さとコミュニケーション能力の高さで、どこに行っても人に囲まれている。

もっとも、彼と僕が行動を共にするのは不思議なことではない。僕らは同じ家に住む従兄弟《いとこ》同士であり、推理小説の合作者なのだ。そう、僕らの関係はまるで――。

「あ、そうそう」

秀島はスプーンを置いて、リュックから文庫本を取り出した。

「いま、これ読んでんだわ。おまえがおすすめしてくれたやつ」

書店のブックカバーの中から出てきた表紙は、エラリー・クイーンの『オランダ靴の謎』だ。

まさに僕がいま頭に浮かべていた作家の――いや、作家たちの手になる作品である。

そういえば先週、秀島にこの本のことを教えた。楠谷佑の新作が出るまでには時間がかかると言ったところ、他におすすめの推理小説はないかと訊かれたのだ。

「なんかこれ、難しいな。推理用のメモ取る余白があったりして、本格的な感じ」

「その『本格的な感じ』がクセになるんだ」

「ふーん。まあ、最後まで読んでみるわ。そうそう、このクイーンって作家のこと気になって調べてみたらさ、なんか似てるよな――おまえらに」

「似てるというか、真似《まね》した面はある。僕も真舟も、昔からクイーンが好きだったから。従兄弟同士で合作しているって知って、じゃあ僕らも、っていうのはひとつの動機だった」

「クイーンへの愛は、ぼくより理久《りく》が断然上だけどね」

背後からいきなり声をかけられ、うどんに噎《む》せそうになった。

振り返ると、白いコートを着た脚の長い美男子が微笑《ほほえ》みながらこちらを見下ろしていた。僕の従弟——篠倉真舟である。

「お邪魔してもいいかな?」

「おう、篠倉くん。待ってたぜ……おれじゃなくて宇月が」

「お待たせ、理久」

真舟は軽やかに僕の隣に腰を下ろした。トレイには鯖味噌《さばみそ》定食が載っている。

「またぼくとの約束を忘れたでしょう」

「……いや、この学食で一緒に食べるって約束だったから。べつにいいだろ、秀島がいても」

イエスと答えるのがためらわれてごまかしたが、真舟には見抜かれているようだった。これまでの長い付き合いで、勘が鋭い彼を欺《あざむ》けたことは一度もない。

「それにしても、ミステリ初心者に『オランダ靴』は選書が渋すぎるんじゃない? クイーンなら、まずは悲劇四部作か『災厄の町』が無難だと思うけど。——いただきます」

真舟は滑《なめ》らかに喋《しゃべ》ってから、鯖を食べ始めた。箸を操る反対の手で、癖毛ぎみの茶髪を耳にひっかける。こんなさりげない動作も画《え》になる。多少は僕と同じ血が混じっているはずだが、どうしてこうも顔が整っているのか。

「そうかあ、これ、けっこうマニアックな本なんだな。ま、これはこれで面白いけど。……今度出る楠谷先生の新作も、こういう感じになるわけ?」

「いや。次はクローズド・サークルの予定」

僕が教えると、真舟が「理久」と咎《とが》めるように言った。

「あ、ごめん。勝手に教えて」

「いや、言うのはいいんだけど、クローズド・サークルなんて言っても伝わらないでしょ」

真舟はお椀《わん》を置いて、秀島に微笑みかける。

「クローズド・サークルっていうのはね、外界から隔絶された場所――雪に閉ざされた山荘なり、嵐の孤島なりのことだよ。ミステリでは定番のシチュエーション」

「ああ、警察が来られなくて、連続殺人が起きる感じの……」

「そう、それ」真舟は大きく頷《うなず》く。「人里離れた山奥の村で事件が起きる話になる予定なんだ。村に伝わる怪しげな信仰が事件に絡んでくる、雰囲気たっぷりなやつ」

先ほどまで呻吟《しんぎん》していた執筆担当者としては、聞き捨てならない言葉である。

「『雰囲気たっぷり』か、簡単に言ってくれるな。書くのは僕なのに」

「あれ、執筆担当が宇月で、ネタ担当が篠倉くんだっけ？　宇月がいつも必死でネタ考えてるから、逆かと思ってた」

意外と鋭い指摘をしてくる。僕はこほんと咳払《せきばら》いをして、秀島に向き直った。

「ネタはいくらあっても困らないから、僕も考える。でも、ネタ単体ではミステリは成立しないだろ。たとえば、ドアの掛け金を下ろす新しい密室トリックを思いついても、誰がどういう状況で殺されているか、動機はなにか、みたいな部分がなきゃ小説にならない。そういう、物語の部分――『プロット』を考えてくれるのが、真舟の担当なんだよ」

僕の後から、真舟が補足する。

「核になるネタは、ぼくが思いつくときと理久が持ってくるときと半々くらい。で、お話をぼくが全部組み立ててから、これを書いてねって理久に渡すわけ」

「はー、複雑な分業だな。まさに二人三脚って感じ。……で、執筆のほうは順調？」

これは僕にしか答えることができない問いだ。

「……真舟のプロットは、もう上がってる……んだけど、これがどうも難しい」

ちょうどいい機会だから、お気楽なプロット担当者もいる場で語っておこう。

「さっき真舟が言ったように、土着信仰のある山村を舞台にする予定でさ。架空の村だから都合のいいものを創造すればいいんだけど、これが容易じゃないんだよ。なんといっても、そこに住んでいる人たちの暮らしについて、イメージが湧かない。考えてみればこれまでの人生、田舎の村に行ったことがなかった」

「都会っ子だからね」

「おまえも県庁所在地生まれだろ」

「北海道に県庁はないよ。札幌にあるのは道庁」

揚《あ》げ足《あし》を取る従弟をひと睨《にら》みしてから前を向くと、秀島が思案気な表情になっていることに気づいた。

「……ぴったりかもしれない」

秀島は謎めいたことを呟《つぶや》き、唐突にテーブルを叩いた。

「宇月！　よければ、おれの帰省に付き合ってうちに泊まらないか？　おまえが書こうとしてる村に近い雰囲気の場所だと思うんだよな。宵待村《よいまちむら》っていって、秩父の山奥なんだけど」

これには面食らった。彼が埼玉県出身ということは知っていたし、実家から通わない理由は「ド田舎だから」とも聞いていたが……まさか、山奥とは。

「それは心惹《ひ》かれるかも。でも、帰省なのに家に泊めてもらうなんて邪魔すぎないかな」

「あ、言ってなかったっけ？　他ならぬおれの実家が、村唯一の旅館なんだ」

これも初耳だった。お互い親の職業について話したことはない。

「温泉もついてるし、けっこうどっしりした宿だぞ。朝夕食事つきで一泊八九〇〇円だけど、そこは友人価格ってことでうんと安くするから」

「……いや、それはそれで悪いよ」

「悪くない、悪くない。二月の頭とか、まだ全然シーズンオフなんだよ。値段的にも温泉目当ての社会人が客層のメインだから、大学が休みになっても平日は空《す》いてる。つーか、空きすぎてるから泊まってもらえると嬉《うれ》しい、ってのが本音」

「温泉があるの？」

真舟が声を弾《はず》ませる。そういえばこいつは、無類の温泉好きだった。

「お、篠倉くんも来るか？　なかなかいい温泉だぞ。温泉通の間では『知る人ぞ知る秘湯』みたいに言われてるらしくて、うちに泊まる客も大半が温泉目当て」

隣に座る相棒は、目を輝かせてこちらを見つめてきた。

どうやら、秀島の誘いに乗らない選択肢はなくなったらしい。


その夜、パソコンの前に向かっているとき、ノックの音がした。どうぞ、と返事をするとすぐにドアが開いた。

「執筆は順調？」

風呂上がりらしい恰好の真舟が入ってきた。

「ただの調べものだよ。執筆は村に行ってからすることにした」

学食で、あのあと秀島が実家に連絡を取り、すぐに返事が来た。二月四日から八日まで、僕と真舟ふたり分の予約を取りつけてくれたのだ。ちなみに料金は、ひとりあたり三万円。四泊五日で朝夕の食事代も込みであることを思えば、破格だろう。

「……真舟、ちょっと酒臭くないか？」

「あ、ごめん。バイト終わりに、店長に一杯付き合わされちゃって。旅行のためにシフト変更を申し出た直後だったから、まあ、付き合わなきゃなって」

「酒飲んだあとに風呂入るなよ。危ないやつだな」

「ごめん。居候《いそうろう》の身分で酔っぱらいっていうのも、迷惑だよねえ。反省する」

嫌な言葉を使われた。思わず椅子ごと振り返る。

「まだそんなこと言ってるのかよ——居候とか。この家、無駄に広いんだから、べつに真舟ひとりいたって迷惑じゃない。心配かけるなって言ってるだけだ」

すべて本心からの発言である。僕も両親も、真舟と同居するのは楽しいからと歓迎しているのだ。祖父母亡きあと、この三世帯用住宅は核家族には広すぎたから、住人はひとり増えるくらいがちょうどいいというのも事実である。

「……ありがと。心配してくれてたんだ」

はにかんだように笑って、真舟はこちらに近づいてくる。

「ところで、いま調べてるのは温泉のこと？」

「温泉がある村について」

僕がディスプレイに向き直ると、真舟は妙に神妙な口調になる。

「……秀島くんは、宵待村って言ってたよね。あの場では言わなかったけど、ちょっと記憶に引っかかるものがあったんだ。なにかこう、人が亡くなる事件があったような」

僕にはなにも思い当たることがない。今は主に村の歴史や地理について調べていたから、そういう記事も引っかかっていない。検索エンジンのタブをニュースに切り替えてみる。

「大学生が転落死……これのことか？」

去年の二月に起きた事件だが、やはり記憶にないものだった。

二月五日、秩父市宵待（旧・宵待村）で大学生の桐部直《きりべなお》さん（21）＝東京都板橋区＝とみられる遺体が発見された。桐部さんは四日夜から行方がわからなくなっていた。死因は高所から転落したことによる頭蓋骨骨折とみられている。秩父警察署は事故の可能性が高いとしたうえで、詳しい状況を調べている。

「東京の学生が転落死……か。痛ましい事件だけど、新聞の一面で連日報道されるようなものじゃないよな。なんで憶《おぼ》えてたんだ、真舟」

後ろから覗《のぞ》きこんでくる真舟の横顔を見る。肩に体重を乗せられて、わずかに椅子が軋《きし》んだ。

「思い出した。この亡くなった学生、アカガクに通ってたんだよ。赤川学院大学。インカレのテニスサークルに顔出したとき、在学生から聞いた」

渋谷にあるミッション系の私大か。相変わらず交友範囲が広いことだ。

「おまえが話したその学生は、被害者の知人？」

「いや、ＳＮＳで『うちの学生が亡くなったらしい』って回ってきたんだってさ。……この事故で亡くなった人、もしかして秀島くんの実家に泊まっていたのかな」

「村唯一の旅館って言ってたから、そうなんじゃないか」それならひと言教えてほしかった気もするが。「まあ、続報も見当たらないから、きっと本当に単なる事故だったんだよ。掘り返すのはよそう」

　現実の事件なんて、気分のいいものじゃないし——と心の中で付け足して、ウィンドウを閉じた。

2　案山子の村

　次は熊谷《くまがや》、というアナウンスが流れた。僕は膝《ひざ》の上で丸めていたダウンコートに袖を通す。

「やっぱり、いつものダッフルにしておけばよかった。暑すぎる」

　ついぼやくと、自身も白いダウンを着る途中の真舟がこちらを見た。

「今はそう思っても、後で絶対にダウンでよかったって思うよ」

　重装備を勧めてきた張本人は、自信ありげに言い切った。僕は「そうかな」と反撥してみたが、たぶん真舟の予想は当たるだろう。彼が断言することは、たいてい当たるのだ。それはそれとしても、お気に入りの手袋をいつものコートに入れっぱなしにして出発したのは後悔の種である。

「明日から雪が降る予報なんだよ」真舟は窓の外を見やる。「山の雪は怖い」

　二月四日、金曜日。僕たちは秩父旅行に出発した。

　最寄りの高田馬場から池袋まで行って、湘南新宿ラインに乗った。そこから電車に揺られること一時間十分。熊谷駅で秩父鉄道に乗り換えることになる。

　今日は風こそ強いが、からりと晴れた旅行日和《びより》だ。「五日未明ごろから、関東もところにより大雪」と報じられているが、実感が湧かない。

「真舟も知ってるだろうけど、関東の雪はたいしたことないって。鉄道の遅延で間接的に苦しめられるくらいだ。ダウンコートはともかく、おまえが勧めたこれは大げさすぎる」

ブーツの先をぶらぶらさせると、真舟はやはりブーツを履《は》いた爪先でこつんと蹴《け》ってきた。

「関東といっても、理久が知ってるのは平野部でしょ。山がどんなふうか知らないからこそ、取材旅行を決めたわけだし」

返す言葉もない正論である。はいはい、と答えながらスーツケースの持ち手をカチカチと引き上げる。電車が止まり、ドアが開いた。

秩父鉄道は私鉄だから、熊谷駅で一度改札を出ることになる。本数も少なくて、いま停車中の電車を逃すと次の電車が来るまで三十分以上待つ羽目になる。自然と僕たちは早足になった。コンコース内で書店の看板が目に留まり、楠谷佑の本があるかだけでも確認したくなったが、寄るのは帰りに回すとしよう。書店の少し先に、秩父鉄道の改札口があった。

ものすごく古びた電車に乗ることを覚悟――ある意味期待――していたけれど、プラットフォームに停まっていた電車は、むしろ真新しく見えた。車内は空いていて、僕らと同じ車輛に乗っているのは地元の人らしい男女が数人と、行楽客と思しき家族連れがひと組だけだ。簡潔なアナウンスの後、ぷしゅう、と音を立ててドアが閉まった。

僕らはここから、終点の三峰口《みつみねぐち》駅まで行く。乗り換え案内アプリによれば、所要時間は一時間二十七分。埼玉県内の移動なのに、都心の池袋から熊谷までよりも時間がかかるのだ。現在十一時二十五分ということは、三峰口に着くときには十三時近くになっているはずだ。

「考えてみれば、こうして理久と旅行することほとんどなかったね」

スーツケースの上部を撫《な》でながら、真舟が突然言った。

「高校の修学旅行くらいじゃない？　それより前は、一緒に旅行とかじゃなく、ぼくが理久のところへ行くか、理久がぼくのところへ来るかだったから」

「言われてみれば、そうだな」

北海道出身の真舟が宇月家に住むようになったのは、高校入学と同時だった。新宿にある創桜大学付属高校への進学を決めたためである。むろん道内にも進学校はあったが、真舟があえて東京行きを志望したのだ。彼の家庭環境を思えば不思議ではない。

真舟の両親はどちらも大学教員だ。父親は理系学部の研究職で、家にあまり寄り付かない。真舟との関係は悪くなさそうだが、子供にかまう以上に研究が楽しくて仕方ないらしい。僕も何度か会ったことがあるが、本人がまるで子供のような人なのだ。

一方の真舟母は、文化人類学が専門のアクティブな女性で、のんびりとした僕の母の姉だとはいまだに信じがたい。フィールドワークのため日本を離れることもしょっちゅうで、いきおい、ひとりっ子の真舟少年は家にひとりきりになることが多かった。

だから、長期休みは真舟が東京に来るか、僕と母が北海道に行くと決まっていた。推理小説を読む友達が東京にいなかったから、趣味を同じくする真舟に会うのは楽しみだった。少年時代の真舟が寂しがりだったせいで、ずいぶん懐かれたものだと思う。

小学生までは家事代行サービスの人に面倒を見られて育った真舟だが、中学のころには自分の身辺のことはすべて自分でやるようになった。だから親元を離れることは、彼にとってたいした冒険でもなかったというわけだ。

「理久、なにぼうっとしてるの。新しいトリックでも思いついた？」

「いや、べつに。なんか腹減ってきたな、って。おにぎりでも買っとけばよかった」

「まあまあ、ご飯は着いてからの楽しみということで。秩父の名物ってなんだろう？」

「おまえ……、天気はあれだけ気にしてたのに、なにも調べてないのかよ」

「リサーチ派の理久と違って、ぼくは現地でのフィーリングを大事にするタイプだからね。とはいえ時間もあることだし、よければ理久のリサーチの成果を聞かせてほしいな」

「秩父の名物なら、手打ちのうどんと蕎麦《そば》らしいぞ」

「わ、それは美味《おい》しそう。……でもごめん、『リサーチの成果』って、宵待村のことを訊いたつもりだったんだけど」

それは失礼した。こほん、と咳払いをして語り始める。

「偉そうに言っておいてなんだけど、ネットで集められた情報は本当にわずかだった。まず、実際の行政区分として『宵待村』は存在しないらしい。人口減少が著しくて、十年ほど前の市町村合併で秩父市の一部になった」

「そういえば、こないだ見たニュースの記事でも『秩父市宵待』って書いてあったね」

「記憶力いいな。……そんなふうに限界集落一歩手前なんだけど、秀島が言ってたとおり、観光資源として温泉が物凄く強いみたいだ。温泉通の人のブログとかたくさんヒットした」

真舟は「期待が高まるね」と目を細めた。

「温泉以外の見所というと……神社がそれなりに立派で参拝客が多いってさ。あと、渓流釣《けいりゅうづ》りもできるらしい。ネットで調べてわかったのはこれくらいだな。恐ろしいことにグーグルマップも曖昧《あいまい》で、たぶん舗装されてない畦道《あぜみち》とか反映されてないんじゃないかな。ストリートビューもなかった」

「まあまあ、だからこそ現地に行く楽しみがあるんじゃない」

話すうち、気づけば電車は何駅か通過して、ふかや花園駅に到着していた。

「ねえ、そういえば『星降り山荘の殺人』に秩父鉄道が出てきたよね」

真舟が出した作品名が、僕の気分を高揚させた。雪、山、クローズド・サークルと、今の気分にぴったりの傑作である。

「持ってくればよかった」真舟が嘆《たん》じる。「いまこの場にない本こそ読みたくなるよね」

「それはわかる。『星降り山荘』はないけど『りら荘事件』なら持ってきたぞ」

「あれって埼玉の話だっけ？」

「そう。冒頭では秩父鉄道にも触れられてる。影森から三峰口のほうに歩いて二十分ほど、って記述だから、僕らがこれから行くところと近いかも」

それからしばらく「埼玉が出てくるミステリ」の話題で盛り上がった。昔からそうだが、ミステリの話をしていると僕たちの時間はまたたく間に流れる。いくつかの駅を通り過ぎ、中町信の『追憶の殺意』の話をしているとき、電車が長瀞《ながとろ》駅に到着した。熊谷から一緒だった家族連れが降りていく。長瀞は埼玉でも有数の観光地だ。荒川でライン下りが楽しめるということは、この旅行が決まる前から知っていた。次第に周囲には山並みが広がるようになり、埼玉の西の果てまで来たという感じがしてきた。

三峰口駅に着いたときには、同じ車輌に他の客はいなくなっていた。電車を降りた僕たちは、大きく身体を伸ばしてから改札へ向かう。

木造の小さい駅舎を出ると、三峯《みつみね》神社行きのバスが折しも停車していたが、それを通り過ぎて歩く。平日だからか、人通りはほとんどない。電車に乗っていたときよりも、冬枯れの山の輪郭がクリアに見えた。

しばらく遠くの山景色を見ながらぶらぶら歩いたが、さすがに空腹感が募《つの》っていた。線路沿いに手打ちうどんの店があったので、真舟に「ここでいい？」と尋ね、彼が頷いたので入店を決める。

テーブル席が埋まる繁盛ぶりだったのは、外観からは予想外だった。僕たちはカウンター席に並んで腰かけ、店主らしきおばあさんにふたり揃って手打ちうどんを注文する。できあがりを待つ間、真舟が思い出したように尋《たず》ねてきた。

「そういえば、このあとは秀島くんが迎えにきてくれるんだっけ？」

「いや、秀島は昼にやらなきゃいけないことがあるそうで、代わりに旅館の人が来てくれるってさ。……村まで車で一時間ほどかかるらしいけど、知らない人の送迎っていうのはちょっと緊張するな」

「なんで？　ありがたいことじゃない」彼に同意を求めるべきではなかった。

しばらくとりとめのない話をするうちにうどんができてきた。僕たちは黙々と食べる。不揃いの麺がいかにも手作りといった感じで舌に心地よく、擦《す》りたてのわさびも嬉しい。

食べ終えるころ、おばあさんが「よかったらどうですね」と、温かいお茶を出してくれた。ありがとうございます、と揃って礼を述べ、真舟は「うどん美味しかったです」と付け加えた。

おばあさんは顔を綻《ほころ》ばせて、カウンターの向こうで饒舌《じょうぜつ》に喋り出した。

「東京からいらしたんです？　三峯さんへの参拝？　あら、宵待温泉ですか。通ですねえ。三峯さんより手前の大滝温泉なら、芸能人がテレビで紹介して観光客がわっと来たこともあるんだけど」

「大滝温泉も有名ですよね。寄りたいなあ。あっそうだ、テレビといえば、少し気になっていたんですけど」

真舟が話題を変えて、カウンターの奥を指さした。壁にかかった額縁に、崩したローマ字で書かれたサイン色紙が飾られている。

「あれってもしかして、丹羽《にわ》星明《ほしあき》さんのサイン……じゃないですか？」

「そう、そうなのよお。よくお気づきになりましたね」

丹羽星明なら、芸能界に疎《うと》い僕でも知っているシンガーソングライターだ。男前なルックスと渋い歌声のため女性ファンが多いが、たしかな実力で幅広い層から支持を集め、年末の歌番組にも出ていた。今をときめくスターだ。真舟もよく聴いている。

「おととしだったかしらね、この近くにある音楽堂でクリスマスコンサートをやって。その次の日だったかしら、帰りしな、うちに寄ってくだすったんですよ。びっくりしたわあ」

頰を紅潮《こうちょう》させて盛り上がる彼女に、従弟は「それは嬉しいですねえ」と朗《ほが》らかに応じる。

「そういえば丹羽さんって秩父出身だって聞いた気がします。錦《にしき》を飾ったってことですね」

「まあ、秩父といえども広しですからねえ。たしかあの人は、ここよりも皆野《みなの》に近いところの出じゃなかったかしら。地元愛の強いかたで、親切でしたよ」

それから結局、会計を済ますまで真舟は喋りどおしだった。僕はときどき「へえ」という顔をしてみせるだけで、上手く会話に入っていくことができなかった。こんなんで取材になるのか、と自分を叱《しか》りつけたくなる。

「さてと、理久、迎えは何時だって？」

店を出ると、真舟が伸びをしながら訊いてきた。

「余裕をもって十四時にしてもらったから、まだちょっと時間がある」

　それから二十分ほどの時間は、付近を散歩していたらあっというまに潰《つぶ》れた。ランドマークや観光客向けの商店もなく、本当にただ歩いて引き返してきただけ、という感じだ。いい腹ごなしにはなった。僕らが駅舎の前に戻ったまさにそのとき、公衆トイレの横にライトバンがバックで駐車しているところだった。白い車体に宵待荘と書かれている。停まった車の運転席からひとりの男性が降りてきて、ゆっくりと周囲を見回した。

「旅館の人だ！　行こう」

　スーツケースの音も高らかに、真舟が意気揚々と踏み出す。僕はやや緊張しながらその後を追った。「旅館の人」の迫力に気圧《けお》されていたのだ。日焼けした角ばった顔に、角刈りの頭。カーキ色の長袖シャツにカーゴパンツという薄着で、筋肉質な身体であることが見て取れた。そのせいで遠目には若々しく見えたが、近づくと顔に刻まれた年輪がくっきりしてきた。年の頃は六十前後といったところか。

「すみませーん！　予約していた篠倉と宇月です」

　まったく気おくれする素振《そぶ》りを見せず、真舟が陽気に挨拶《あいさつ》した。男性は、ぎょろりとした大きな目で僕たちを捉《とら》えると重々しく頷いた。

「ようこそ、おいでくださいました。旅路さんからよろしく頼まれております。さあ、どうぞお乗りください」

　低い声にはあまり感情がこもっていなかったが、言葉遣いはとても丁寧《ていねい》だ。僕たちが後部座席に乗りこむ間、彼がスーツケースをトランクに積んでくれた。

　男性は運転席に座って、ルームミラー越しに僕たちを見た。

「宵待荘の見内《みうち》と申します」

僕たちはあらためて、フルネームで名乗る。見内さんはひとつ頷いて、車を発進させた。

「このまま宿に直行ということでよろしいでしょうか」

真舟が「もちろんです」と答えると、見内さんはもう一度頷いた。

駅前の道路を少し走ると、車は荒川を横切る橋を渡り、左折した。国道140号線——いわゆる「秩父往還」を走ることになる。左手には荒川が並走し、右手にはおそろしく背の高い木々が聳える山が迫る。そんな道が延々と続くのだ。大自然、としか言いようがない風景だった。

「見内さんは、ずっと宵待にお住まいなんですか?」

窓の外に夢中になる僕の横で、真舟はひと懐っこく運転手に話しかけている。

「そうですよ。私みたいな年寄りばかりが残っとります。若いのは一度出ちゃっちゃあ、もう戻ってきないものです」

どうやらこの地では、「来ない」は「きない」と発音するらしい。

「そうなんですか。このあたりはキャンプ場も多くて、観光地としても魅力的だと思いますけど。温泉も、すごく楽しみですし」

「秩父とひと口に言っても広いですからな。三峯神社と駅の間は、大滝温泉やキャンプ場なんかもございますが、次第に奥地みたいになっていきます」

奥地とは、胸躍《おど》る言葉だ。僕が見たい景色が、きっとそこにあるだろう。

僕がほとんど口を挟まないまま、真舟は無邪気に質問を続ける。

見内さんによれば、行政区分上の宵待村が消滅してからも、住民は皆そこを「宵待村」と呼び続けているらしい。僕もその呼び方に倣《なら》うとしよう。村の人口は三百人ほどにまで減っているが、変わらずに人々の生活が営まれている。当然、電気や水道、電話は通じている。ただし、コンビニやスーパーなどは存在しない。小さな食料品店が一軒あるが、村民も最近は車で三十分ほどかけて「最寄り」のスーパーに行くことが多いそうだ。

「温泉が有名だそうですが、他に地場産業はあるんですか？」

「うーん」見内さんは低く唸《うな》って、「戦前は織物業で栄えておったそうですが、私が子供の時分には、もう廃《すた》れとりましたね。高度成長期には秩父はセメント業で知られてまして、宵待の近くにも工場があったんですが、バブル崩壊と一緒に廃業しました」

語る口調は淡々としていて、村の凋落《ちょうらく》を嘆《なげ》くふうではない。

「いま、村の産業といいますと……堂山《どうやま》さんというウちが日本酒の蔵をやっとりまして、これがいちばん大きなものになりますね」

「お酒ですか。大好きです」

真舟が言うと、見内さんが初めてにやりと口許《くちもと》を綻ばせた。

「お客様、成人していらっしゃるんです？」

「してますよー。去年の末に二十歳《はたち》になりました。こっちの理久は、六月生まれなのでぼくよりも早く」

「……こいつのほうが、酒はずっと強いですけどね」

ひと月あまりまえに成人したばかりの従弟が早くも酒好きになってしまったのは嘆かわしい。しかも恐ろしいことに、少しの酒でも覿面《てきめん》に酔っぱらう僕と違って、彼は蟒蛇《うわばみ》なのだ。

「そりゃあ、いいですね。うちの宿でも堂山さんところの美味《うま》い酒を置いてますから、ぜひ賞味していってください」

「楽しみです。それにしても、日本酒を作るならお米が必要ですよね。農業も盛んなのではないですか」

「農業ですか、そりゃあ、村の者の半分は田畑を持っています。米や野菜がなくちゃあ、生きていかれませんからね」

彼らにとっては、農業は産業というより自給自足のための拠りどころということか。

「あと産業といえば――案山子《かかし》、ですな」

「案山子?」と、僕と真舟は声を揃えた。

「ええ。案山子を手作りしとる農家が何軒かありましてね。これがじつは、全国に出荷されておるんです」

そういえば、ネットで調べたときに「案山子の村　よいまち」という文言を目にしたような気がする。

「単に作って売るだけじゃあなくて、村のあちこちに案山子がおるんですよ。田圃《たんぼ》や畑以外のところにもね。しかも農繁期だけでなく一年中飾っています。あの村で生まれ育ったもんですから当たり前の景色だと思っとったんですが、外の人はけっこう驚くようですな」

俄然《がぜん》、期待が高まった。

案山子の村。ミステリの舞台として不足なしだ。

駅を出発してから二十分ほど経ったとき、左手にダムが見えた。ダムの上が道路になっている。見内さんが「この二瀬《ふたせ》ダムを渡れば三峯神社です」と解説した。そこを素通りして、車はさらに山の奥へと進んでいく。

しばらくすると荒川が見えなくなり、両方に森が迫るような細い道が続いたので、少々心配になってくる。しかし、舗装はされているから、人跡未踏《じんせきみとう》の地に連れていかれるわけではないようだ。僕も真舟も、次第に言葉少なになっていく。

「もうすぐ着きますよ」

と見内さんが言ったとき、時刻は午後三時になるところだった。駅を出て約一時間になる。

「これを渡りますと宵待村です」

身体を横にずらして前方を見る。一本の橋が、川を横切って延びていた。

「もしかして、この橋が村に通じる唯一の道だったり」

真舟が冗談めかして尋ねると、見内さんが当たりまえのように「そうです」と答えた。

つまり、この橋が落ちればクローズド・サークルが完成するわけだ。もっとも、現実には落ちそうにない橋ではある。欄干《らんかん》が錆《さ》びていて古さを感じさせるものの、頑丈な鉄橋だ。車線は引かれていないが、乗用車ならすれ違える程度の幅員はある。

「これって、荒川ですか」

僕から質問したのが初めてだったためか、見内さんがワンテンポ遅れて反応する。

「ああ――そうですね、たしかに荒川に合流します。けども、うんと上流なんで、荒川とは呼ばれちゃいません。もっぱら、私らは宵待川と呼んでおります」

そんな説明を聞くうちに車は橋を渡り終えて、木々に挟まれた一本道へ入っていく。左方向に湾曲したような道で、少しずつ先ほどの宵待川と並行するようになっていった。

その道を抜けたとき、視界が開けた。

右手に「ようこそ　よいまち」と赤文字で書かれた看板が出ていた。すっかり煤《すす》けていて、こびりついた鳥の糞がそのままになっている。だが、その看板の両脇に立っているふたつの人形は新しく見えた。

――いや、人形ではなくて、もしや。

「わあ、あれ案山子ですか?」真舟がはしゃいだ声をあげた。「かっわいいなあ」

彼は何にでもすぐ可愛いと言う。その証拠に、僕に対してもときどきその言葉を使う。

「あれは去年の案山子コンテストで優勝した人の作なんです。立派なもんでしょう」

見内さんの説明を聞きながら、車窓から消えようとしている案山子に目を凝《こ》らした。支柱によって立っているふたつの案山子は、それぞれ赤と青の着物のようなものを纏《まと》っている。ボタンの目と、縫って作ったらしい口が愛らしい。僕がイメージしている、十字形でへのへのもへじの顔をした案山子とはだいぶ違う。

車が進むと、さらに景色が変わった。右手には平地が広がっている。シーズンには青々とした一面の田圃が見られるのだろうが、いまは何も植わっていない土地が目立つ。だがビニールハウス栽培は盛んで、中で立ち働く人影も見えた。名物の案山子は、ひとつの田圃に少なくともひとつは立っている。僕のイメージ通りの簡素な案山子も交じっていた。ポリエステルの灯油タンクを胴体がわりにしているものもある。

進行方向左には、ぽつぽつと間を開けながら建物が出現する。まず、村の入り口に郵便局が現れた。そこから百メートルほど民家が続き、次に現れた公共の建物は交番だった。

驚いたのは、郵便局と交番、さらにはいくつかの民家の玄関にも案山子が立っていたことだ。さらに、それぞれの案山子のバリエーションもすごい。郵便局の前にいた子はポシェットを提げていて、赤い帽子を被っている。交番の傍《かたわ》らにいた案山子の帽子は青くて、針金で支えられた腕は敬礼の形を取っている。それぞれの職場の特徴を表しているのだ。

加えて、民家の前の案山子たちまでも、それぞれ独特の装いをしている。顔がジャック・オ・ランタンになっている案山子に、般若のお面を被った案山子、アンパンマンを模した案山子。フランス人形めいた綺麗な服を着た子までいたが、雨の日は中に取り込むのだろうか。

「本当に、案山子の村だ」

思わずひとりごちた。見内さんが少し口許を綻ばせて、

「驚かれましたか。この村の者はみんな、案山子にこだわりを持っております。中には『案山子様』なんて呼ぶ者もいましてね」

民間信仰に関する取材ができるとは期待していなかったのだが、これは予想外の収獲になるかもしれない。

車がスピードを落としたのは、村に入ってから三百メートルほど進んだところだった。

「この林の下が宵待荘です。車が入れない道ですので、恐れ入りますがここでお降りいただきます」

宿はまだ見えなかったが、進行方向左、林が途切れた細い道の前に、大きな木製の看板がある。

――「宵待荘　この下」

車が停まると、僕たちは見内さんに礼を言って外に出た。

一時間も車に揺られると、けっこう腰にくる。大きく伸びをして、山の空気を胸いっぱいに吸い込んだ。標高が高くなったせいか、それともそのことを意識しているせいか、空気が薄い。

僕たちが身体をほぐしているうちに、見内さんは機敏な動作でスーツケースを下ろしてくれていた。真舟が彼に話しかける。

「このへん、風がないですね」

そういえば、と気づいた。駅前は寒風が強く吹いていたのだが。

「埼玉北西部に吹く風は、もっぱらここらの山からの吹き下ろしなんですよ。『秩父おろし』なんて言われてましてね。だから高いところは、低地ほど風が来《き》ないんです」

説明してから、見内さんは「弱ったな、おらん」と呟いて、林道のほうを見た。

「どうかされましたか？」と真舟が尋ねる。

「いや、すみませんね。駐車場は隣の敷地にあるんですが、そこから宿に下りる階段はちょいときつくて、スーツケースと一緒だとよいじゃないんですよ。なので、お客様にはこの砂利道を下っていただくわけですが」

「よいじゃない」とは、どうやら「しんどい」とか「大変」みたいな意味らしい。

「荷物運びにくるように言っておいた従業員がまだ来ておらんのです。三時には上がってくるよう言っておいたんだがなあ。仕方ありませんのでここに路駐して、私が……」

「あ、大丈夫ですよ」真舟が爽やかに言った。「スーツケースくらい、ぼくらで運べますので。ね、理久？……ここまで、運転ありがとうございました」

見内さんが「申し訳ない」と頭を下げて車に乗り込むと、僕たちは林道へと歩き出した。道は一本だが曲がりくねっていて、わずかに下り坂になっていた。旅館は低い敷地に立っているらしい。スーツケースを重力に持っていかれないように、足取りはゆっくりとなる。

葉を落としているものの、梢《こずえ》が影を作っていて、道はけっこう暗かった。それだけに、出口が見えたときは、思わず眩《まぶ》しさに目を細めてしまったほどだ。

怒声が聞こえたのはそのときだった。

3　酒蔵物語

「うるせえなあ！　つっかかってくるなっつってんだろっ」

僕はびくりと立ちすくんだ。先を歩いていた真舟も足を止める。

林の出口に、ふたりの男が向かい合って立っていた。そのうちの片方が、大声の主らしい。彼らは、僕たちが坂を下りてくるのに目を向けもしない。距離は二十メートルほどで、キャスターが転がる音は届いているはずだ。よほど相手に気を取られているのか。

一方の男は、松の木に背中を預けて顎を上げている。もう一方は、拳《こぶし》を固めて相手を睨みつけていた。

「つっかかるだと？」握り拳のほうが叫んだ。「人を馬鹿にするような物言いを最初にしたのは、おまえだろ！」

これに対して、相手はふんと鼻を鳴らす。

「それが被害妄想だって言ってるんだよ、竜門《りゅうもん》。俺は、女将《おかみ》との会話でおまえや竜門酒造の名前を出した記憶はないぜ。なのにわざわざ追いかけてきて難癖つけやがって」

この会話の断片を聞いただけでは、どちらが悪いのか見当がつかない。

木にもたれている男は、大柄で日焼けして眉毛が太い、いかにも「山の男」といった風情《ふぜい》の若者である。紺色のセーター越しに、筋肉の盛り上がりがくっきりとわかる。

一方、竜門と呼ばれた男は細身で中背だが、迫力は相手に劣っていない。どこか猟犬を思わせる鋭い目つきをしていて、睨まれたら身がすくみそうだ。彼は、半纏《はんてん》のようなものをまとっていた。

「おまえはいつもそうだ」竜門さんが吼《ほ》えた。「相手に直接嫌みを言わず、その場にいる他の人に話しかけては当てこすりを言う。堂山、おまえのやり方は昔とちっとも変わらない」

どうやま、という形に真舟が唇《くちびる》を動かした。僕も同じことを考えた。その名は先ほど車中で聞いたばかりだ。竜門さんは、拳を震わせながら続ける。

「堂山酒造の酒を届けにきただけなら、亜佐子《あさこ》さんにあんな余計なことを言う必要はなかったはずだ。それも、わざわざ俺に聞こえるところで」

「俺はなんて言ったかな。他愛ない雑談の中身なんか、いちいち覚えちゃいないんでね」

「こっちはひと言だって忘れてない。——『酒造りは、なんといっても努力ですからね。努力の足りないメーカーは潰れるし、それは自業自得ってもんです』」

竜門さんは憎しみを込めた目で相手を睨みつけながら詰め寄っていく。だが、堂山さんは動じることなく聞こえよがしなため息をついた。

「一般論だろうが。それをいちいち気にするなんて、自意識過剰が過ぎるぜ。四年も前に潰れた蔵のことなんか、念頭になかったよ」

「ふざけるな！　父さんが、どんな思いで蔵を再建しようとしていたか、知ってるくせに」

堂山さんは木から背中を離した。竜門さんのほうへと歩み寄って、ぽんと肩に手を置いた。

「被害妄想でつっかかる暇があるなら『蔵の再建』のために頑張れよ、青年」

「貴様……！」

竜門さんが拳を振り上げる気配があった。やばい、と直感したそのとき。

真舟が自分のスーツケースを思い切り蹴飛ばした。彼は「うわああっ」と情けない声を上げながら、みずからぶっ飛ばしたそれを追いかけていく。スピードのついたスーツケースは竜門さんと堂山さんのほうへ転がっていった。ふたりは飛びのいてかわす。

「わああ、すみません、すみませんっ。手を離したら坂で転がっちゃって」

平地で減速したスーツケースを捕まえると、真舟はふたりの男に向き直って頭を下げた。僕も仕方なく、彼らのほうへ近づいた。

「危ねえな。気を付けてくれよ」堂山さんは真舟に注意してから、僕たちふたりを見比べる。

「あなたたち、観光のお客さん?」

「そうです、東京から。空気が美味しくて素敵な村ですね」

真舟の爽やかな笑顔と言葉に気を良くしたのか、堂山さんも口角を上げる。

「そうでしょう。この村、まだまだポテンシャルがあると俺は思っています。温泉もいいが、神社はけっこう迫力がありますよ。あと、俺の家は酒蔵でしてね。この宿にも美味い地酒が置いてあるんで、ぜひ飲んでいってください」

「わあ、それは楽しみです」

愛想よく喋る真舟のほうへ、竜門さんが無言で近づいた。なにをする気だ、と身構えると、いきなりスーツケースを持ち上げた。

「……お持ちします。上までお迎えにあがれず、失礼いたしました」

その言葉と、まとっている半纏に書かれた「宵待荘」という文字でわかった。彼こそが、僕たちを迎えに来るはずだった従業員なのだ。竜門さんは僕からも無言でスーツケースを受け取ると、先に玄関へと向かった。堂山さんは、その後ろ姿を見ながら鼻を鳴らす。

「あの愛想のなさで、よく客商売が務まる」小声で毒づいてから、ごまかすように歯を見せて笑う。「あ、そうそう。なんでしたら酒蔵を見物させて差し上げますよ。村の中央のでかい建物が堂山酒造ですんで、気が向きましたらおいでなさい。それでは」

堂山さんは、口笛を吹きながら坂を上がっていった。その背中を見送る真舟が顔をしかめているのを見て驚く。温厚な彼がほとんど見せることのない表情だ。

「一方の言い分を真に受けるのはフェアじゃないけど」真舟は小声で言う。「ぼくはあの堂山さん、好きになれそうにないな」

「それは同感。……とりあえず行こう」

竜門さんはすでに、玄関の引き戸をくぐって中に入っていた。

僕たちは、あらためて建物と向き合う。林の中からちらちらと見え隠れしていたが、近くで見ると大層立派だ。二階建ての日本家屋で、化粧板は濃く渋い色をしている。壁面はクリーム色に塗られていて、「宵待荘」と書かれた木製の看板は風格たっぷりだ。

旅館の両側には、僕らの腰ほどの高さの案山子が立っている。真ん丸の目が布地にフェルトペンで手書きされているのは素人感《しろうとかん》があるが、着ている浴衣《ゆかた》はこの宿の本物らしい。

石づくりのポーチから中へ入ると、内装もなかなかのものだった。

まず目に飛びこんできたのは、玄関の正面にある秩父連山の写真だ。その両脇には、目も綾な織物が架台に載せて飾られている。見内さんが話していた戦前の名産品だろうか。照明は明るすぎず、行燈《あんどん》を模した電灯がホールの隅で存在感を放っている。敷かれている絨毯《じゅうたん》も渋い臙脂色《えんじいろ》で、和の雰囲気を壊していない。

竜門さんがその絨毯の上で、僕らのスーツケースのキャスター部分を拭いていた。

「ありがとうございます」真舟がいつもの爽やかスマイルを見せた。「あの、秀島くん――旅路くん、いますか？　ぼくら、じつは彼の友人で」

「承っています」竜門さんは顔を上げずに答えた。「秀島はいま、出かけています」

取り付く島もないぶっきらぼうさに、さすがの真舟も「そうですか」と引き下がった。

靴を脱いでスリッパを履いてから、玄関ホールを見回す。入り口から見て右側には、小窓がついた事務室らしき部屋がある。二階へと続く階段は左側にあって、壁沿いに直角に曲がって上へと向かう。そんなふうに眺めていると、ホールの奥の廊下からひとりの女性がやってきた。彼女は「まあ」と言って笑顔を見せる。

「宇月さまと篠倉さまでいらっしゃいますね。お待ちいたしておりました」

セーターにジーンズというラフな恰好だったが、羽織っている半纏が彼女の身分を告げていた。そして、四十代後半あたりに見える年の頃から、彼女の名字も推測できた。

「秀島さん――旅路くんのお母様ですか？」

真舟の問いに、女性は微笑みながら頷いた。

「はい。秀島亜佐子と申します。本当に、遠いところをよくおいでくださいました」

秀島の母親は、ほっそりとした小柄な女性だった。わずかに白いものが交じった髪を、後ろで束ねている。その笑いかたから、穏やかで優しそうな人という印象を受けた。

「ぼくが篠倉です。いろいろとお心遣いいただいてありがとうございます」

礼儀正しい従弟に続いて、僕も慌てて「宇月です。よろしくお願いします」と頭を下げた。

「本当に嬉しいです、若いかたにお越しいただいて。……あ、竜門さん、二〇一におふたりの荷物を運んでくださる」

竜門さんは「はい」と短く答えて、スーツケースを手にずんずん階段を上がっていった。

「旅路は、もうまもなく戻るはずです」亜佐子さんがおっとりとした口調で説明する。「自治会に出席させているんですが、それが三時には終わるはずですので。このあと村を見て回るようでしたら、あの子に案内させますね」

言葉を区切ると、彼女は階段のほうをちらりと見て、声をひそめた。

「あのう……。先ほど、前庭から大声が聞こえたのですが、ご不快な思いをされませんでしたか」

「いいえ、全然」真舟があっけらかんと答えた。「竜門さんと一緒にいらっしゃった堂山さんというかたは、昔からのお友達のようですね。まあ、喧嘩《けんか》もしますって」

亜佐子さんは頰に手を当てて、悩ましげに吐息した。

「この村にある大きな酒蔵の、蔵元の息子さんです。さっきお酒を運んできてくださったのですけど、竜門に聞こえるところで当てこするようなことをおっしゃって……。竜門はすぐ、荷物をお運びするために出ていったのですが、外で行き会って喧嘩にならないかしらと思っていたら、声が聞こえてきて……。止めに参ろうとするうちにやみましたけど」

「あのふたりは、どうして――」

僕が口を開いたとき、ケトルの悲鳴が奥から聞こえてきた。

「いけない、薬缶《やかん》をかけっぱなしで……。おふたりの部屋は、二階に上がっていただいてすぐのところですので。ごゆっくりどうぞ」

亜佐子さんは会釈《えしやく》をして、小走りに廊下を引き返していく。

階段を上ると、亜佐子さんの言葉どおり二〇一号室は階段のすぐそばにあった。竜門さんがドアを押さえてくれている。

入ってすぐのところに板の間があり、僕たちのスーツケースが壁際に置いてあった。その奥の襖《ふすま》が開いていて、広々とした和室が見える。

竜門さんは僕に鍵を手渡した。大きな四角柱のキーホルダーがついた、旅館お馴染みの品である。「ごゆっくりお過ごしください」と言い置いて、彼は去った。

「わあ、いい部屋だなあ！」

従業員の無愛想さを気にした様子もなく、真舟は呑気《のんき》な声をあげた。後から入った僕も、これはたしかに、と大いに頷く。

思っていたよりも広く、畳の数を数えると十一畳半だった。畳の上には文机《ふづくえ》とヒーター、床の間にはテレビがある。さらに部屋の奥には障子があって、その向こうが小さな洋風スペースになっていた。ティーテーブルと、椅子が二脚。小ぶりな冷蔵庫も置いてある。そして、奥にある張り出し窓から外が見えた。

「……すっごいな、これは」

窓の外に広がるのは、偉大なる秩父の山々である。どうやら敷地の外れらしく、下を見ると宵待川が勢いよく流れている。景色だけでお金が取れるような眺望だ。

「この部屋に四泊したうえ、食事つきで三万円か。申し訳なくなってきた」

弱気なことを言う僕に、真舟が柔らかく笑いかけてくる。

「いいじゃない、サービスはありがたく受けておこう。そのぶん、あとがきに宿の名前を書いて宣伝するとかね」

真舟が調子のいいことを言ったとき、ノックの音がした。広い部屋を横切ってドアを開けると、出血大サービスを提供してくれた我らが友人が立っていた。

「よう、本当に来てくれたんだな。歓迎するぞ」

「ありがとう、秀島」まずは礼を述べた。「なあ、本当にこの部屋で間違ってない？　あまりに広いから申し訳なくなってきた」

「いい部屋だろ？　今月頭はひとり客ばっかだから、ツインルームは余裕あるんだよ」

「今も他にお客がいるのか」

「女性のお客様がふたりな。どっちもひとり客なんだけど……お、篠倉くんもいるな」

僕の後ろから真舟がひょっこりと顔を出して「ありがとね」と言った。

「秀島くん、さっきお母さんと会ったよ。このあと、時間があったら村を案内してほしいんだけど……お願いできるかなあ」

「さっき下でお袋から頼まれた。おれの仕事は午前中に済ましといたから、あと二時間くらいはフリーだぜ。でもおまえらも着いたばっかりなら、一服してからにする？」

真舟がどうする？と視線で問うてきた。

「僕はこのままの勢いで出かけたいな。腰を落ち着けたら億劫《おっくう》になりそう。真舟はどう」

「ん、それでいいよ。じゃあ秀島くん、お願い」

といった次第で、僕たちは外出することとなった。秀島もコート姿だったので、外へ直行する。

「そうだ、秀島くん」

林道を上る途中、真舟が先導する秀島に呼びかけた。

「お母さんもいらっしゃることだし、名字じゃなく下の名前で呼ばせてもらっていい？」

「もちろん。ていうか、おれらタメだし、呼び捨てでもいいって」

「そう？　じゃあよろしくね、旅路」

コミュニケーション能力が高い者同士の会話を聞いていると、つくづく僕がこのふたりと行動を共にしていることが不思議に思えてくる。

林を抜けて公道に出ると、秀島はいったん立ち止まって左右を見た。

「さて、どうするかな。ちょっと歩くけど、まずは宵待神社を目指す感じでいいか？　温泉以外だといちばんの観光名所だ。神主さんにも会えるかもしれない」

「オーケー。ちなみに、どれくらい遠いの？」真舟が尋ねた。

「宿から一・五キロってとこかな。俺らみたいな若い男の足なら、十五分もありゃ着くよ」

いちばん体力がないであろう僕は、少々身構える。ブーツではなく、トランクに入れてきたスニーカーを履けばよかった、と軽く後悔する。

進む方向は、公道に出て左。つまり、村の奥へと行くことになる。

三人で横隊《おうたい》になって、田舎道を歩いた。太陽の位置からして、僕たちはだいたい東に向かって歩いているらしい。右手にはどこまでも広がる田圃、左手には点在する民家、という変わらぬ景色がしばらく続く。

この村は山に囲まれた形になっていて、とくに左側——民家の裏手には、山がすぐそこに迫っている。心配性なもので、土砂崩れ対策は大丈夫だろうか、などと考えてしまう。

「それにしても——どこもかしこも案山子だね」

真舟がぽつりと言った。村の入り口付近と同様、民家の前庭や道端には、いくつも案山子が佇んでいる。オーバーオールを着た子にエプロンをつけた子、さらにはロボットみたいな案山子——と、バリエーションも相変わらず豊かだ。

「ま、この村には案山子のこと神様みたいに思ってる人も多いからなー」

案山子以外は、ほとんど景色が変わらない。山沿いの民家はどれも古びた日本家屋で、地味な色合いをしている。それ以上に視界の右側に広がる田畑とビニールハウスは、コピー・アンド・ペーストしたように同じ景色だ。しかし点在する案山子のいでたちが異なっているから、それらが目を楽しませてくれる。サンタクロースみたいなやつと、西部劇みたいな恰好をしているやつが気に入った。

「長閑《のどか》だねえ」真舟は右方向に顔を向けている。「ふと気になったんだけど、旅路は学校、どうしていたの？　この村にあるの」

「小学校は村の中にあったんだけど、十年前に廃校になった。俺が四年生のときだったな。それからは、山を下ったところにある小学校までチャリで通ってた。そもそも、この村にあったのはそっちの分校だったから。小学生の自転車通学なんて珍しいんだろうけど、徒歩一時間の距離だから、さすがに許されてた。自治会と学校で協力して、登下校時は毎日大人が先導してくれてたっけ」

懐かしがるような口調から、彼が意外に強い郷土愛を持っていることを嗅《か》ぎ取った。

「中学に上がったら、自分らだけでチャリ通学してたけど……。ちなみに、いま村にいる小学生は三人とかそこらだから、各家庭が毎日車で送迎してるっぽい」

片田舎の生活というやつは、僕の想像を絶していた。「すごいな」という呟きが、心から漏れた。

「慣れりゃたいしたことない」

「高校はどうしていたの？　下宿とか？」

真舟の問いに、秀島はひょいと肩をすくめる。

「通いだよ。二瀬ダムのそばまでチャリで行って、そこからバスで三峰口駅、からの電車。毎日片道二時間かかるけど、これも慣れるもんだわ。バスとか電車で勉強もできるし」

話しながら十分ほど歩いたとき、公道を横切るもう一本の太い道路に行き当たった。

「この四つ辻が、村の中心部って感じかな」

向かって左は、山の中へと延びる上り坂になっている。その反対側——田圃のあいだを横切っている太い道路の先には、先ほどからずっと視界に入っていた大きな建物がある。反対側の山手に建っているから、ここからだとずいぶん遠いが、それでも目立つ。横に長く、白い壁に黒い屋根、というういかにも古風な日本建築だった。

「見えるか？　あれがこの村の稼ぎ頭であらせられる堂山酒造だ。奥の山から澄んだ湧き水が出てて、それを使って酒を造ってるんだってさ」

気になっていた名前が出たので、僕はここぞとばかりに尋ねる。

「その堂山酒造の跡取りなんだけどさ……。さっき、従業員の竜門さんと口論していたんだ。どういう関係なわけ、あのふたり」

秀島は表情を曇らせて、眉間をぽりぽりと掻いた。

「それなー。まあ、この狭い村だと嫌でも人間関係の情報が入ってきちまうわけだが……ちょいと大声では話せない」

他人様《ひとさま》のプライバシーだから仕方ないか、と思ったが、秀島は「から、小声で話す」と言葉を継いで、語り出した。

堂山純平《じゅんぺい》と竜門太一《たいち》は、ともに二十七歳。この宵待村で同じ年に生まれたふたりは、当然のように小、中、高と同級生になった。それだけでなく、どちらも実家は酒造りを生業としていた。村の名産品の貴重な生産元として、堂山酒造と竜門酒造は並び立つ存在だったという。

ふたりの跡取りの人生が足並みを乱したのは、彼らが高校二年になった頃だった。竜門酒造の経営が傾き始めたのだ。これはなにも堂山酒造のせいではなく、東日本を襲った震災の影響で販路の縮小を余儀なくされたためだ。一方で、秩父が舞台のアニメーション作品がヒットし、秩父市の観光業は躍進した。堂山酒造は秩父鉄道沿線に複数の得意先を持っていたため、その追い風でどんどん売り上げを伸ばした。

竜門酒造の蔵元——太一の父は自ら杜氏も務めていた職人肌の男で、営業活動は不得手だった。それでも蔵を再建すべく奔走《ほんそう》し、酒の質を向上させる努力を続けた。太一は蔵を手伝うと申し出たが、彼が進学を望んでいることを知っていた父は、群馬にある経済大学へと息子を送り出した。

「将来、蔵の財布はおまえに任せる」と言って。

竜門酒造もその後、ネット通販で売り上げを伸ばし、蔵を維持していけるほどに持ち直した。ところが、今から四年前——太一が大学を卒業する直前の三月、蔵元は作業中に倒れ、不帰の客となった。

「過労による心不全だったらしい。それまで苦戦を強いられたことで、無理が祟っていたんじゃないかな」

蔵子たちには竜門酒造の品質を守るだけのノウハウはなく、廃業せざるをえなかった。太一は卒業してすぐ村に戻った。齢《よわい》五十の母親を支えるためだ。宵待でしか暮らしたことがない彼女にいまさら村を出るという選択肢はなく、太一は母親を放って外界で暮らすわけにはいかなかった。

幸い、太一は村内で木工職人の職を得た。秩父は祭りが多い土地柄だから、屋台の骨組みや山車《だ》《し》の修理など仕事が多いのだ。しばらくは、穏やかな日々が続いた。

ところが二年後、竜門家を再度の不幸が襲った。一昨年の暮れ、母親が突然意識を失った。脳《のう》梗塞《こうそく》で、麓《ふもと》の病院に搬送《はんそう》されたときには、すでに手遅れだったという。

「……それで身寄りがひとりもいなくなっちゃったから、太一さんもそりゃあ気落ちしてたよ。あれからしばらく、家にこもりきりだったし」

旅行初日に聞くにはヘビーすぎる話だった。単なる相槌《あいづち》ではなく、こらえきれずに僕は吐息を漏らした。真舟も、隣でしんみりとした顔をしている。

「でも、去年うちで働き始めてからは太一さんも少しずつ前向きになってきたんだよ。ただやっぱり、そういう経緯があるから、能天気な堂山ジュニアとは反りが合わないわけ」

秀島は周りをちらちらと見て、村人がいないことを確かめてから言葉を継ぐ。

「太一さんがさんざん苦労している間、堂山酒造の御曹司は東京で一度の浪人と二度の留年をしたあと、悠々と村に戻ってきたんだ。で、堂山ジュニアが蔵子の修業を始めたその年に、太一さんはお母さんを亡くしてる。そりゃ同じ『酒蔵の息子』としちゃあ、なんで自分ばっかり、って思っちまうよな。そのうえジュニアのほうも太一さんを散々当てこするから、手に負えない。ふたりが犬猿の仲ってことは、村のみんなが知ってるよ」

「地域共同体は恐ろしいな」

「それは否めない。でも、そういう田舎の繋がりってマイナス面だけとも言えないんだぞ。しばらく引きこもってた太一さんが村で仕事を見つけられたのだって、精三《せいぞう》さん——見内精三さんのことね、迎え頼んだ人。あの人の紹介あってのことだから」

「ふうん。ふたりはどういう繋がり？」

「太一さんが所属してた少年野球のチームで、精三さんがコーチをしてたとかだったかな」

そんな昔の人間関係が、大人になってもものを言うのか。それは温かいことであるような気もすれば、やはり重たいことにも思える。

「話しすぎちまった。太一さんにも悪いけど、ふたりにも妙な話聞かせちゃってごめんな」

「ぼくたちは気にしないよ」

柔らかく笑ってから、真舟は探るように秀島の顔を覗き込む。

「……でも旅路。堂山さんに、なにか嫌なことでもされたの？」

「えっ……。おれはべつに。なんだろ、そんな口調きつかった？」

「けっこうね」

それは僕も思っていた。堂山さんについて語るとき、秀島の表現は相当辛辣《しんらつ》であった。

「ま、まあ、つい太一さんに肩入れしちまってるからかな？　太一さんは基本、堂山ジュニアをスルーする方向なんだけど、ジュニアのほうは太一さんを見かけるたびに手の込んだ嫌みを言ってくるから。……正直」

秀島は、一段と声を低くして言った。

「おれが太一さんの立場だったら、殺意すら湧くかもしれねえ」

賛意を示すかのように、山のどこかで烏《からす》が鳴いた。

4　ある案山子の失踪

秀島の話を聞くあいだに、少しずつ景色が変わってきた。左手の民家が途切れて、大きな林が出現したのだ。木々は葉を落としているが、短い間隔で立っているから薄暗い。

「かなり広そうな林だね。道はあるの？」

「ああ、もうちょい歩くと、公道から入れる道があるよ。けっこう散歩しがいがあって、奥まで行くと地蔵があったり大木があったり……。あ、ちなみに、村の人はここ、林じゃなくて森って呼んでる。今は葉が茂ってないから、ぴんとこない呼びかたかもしれんけど。たしか、炭焼きのために切り拓かれた森で、昔は奥に炭焼き小屋があったとか」

森は、道沿いにだいたい三百メートルほどは続いているように見える。奥に見える山肌のラインは遠いから、けっこう奥行きもありそうだ。公道側の木立ちが途切れる少し手前に、秀島が言ったとおり道路から進入できる広い道が延びていた。

「ここが、森の入り口。まあ、ここ探検する前に神社行っとくか」

森が途切れてすぐ隣は、広々とした駐車場だった。入り口に石造りの灰色の鳥居があることから、神社の敷地だとわかる。道路から鳥居をくぐると、石畳の道がまっすぐ延びている。駐車場は、それよりも東側——森の反対側——を占めている。

石畳からまっすぐ続く道は、直進すれば社殿に行き当たるというわけではない。その奥には、山の上へと続く石段がある。石段は山をジグザグ上っていく形になっていて、なかなか険しい。だいぶ上のほうに、赤い鳥居が小さく見えた。

「これを上って、あの赤い鳥居をくぐれば境内《けいだい》。といっても、讃岐《さぬき》の金刀比羅宮《ことひらぐう》みたいに七百何段あるわけじゃないから大丈夫。数えたことないけど、せいぜい三百段ってとこかな」

それでもインドア人間にはきつい。僕は急峻《きゅうしゅん》な階段を見上げて、ため息をついた。

「これはすごいね、理久！　最高のロケーションじゃない？」

アウトドア派の相方は、目を輝かせて石段の写真を撮っていた。秀島が「じゃあ、行くぞ」と言って、先陣を切った。

石段は風化して角が取れていて、表面には凹凸があった。石の大きさも不揃いで、建築技術が未発達だった時代の作であると想像された。金属製の手すりだけが真新しく、僕はそれに縋《すが》るようにして上っていく。先を歩くふたりは健脚そのもので、息を切らす様子もない。ここで遅れるとたいへん惨《みじ》めなので、どうにか根性で食らいついていく。

「そういえば旅路」真舟がふいに切り出した。「さっき、神主さんに会えるかもって言っていたけど、その人とは親しいの？」

「まあ、村の人はほぼみんな顔見知りだからな。……あと、ここの神社には昔からなにかと縁のあるやつもいるし。ま、とにかく頂上についてから話すか。宇月、息切れすごいし」

言い返すこともできず、僕は黙って頷いた。

どうにか頂上に達したときは、ものすごい高さを上った気がした。だが、石段はジグザグと進んでいたためか、赤い鳥居のところまで辿り着いて眼下を見やると、それほどでもなかったとわかる。

この鳥居は、僕たちがさっきまで歩いていた公道と直角を成す向きで立っている。まっすぐ延びた参道の先に社殿があった。

「真ん中は神様の通り道なんだよね」

真舟は一礼して、鳥居の端から入場した。科学と理性を重んじる推理作家が情けないことだ。僕は堂々と神様の通り道から境内に入った。一応、頭は下げておく。

想像していたよりも広い土地だ。参道は三十メートルを超えているように見える。右手に真新しい社務所、左手には手水舎がある。正面にはもちろん本殿が鎮座ましましているが、敷地の右奥にある古びた平屋の建物と、本殿の左奥に立っている札が気になる。

「秀島、あっちにはなにが？」

僕が指さした立て札を見て、彼は「見晴らし台」と答える。

「この神社、けっこう高い場所に立ってるだろ？　本殿の裏に、村を一望できる場所があるんだ。住み慣れた人間としちゃ面白くもないけど、観光客には評判いい。参拝したら行こう」

個人的には参拝は省略してもよかったのだが、真舟が手水舎で手を清めはじめたので、仕方なく倣った。水は氷のように冷たい。濡れた手をハンカチで拭いているとき、がらがらと音を立てて社務所の戸が開いた。白い着物に赤い袴《はかま》をつけた女性が出てくる。彼女を見て、秀島が「げ」と呻《うめ》いた。女性のほうも、秀島を見て露骨に眉をひそめた。彼女は箒《ほうき》片手に歩み寄ってくる。

「なに、いまの『げ』って声は。っていうか、またあんた連絡よこさず帰ってきたね。今朝、亜佐子さんから電話もらうまで知らなかったんだけど」

「べつに、おまえに知らせる必要ないだろ」

「こっちは知る必要があんのよ。宿の手伝いに駆り出されるかどうかに関わるんだから」

ふんと鼻を鳴らしてから、彼女は僕たちににっこりと笑いかけた。

「こんにちは。観光でいらしたんですか？　どうぞ、ごゆっくり参拝なさってください」

健康的に日焼けした女性で、意志の強そうなくっきりとした眉が印象的だった。齢《とし》は僕らと同じくらいに見える。

「ぼくたち、旅路とは大学の友達なんですよ」

「わっ、そうなんですか！」彼女は目を輝かせた。「はああ、道理でお洒落《しゃれ》で恰好いいわけですねえ。いかにも東京の大学生って感じ。旅路とは風格が違うわ」

「うるせえよ、矢守《やもり》」

秀島が言い返した途端、彼女は箒の柄《え》でぱしんと彼の肩をはたいた。

「名字で呼ぶのはやめてって言ってるでしょうが」

秀島に凄んでから、ふたたび僕たちだけに笑みを向ける。

「よろしかったら、あたしがこの神社を案内しますね」

ひとまず、僕たちは参道を歩いて通常どおりの参拝をする。真舟が豪儀なことに五百円玉を賽銭箱に投じたので面食らった。僕は五円玉を二枚放って、重版出来《しゅったい》を祈念《きねん》しながら二拝二拍手一拝をする。

参道を引き返すと、秀島は退屈そうに社殿を眺めていて、その横で矢守さんが待っていた。

「見晴らし台をご案内しますね。歩きながら、いろいろとご説明しましょう」

彼女が語ったのは宵待神社の来歴ではなく、自分の身の上であった。名前は矢守初乃《はつの》、僕たちと同じ二十歳。名字で呼ばれたくないのは、幼き日々にさんざん爬虫類《はちゅうるい》ネタでいじられた記憶のせい。秀島とは小中高と同級生の幼馴染《おさななじみ》だという。

「あたしの母が宵待荘に勤めていて、まあその縁ですね、これと仲良くなったのは……。五年前に母が亡くなって、それからはあたしもときどき宿の仕事を手伝うようになりました」

悲しい話が飛び出して言葉を失ってしまったが、語る彼女自身は笑顔のままだ。

「宿で働く女性が自分だけになっちゃって、亜佐子さんも大変だったみたいで。旅館って、女性の客室に立ち入ったり女湯を掃除したりで、女手も必要なんです」

初乃さんは、ここで秀島をキッと睨みつけた。

「だから、宿の手伝いのスケジュールを決めるために、これが帰省してるかどうか知りたいのに。

ほんと勝手に帰ってくるんだから」

「悪かったよ。ウチ手伝ってくれてんのは感謝してっから」

秀島は素直に詫びて、ふらふらと先を歩く。

本殿の横を通って敷地の左奥へ延びる道は、三十メートルほどの長さだ。つまり、本殿そのものにそれくらいの奥行きがあるということになる。

「さあ、こちらが見晴らし台です」

開けた場所に出ると、初乃さんが箒で南のほうを示した。

「わあ、これはすごいなあ」

真舟が手で庇《ひさし》を作って、柵のほうへと歩いていく。

二十平米ほどの見晴らし台は、さっきまで僕たちが歩いていた公道の方向に突き出している。田畑とその向こうの山が一望できて、この村が山に囲繞《いにょう》されていることがはっきりとわかった。つまり、車で渡ってきた宵待川が村の唯一の出入り口、というのは誇張でもなんでもなかったということだ。

遠くにやっていた視線を、少しずつ足許のほうに向ける。眼下にはさっき見た森があった。この高さから見ると、森が相当に広いことが見て取れる。

「ここから見てもすごいけど、実際に歩くとさらに迫力がありそうだね。あの木なんか、下から見上げてみたいよ」

真舟が指さした木がどれなのか、僕にもすぐわかった。森のちょうど中央あたりに、他を圧して聳えている巨木だ。

「あー、あのくそでかい木な。樹齢何百年とか言われてて、村の人たちはあれだけは切らないようにしてたらしい。祭りのときとか、あの下に集合するんだよな、初乃」

『『くそでかい木』ってなによ。うちのご神木替わりなのよ」僕たちの後ろに立つ初乃さんが解説してくれる。「五十年くらい前、嵐で境内のご神木が倒れちゃったらしくて。で、あの森もうちが管理しているから、あの巨木をご神木ってことにしてるんです」

そういえば鶴岡八幡宮の大銀杏《おおいちょう》の木も強風で倒れたんだっけ――などと思いながら、僕はさらに視線を見晴らし台の真下へと近づけていく。

ここの真下――つまり森の最奥部は、半月形の空き地になっていた。高低差は十五メートルほど。絶壁ではなく斜面になっているが、人間が這って下りることはとてもできないような急角度だ。ここから落っこちたら命はない。思わず、鉄製の柵を強く握りしめる。

「気をつけてご覧になってくださいね」

初乃さんが慌てたように声をかけてくる。彼女は、声をひそめて続けた。

「去年……ここから落ちて亡くなられたかたがいるので」

僕と真舟は、はっとして顔を見合わせた。

「大学生のかたが転落死した事件ですね。……ここが現場だったんだ」

真舟の言葉に、初乃さんはこくりと頷く。

「でも、これだけしっかりとした柵があるのに、どうして転落なんて」

真舟が呈した疑問は、僕も抱いていたものだ。このスペースを囲っている柵は僕の胸あたりまでの高さがある。よほど身を乗り出さなければ落ちそうにない。

「その人、かなりお酒を飲んでいたんです。そんな状態で、夕方にふらふらと石段を上がってきて」

初乃さんの発言に、僕は違和感を覚えた。

「ふらふらと石段を、ですか？　ちょっとひっかかります。あれほど上るのが大変なものを、泥酔した人間が上がれるでしょうか」

まくしたててから後悔する。初乃さんは目を丸くして「急にめちゃくちゃ喋ったわね、この人」というような視線を向けてきた。ああ、恥ずかしい。

「あ、たしかに。ぼくもひっかかるなあ。警察はそこのところ、どう判断したんでしょう」

真舟が柔らかな言葉遣いで加勢してくれた。初乃さんは僕たちを見比べて、困惑したような笑みを浮かべる。

「やだ、おふたりとも事故の話ばっかり。どうしてそんなに気になさるんですか」

「聞いて驚け」秀島が言う。「このふたり、じつは取材に来た推理作家様なのだ」

「え、小説家ってこと？　すごーい」初乃さんは目をぱちぱちさせてから、声のトーンを落とす。「もしかして、あの事件を小説にするんですか？」

きわめて不本意な誤解をされてしまった。僕ら本格ミステリの徒は現実の事件とは距離を置くことを理念としているのだが。

「そんなつもりはないです。山中の村を舞台にした小説を書くので、この村の雰囲気を味わいに来たんですよ」

真舟の説明で、初乃さんの警戒心も解けたようだ。

「そういうことなんですね。それで、ええと、ご質問はなんでしたっけ。忘れちゃった」

「おれが答えるよ」と、秀島。「なんで酔っていた人があの石段を上がれたかと言うと、手を貸した人間がいたからだ」

僕と真舟が顔を向けると、秀島は首筋を搔いて、

「最初から説明するな。あの事故で亡くなった桐部さんはひとり旅の学生で……もちろん、村唯一の宿であるうちに泊まってたんだ。そのとき、うちは珍しいことにたくさんお客が来ててさ。そこへ、あの堂山ジュニアが営業活動に来たんだ」

意外な名前が出てきた。僕の隣で、真舟も聞き入っている。

「ひとり二千円、お土産《みやげ》つきで蔵の見学もできるというお得なツアーを持ちかけてきて、うちに宿泊してた客が五人くらい、それに参加した。桐部さんもそのひとりだった。それで、ツアーが終わったあと、桐部さんは試飲のお酒で悪酔いしちゃったみたいでさ。酔いを醒《さ》まさせるために、堂山ジュニアが肩を貸してこの見晴らし台に連れてきたらしい」

先の結末が読めてしまった。思わず、柵から遠ざかる。

「そんで、連れてきた本人が桐部さんを置き去りにして帰ったあと、彼はここから落っこっちゃったってわけ。まあ、警察が丁寧に調べて結論を出したから、不運な事故だったことは間違いないみたいだけど」

話が終わると、僕たち四人のあいだには沈黙が流れた。そんなタイミングを見計らったわけではないだろうが、山の烏たちが一斉に、かあ、かあ、と鳴き声をあげた。

「でも、まだ少し不思議だな」僕は思いつくままに言ってみた。「酔いを醒ますためにしろ、どうして上るのが大変なこんなところまで連れて――」

僕が言い終わらぬうちに、突然、真舟が勢いよく後ろを振り返った。こちらはびくりとしてしまう。

「ど、どうしたんだよ、真舟」

「いま、そこに誰かいたような……」

彼は目を細めて、僕たちが来た道を見ていた。社殿の脇の道には木が立ち並んでいる。その陰から、誰かが見ていたというのだろうか？――しかし今は、猫の子一匹いない。

「気のせいじゃないのか」

「枝を踏む音がしたと思うんだけど……」彼は頬を掻いて、首を横に振った。「気のせいかもね」

妙な具合になった場の空気を変えるように、秀島が「あーっ」と声をあげて伸びをした。

「村の人間にはお馴染みの風景とは言ったけど、こうして久々に帰省すると、こっからの眺めもいいもんだな。高い場所は気持ちいい」

「猫となんとかは高いところに上る、ってね」

初乃さんは冷やかしてから、その言葉が僕らをも批判していることに気づいたのか、こちらを向いて「そういえば！」と話題を変えた。

「さっき、下をご覧になったとき、見えました？　あの案山子」

「えっと……」案山子なら、この村に来てから数えきれないほど見ているが。「どの案山子ですか」

「この真下の空き地にあるやつですよ。宵待村では、人が亡くなると家の前に、喪中のあいだ黒い服を着た案山子を飾っておく風習があるんです。だから、去年の事故現場にも、村の者が案山子を作って立てたんです。うちの神社が所管している森ということもあって、一年間ずっと立ちっぱなしになっていて」

ほうほう、と僕が傾聴している横で、真舟は柵から身を乗り出して下を覗き込んでいる。

「あのー、初乃さん。どれですか？」

「見つかりません？　おかしいなぁ」初乃さん自身も、柵のほうへと歩み寄る。「空き地のど真ん中に一個だけあるから、すぐわかるはず……」

彼女は言葉を途切れさせて、唇を引き結んだ。その眉間《みけん》に、きゅっと皺《しわ》が寄る。僕もつられて覗き込んだ。先ほど見下ろしたときも、そういえばなにもなかった。いま見ても、案山子など影も形もない。

「嘘……。ねえ、たっちゃん。案山子あったよね、あそこに」

「たっちゃん言うな」昔の渾名《あだな》なのか、照れたように言い返しながら、秀島も柵に寄った。「たしかに、盆に帰ってきたときも……いや、待てよ、今年の年始に帰省したときもここから見下ろしたな。うん、間違いない。先月も下の空き地の、ど真ん中にあった」

秀島は疑わしげな表情で幼馴染を見た。

「片したのか？」

「片してないよ。ていうか、待って。いつ最後に見たかな……。身を乗り出さないと見えないから、掃除のときも気づかなかったけど」彼女は、うん、と小さく頷く。「十日くらい前には見た。この柵を拭いていたとき、きちんと立ってるかなぁって覗き込んだから」

「んじゃ、その十日の間に誰かが片したんだろ」

「誰かって誰よ？　あそこはうちの土地だっつったでしょうが。あの案山子は去年、津々良《つづら》さんから引き取って以来、うちで管理してきたんだし」

秀島と初乃さんは顔を見合わせた。僕と真舟も目を見交わす。

「……歩いてっちゃったのかなあ」

真舟が、真面目な声音で呟いた。秀島が、乾いた笑い声をあげる。

「案山子が歩くってそんな、ミステリじゃあるまいし」

「ミステリは、現実の物理法則に基づいた理性的な物語だ」

僕はいささかムキになって指摘した。

「案山子が歩くわけはない。何者かが持ち去ったに決まってるじゃないか……。どんな目的があったのかは、知らないけど」

5　宵待村縁起

いくらか気づまりな雰囲気のまま、僕たちは社殿の横を引き返した。

境内まで戻ったとき、白い着物姿のおじいさんが、下駄の音も高らかにこちらへ歩み寄ってきた。髪も眉も口髭《くちひげ》も白く、仙人めいた印象である。

「これ、初乃！　境内の掃除をしろと言うたろうが」

老人は大声で叱責《しっせき》した。歩きかたもきびきびとしていて、動いて喋れば仙人というより格闘技の師範のようだ。

「ごめーん、おじいちゃん！」初乃さんが負けぬ大声で言い返した。「参拝のお客さんを見晴らし台に案内してたの！」

僕と真舟が会釈すると、おじいさんは矛《ほこ》を収めて髭を撫でた。

「そうか、そうか。ゆっくりご覧なさい。ここの神主の矢守です」

矢守氏は僕たちに挨拶してから、後ろにいる秀島を見て眉を上げる。

「おや、旅坊じゃないか。お詣《まい》りとは珍しいが、感心なことだ」

「べつにおれは詣《もう》でてねーよ。それよりジョーさん、あの案山子——下の空き地にあるやつ、片したの？」

「空き地の、というと……去年、事故で亡くなった学生さんのために立てた案山子か？　まさか、どうして儂《わし》が片付けるんだ。今日が一周忌だから、そろそろ汚れを拭きに行ってやろうと思うていたくらいだよ」

「でも、なくなっちゃったんだよ、おじいちゃん」

「ふうむ。まさか、最近ここらを荒らしまわっている者どもの仕業か……？」

「あいつらが案山子なんか持っていくわけないじゃん」

「もしかしてそれって、例の違法ハンターか？」

秀島がふたりの会話に割って入った。神社のふたりは揃って頷いた。気になってしまい、僕は「違法ハンターって？」と秀島に問うた。

「おれも今日、自治会で聞いたばっかなんだけどさ。最近、このあたりで動物を狩る不届き者がいるんだとよ」

「動物狩り……。猟師が仕事でやってるんじゃなく？」

「ぜんぜん別物。だってそいつら、ボウガン使って動物を殺すんだぞ」

ボウガン。思ってもみない単語が飛び出した。

「去年の秋口に起きた事件がきっかけなんだ。村の入り口あたりに獣の毛と血の痕が散らばっていて、そばの木にボウガンの矢が刺さってるのが見つかった。おまけに、身体に矢を撃ち込まれて瀕死の兎《うさぎ》もそばで見つかって……」

それは酷《ひど》い。しかも山の中ならまだしも村内で狩りなど、村人も危険に晒《さら》される。

「事件があった夜、三人組くらいのよそ者っぽい男たちを村の人たちが見かけてたから、そいつらの仕業じゃないかって言われてさ。自治会も警戒を強めて次からその男たちを見かけ次第、お巡りさんを呼びにいくようにしよう、って取り決めたんだと。ただ、おれが正月の帰省で聞いてた範囲だと、事件があったのはその一回きりだったから、もう来ないんじゃないかって言われてたんだけど……」

「つまり、そいつらがまた？」

悲しげに眉を曇《くも》らせ、初乃さんが頷いた。

「十日くらい前のことなんですけど、うちの神社の石段の下に、銀色の矢が刺さった烏の死体が落ちてて……。しかも保健所が調べたら、矢の先端には毒が塗られていたことがわかったんです。自治会が注意を呼び掛けた文書によると、人も死にかねない猛毒だって」

「しかも恐ろしいのは、よそで殺《あや》めた烏の屍《しかばね》を、この神社の前にわざわざ置いていったことでしてな。まったく、罰当たりな連中だわい」

矢守老人の言葉が気になった。その疑問は秀島が口にしてくれる。

「え？　その事件は聞いたけど、なんでわざわざ置いていったってわかるんだよ？」

「まず、烏は夜には姿を見せんだろう。それなのに、早朝の六時に目につく場所に死骸《しがい》が置かれていたということは、前日に殺した烏を夜のうちに持ってきたということになる。実際、保健所の者が調べたとき、森の中にしかない落ち葉がくっついておった」

前日に森で射殺《いころ》した烏を、朝、目立つ場所に置いて村人にアピールしたわけか。悪質きわまりない。

初乃さんはさらに表情を険しくして続ける。

「で、その事件の五日後だったかな。村人の家の案山子に、矢が撃ち込まれたんです。烏のことがあったからお巡りさんが調べたら、やっぱりその矢にも毒が塗られてて……。たぶん、動物を射ようとして外したんじゃないかって。村のど真ん中にある民家なので、一体なんの動物を狙ったのかわかんないですけど……」

真舟が「怖いですね」と、声を低めて言った。

「剥製《はくせい》にするためのハンティングなら、動物を毒殺するわけありませんよね。ということは、もとから殺生を目的とした愉快犯ということでしょうか」

初乃さんは箒を握る手をもじもじと持ち替えて、ため息をつく。

「ほんと、怖いです。案山子が撃たれたときも発見が早朝だったから、たぶん夜の犯行なんですけど……目撃者がいないから手がかりもなくて。でも、そいつら以外に考えられない」

「そりゃそうだろ。くそ、腹立つやつらだな。夜にこそこそ忍び込んで……」

秀島は憤慨《ふんがい》を露《あら》わにしてから、我に返ったように頭を掻いて、

「まあ、それはともかく……。初乃の言うとおり、そのハンター連中が案山子なんか盗むとは思えないな」

「ふむ、そうだな。となると……」矢守氏は顎を撫でる。「もしかしたら空き地の案山子は、手入れのために叔子《としこ》さんが持っていったのやもしれんな」

「あ、そっか。たしかに、その可能性もあるね」

初乃さんが、僕と真舟のほうを向いて説明する。

「その案山子を作った職人さん――津々良叔子さんのことです」

「んじゃあ、おれら帰りしな津々良さんのところに寄ってみるよ。久しぶりに挨拶したいし」

秀島が踵《きびす》を返そうとすると、矢守氏が「ちょっと待っていなさい」と制した。

「手ぶらで行くのもなんだろう。ちょうど彼女にお裾分けしようとしていた蜜柑《みかん》がある」

「あ、おじいちゃん。あたしが取ってくるよ」

「初乃は掃除を済ましてしまいなさい」

「思ったんだけど……掃除してもどうせ雪降るし、雪解けの後でよくない？」

「神様に雪など関係ない。境内を清めるということは、ゴミを片付けるのみにあらずだ」

ぴしゃりと言い渡すと、老人は境内の奥の平屋へ向かった。

「ああ、そうか」真舟が指をはじいた。「あの建物はなにかと思ったら、初乃さんとおじいさんのお住まいなんですね」

「そう、あのおんぼろが我が家です」初乃さんは大げさなため息をついて、乱暴に箒を動かし始めた。「あたしもほんとは大学行きたかったし、旅路みたいに東京に住んでもみたかったんですけどねー。でも、おじいちゃんひとり置いていけないし、自由の獲得はまだ遠いみたい」

矢守氏が持ってきた蜜柑を受け取って、僕ら三人は境内を辞した。別れ際、初乃さんは僕らの滞在日数を聞いて「また来てくださいね！　東京の話も聞きたいし」と約束を取り付けた。

石段を下りながら、秀島が口を開いた。

「……あんなこと言ってさ。初乃のやつ、ジョーさんのこと大好きなんだよ。両親が亡くなったから、唯一の身寄りになっちまったし」

「お母さんだけじゃなく、お父さんも亡くしてるのか」

「ふたり一緒に亡くなったんだ。雨の夜に町から車で戻ってくる途中、土砂崩れに巻き込まれて……。あのころのあいつ、見てるだけでつらかったよ。でも、ジョーさんがいたから、初乃は心を保てたんだ」

それから十数段下りるあいだ、沈黙が続いた。

「なんで『ジョーさん』なの?」わざとらしいくらい明るい声で、真舟が尋ねた。

「名前が丈吉《じょうきち》だから」

秀島は器用に数段飛ばしして下りてから、僕らを顧みる。

「ところでふたりとも、津々良さんのところまで行く? 知らない人にわざわざ会うのもな、ってことなら別行動でも……」

「ううん、旅路に案内してもらうって決めたんだから」真舟は、人懐こい笑みを浮かべる。「その津々良さんという人は案山子づくりの達人なんでしょ? ぜひ話を聴いてみたいな。理久はどう?」

従弟ほどフットワークの軽くない僕ではあるが、これには頷いた。案山子の村まで取材に来て、案山子職人にお目にかからない手はないだろう。

秀島は、これから会う案山子職人について教えてくれた。

津々良叔子さんは三十年以上前、宵待村に中学校があったときに社会科教師として赴任したのだという。この村で出会った男性と結婚して数年後に退職、ここに定住した。東日本大震災の翌年に夫の両親が他界し、それから五年後に夫も亡くなったという。

津々良さんも、そのころには宵待村にすっかり馴染んでおり、今さらよそへ行く気はなかった。彼女はこの村に来たころから案山子作りに励んできて、その腕前はいまや村内でも並ぶ者がいない。昨年自治会が地域おこしのために開催した「かかしづくりコンテスト」で彼女が優勝したのも、村の者たちにとっては予想どおりのことだった。

「ああ、じゃあ……村の入り口に飾られていた案山子二体は、その人が」

丁寧に作られた案山子たちを思い出す僕に、秀島は「そういうこと」と頷く。

そのときには、もう彼女の家の前に着いていた。宵待神社の駐車場の斜向《はすむ》かいに建っている木造家屋がそれらしい。小さな前庭には、数体の案山子が所狭しと並んでいた。

秀島がチャイムを鳴らすと、「はあい」という返事が聞こえ、ほどなく家主が現れた。タートルネックのセーターを着た女性で、還暦少し手前の年配に見える。

「あら……旅路くん?」

「お久しぶりです、津々良さん。元気してました?」

「ええ、ええ。わざわざ立ち寄ってくれて嬉しいわ」

目許に皺が寄る。落ち着いた深みのある声で、なんとなく気品を感じさせる話しかただ。

「もしかして、そちらのおふたりはお友達かしら」

「そう、東京の」

「まあ。今日は冷えるし、ちょっと上がっておいきなさいな。散らかっているけど」

僕たちは、玄関のすぐそばにある和室へと通された。仏壇と卓袱台《ちゃぶだい》とテレビがあるきりで、家主の言葉に反してすべてがきっちり整頓されている。津々良さんが「ちょっと待っててね」と台所に引っこむ。真舟が「お気遣いなく!」と声を投げた。

見ず知らずの他人の家に上がる経験などめったにないので、僕は緊張して正座していた。秀島は仏壇の前までにじり寄って、線香に火を点けている。おりんを鳴らしてから、瞑目《めいもく》して手を合わせる。神社での不信心ぶりからすると意外だ。

「津々良のおっちゃんにも世話になったからさ。小学生のとき、自治会の人が自転車で小学校まで先導してくれたって話したろ。そのひとりだったんだ、おっちゃんは」

秀島が説明したとき、隣室からお湯が沸騰する音が聞こえた。真舟が腰を上げて、和室を出ていく。トイレか、と思っていると「運びますよ」「あら、ありがとねえ」というやりとりが聞こえてきた。気が利く従弟に対し、気が利かぬ僕は恥じ入るばかりである。

津々良さんと真舟が戻ってきて、我々四人は丈吉さんが持たせてくれた蜜柑をお伴に緑茶をいただいた。津々良さんがお茶菓子も出してくれる。

僕と真舟は家主に名乗り、秀島とは大学の友人であると説明した。津々良さんのほうも、秀島からひと通り聞いていた自らの来し方を教えてくれた。その後で、真舟が爽やかに切り出す。

「ぼくたち、宵待村の風俗にすごく興味があるんです。今回この村にお邪魔したのは、書き物をするための材料集めという理由もありまして」

「そうだったの。私も長年、宵待の郷土史については証言や史料を集めてきましたから、少しはお役に立てるといいけれど」

「そもそもどうして、この村は案山子の村になったんでしょう」

真舟が投げた根本的な問いは、言われてみれば気になるところである。津々良さんは、お茶で口を湿してから答える。

「そうね、まず軽く、この村の歴史からお話ししましょうか。いつこの宵待に集落が形成されたかはわからないけれど、中世後期には農耕が営まれていたとみていいでしょう。こんな山奥だからよそとの交流も少なかったけれど、まずまず安定した小社会が作られていたようね。江戸時代後期の文政年間になると先進的な農具も入ってきて、お米の生産量は秩父地方の中でもわりに多かったと言われているわ。ただ、中央とのパイプもないし、地形的に他の村との往来もひと苦労ですから、重要な産地として名を上げることはなかったけれど」

もと社会科教師だけあり、歴史を語る口ぶりは滑《なめ》らかである。

「ただ、農業が発達するうえで厄介の種だったのが、三方を囲む山に生息する烏の存在だったの。中世には烏害のせいで人々が飢えたという記録もあってね。もっとも当時の文書は残っていなくて、口碑を書き起こした江戸時代中期の記述ですから、少々誇張されているかもしれないけれど。ただ、村人たちにとって救世主となったのが案山子であったことだけはたしか」

烏の多さが案山子作りの発展に繋がったのか。言われてみればシンプルな話だ。

「今でこそ烏除けの技術が進歩しているけれど、昔はそれこそ、案山子くらいしか彼らを追い払う手立てはなかったものだから、宵待の人たちは必死に案山子を作って、すべての水田に立てたの。それが収穫高の安定にも繋がったみたいね。明確な記録はないけれど、江戸時代が始まるころにはもう宵待は『案山子の村』だったと推測できます。『案山子踊り』や『案山子祭り』も、すでに確立されていたようだし。昔の人にとって、米は納めるべき税であり貴重な食糧だったから、それを守ってくれる案山子たちは神仏に近い扱いをされていたみたいですよ。もちろん、案山子も万能ではありませんから、たとえば冷害による不作などを防げるわけもなく、江戸期にはいくつかの飢饉に秩父地方も襲われました。けれど、そんなときもこの村では案山子にお祈りしていたという記録があります」

切実な話だ。そのような歴史があれば、明治維新や二度の大戦を経ても「案山子様」が生き延びている事情も頷ける。

真舟がこちらにアイコンタクトを送ってきたので、僕も気になっていたことを尋ねる。

「あの、津々良さん。案山子を作ってらっしゃるということですけれど、それは伝統技術として受け継がれているものでしょうか」

「そうねえ」彼女はこちらを向いて、「技術は受け継がれているけれど、伝統工芸みたいなものとはちょっと違うわね。それこそ家庭料理みたいなものなんですよ。各家庭で微妙に違った作りかたをしているから、正解はないわ。お年寄りはみんな案山子を作れるのよ、私も舅《しゅうと》から習ったし」

「津々良さんのように案山子作りのみを生業にしていらっしゃるかたは、他にもいるんですか」

「何人かはいるわ。ただ私以外の職人はみな、農作業がしにくい身体になったお年寄りですね。そういう人たちは、いわば第一線を退く形で案山子作りに転じたわけです。ありがたいことに全国の農家からご注文をいただいていて、結構な繁盛なのよ」

「どうして津々良さんは、案山子作りを専門になさるようになったんですか」

迂闊《うかつ》な質問だったかもしれない。津々良さんは寂しげな微笑を浮かべたのだ。

「夫が亡くなった後、子供もいない私ひとりでは田畑を守りきれなかったものですから。そこで、余力のあるかたに農地を譲って、私は案山子作りで生計を立てることにしたのよ。この村だからこそできることですね。最初は消極的な選択でしたけれど、今ではもう、案山子作りには残りの時間すべてをかける価値があると考えています」

喋るうちに寂しげな笑みは消えて、彼女はまっすぐ僕を見据えながら言い切った。案山子作りは、この人にとっての天職なのだろう。

「そうだ、旅路。あの案山子のことを訊かないと」

真舟の言葉で、僕は空き地から消えた案山子のことを思い出した。

「あ、そうか」秀島は頭を掻いて、「津々良さん。去年、見晴らし台から落ちて亡くなった学生さんの案山子が森の中にあったじゃないすか。あれ、持ち帰ったりしました？」

案山子の製作者は、その質問にきょとんと目を丸くした。

「いいえ、まさか。あれは丈吉さんに任せてしまいましたもの。あの案山子がどうかしたの」

「なくなっちゃってるんすよ、あの空き地から。ジョーさんも初乃も知らないって」

「まあ」津々良さんは眉を曇らせる。「どうしてかしら。ご遺族が引き取りに来たなんて話も聞かないものね。そもそもあれは私たち村の者の判断で立てたものだし」

「だから不思議なんすよ。ジョーさんは、例の動物狩りをしてる連中が盗んだんじゃないかとか言ってたけど、そんなやつらに案山子持ってくメリットないだろうし」

「それもそうね。……なくなっているのに気づいたということは、あなたたち、森の中に行ったの？」

「いいえ」真舟が答える。「見晴らし台の上から見たんです」

「そういうことなら、近くの繁みに隠れてしまっているのかもしれないわ。もちろん、土に支柱を刺して固定してありますから、そう簡単に倒れることはないけれど、動物がぶつかった可能性もありますから。猪《いのしし》とかね」

猪がいるのか、と僕は面食らったが、秀島は「そっか！」と手を叩いた。

「その可能性もあるよなあ。ちょっとびりすぎちまったかも。喪服の案山子がいなくなるなんて縁起悪いし」

「え？　縁起が悪いって、どうしてだよ」

「いや、だって……喪中に立てる案山子って魔除けだからさ」

思いもよらぬ答えだった。津々良さんがたしなめるように「旅路くん」と呼ぶ。

「そういう言いかたは、ちょっと不正確だと思いますよ」

ふたたび彼女は教師モードになって、僕と真舟に向き直る。

「人が亡くなったら案山子を立てるという風習は、どうやら二百年以上前からあったようなの。昔は土葬が一般的でしたから、遺体を埋めたところに案山子を立てていたのね。起源は諸説あって、『死者が迷わないように水先案内人として立てていた』というのが有力だけれど、遺体が火葬されて共同墓地に埋葬されるようになっても、服喪している家の前に案山子を立てる文化だけは残ったのよ。その案山子が今では、ぼんやりと『災いを避けるための魔除け』と解釈されているんです」

「つまり、此岸《しがん》と彼岸の間を彷徨《さまよ》っている霊を遠ざけるための……ですか」

僕がパラフレーズしてみると、津々良さんは少し考えてから頷いた。

「そうね。この村のお年寄りがよく言うのは『喪中に案山子さんを立てないと、仏様が迷ってしまう』ということなの。ちゃんと案山子を立てておかないと、道に迷った仏様は、子供たちを連れていってしまう……なんて言う人もいます」

「でもまあ、一種のおまじないみたいなものだよ」秀島が明るく言う。「家族を亡くしたばかりのときに新しい案山子を作れる家のほうが珍しいから、たいていはもともと自分の家にある案山子に黒い服を着せるだけで済ますし。……亡くなった人を送り出すだけの案内人だ」

死者を導く案山子――か。

大学生が転落死してから丸一年になるならば、彼は案山子に導かれて、すでに三途の川を渡り切ったことだろう。

しかし――姿を消した案内人の行方が、僕は気になって仕方なかった。

結局、津々良邸には一時間近く居座ってしまい、僕らがそこを辞したときには五時半を回っていた。

別れ際、津々良さんは「太一さんによろしくね」と秀島に言っていた。その場を離れてすぐ、真舟が目で問うた。秀島によれば、竜門さんの家は津々良邸のすぐ隣で、津々良さんは彼が小さいときからよく知っているらしい。小村の人間関係とは狭いものだ。ちらりと見てみた竜門邸は、ごく質素な二階建ての家屋だった。敷地が狭く、酒蔵があったようには見えないので秀島に尋ねてみると、

「蔵は村のずっと奥に、ひっそりと建ってたんだよ。もう解体されたけど」

という答えだった。諸行無常を感じる。

僕たちは来た道をだらだらと戻った。西のほうの空を見ると、まだ残っている茜色を背景に、山の巨大なシルエットがくっきりとしていた。自然の雄大さに思わず目を細める。

「消えた案山子だけど」真舟が森を指さす。「空き地、探してみる?」

「んー……、まあ明日にでも。おれ、六時までには戻って料理の支度手伝わねーとだし」

しばらく歩くと、村の中心部である四つ辻まで辿りついた。秀島が、ふと思いついたように手招きして、その角――上り坂の手前の家を指さした。なにごとか、とそちらに近づく。

「この銀林《ぎんばやし》さんの家なんだ。五日前、案山子に矢が刺さってたの」

その家はこの村には珍しい西洋風の家だった。玄関が引き戸ではなく、ドアノブがついている。しかし、前庭で栽培されているのは、薔薇《ばら》やハーブではなくビニールで覆われた白菜だった。そ

のそばには案山子が立っていて――僕はそれを見た途端、ぎょっとした。

先ほどこの道を通りかかったときには気がつかなかったが、この敷地に立っている案山子はTの字形、すなわち首がなかったのだ。

茶色っぽいぼろぼろの服を着た案山子で、竹製の両手もぴんと伸びているのに、首があるべき部分には折れた竹の断面が見えているだけだ。

「えっ、なになに、旅路。この案山子は。こういう風習もあるの？」

「いや、まさか」秀島はかぶりを振る。「たぶん、矢がぶちこまれたのが案山子の頭なんじゃないか？　それで、吹っ飛ばされたんだろ」

言われてみればそうとしか見えない。しかし、なんだか『エジプト十字架の謎』を思い出すよな――と言おうとして真舟を見ると、彼は首をかしげていた。

「どうしたんだ、真舟」

「ああ、うん」生返事をして目を細める。「……旅路の言う通り、矢は案山子の頭に当たったみたいだね。服はぼろぼろだけど、骨組みは頭部しか破損していないし」

そう言いながら、高さを測るように、案山子と自分の間に手を差し出している。僕もつられて案山子のサイズを目測してみる。標準的なサイズの頭部が載っかっていれば、だいたい百五十センチくらいの高さだろうか。

「おまえら、なにしてんの」

秀島が笑いながら後ろから呼んだ。僕たちは銀林家の庭先を離れて、また歩き出した。

四つ辻を去るとき、秀島はちらりと坂の上に目をやりながら、

「そうそう、おまえら温泉はどっちに入るんだ？」

「どっちって、どういうこと?」

真舟がきょとんとした顔で、僕と秀島を見比べる。

「あれ、聞いてない?　うちの宿にはもちろん露天風呂があるけど、この坂の上にある有料の露天風呂も、けっこう評判いいんだぞ。泉質も少し違うとかで。うちに宿泊する温泉マニアはたいてい二泊以上して、うちの風呂とそっちの風呂の両方に入る」

僕も、そのことはリサーチの中で知った。おいおい話せばいいや、と思っていたのだが、温泉マニアの真舟はむくれる。

「理久、知っていたの?　教えてくれてもいいじゃない」

「いや、そんなの……。四泊もするんだから、急ぐことじゃないだろ」

僕の話を聞いているのかいないのか、真舟はふむふむとひとりで頷いている。

「そうだよね。考えてみれば、村で入れる温泉が旅館にしかないとなると、村の人たちからブーイングが出ることは必至。公共のためのものもあると考えてしかるべきだ。迂闊だった」

彼は、キッと僕のほうに向き直った。

「理久、今夜はそっちのお風呂まで出かけよう。これは絶対だ」

「いいけど……なんで」

「決まってるでしょ」彼は、暮れなずむ空へ指を向けた。「明日には、雪が降るかもしれないからだよ」

その言葉で、忘れかけていた寒気がコートの隙間まで染み入るような気がしてきた。

6　夜を射抜く

夕食は素晴らしかった。

深谷《ふかや》葱《ねぎ》が添えられた秩父産豚肉の味噌漬けは、分厚くジューシー。意外と可食部が多い川魚の炭火焼きも、いかにも野趣あふれる感じが旅情を掻き立ててくれた。茸《きのこ》や山菜類は揚《あ》げ物や和え物などさまざまな形で供されて、食卓に彩《いろどり》を添えている。村で収穫されたというお米は艶《つや》やかで甘みがあり、それらのおかずとよく合った。

「美味しい……！」

目を輝かせた真舟の呟きに、僕も「だな」と心から応じた。

宿に戻ってからの一時間、僕と真舟は部屋でだらだらと過ごした。その間、歩いた疲れも出てきたし、七時が迫るとさすがに空腹感も募ったが、それゆえに美味しいごはんがさらに胃の腑《ふ》に沁みた。

空腹感が薄れると、食堂内を観察する余裕が出てきた。宵待荘一階、階段のすぐそばにある食堂は、心が落ち着く畳の座敷だった。部屋の隅では大きなテレビがついているが、ミュートになっていて誰も観ていない。料理をサーブするのは秀島ひとりで、奥の厨房からは他の誰か――たぶん亜佐子さんだろう――が調理する音が聞こえた。

僕らの他にいる客は、ひとりだけだった。部屋の隅で黙々と箸を進めている女性で、年の頃は僕らと同じか、少し上といったところ。白いブラウスに黒いパンツというシックな服装で、縁なし眼鏡の奥の目が怜悧《れいり》だ。こちらを気にする様子もなく、食事に集中している。

　僕らが出されたものを平らげるころ、秀島が他人行儀に「デザートと一緒にお持ちする飲み物はなににされますか？」と問うてきた。もうひとりの客の存在を意識してか、サーブするあいだ、彼はずっと真面目だった。

　僕らはともに、ホットコーヒーを頼んだ。女性客はデザートと飲み物を断って出ていった。ほどなく、秀島が厨房から蜜柑のシャーベットアイスとコーヒーを運んできてくれた。手作りのシャーベットの美味しさに感激しているとき、階段のほうから急ぐような足音が聞こえてきて、先刻までいた人とは違う女性が飛びこんでくる。

「ごめんなさい！　仕事のメール書いてたら、すっかり遅くなっちゃった」

　ジャケットにジーンズという恰好をした、三十代半ばに見える女性だった。ウェーブがかかった髪と、大きめのイヤリングが目を惹く。

「お待ちしておりました、中河原《なかがわら》様」秀島が営業スマイルを向けた。「ただいまご用意いたします。お好きな席でお待ちください」

　中河原と呼ばれた女性は僕らに目を留めて、こちらにやってきた。近くの座卓の前に腰を下ろし、「こんばんは」と挨拶してきたので、僕らも挨拶を返す。気さくな人のようで「学生さん？」と訊いてきた。真舟が答える。

「ええ。東京から参りました、篠倉です。こっちの彼とは同じ大学で、従兄弟同士でもあります」

　僕はワンテンポ遅れ、「宇月です」と言って会釈した。

「よろしくね。私は、茨城の大学病院で外科医やってる中河原万穂《まほ》です。もしも滞在中に体調が悪くなったら、いつでも呼んでちょうだい」

「わあ、ドクターだったんですか」真舟が感嘆の声を上げる。「お医者さんの知り合いはいないので、感激です。ねえ、理久。せっかくだからいろいろとお話を伺おうよ」

「おい。失礼だろ、真舟」

「話すくらいならいいわよ、全然。もしかして、就職は医療関係志望なの？」

「いえいえ。ぼくたち、小説を書いているものですから、そういった専門性の高いお仕事をされているかたにお目にかかると、面白いお話が伺えそうでわくわくしてしまって」

「こら、真舟」

いきなり文筆業をばらされた。中河原さんは、興味深そうに目を見開く。

「え、なになに。君たち、小説を書いてるの？」

「合作しているんです」真舟は平然と答える。「……あ、言ってよかった？」

「訊くのが遅い」と、ため息をついて、中河原さんに向き直る。「推理小説を書いてるんですけど……そういったもの、お読みになりますか？」

「ミステリ？　うん、読む読む。最近はご無沙汰だけど、学生時代は相当ハマったもんよ」

「ど、どのあたりを」オタクの習性というもので、前のめりになってしまう。

「アガサ・クリスティが、もうずっと好き。あと、パトリシア・コーンウェルとミネット・ウォルターズにもハマったし……海外ものばかりでごめんなさい。わかるかな」

「あ、はいもちろんです。クリスティだとどのあたりが……」

「こらこら、理久。マニアの悪い癖が出てるよ」

急《せ》き込んで尋ねる僕を押さえて、真舟が中河原さんに笑いかける。

「すみません。理久もぼくもここまで好みの合うかたとは滅多にお会いできないもので。せっかくですから、お酒でも飲みながらゆっくりお話ししませんか」

「あ、君たち成人しているのね。ぜひ飲みたいけど、今夜は厳しくて……明日はどう？」

中河原さんは明後日まで宿泊するということだった。溜まっていた書類仕事やらメール返信やら、片付けねばならない作業が今夜終わるということだったので、本当に明日の夜、酒席を共にする約束が成立した。

「ほんと、よくやるよな」食堂から出ながら、僕は思わずぼやいた。「どうして初対面の人間とあんなに即座に距離を詰められるのかわからない」

「理久も結構詰めてたけどね」

思い出すと恥ずかしい。あれは、同好の士を見つけた条件反射のようなものなのだ。

階段を上りかけたところで、玄関脇の事務室から亜佐子さんが出てきた。僕は驚く。厨房から直接廊下に出るドアはないように見えるのだが。

「食事はお口に合いましたでしょうか」

「とっても！」真舟が笑顔で答える。「山の幸が最高でした。ごちそうさまです」

「あの、先ほどまで厨房にいらっしゃいませんでしたか？」

僕の問いかけに、亜佐子さんはくすりと笑った。

「今夜は、見内と竜門に料理を任せました。女手が足りませんで、お風呂を見にいったりしなければなりませんでしたから」

僕は非常に悔しく、かつ申し訳ない気持ちになった。女性だから厨房にいるだろう、という旧《きゅう》弊《へい》なジェンダー観による錯誤だ。叙述トリックにもなりはしない。

「おまえら、温泉出かけるんだよな？」

食堂の暖簾《のれん》を上げて、秀島が声をかけてきた。母親が目を怒《いか》らせる。

「ちょっと、旅路。お客様に『おまえ』はよしなさい」

「あ、すんません……。えー、宇月様と篠倉様は、お出かけになられるのでしょうか」

「お出かけになられるよ」真舟がふざけて答える。

「んじゃあ、ライト持ってけよ」一瞬で敬語が外れた。「母さん、出してやって」

真舟のフランクさを見たからか、亜佐子さんは息子を叱らずに事務室に入っていった。出てきたとき、彼女の手にはどっしりとした円筒形の懐中電灯がふたつ握られていた。

「この村、街灯ほとんどないからな」と、秀島が言う。「それくらいいかつい懐中電灯でちょうどいいんだよ。スマホのライトとかじゃ怖くて歩けん」

村の人が言うならそうなのだろう。僕と真舟はしっかりと受け取った。

二階へ上がって、すぐに出かける支度をした。着替えとタオル――旅館のものを持ち出していいと秀島が許可をくれた――を持って、一階に戻る。

亜佐子さんはすでにいなかったが、秀島はまだロビーにいて、僕たちを見送ってくれた。

「マジで気をつけてな。……ボウガンを持った手合いがうろついてるかもしれねーし」

玄関を出たとき、時刻はちょうど八時だった。


夜の宵待村の暗さは、想像以上だった。

「街灯がない」と言われてある程度は覚悟していたが、大通りに出ると、通り沿いに民家の灯りがぽつぽつ見えるばかりで、足許はまったく見えない。「宵待荘　この下」という看板がライトアップされているそばを離れると、五メートル先すら見えなくなった。曇った夜で、月明かりも星の光もない。

大きな懐中電灯を借りて本当によかった、と思いながら、真舟とふたり歩を進める。夜の道には人の気配がなく、車も通らない。

宵待荘から歩いて十分ほどで、例の四つ辻に辿り着いた。左折して、坂を上っていく。まもなく、上のほうに「〈宵待湯〉二〇〇メートル先」という看板が見えた。暗くて寒い道を歩いてきた心細さが和らぐ。

坂を上り詰めたところにある、平屋の建物が目当てのそれだった。引き戸を開けて中へ入ると、番台にいたおばさんが「こんばんはぁ」と声をかけてくる。入ってすぐのところは談話スペースのような畳敷きの大部屋で、テレビが少々うるさいくらいの音を立てている。湯上がりらしい人たちが缶ビール片手に談笑していた。

四五〇円を払って、男湯の暖簾をくぐる。脱衣所は都内のスーパー銭湯のものと変わらない。服を脱いで、湯場へ向かった。屋内には、シャワーと鏡が並んだお馴染みのスペースがあるが、室内にある浴槽はただのお湯らしい。そこではおじさん五人がなにか話し合っていた。僕たちは身体を清め終えた後、その横を素通りして外へ向かう。露天風呂には現在、他に誰もいなかった。

「おお、貸し切りだ」

真舟は周囲をきょろきょろ見ながら楽しげにしているが、僕は寒さに耐えきれず、すぐ湯に身体を沈めた。真舟も脚からゆっくりと入ってきて「あー、気持ちいい」ととろけたような声を出した。たしかに、悪くない湯だった。

宵待温泉は白く濁っていて、鉄っぽい匂いがした。外気の冷たさと湯の熱さのコントラストが快い。尻に当たる岩はごつごつとした感触で、いかにも天然という風情がいい。湯気に煙る真っ黒な空を見上げ、時折湯がちゃぷちゃぷ鳴るのを聴きながら、ぼうっとしていた。

静寂が破られたのは、どれくらい経ったときだろうか。がらりと戸が開く音がして、慌てて背筋を伸ばした。真舟のほうは慌てず騒がず、のんびりと戸口に顔を向けた。

「おや。また会いましたね」

堂山純平氏だった。のしのしと歩いてきて、湯に浸かる。

「宵待荘でなく、こっちの温泉に入られるとはお目が高い。温泉通の人には、ここもなかなか好評でね。あっちの湯も入ったことがあるが、ちょっとぬめぬめしてるんだよなあ」

「……あちらのお湯はまだいただいてないのでわかりませんけど。ここはいい温泉です」

真舟はにっこりとしたが、僕にはわかる。彼には珍しい愛想笑いだ。酒蔵の息子は、畳んだタオルをぺしんと頭に載せた。

「昼間はお見苦しいところを見せてしまって、申し訳なかったですね。竜門があなたがたに、あることないこと吹き込んだんじゃないかと心配だったんだが」

真舟が言葉を返さなかったので、我ながら珍しいことだが僕が口を開く。

「大丈夫です。竜門さんとはなにも話していませんから」

嘘はついていない。「あることないこと」を聞かせてくれたのは秀島である。

「あ、そう。そりゃあよかった。うちみたいな商売だと、信用が第一ですからね。風評被害はなにより困るんだ。ところであなたがた、うちの蔵にはいついらっしゃいます？　明日はどうかな、なにかご予定がありますか」

「あ、えーと」僕はちらりと真舟を見て、「明日は森に行ってみるつもりでしたけど……」

「森、というと、あの宵待神社のそばの？　なんでまた」

「いえ、ちょっと気になることというか、調べものというか」

「案山子がなくなっちゃったんです」

僕がしどろもどろになったとき、真舟が助け舟を出してくれた。

「見晴らし台の真下にあったという案山子が、なぜか行方不明になってしまったんです。神社のかたも不思議がっておられたので、散歩のついでに探してみようと」

説明を聞いた堂山さんは、太い眉をわずかにひそめた。

「あ、そう。でも、観光旅行にいらしてるあなたがたが、わざわざそんなことなさらなくてもいいでしょう」

声が不機嫌そうなのは、彼が桐部直さんの死に対して後ろめたさを感じているからだろうか。

僕はひやひやしながら堂山さんを見守る。

「でも、そうか……。神社の人ら、困っていたんだね。初乃ちゃん、そんなら俺に相談してくれりゃあいいのになあ」

堂山さんは、ふーっとため息をついて、岩に背を預けた。

「では、だいぶ長く浸かりましたので、ぼくらはこのへんで……」

真舟がタオルを手に、さっと立ち上がった。僕もぺこりと頭を下げて、真舟に続いて湯を上がる。

脱衣所まで戻ったところで、真舟が困ったような笑みを浮かべて振り返った。

「ごめんね、理久。勝手に上がっちゃって。もっと浸かってたかった?」

「いや、ちょうどよかった」

時計を見ると、八時四十分を過ぎている。だいたい三十分は入浴していたらしいとわかった。

僕はもともと長風呂するほうではないので、これくらいでちょうどいい。

「それより……。堂山さん、ちょっと誤解してたな。神社のふたりはそこまで困ってなかった」

「でも、捜さないわけにもいかないでしょう。明日、見つかるといいね」

それから五分ほどして、ふたりで脱衣所を出た。休憩所には、ここに着いたときよりも人が増えていた。僕たちがやってきたときから飲酒していたグループの中に、さっき浴室にいたおじさん五人組が交ざっている。

「気分直しに、フルーツ牛乳を飲もう。奢《おご》るよ」

真舟が自販機の前まで歩いていった。ここは素直に奢られておこう。よく冷えた牛乳壜を手にして、どこに座ろうと周りを見回したとき、知った顔を見つけた。彼女は僕の視線に気づいたらしく、読んでいた文庫本から顔を上げた。——宵待荘に泊まっている、中河原さんではないほうの女性だった。

「あ！」真舟も彼女に気づいて、朗らかに歩み寄る。「宵待荘に泊まってらっしゃいますよね？」

女性は「ええ」と短く答え、その後にはなにも言葉を続けなかった。

「ぼく、東京から来た篠倉と言います。こっちは従兄の理久」

「……宇月理久です」

ナンパみたいで嫌だなあ、と思いながら、しぶしぶ名乗った。男性ふたりがかりで女性に声をかけるというのは、たとえこちらに下心がなくても恐怖を与えてしまいそうだ。

「園出《そので》です」

彼女は簡潔に名乗ると、また黙って本に視線を戻した。その様子を見て、真舟も会話は控えることにしたらしい。僕たちは園出さんから離れた場所に座った。僕はフルーツ牛乳を飲みながら、斜め前にいる彼女をちらりと見た。

夕食時と同じ服装だが、ここで寛《くつろ》いでいることからして風呂上がりだと察せられた。しかし、飲み物を飲んでいるわけでもないのに、どうしてこんなところで本を読んでいるのかは謎だ。テレビの音も人の声も、相当にうるさい。読書なら宿でしたほうがいいだろう。

僕たちはちびちびとフルーツ牛乳を飲み、ほぼ同時に壜を空《から》にした。片付けてから、真舟はふたたび園出さんに近づいていく。

「おひとりで帰られると危ないですし、よろしければご一緒しませんか」

爽やかな笑みを添えた真舟の誘いだったが――。

「いいえ、結構です」彼女は言下に断った。「もう少しここにいたいですし、ひとりで歩きたい気分ですから」

僕はたいそう驚いた。真舟の誘いを断る女性を、これまでの人生で見たことがなかったからだ。当の真舟は気を悪くした様子もなく「そうですか。ではまた」と言って引き下がった。

建物を出て坂を下りながら、僕は呟く。

「真舟がフラれるところ、初めて見た」

「『フラれる』なんて不正確な表現はやめてよ、先生」真舟は少しむっとしていた。「本当に危ないと思って声をかけただけだよ」

懐中電灯が切り裂く暗い夜道を見て、そうだよな、と思った。

「あの園出さん、ちょっと妙な態度だったな。真舟の誘いを断る女の人は初めて見たし」

「繰り返さなくていいじゃない」

「ちょっと頑《かたく》なすぎた。僕たちと一緒に帰りたくない理由が、なにかあったのかな」

真舟は気乗りのしない声で「さあ、どうだろうね」と言った。

それから、僕たちは会話もなく夜の道を歩いた。行きと同じく、車の一台も通らない。風呂上がりで、ダウンコートの中はかなり蒸していたが、ジッパーを下ろしたら下ろしたで夜気が沁みそうだ。おとなしく蒸されることにした。

暗さのせいか、十数分の道のりがずいぶんと長く感じた。それだけに、宿へと下りる道が見えてきたときにはほっとした。看板が照らされているので、夜の中でも見つけやすい。

「ようやく着いた。もう少しで湯冷めするところ……」

真舟が急に黙った。「どうした」と問うと、彼は無言で、僕らの視界の少し上を指さした。その指の先を見て、瞠目《どうもく》した。

ライトアップされた「宵待荘　この下」という、木製の看板。

そのど真ん中に、銀色の矢が一本突き立っていたのだ。

第二章　殺　人

7　境内の対決

朝が弱い僕でも、旅先では目覚めやすい。いつもと違う布団の感覚のせいだろうか。起き上がるとなんとなく、全身がすっきりしている。畳で寝ると骨盤にいいと聞いたことがあるが、本当なのだろう。あるいは温泉が効いたのか。

いずれにせよ目覚めは爽快だった。スマホで時刻を確認すると、七時九分。朝食は八時からで、まだ余裕がある。真舟は、隣の布団で寝息を立てていた。

本を読みたかったけれど、枕元を明るくするのは気が引けた。洋間で読もう、と障子を開けた途端、はっとした。

雪が降っている。間断なく、しんしんと。

持ってきた文庫本をティーテーブルに置いて、窓に張り付く。川向こうの枯れ木は、すっかり雪化粧をしていた。地面も真っ白になっている。

しばらく外を見ていると、くしゃみが出た。この洋間はかなり冷え込んでいる。椅子にひっかけてあったフリースジャケットをジャージの上に着た。それから本を開いて読み始めたが、思考があちこちに飛んでしまって、なかなか文章が頭に入ってこない。諦めて本を置いて、ふたたび窓の外に視線を固定した。

意識は、あの矢のことに飛んでいく。温泉からの帰りに見つけた、あの――。

僕と真舟は、宿を出発したときは確実にそれがなかったことを確認しあい、すぐ旅館に駆けこんで、事務室にいた亜佐子さんに事の次第を伝えた。そのうち秀島もやってきた。

秀島親子は現場を見てすぐ「通報の必要あり」と判断した。秀島が交番へと駆けて、警官を連れてきた。やってきたのは、若い人と定年間近に見える人のふたり組だったが、ほとんど若い人――木佐貫《きさぬき》さんと名乗った――が、僕たちに質問をしたり矢を検分したりという実働要員だった。第一発見者として、僕と真舟も立ち会う。途中で園出さんが帰ってきたが、興味なさそうに僕らを一瞥して、旅館へと入っていった。

検証の結果、矢はボウガンのようなもので撃ち込まれたと判明した。深くまっすぐ刺さっていたため、人間が力づくでねじ込んだとは思えないということだ。僕は目の前で行われる現場検証を眺めているだけだったが、真舟はさりげなく巡査に質問をぶつけていた。

「烏が毒矢で射られた事件があったと聞きましたけど、この矢に毒は塗られていますか」

木佐貫巡査は、生真面目そうな顔をしかめて頷いた。

「ええ、矢自体もこれまでの二件と同じですから、先端についているこの粘性の液体もまた、アコニチンの可能性が高いでしょう」

僕も推理作家の端くれだから、巡査が漏らした名前には聞き覚えがあった。トリカブトに含まれる即効性の猛毒である。この村を脅《おびや》かしている狩人は相当な危険人物だとわかった。

ついでに、真舟はもうひとつ質問を放った。「銀林さんの家の案山子は、頭を撃ち抜かれたんですか?」というものだ。木佐貫巡査は、

「ええ。古い案山子だったので、矢の勢いで頭が吹っ飛ばされていました！」

と率直に答えて、年嵩のほうに「喋りすぎるな」とたしなめられていた。

寒い夜中の現場検証がこたえて、昨夜はそのまま布団に直行した。撃ち込まれた矢のことについてはろくに話さず眠りについたけれど、真舟が放った質問が気になる。彼にはなにか考えがあるのだろうか？

「おはよ」

いきなり声をかけられて、椅子から飛び上がりそうになった。見ると、浴衣の帯がほどけただらしない恰好で真舟が立っていた。僕のようにジャージで済ませばいいものを、「せっかく旅館に泊まるんだから」などと言ってわざわざ着ていたくせに。

「おはよう。……寒くないのか、その恰好」

「とっても寒い。……おお、けっこう降ってるねえ」

帯を結び直して半纏を羽織り、僕の向かいに座った。

「考えごとをしていたみたいだね。小説のこと？　邪魔しちゃったならごめん」

「真舟が何を考えていたかを、考えてた」

「朝ごはんはなにかなぁ、って考えてるよ」

「昨日の夜の話だよ。どうして、矢に毒が塗られていたかどうか気にしてたんだ？」

真舟は目を細めて、軽く首を傾けた。

「気になるでしょ。塗る理由がないんだから」

「理由って……、動物を殺すために塗ってたんだろ。犯人はハンター連中なんだから」

「でも、一件目の烏殺しはともかく、二件目は案山子で昨夜は看板が撃たれていた」

「だから、外したんだろ。動物を撃とうとして」

「なんの動物？」

予想外の質問だったが、そういえば初乃さんもそんな疑問を口にしていた。僕はしばし考えてみる。

「鳥、かな。一件目がそうだったから」

「鳥は夜活動しないでしょ。どこか知らないけど、巣に戻ってるものだよ」

そういえばそうだ。一件目の場合は別の場所で殺した鳥を朝になって遺棄したらしいということだった。夜にもそのあたりを飛んでいることがないとは言い切れないが、案山子の上や、ライトアップされた看板に近づくとは思いにくい。

「なら、他の動物を撃とうとしたんだ。兎とか猫とか。可哀想だけど……」

「鳥も可哀想だよ。それはさておき、案山子は頭部を撃ち抜かれていたし、看板は見上げなきゃ気づけないほど高い位置に矢が突き立っていた。兎や猫がそんな高いところにいる？」

猫が高いところに上る動画はいっぱいあるぞと反論しかけたが、たしかに案山子の頭や看板の上が猫の散歩コースになるとは思えない。だから真舟は、案山子の頭が撃たれたことを不審がっていたのか。

「つまり真舟が言いたいのは、動物を狙った結果、矢が外れたわけじゃないってこと？」

「うん。それに狩りが目的なら、矢を引き抜いて再利用するだろうし」

彼の言いたいことが呑みこめた気がした。

「犯人たちの狙いは村の人を怯《おび》えさせることだった……そういうことか？　毒の矢を使うことで『いつか人間に当たるかもしれないぞ』って脅してるってて？」

「……断言はできない。それと、もうひとつひっかかることがある。犯行がこんなに小出しになってることだよ」

「じわじわ恐怖を与えるのが目的なら、犯行を繰り返すのは不自然じゃないだろ」

「問題はこの村の立地だよ。犯人が仮に隣の集落に住む人だとしても、ここまで来るのに車で三十分はかかりそうだよ。昨日、スーパーがあるあたりを通り過ぎたら、人家がほとんどなくなったから。嫌がらせが目的にしては、随分マメな犯人だよね。村人に見咎められるリスクだってある。それを三回も重ねるなんて」

「言われてみればたしかに、ただならぬ執念を感じるな。危険を冒して忍び込んだわりに、一回ごとに犯行が一件しか確認されてないし。もっとこう……、一回ごとに暴れたくなるだろうな、せっかく忍び込んだんなら」

　ということは、真舟が本当に言いたいことは――？

「まさか真舟は、村の内部に犯人がいると思ってるのか？」

「それも断言はできないよ。ただ……」

　半纏の襟を掻き合わせて、真舟は眉をひそめた。

「いずれにせよ、狩人の本当の目的はまだ果たされていないように感じる」

　朝食の時間になったので、真舟と一緒に食堂に向かった。

　座敷にはすでに園出さんが座っていて、文庫本を読んでいた。厨房から出てきた秀島が彼女の前にお膳を置いてから、こちらへ歩み寄ってくる。「おはようございます」と丁寧に挨拶してきたので、僕たちも同じように返す。

秀島が持ってきてくれた料理——川魚がメインの和食——を食べつつ、外を眺めた。雪が降りやむ気配はない。ほどなく食堂に中河原さんが現れて、僕らのそばに寄ってきた。彼女は声をひそめて、

「……ねえ、聞いた？　昨日、表で看板に矢が撃ち込まれる事件が起きたって」

「じつはその発見者、僕たちなんです」

僕の申告に、中河原さんは目を丸くした。真舟が付け加える。

「温泉からの帰り道に見つけたんです。……中河原さんは、なにか見ませんでしたか？　この旅館の周囲で、不審な人や車輛など」

「刑事みたいな訊きかたね。さすがミステリファン。……じつは昨日の夜、お風呂を出て廊下を通ったときに木佐貫ってお巡りさんにつかまって、同じことを訊かれたのよ。残念ながらなにも見ていなかったけど。部屋で仕事を終わらせた後、お風呂に直行したんだもの」

あのあと、木佐貫巡査は宿の人間に聴取をおこなっていたのか。知らなかった。

厨房から戻って来た秀島が、中河原さんの前に食事を置いて、僕たちに顔を向ける。

「事情聴取なら、あのあと精三さんにもしてたぞ。あの人も、なんも見てないって言ってるけど」

おや、と思って尋ねる。「竜門さんは？」

「住み込みじゃないんだよ。昨日の夜は、食器片して掃除して上がりだったから、おまえらが温泉から戻ってくるよりも前に帰ったはずだぜ」

そういえば、津々良邸の隣が彼の家だった。……待てよ。

「真舟。竜門さんから話を聞けば、犯行時間帯がさらに絞れるんじゃないか」

「そうだね。それから……」

彼は僕の肩越しに、ちらりと園出さんを見やった。その視線はどういう意味だ、と思っていると、彼女が立ち上がった。

「あ、園出様！　食後のお飲み物をお持ちいたします」

「けっこうです。ごちそうさま」

園出さんは食堂を出ていった。秀島は頭を掻いてから、彼女のお膳を片付ける。

「不思議な人だよな」僕はつい言ってしまった。「どうしてここに滞在してるんだろう」

「神社を見にきたそうよ」

中河原さんが僕の隣で言った。

「えっ……、園出さんと話されたんですか」

「話したわよ。昨日、一緒にここの温泉に入ったときにね」

一緒に温泉に？　園出さんは僕たち同様〈宵待湯〉で入浴を済ましたはずだが。

「園出由加里《ゆかり》さん――明智《あけち》大学の院生らしいわよ。いま修士一年で、なんでも寺社の研究をしてるとか。たしかに秩父って神社が多いから、納得よねえ」

明智大学といえば、迎賓館赤坂離宮の近くにあるキリスト教系の大学だ。洋風のイメージを勝手に持っているが、日本の宗教の研究も強いのだろうか。

「なるほど」真舟は朗らかに応じる。「温泉だけじゃなくて、研究のために見にくるほどの神社もあるんですね。宵待村、本当に素敵な村だなあ」

「ねえ。本当に素敵……ではあるんだけど」中河原さんは、窓の外を見てため息をつく。「これじゃあ、今夜〈宵待湯〉まで遠征できるかどうか微妙だわね。仕事終わらせるのを優先して昨日はやめておいたんだけど、後悔してるわよ。こんなに降るとはねえ」

それからはなんとなく会話がやんで、僕たち三人は食事に集中した。食後のコーヒーを秀島が運んできたとき、真舟が彼を呼び止めた。

「ねえ、これから雪掻きでしょう?」

「あー……。そうなるな。ほんと、憂鬱《ゆううつ》だぜ。ノウハウがねえから」

「ぼくにはあるよ。これでも道産子だからね。ぼくと理久も手伝うよ」

「……ん?」いま、彼はなんて言った?

ダウンコートを着てきてよかった、としみじみ思うことになった。

雪が降る前庭は凍えるような寒さで、ダウンのジッパーをいちばん上まで上げ、フードを被ることでようやく耐えられる。

僕と真舟、秀島、見内さん、そして竜門さんは、雪掻き隊として前庭に出ていた。時刻は九時三十分過ぎ。雪は深夜には降り出していたようで、すでに踝《くるぶし》が埋まるほどの積雪だ。

「やっぱり、もうちょっと積もってからでよくねえ?」秀島は、地面に突き立てたスコップの持ち手に顎を乗せて、弱気な声を出す。「雪掻きしても、また積もるじゃんか」

「その間にどんどん積もって、にっちもさっちもいかなくなるよ」

真舟の言葉には説得力があった。いつまで降るんだ、と僕は空を睨む。

「申し訳ありませんな。お客さまに手伝っていただくなんて」見内さんがぽりぽりと頭を掻いた。

「けれど、これだけ積もっちゃっちゃあ、よいじゃないですからねえ」

「いえいえ。どうせ暇していたので」

そんなやりとりの間、竜門さんはひとりで手箕《てみ》を動かしにかかっていた。

僕たちも重い腰を上げる。まずは玄関から林へと続く道を除雪することが急務となる。見内さんが、雪を寄せる場所を指示した。真舟からは、一箇所に寄せずいくつかに分散させること、屋根や木からの落雪に気を付けて、というアドバイスを頂戴した。

重労働であった。こんなに寒いのに、額を汗が伝い始める。それでも五人がかりだったから、十分もすれば前庭を林へと抜ける道はできた。

「お疲れ様です」

真舟は、隣にいた竜門さんに笑いかけた。無愛想な従業員は、黒いコートについた雪を払いながら、「お手伝い、感謝します」と低い声で言った。

「竜門さんて、こちらじゃなくて、宵待神社の近くにお住まいなんですよね」

この質問に、竜門さんは眉をひそめた。「……それがなにか」

「いえじつは、昨日の夜の事件なんですけど……、あっ、そのことはご存じですか」

「宿の者から聞きました」

だからなんだ、と言いたげに、竜門さんは鋭い目を細める。

「あれの第一発見者が、ぼくたちなんですよ。そこで、犯行時間帯が絞れればさらにいいと思って……。ちなみにぼくらが矢を発見したのは、九時ごろですね」

刑事でもないくせに、と思ったかもしれないが、竜門さんは小さく頷いて目を閉じた。どうやら、記憶を辿ってくれているらしい。

「夕食の後、食器を片付けて、食堂を掃除するところまでが自分の仕事です。あれが終わったのは、たしか……」

「八時十五分ごろだで」横から見内さんが教えた。「テーブルを拭くのは俺がやっておくから帰りな、と言った覚えがある。あのとき、テレビの時刻表示を見た」

「そうでしたね。そのあと帰り支度をするために事務室に入ったら、ちょうどお客様が外出するところでした」

「園出さんですか？」

真舟の問いに、竜門さんは頷く。

「事務室で勤怠表をつけつつ、園出様を見送って……亜佐子さんが事務室に戻られたので挨拶しました。だからたぶん、自分が宿を出たのは八時半少し前です」

「そういやあ、太一は車を持っとるが、通勤はいつも歩きだでな」

「ええ、歩くくらいしか運動する機会もないですし。だから坂を上って、看板の前も通りかかったんですが——」

その言葉で、僕は彼に期待を込めた目を向けたが、その意図を察したらしく、竜門さんはかぶりを振った。

「残念ながら、看板には意識を向けていませんでしたから、矢が刺さっていたかどうかはわかりません。もちろん、矢を見つけたらすぐに警官を呼んでいました」

まあ、そんなものだろう。目ざとい真舟だから気づいたが、僕だけだったら素通りしていたかもしれない。人の命すら奪える恐ろしい毒矢とはいえ、目立つものではないのだ。

「園出さんに訊いてみたらわかるかもしれないな。僕らより後に宵待湯に出発したみたいだから」

真舟に話しかけると、彼は「ああ、うん」と生返事をした。それから、急に声のトーンを上げて、

「それじゃあ次に行きましょうか。駐車場でしたっけ？」

前庭を横切らず、宵待荘の軒下を通って敷地の脇から駐車場に向かった。階段はかなり急な石段で、なるほど、スーツケースを持ってここを下りるのは「よいじゃない」だろうな、と思えた。

駐車場に出ると、真舟が「おおっ」と声を上げた。すぐそばに停まっていたぴかぴかの青い車を見て、嬉しそうにしている。そういえばこいつ、車好きだった。

「フォルクスワーゲンのポロだ。可愛いよね。誰の車かな」

「たぶん、中河原様のだな。園出様が到着されたときは、駅まで迎えにいったし」

答えてから、秀島はふとなにかを思い出したように眉をひそめた。

「車と言えば、この雪で大丈夫かなあ、あのお客様……」

「迎えには来《き》なくていいと言うとったから、平気でしょう」と、見内さんが答える。

「え……。今日から宿泊する人がいるのか?」僕は驚いて、秀島に問うた。「この雪で?」

「そう、この雪で。……まあ、年明けてすぐに予約してきた人で、そんときはまだ雪の予報も出てなかったしな。ただキャンセルは入ってないから、来るとは思うんだけど」

ここで秀島は、ぱちんと指をはじいた。

「そうそう。言ってなかったけど、その宿泊客ってのが意外な人物でな……」

「およしなさい」見内さんが低い声で咎めた。「守秘義務っちゅうもんがあるでしょう」

「ご、ごめん精三さん……。つい」

「さあ、それじゃあ始めましょうか」

真舟が明るく声を上げた。竜門さんはすでに手を動かし始めていた。

僕は雪が降りやまぬ空を睨み、ふっと息を吐いた。

駐車場の雪掻きを終えると、秀島が「宵待神社に行ってくる」と言い出した。さらに真舟が「ぼくもついていっていい？」と言い出したものだから、僕も流れで同行することになる。

「降りやまねーな。それどころか、もしかして強まってる？」

秀島は空を見ながらぼやいた。僕はきょろきょろと、左右の道路に目をやる。なんだか、日本の童話を思わせる光景だった。純白の雪に覆われた田圃。肩や頭に雪を積もらせて佇む案山子たち。なかには、雪の重みでバランスを崩して倒れている案山子もいる。

今日は、外に出ている人が多い。多くの人は、田圃の向こうにあるビニールハウスの屋根から雪下ろしをしている。

「ていうか、出発してから言うのもなんだけど、本当におまえら付き合わせてよかったわけ？」

「なに言ってるの、旅路。ぼくらが自発的についてきたんだから。なんといっても経験が大事だからね。ぼくらはこの村の雰囲気を味わいに来たんだよ」

真舟の言葉はしごく正論である。こんな雪の日には、童謡の猫のごとく炬燵《こたつ》で丸まりたい気持ちもあったが、「雪降る寒村」という貴重な風景を観察しない手はない。

「もしかして旅路、ぼくたちがついてこないほうがよかった？」

問われて、秀島は「ああ、いや」と口ごもる。

「ほんと、たいした用事じゃねーから、付き合わせるのもなんだな、って思っただけ。ジョーさんと津々良さんが気になるから、様子見にいくだけだし」

四つ辻を直進して、左側に例の森が見えてきた。背の高い木々を見上げると、梢が雪をまとっていて美しい。そんな景色を横目に、僕は切り出してみた。

「真舟、なにか考えがあるんだろ」

彼は、睫毛《まつげ》の長い目をぱちぱちとしばたたく。「うん？」

「矢が撃ち込まれた事件について、だよ。中河原さんや竜門さんの話を聞いてるあいだ、ずっとなにか言いたそうにしていた」

「ああ……。考えってほどじゃないよ。ただ、理久も気づいてるでしょ？　園出さんの振る舞いがちょっとおかしいことに」

「昨日、宵待荘でも入浴したことか？　中河原さんが言ってた……」

僕の言葉の途中で、真舟はかぶりを振り始めた。

「それは変じゃないよ。彼女は〈宵待湯〉でろくに入浴していないだろうから、寒い中を歩いて帰ってきて、旅館でちゃんと温まるのは自然だ。気になるのは、彼女が〈宵待湯〉でほとんど湯に浸かっていないことのほうだよ」

「え、なんでそんなことわかんの」

秀島が疑問を呈すと、真舟はまっすぐな目で僕を見て「理久はわかるでしょう」と言ってきた。さすがに、ここまで言われればわかった。

「竜門さんによれば、園出さんは八時十五分過ぎに宵待荘を出たらしいけど……僕らが〈宵待湯〉で彼女に会ったのが入浴を終えた八時四十五分ごろ。しかも彼女は大部屋で本を読んでいて、明らかに入浴を終えていた様子だった」

「そうなんだよ」真舟は、頰をさすりながら声を落とす。「宵待荘からあの温泉まで歩いて十数分。ということは、園出さんは八時半ごろ——ぼくらよりも後に到着して、ぼくらよりも先に上がった。長く見積もっても十分くらいしか入浴できていないはずなんだ。烏の行水だよ。わざわざ四五〇円も払って」

賽銭として五百円玉を投げたやつが言うと説得力に乏しい気もしたが、少なくとも今の話は理屈が通っている。だが、秀島は違う考えらしい。

「べつに、そういうこともあるんじゃねーの」興味の薄そうな声だった。「たとえば、浴場に入ったまではいいけど、地元民で混んでて入浴する気が失せた、とかさ。あの人、なんとなく混んでるところとか苦手そうな雰囲気あるし」

「おお、心理的探偵法」真舟が感嘆の声を上げた。「言われてみれば、そういう可能性もあるね。昨日の夜は女湯からは声が聞こえてこなかったから、混んでたとは考えにくいけど……。たしかに、ぼくの気にしすぎではあるかも」

そんなことを話していて、ふと気づくと、宵待神社の入り口が近づいていた。

「まずは津々良さんのところ？」

真舟の問いに、秀島はかぶりを振る。「ジョーさんとこから行こう」

雪の降る中でジグザグの石段を上るのは、相当な慎重さが要求された。手すりはしっかりしているから真っ逆さまに転落することはないものの、足を滑らせたら確実に怪我《けが》をする。

三人とも足許に集中していたせいで最初のうちは会話がなかったが、半ばまで上ったところで秀島がためらいがちに口火を切った。

「あのさあ、篠倉って恋人いるの？」

真舟はきょとんとした顔で振り向いた。

「うん？　いないよ」

「はー、本当かよ？　大学であんだけ人気なのに」

「人気かなあ。とにかく、今はいないよ」

秀島は「ふうん」と答えた。それを聞いて、彼が僕たち——いや、真舟についてきてもらいたくなかった理由が、なんとなくわかった。もっとも、当の真舟は気づいた様子はないが。

境内まで上がると、ちょうど丈吉老と初乃さんが雪掻きをしているところだった。

「おお、旅坊！　ちょうどいいところに」

肩で息をしながら、丈吉さんが歩み寄ってくる。

「儂らだけじゃ、よいじゃない。手伝っとくれ」

「そのために来たんだよ。てか、ジョーさんは無理せず休んどけよ」

丈吉さんが社務所へ引っ込んでいくのと同時に、本殿のそばで作業していた初乃さんが近づいてきた。シャベル片手に、笑顔を見せている。

「おふたりとも、また来てくださったんですね。嬉しいな」

「来るって約束しましたから」真舟は彼女のほうに近づき、シャベルを受け取る。「ぼくが続きやっておきますから、どうぞ休んでいてください」

慣れた様子で雪掻きを始める真舟に、初乃さんはあれこれ話しかける。僕は、秀島がその様子を見て目を眇《すが》めたことに気づいた。

「大丈夫だよ」ひとこと言わずにはいられなかった。「真舟は軟派なようでいて、現実的にものを考えるやつだから。旅先で知り合った女の子とどうこうなったりしないって」

「え、は？」秀島はロボットのような動きで僕を見た。「なにが？　なんで？　なにが」

「いや……。だって、それが心配で真舟に恋人いるかって訊いたんだろ」

「べつに？　おれは関係ないし……。ただ、ほら、篠倉みたいなお洒落なイケメンだとさすがに彼女いるだろうし、知らずに初乃が無謀に告ったら憐《あわ》れだと思っただけだよ。うん」

秀島は、丈吉さんから受け取ったシャベルで、めちゃくちゃに雪掻きを始めた。僕は手持ち無沙汰になってしまって、仕方なしに初乃さんのほうへ歩み寄る。

「あのぅ、やも……初乃さん。僕もお手伝いしたいのですが、他にシャベルとか……」

僕がおずおずと切り出した、そのとき——。

「どうも、こんにちはぁ！」

野太い声が境内に響き渡った。振り向くと、白いコートを着た男が石段を上って現れるところだった。——堂山純平。

「こんにちゃーっす」秀島が挨拶を返したが、その声にはどこか棘《とげ》があった。

「なんだよ、秀島の坊っちゃん。気の抜けた挨拶だな。東京で覇気《はき》がなくなったか」

「えー？　そういう純平さんも東京にわりと長くいたらしいじゃないっすか」

秀島の嫌みに、堂山さんはちっと舌打ちを返す。

「学生時代ってのはな、大人の遊びを覚える時期なんだよ。真面目にお勉強してるから、男らしくない人間になるんだ」

酒蔵の息子は、大声で喋りまくりながらじりじりと境内を進んでくる。その手は紙袋を提げていた。

「よう、初乃ちゃん。お神酒《みき》用の新酒、持ってきたぜぇ。できたてよ」

初乃さんは、心なしか真舟の背後に隠れるような体勢を取っている。「ありがとう」と言う彼女の声は、普段に似ずか細い。

「え、なに。こっち来いよぉ。東京もんの後ろに隠れちゃってさあ」

にわかに違和感を覚えた。昨日から遠慮ない物言いをする男ではあったが、最低限の礼節は弁《わきま》えていたはずだ。だが、彼が僕の横を通過したときに嗅いだ匂いで謎が解けた。この男、午前中から聞こし召しているのだ。

「そんなこと言わないで、純平さん。篠倉さんは雪掻き手伝いに来てくれたんだよ」

「じゃあ俺が手伝ってやるよぉ。そんなひょろっとしたボウヤより、絶対俺のほうが得意だからさ、そういうの。案山子捜しだって、最初っから俺に頼めばいいのにさあ」

初乃さんが「案山子……？」と不審そうな声を上げた。

「ああ、見晴らし台の下にあった案山子のことだね。純平さん、見たの？」

「おいおい、俺が知るかよ。人聞き悪いなあ。ま、今日は村じゅう回って大忙しだから無理だけど、案山子くらいちょいちょいっと俺が見つけといてやるからさ」

手に負えないほど調子に乗っている。止めたほうがいいのだろうか、と思いつつも、僕は口の挟みかたがわからず狼狽《うろた》えるばかりである。

「それより純平さん、また昼間からお酒飲んだでしょ？　弱いんだからよしたほうがいいってみんな言ってるよ」

「ばーか。酒蔵の息子が酒に弱いわけねえだろ。酒飲んでるときの俺は無敵よ、無敵。初乃ちゃんも一杯やろうぜ、いま」

「おい」秀島が、無敵の男の進路に立ち塞がった。「絡み酒はタチ悪いっすよ。そうやってあんたが酒勧めたせいで、去年人がひとり死んだんでしょ」

これは言い過ぎだった。堂山は紙袋を放り出して、秀島のコートの襟を摑んだ。

「たっちゃん！」初乃さんが悲鳴を上げる。

「うんざりだ。またその話かよ」

堂山はひとりごとのような口調で言ってから、思い切り凄む。

「いらねえこと蒸し返しやがって。あれは俺のせいじゃねえよ。あの東京から来た学生、酒の試飲を進めたら『僕はこれから神社を見にいくので、飲めませぇん』なんつってきやがった。だから『酔っぱらったら俺が連れてってやる』って約束したんだ。あの学生の意思で、ここまで上ってきたんだよ。それで置いて帰ったら勝手に落ちやがった」

そういう事情があったのか。酔い覚ましにわざわざ石段を上らせた、と考えるよりはよっぽど納得がいく。

「酒飲む覚悟もないのに好奇心で酒蔵見学に来るほうが悪い。せっかく美味い酒を飲ませたうえにここまで連れて来てやって、それであの事故ときた。まったく、後味悪い」

「そんな言いかたひどいよ、純平さん！　もうやめて」初乃さんの声は掠《かす》れてきた。「たっちゃんを、離して」

次の瞬間、秀島の身体は積み上げられた雪山の上に吹っ飛んだ。初乃さんがそちらに駆け寄るのを見て、堂山はふんと鼻を鳴らす。

「子供の恋愛ごっこはそろそろ卒業しろよ、初乃ちゃん。俺が女なら、玉《たま》の輿《こし》とかぜってえ乗るけどな。行き遅れるのとか、マジで怖いしなぁ」

むごい言葉を言い捨てて、堂山はふらふらと石段を下りていく。しばらくすると、初乃さんは低い声で「転べ、馬鹿」と毒づいた。その横で、秀島が腰をさすりながら身を起こす。

「あー、くそ。ケツが濡れた」

「ごめん、たっちゃん。あたしのせいで」

「たっちゃん言うな。……べつに、おれが個人的にむかついただけだっつーの。あー、くそ、マジで転べ、ほんと」

「ごめんね」と、なぜか真舟が詫びた。「あんな暴力を前に、なにもできなかった」

「そんな。篠倉さんが謝ることなんかないです。……っていうか、どっちつかずな態度のあたしが悪いっていうか」

初乃さんの言葉に、秀島は表情を硬化させた。

「おい、どういう意味だよ。前から、あいつが一方的におまえに求婚してるってことは知ってたけど……断ったんじゃねーの？」

「断ったよ。でも諦めないの、あの人。で、なんかあたしも考えが変わってきちゃって、今は『考えさせてください』って言ってんの。だってこの神社、正直お金ないもん」

声が小さくなった。初乃さんは絞り出すように続ける。

「御朱印ブームに乗っかってなんとか人呼ぼうとしてるけど、三峯さんよりずっと辺鄙《へんぴ》なとこにあるこんな小さい神社なんて、結局は地元の氏子さんに生かしてもらっているようなもんだし。よそから宮司さん迎えるようなお金ないから、あたしが堂山酒造に嫁《とつ》いだほうが、かえって安泰な気がして――」

「待てってば！」初乃さんの肩を摑んで、秀島は言い募る。「なんつーか……そういう時代じゃねーだろ！　神社じゃなくて自分の未来考えろって。好きなとこでやりたいことやればいいじゃん。ジョーさんだって背中押してくれるだろ。嫁ぐとかそういうの、古いって！」

古い、という言葉を聞いた途端、初乃さんは顔を歪めた。身じろぎして秀島の腕を振りほどく。

「あんたにはわかんないよ！　だって、たっちゃんここにいないじゃん！　あたし置いて東京行ったじゃん！　東京で勉強してさ、どんな新しい価値観身につけたか知らないけど、あたしにはこれしか、ここしかないのに、押し付けんな！」

涙声で叫んで、社務所のほうへ駆けていった。一度、雪に足を取られて転びそうになったが、よろけつつも走って戸の向こうへと消えてしまった。

8　新たなる客

秀島は初乃さんを追いかけなかった。真舟が止めたのだ。

ふたりが無言で雪掻きを続けるので、仕方なく僕は堂山が持ってきた紙袋を提げて、社務所のほうへ向かった。戸の前に立ったとき、いきなりそれが開いた。

「……堂山のドラ息子が来たそうだな」

丈吉さんだった。その顔も声も、哀しみを帯びている。

「いえ、その……はい。これを置いていきました」

紙袋を受け取ると、老人は眉を下げて中を見た。

「堂山酒造の酒は美味い。じつに美味い。この村の飲兵衛《のんべえ》はみな、あそこの酒を愛しておるよ。だが、あの馬鹿息子ときたら、それを自分への評価と履き違えておる。まだ職人としては半人前だというのに」

彼の中にも、堂山純平に対する窺《うかが》い知れぬ感情があるらしかった。とにかく、これで秀島が堂山に対して私憤を感じさせる口ぶりだったことにも納得がいった。

それから十分ほどで、真舟と秀島は雪掻きを終わらせた。初乃さんは社務所から出てこなかった。シャベルを返却しながら、秀島はばつが悪そうに切り出す。

「ジョーさん、初乃に……謝っといてくれない？」

丈吉さんは鼻を鳴らした。「自分で謝らんか。……また、明日にでも来なさい」

僕ら三人は無言で石段を下りた。その途中で秀島が「あ」と声を漏らした。

「矢が撃ち込まれた事件のこと、ジョーさんに伝え忘れた」

「この村なら、噂はすぐに広まるんじゃないか」

僕が言うと、秀島は「そうだな」と応じる。元気のない声だ。

「さあ、津々良さんのところに行こう」

真舟の優しい口調には、どこか慰《なぐさ》めるような響きがあった。

津々良邸に着き、秀島がチャイムを鳴らしたが返事がない。見たところ、前庭は雪掻きが済んでいるようだ。

「出かけたのかな。……あ、わかった」秀島がぱちんと指をはじく。「きっとあそこだ。おまえらも、ついでだから一緒に来る？」

彼が指さしたのは、道路の向かい側――森の入り口だった。

「津々良さん、よく森の中にある地蔵のところに、お詣りしに行くから」

秀島が歩きだしたので、僕たちは彼について森の中へと入っていく。どのみち、森を散策する予定ではあった。

木が立ち並ぶ間を縫うようにして、地面が踏み固められた明らかな道があり、左方向に湾曲していた。一本道だから迷うことはなさそうだが、道はぐねぐねとカーブしていて、なかなか先が見通せない。道幅は、僕たち三人が横並びで歩いてぴったりといったところ。真っ白な積雪に、ひと組の足跡がまっすぐ続いていた。これが津々良さんの足跡なのだろう。

「この森、ずっと一本道なの？」

真舟の問いに、前を行く秀島は斜め上方を指さした。その指先には、他の木々を圧して聳える一本の巨木がある。見晴らし台から見下ろした、宵待神社のご神木だ。木々の梢の間からでも、その威容ははっきりと見てとれる。

「とりあえず、あのご神木までは一本道。そこから先は分岐する」

秀島の言うとおり、曲がりくねってはいるが分岐のない道が続いた。切り拓かれたこの道以外、まわりは完全に木、木、木だ。僕の乏しい植物知識でわかるのは、どうやら杉が多いらしいということくらいである。

あるカーブを曲がった途端、視界に例の巨木が飛び込んできた。表皮がところどころ剝《は》げ落ちた木には注連縄《しめなわ》が巻かれていて、紙垂《しで》が下がっている。

ご神木が立っている周囲には他の木は植わっておらず、円形の広場のようになっていた。そこへ足を踏み入れて見上げ、僕は息を吞んだ。森を形成する他の木も背が高いのだが、太くどっしりしたご神木の存在感はやはり他を圧していて、まるで空を支える大黒柱だ。あちこちに伸びた枝はシルエットになっていて、その梢から雪片が降ってきていると錯覚しそうなほどだった。

「すっごい木だねえ」

真舟が感心した顔でスマホを構える。僕も倣って写真を撮った。僕たちがスマホをしまうと、秀島が木の左側のほうを指さした。

「津々良さんはあっちにいるはずだ、足跡も続いてるし」

ご神木があるこの広場で行き止まりではなく、左側に道が延びていた。その道の手前には、一体の案山子がぽつねんと佇んでいる。細い目をして、赤い帽子と赤いよだれかけのようなものを身に着けている。

「わあ、可愛い。お地蔵様モチーフの案山子だ」

「そう。分岐の前に立てた案山子が道標ってわけ」

地蔵案山子の導きにしたがってその道に入ると、道の奥まで見通せる。両側を木立ちに挟まれたこの道はまっすぐになっていて、その奥に津々良さんの背中が見えた。

案山子職人は、道の突き当たりに設置された石造りの何かの前で手を合わせている。藤色のコートの肩あたりにはうっすらと雪が積もっていた。僕らが雪を踏みしめる足音に気づいたらしく、彼女は顔を上げた。

「あら、あなたたち。どうしたの」

「津々良さんちの雪掻きを手伝おうと思って来たんっすけど、いなかったから」

「まあ、それは大助かり。でも、ひと通り終わったわ、ありがとうね」

「でも、屋根の雪下ろしをひとりでなさるのは大変ではないですか」真舟は、雪が降り続く空を指さす。「まだ積もりますよ。よろしければ明日、お手伝いしましょうか」

「本当に親切なかたたちねえ。でも、ご旅行でいらしているのにそんなことさせるわけにはいきません。よほど大変だったら、お隣の太一さんに頼みますから」

津々良さんは喋りながら、石造りの箱に積もった雪を払う。覗き込むと、赤い帽子に赤いよだれかけをつけた地蔵がいた。

「ここって、一応宵待神社で管理している土地なんだよね？」真舟が秀島に尋ねる。「お地蔵さんって仏教のものだと思うんだけど。なんだか不思議だ」

「あら、そんな不思議なことじゃありませんよ」津々良さんが言った。「廃仏毀釈《きしゃく》というのが、高校の日本史に出てきたでしょう。明治維新で神仏分離令が出て、暴徒が寺を壊したという運動のことね。秩父も例外ではなく、たとえば秩父神社の別当寺だった蔵福寺も、そのとき廃寺になっているんです。あの三峯神社も、神仏分離令が出るまでは寺院でしたし」

「つまり、宵待神社も神仏習合的な性質があったと」

かすかに残っていた受験勉強の記憶を引っ張り出すと、津々良さんは頷いた。

「あ、そうだ、お地蔵さんはいいとして」秀島が話題を転じる。「例の案山子っすよ。昨日津々良さんが言っていたとおり、動物に倒されちゃったかもしれないじゃないですか。だからそれも見にきたんだ」

「ああ、そうなの。私も行こうかしら——お詣りも終わったことだし」

「いや、空き地のほうは歩きにくいですし、津々良さんは家に戻ってあったまってくださいよ。あと、一応伝えときたいんすけど……」

秀島はためらいがちに、看板に矢が撃ち込まれた事件の話をした。

「まあ」津々良さんはきゅっと眉根を寄せた。「また出たの。恐ろしいわね」

「そんなわけなんで、犯人が捕まるまであまり出歩かないほうがいいかも……。あ、そうそう。もしも案山子が動物に壊されてたら、修理よろしくです」

僕たちはご神木の根元まで引き返して、津々良さんと別れた。彼女は僕たちがさっき歩いてきた道へと引き返す。で、僕たちは——？　と思っていると、秀島が「こっち」と手招きした。ご神木の陰に隠れて見えなかったが、木の裏にふたつの分岐ルートがある。左側の道のそばには天狗のお面をつけた案山子がいた。高い鼻に雪が積もっている。右側の道のそばにもやはり案山子があって、そちらはひょっとこのお面をつけていた。このひょっとこの面は経年劣化で木製の顔面がひび割れていて、妙に不気味だ。秀島は、迷わずひょっとこのほうへと進んでいった。

「この右の道が、例の空き地なんだ」

この道はまたしても曲がりくねっていて、なかなか先が見通せない。ここから先は道幅が狭く、僕たちは一列になって歩いた。森の入り口と比べて、どの部分がちゃんとした道なのかがわかりづらい。

「ここから先は、人があまり立ち入らないのか」と、秀島に訊いてみる。

「まあ……そもそも、この森自体、そんなに人が寄りつかないんだけどな。ここからは、単に木が密生してて道が狭いんだ」

「逆に、どういう人たちがこの森に立ち入るんだ」

「まあ、津々良さんと、他に何人かがさっきの地蔵を拝みにくるくらいかな。あと、おれたちがガキのときは村の子供がこの森を遊び場にしてて、夏には虫取りなんかもしたもんだけど……、今の子供らはやってんのかなあ」

「さっき、もうひとつ別の道があったよね」と、真舟。「天狗のお面をつけた案山子がいた道。あっちにはなにがあったの？」

「宵待神社の分社みたいなちっこい祠《ほこら》がある。あっちは、村の人はさらに近寄らない」

道が描くカーブが、山際――宵待神社がある側へと延びていった。まもなく、崖が視界に現れる。

ぐるりと木に取り囲まれた半月形の空き地だった。円をカットする直線はつまり、奥に聳えている崖である。遥か上に、宵待神社の見晴らし台が見えた。

「そこの、崖の真下に立ってたはずなんだよなあ」秀島が、ふーむと首をかしげる。「猪が突っ込んだにしても、そう遠くまで飛ばされてくはずねえんだけど」

三人とも空き地の真ん中あたりまで歩を進める。

「崖の際はごつごつした石とかあるから、あんまり近づかないほうがいいぞ」と、秀島が警告してくる。「この雪だと、なにかに足を取られて転びかねねーし」

「ねえ、旅路。案山子が立っていたってことは、地面に支柱を立てていたってことになるよね？」

「まあ、この村では基本的にそういう立てかたをするな」

「でも、そうなると変だね」真舟は人差し指を顎に当てて、「動物が突進したなら、地面に固定された支柱は残るはずだよね。いくらなんでも、支柱ごと吹っ飛ばされるなんてことがあるかな？　いま、ここには支柱すらないよ」

つまり、考えられる結論はただ一つだ。

「その案山子は、何者かが故意に持ち去ったんだな」

「お、おい宇月。そんなの変だろ。案山子なんか盗んでも、誰にもメリットないって。案山子のほうから歩いていっちまったんじゃねーの？　ははは」

「そのほうが、もっと怖いけどね」真舟が言った。

あたりを見回すが、少なくともこの周囲に案山子は転がっていない。僕たちがしばらく突っ立っていると、崖肌に積もっていた雪が下にどさどさと落ちてきた。

「うわ、あぶね。この崖、傾斜になってるから、途中に積もってる雪が急に落ちてくるんだな。さっさと引き上げようぜ」

僕たちは引き返すことにした。来た道を辿り、ご神木のそばも通り過ぎて公道が見えてきたとき、祠とやらを見にいかなかったな、と思い出した。僕も真舟も、失踪した案山子のことで頭がいっぱいになっていたのだ。まあ、また来ればいいか。

「じゃあ腹も減ったし、昼飯食いに戻るか」

　などと言いながら先頭切って歩き出した秀島が、ぴたりと足を止めた。彼の肩越しに前を見ると、前方から背の曲がった老人がひょこひょこと歩いてくるところだった。紫色のコートが派手で目立つ。彼はふさふさと生えた眉の下から秀島を睨み上げて、

「む……。宵待荘の倅《せがれ》か。戻ってきとったんかい」

「あー、どうも、お久しぶりです」

「この森でなにしとったんかね。案山子様に悪戯《いたずら》してねえべな」

「悪戯って……。おれもう二十歳ですよ。そんなことしませんって」

「ふん。『四十、五十は洟《はな》垂れ小僧』と渋沢栄一さんも言うとるがね。まだ儂《わし》からしたら小僧も同然だべな」

　そう言って、老人は僕たちにもじろりと目を向けてきた。

「あんたらは、よそから来たんかい」

「ええ」真舟が爽やかに答える。「ここは素敵な村ですね。案山子も可愛いですし」

「気に入ったんかい。けど、案山子様に悪戯せんよう、くれぐれも気いつけたほうがいいべ。案山子様をおっ倒したりしちゃっちゃあ、災いが起こるでな」

「あのさあ、引間《ひきま》さん、あんまりおれの友達脅かさないでよ」

「ふん、小僧もよく気をつけたほうがいいべ」

　老爺《ろうや》は言うだけ言って、ひょこひょこと宵待神社のほうに歩き去った。

「何者なの？　あの人」

宵待荘方面に歩き出してしばらく経ってから、真舟が問うた。

「あのじいさんも案山子職人だよ。津々良さんが言ってただろ、専業の案山子職人は農作の第一線を退いた人だって……。あの人もそのクチで、おれがガキの頃にはもう案山子職人をやってた。そのせいか、案山子に悪戯することにすげー厳しいの。おれも散々叱られた」

「へえ。ちなみに、旅路は実際に案山子に悪戯したことあるの？」

「まあ、多少……。田圃の案山子に上って遊んでたら、めちゃくちゃ怒られた」

それは明らかにこの男が悪い。ともあれ、案山子を案山子様と呼ぶ老人の実例を見て、僕は妙に感動していた。

「案山子様に悪戯をすると、災いが起きる、か」

真舟は空を見上げて、白い息を吐いた。彼の考えていることはわかる。僕も、実際に持ち去られてしまった案山子のことを考えていた。

「これ以上、よくないことが起きなきゃいいけど……」


午後一時少し過ぎに、宵待荘に帰り着いた。土間に複数の長靴が並んでいて、僕は面食らった。明らかに、宿泊客の人数を超えている。

「悪いな」宿の息子が小声で詫びた。「うち、ランチタイムは村の人向けに食堂を開放するんだ。今日は午前に雪掻きした流れで人が集まってるのかな。いつもより客が多い気がする」

「なんで謝るの。全然気にしないよ。ねえ、理久？」

爽やかに同意を求められると、肯《うべな》うよりほかない。

「ときどき一日じゅう部屋にこもるお客さんがいらっしゃって、そういう人たちから、食堂の声が気になるって言われたこともあるんだよ。でも昔からやってるサービスだから、急に終了とはなかなかいかなくてさ。シーズンオフなんか本当に客が来なくて、そういうときには貴重な収入源になってくれるし」

そんな打ち明け話を聞いていると、食堂からどやどやと人が出てきた。中高年の男性ばかりが五人。いずれもこの村の人らしい。

おじさんたちは「旅坊、しばらくだべな」「当分こっちにいるんかい」などとくちぐちに秀島に声をかけていく。秀島は打ち解けた態度で、ひとりひとりに言葉を返していた。僕と真舟はその横を通って、食堂へ向かった。一気に人が出てきたからか、今は空いている。部屋の隅では、園出さんがひとりで食事をしていた。他には、六十代くらいのご夫婦らしき男女がいるのみだ。

「おかえりなさい」厨房のほうから亜佐子さんが現れて、声をかけてきた。「お昼、召し上がりますよね。お好きなところに座って、メニューをご覧くださいな」

僕と真舟は、座敷の真ん中あたりの席に腰を落ち着けた。夫婦連れの女性のほうが、こちらをじろじろ見てくる。男性のほうは、僕に背を向けて座っていた。

メニューを見ると、手打ちうどんがメインのようだった。カレーライスやかつ丼もあるが、ここはいちばん大きい扱いのうどんをいただくのが無難に思える。亜佐子さんがお冷やを持ってきてくれたとき、僕は月見うどん、真舟は天麩羅《てんぷら》うどんを注文した。彼女が厨房に引っ込むと同時に、おじさんたちを見送っていたらしい秀島が食堂に入ってくる。

「あれっ、銀さん！」彼は夫婦に手を振った。「久しぶりじゃん、銀さん」

僕に背を向けていた夫のほうが「おおっ！」と声を上げる。

「旅坊かぁ。おまえさん、東京行ったきり全然帰ってきねえと思っとったら、こんな半端な時期に来とったんかい」

「年末年始も一応、ちょっとだけ戻ってきてましたよ。もう大学は春休みになったから、当分こっち。……奥さんも、お久しぶりです」

「ねえ、ねえ！　もう本当、久しぶり。元気してたぁ？」奥さんは返事を待たずに僕らを指さして、「ねえ、ねえ。あの子らがあんたのお友達？　亜佐子さんから聞いたのよ、あんたが東京からお友達連れてきたって」

彼女の勢いには秀島も押され気味で、へどもどしながら答えている。ここで、なにごとにも動じない僕の従弟は、三人のほうへ歩み寄っていく。やむなく、僕もくっついていった。もう村に来てから何度目かわからない自己紹介タイムとなる。

銀林寿美代《すみよ》さんは、宵待村の自治会で副会長をしているという。ふっくらとした顔に好奇心が強そうな瞳が輝いている女性で、きわめて饒舌だ。真舟もよく喋るほうだが、その彼にもなかなか口を挟む隙を与えない。

夫の銀林秋吾《しゅうご》氏は、木工職人として生計を立てているそうだ。徳利からお猪口《ちょこ》に手酌をしていて、顎鬚の目立つ顔が赤らんでいる。いくぶん絡み酒の気《け》があるようだが、先ほど酒蔵の息子が見せた醜態に比べれば可愛いものだ。

この人の顔はどこかで見たことがあるぞ、と思ったが、彼が日本酒をくいっと呷るさまを見た途端、謎が解けた。昨日〈宵待湯〉で風呂上がりにビールを飲んでいた集団の中に、この人がいたのだ。相当な酒好きと見える。

「おい、太一」

銀林氏は、僕らのうどんを運んできた竜門さんに声をかけた。

「おまえさん、さっきからずうっと立ち働いとるがね。そろそろ休憩して一杯やらんか」

「無理に決まってるだろう、仕事中なんだから。銀さんも飲み過ぎないようにしな」

竜門さんは渋い顔をしつつも、たしなめる声には微《かす》かな温かみがあった。彼が厨房に引っ込んだ後で、銀林氏は僕たちに語る。

「あいつぁ、二年前にお袋さんを亡くしちまうまではうちの工房で働いててな。気落ちしちまってたから引き留めるわけにゃいかなかったが、今は人手不足で仕方ねえ」

「なにを言ってるの、あんたがふたり分も三人分も働きゃあ済む話だで」寿美代さんはなかなか辛辣である。「そうやって昼間っからひっかけとるからはかがいかんのよ」

銀林氏がもごもごとなにか呟いたとき、食事を終えた園出さんがそばを通りかかった。

「あの、園出さん」

真舟が呼び止めた。食堂を出ていきかけていた彼女は、顔だけをこちらへ向けた。

「昨日の夜、この宿の看板に矢が撃ち込まれる事件がありまして」

「聞いています」

「園出さんは、ぼくらよりも遅くに〈宵待湯〉に出発したと聞いているんですが、看板に矢が刺さっているところを――」

「見ていません。警官にも話しましたけど」

真舟はめげずに「刺さっていなかったってことですか?」と質問を重ねた。

「どちらとも言えません。看板を注意してはいませんでしたから」

簡潔に答えて、園出さんは食堂を出ていった。

僕が食卓に顔を戻すと、銀林氏がとろんとした目を廊下に向けていた。園出さんがどうかしたのだろうか、と思っていると、彼のほうが僕の視線に気づいて、慌てたように口を開く。

「あー、兄さんら、矢の事件について調べてるんか？」

こちらにぐいっと顔を近づけてきた。酒臭い。

「ちょっと気になっていて……。でも、野次馬根性ではなくて」僕は小声で弁解する。「看板に刺さっていた矢は、僕たちが第一発見者だったんです、それで」

あまり弁解になっていない気がしたが、銀林氏は納得顔で鼻息を漏らした。

「なるほどなあ。じつは俺のうちも被害に遭っとるんだ」

「あんた、なにを自慢げに言ってるの」寿美代さんは呆れ声である。「あんたがあのオンボロを早く捨てとったら、狙われずに済んだかもしれないのに」

「どういうことですか？」すかさず真舟が尋ねた。

「あのねえ。矢で撃たれた案山子はうちの目の前の畑に立ってるんだけども、もう服も本体も穴とか開いてボロボロになってたから、近々燃すはずだったの。それなのにうちの人が、億劫がってそのボロボロの案山子をそのまんまにしてたのよ。おまけに、頭を撃たれちゃったその案山子もまだ立てっぱなしにしてるし」

「怒られる筋合いはないがね」銀林氏は声を尖らす。「津々良さんに頼んだ新しいやつは、まだできてねえんだ。案山子がない状態にするよりかは、オンボロを立てといたほうがまだいいべな」

「ということは、ずいぶん歴史のある案山子なんですね」真舟が感心したような声を出す。「すごいなあ。村の人たちのあいだでも、さぞ有名だったんじゃないですか」

寿美代さんは満更でもなさそうに、「有名って言っても、オンボロとしてだけどねえ」と答えた。

それからまもなくして、銀林夫妻は席を立った。夫の銀林氏はふらふらしていて、妻に支えられている。竜門さんが「連れて帰るよ」と申し出た。

「でも悪いわ、太一さん」

「いいえ。俺、いったん昼休憩で帰ることになっているので。――構わないでしょう、旅路さん」

秀島は竜門さんに親指を立てた。

「オッケーっす。夕方にはまた、戻ってきてくれるもんね。お疲れさま」

座敷に静けさが戻ってまもなく、僕と真舟はうどんを食べ終えた。食後のコーヒーを待つあいだ、ふと、銀林夫妻の話を聞いているときに真舟が放った質問が気になってくる。彼の真意を尋ねようと口を開きかけたとき、玄関の戸が開く音が響いた。

「ごめんくださーい！」

よく通る大きな声がした。厨房から飛び出した亜佐子さんが、僕たちに頭を下げて廊下に出ていく。後から、コーヒーを盆に載せた秀島も現れて「来た来た」と言う。

「予約の二時にはちょっと早かったけど、きっとあの人だな。楠谷先生おふたり、偶然を装って行ってみろよ。大物のお客さんだぞ」

そういえば、なにやら意外な客が来ると朝言っていた。好奇心の強い真舟は早速立ち上がって座敷を下りる。僕も我慢できずに、真舟を追って食堂を出た。まったく偶然を装えていない気がしたが。

亜佐子さんが新たな客に「遠いところをよくおいでくださいました」と述べている。

客は、彫りの深い顔立ちをした、背の高い男だった。軽く波打ったアシンメトリーの前髪が印象的である。どこかで見た顔だ、と思った。その名を、僕の横で真舟が感動に震える声で呟く。

「丹羽星明……！」

声は、呼ばれた男に届いていたようだ。秩父出身のシンガーソングライターは、真舟に顔を向けてにっこりと笑った。

9　真夜中の散歩者

丹羽星明、三十四歳、シンガーソングライター。

三峰口駅のそばのうどん屋でサイン色紙を見たあの有名人が、まさか今、この村に現れるとは。テレビを観ない僕でも、街のあちこちで流れている歌を耳にしたことはあるから、本人を見ると少々興奮した。

「びっくりだなあ」

食堂に戻ってコーヒーをひと口啜ってから、真舟が呟いた。丹羽さんはいま、亜佐子さんが部屋まで案内している。

「いまは本当に引っ張りだこで、年末の歌番組にも出てたような人なのに、お忍びでこんなところまで来るなんて。それもひとりで。それにしても、今日の昼の歌番組に出るはずじゃなかったかな、あの人」

「収録なんだろ」

そんな話をしていたからか、なんとなくテレビが気になって、僕は画面に目をやった。二時になり、ニュースが始まったところだ。真っ先に、首都圏で降り続いている雪の話題をやった。都内でも最大で八センチ程度の積雪になると見込まれる、とキャスターが告げた。

ニュース番組が終わったとき、食堂に丹羽星明が現れた。秀島がいそいそと厨房から出てきて、

「丹羽さま、お昼はお召し上がりでしょうか」

「あ、昼は済ましたんだ」ごくふつうに喋る声も渋く、聞き取りやすい。「コーヒーが飲みたいと女将さんに言ったら、食堂で飲めると教えてもらったんで、下りて来たんだ。お願いできるかな」

「しょ、承知いたしました。サイズはショート、トール、グランデ……」秀島はぺしんと自分の頬を叩いた。「違う、間違えました。バイト先の癖で」

「あはは。サイズはお任せするから、ホットで頼むよ」

秀島は逃げるように厨房へ引っ込んでいった。どうやら彼も、相当ミーハーなようである。

丹羽星明は座敷に上がると、驚いたことに僕らのそばの席に座った。

「学生さんですか」

さらりと放たれた問いに、楠谷佑の渉外担当（?）である真舟が答える。

「はい。東京から」真舟は自分と僕の名前をそれぞれ告げてから、「今日はおひとりなんですか?」

「うん、ひとり。最近はなかなか単独で出歩かせてもらえないんだけど、今日はほとんどマネージャーを振り切るようにしてやってきたんだよ。車の運転も趣味なんでね」

「この雪の中を、ご自分で運転してこられたんですか。すごいなあ」

「タイヤをスタッドレスに替えていたら、出発が少々遅れてしまってね。でも秩父に入ってからは道路が空いていて、結果的に早く着いたよ」

有名人の登場に浮ついていた真舟だが、本人の前では普段と変わらぬ落ち着いた態度である。本当に大したやつだ。

一方、厨房からコーヒーをお盆に載せて戻ってきた秀島は、すっかり緊張の面持ちだった。

「粗茶ですが」茶ではない。「ほ、本日は当宵待荘に泊まっていただき、ありがとうございます」

「ああ、どうも。――じつは何年か前から、こちらに泊まりたいと思っていたんですよ。ところがずっと忙しくて機会がなくて。ようやく実現させられたよ」

「秩父のご出身なんですよね？」真舟が問うた。

「うん。といっても、皆野のほうだからここからはだいぶ距離があるし、六歳のときに親の都合で東京に引っ越しちゃったんだけどね。それでも、なんだかこの土地には妙に愛着があって、いつかまた秩父でライブをやりたいと思っているんだ」

「たしか、一昨年のクリスマスにはこの近くでライブをされたとか……」

色紙を思い出しながら言うと、丹羽さんは嬉しそうに頷く。

「市内の音楽堂でね。あのときは駅の近くにホテルを取っていたから、残念ながらこっちには来られなかったんだ。あれも、俺が頼んで予定に入れてもらったライブだったからさ。どうせツアーでスーパーアリーナに行くんだから、って行程に無理してねじ込んで」

さいたまスーパーアリーナといえば、全国有数の巨大会場だ。さいたま市は東京に近く、ついでで来るには秩父は明らかに遠いが、それだけこの人の地元愛は強いということか。

「秩父には、プライベートでもつい来てしまうよ。郷愁が掻き立てられるから、インスピレーションが得られる」

「インスピレーションですか。それなら、ぼくたちと近いかもしれないね、理久？」

「おい、真舟。失礼だろ」

即座にたしなめたが、当の丹羽さんが興味を持ったように身を乗り出してくる。

「おっ、君たちも曲を作ってるのかな」

「い、いえ！　あの、じつは小説を書いているんです……、でも、あまりメジャーではないというか、丹羽さんのご活躍と比べるのもおこがましいというか」

有名歌手の機嫌を損ねまいとまくしたてる僕の肩を、秀島が小突いた。

「なに言ってるんだよ、商業出版してんのに」

「へえ、じゃあプロだろう？　俺と同じだ」丹羽さんは笑って、コーヒーをひと口啜る。「美味い。……まあ、インスピレーションというのは建前で、俺の場合は温泉でのんびりするのが好きってだけなんだけど」

「では、このあと〈宵待湯〉まで行かれますか？　よろしければ案内します！」

秀島が志願したが、丹羽さんは苦笑して手を振る。

「お構いなく。温泉の場所なら調査済みだし、まだ当分出かけないから」

それからしばらく、真舟は丹羽さんと雑談を続けた。遠慮してか音楽業界関係の話は避けていたが、むしろ丹羽さんのほうからいろいろと興味深い裏話を聞かせてくれた。スケジュールが絶望的な中での楽曲制作のリアル、タイアップが決まるまで、決まってからの裏話などなど。秀島は立場上かあまり口を挟まなかったが、ちゃっかり端の席に腰を落ち着けて話を聞いていた。静養に来ている有名人を囲んでこんなことをしていいのか、と思ったが、丹羽さんのほうも会話を楽しんでいるようであった。

「あ、そうだ……」丹羽さんが腕時計をちらりと見た。「実はね、三時から俺が出ている番組が始まるんだけど……、もしよければ、この部屋でオンエアを確認してもいいかな？　迷惑でなければだけど」

「いえいえ、もう、全然迷惑なんてことは！」

秀島が大げさに手を振った。丹羽さんは笑って礼を言う。さっそく、秀島が「お茶とお菓子をご用意します」と言って、厨房に入っていった。

まったく予想外の午後になった。午前中には不穏なこともあったが、今をときめくシンガーソングライターとアフタヌーンティーとは。神様がバランスを取ってくれたのだろうか。

テレビのチャンネルを合わせたところで、「よろしければ、私もお邪魔してよろしいですか？」と、亜佐子さんも座に加わってきた。彼女も丹羽星明のファンなのだろうか、そわそわした様子である。もちろんです、と丹羽さんは快諾した。

午後三時になり、番組が始まる。僕たち五人はお菓子とお茶を手にテレビを眺めた。

「母さん、精三さんは？　姿みないけど」

オープニングが終わったとき、秀島が小声で尋ねた。

「お使いに出かけてもらっているわ」

なかなか丹羽さんの出番が来ず——本人によれば、半ば過ぎの登場予定らしい——僕たちは流行歌に耳を傾けたり、お喋りをしたりして、だらだらと時間を過ごした。ようやく丹羽さんが画面に登場したのは、三時半のことであった。照れた様子も見せずに「ああ、やっとだ」などと言ってお茶を啜る丹羽さんに、さすがだと思った。

丹羽さんの歌がサビに入ったところで、玄関の戸ががらがらと開く音がした。亜佐子さんは名残《なごり》惜しそうにしながらも立ち上がって、廊下へ出ていった。横着な息子は立ち上がるフリをしてみせたものの、母親が出ていったのでテレビの前に戻る。

しばらくして、廊下から亜佐子さんと男性の話し声が聞こえてきた。その大きな声は、聞き覚えのあるものだった。

「ええ！ できたての新酒ですよ、是非ご賞味ください……って、お客さんに出すのか。あ、二千円でいいですよ。……いやなに！ ご贔屓《ひいき》にどうも、はい」

ほどなく丹羽さんの出番が終わり、僕たちは目の前のスターに拍手を送った。さすがにこのときばかりは丹羽さんも照れたようで、おどけて手を挙げてみせた。そこへ、亜佐子さんが戻ってくる。

「純平さんだったわ。お酒持ってきてくれたの」

亜佐子さんは笑顔で紙袋を掲げてみせたが、秀島は表情を曇らせた。

「あ、そう。ふうん。あの人がねー」

それからすぐにテレビを切るのも悪いような気がして、僕たちは座敷に残って番組を見届けた。亜佐子さんだけはその場を抜けて、堂山純平が持参した酒とともに厨房へと引っ込んだ。もしかしたら、彼女が丹羽さんの出演する番組を観ていたのは、彼へのもてなしの気持ちからだったのでは、という気がしてきた。

四時きっかりに番組が終わったとき、僕たちはそれぞれに伸びをした。

「なんだか付き合ってもらっちゃったみたいで、悪かったね」

丹羽さんが詫びる。真舟は「楽しかったです！」と笑顔を向けた。

「さて……。〈宵待湯〉に入りにいくつもりだったけど、夕食後のほうがいいだろうか」

「雪、けっこうすごいですよ」

秀島が、窓の外に目をやりながら言った。雪は弱まるどころか、朝よりも激しくなっている気がする。

「そうだな。となると、夕食の前に出かけるのも手か……」

「夕食は基本的に午後七時ですが、対応いたしますよ」

「じゃあ、そうだな……。一時間ほど休んでから温泉に向かうとするか。また出かけるときに伝えさせてもらうよ」

言い置いて、丹羽さんは颯爽《さっそう》と食堂を出ていった。僕らの前にはまだ食べかけのお菓子が残っていたから、これを食べてしまってから部屋に引き上げよう、ということにする。

夕食が食べられなくなっちゃうかな、と心配しつつ羊羹《ようかん》をかじっていると、真舟が突然あらたまった声で、秀島に呼びかけた。

「ねえ旅路。堂山さんはさ、見晴らし台の下の事故現場に花を供えにいったりしないの？」

個包装のビニールから煎餅《せんべい》の粉を口に流しこんでいた秀島は、手の動きを止めた。

「……なんでそう思ったんだよ？　いや、あの人、事故については一貫して『自分は関係ありません』って態度だったから、そういう殊勝なことはしてないはず」

「そっか。いや、なんとなく気になっただけ。森によく行く人なら、消えた案山子のこと知ってるかもしれないと思ってね」

そのとき、ふたたび玄関の戸が開く音がした。足音が近づいてきて、廊下に竜門さんが現れた。外から戻ってきたばかりのようで、コートに手袋という防寒着姿である。

「おっ、おかえり、太一さん」

秀島が声をかけると、竜門さんは頷いて、食堂に入ってくる。

「新しいお客様は到着されましたか」

「うん、ばっちり」

「寛いでいらっしゃいますが、部屋の準備はちゃんとされたんですよね」

「嫌だなあ、太一さん。おれもそのへんはちゃんとしてますよ。掃除なら今朝、雪搔きする前に……」

はっとしたように秀島が立ち上がる。

「うわー、しまった！　丹羽様の部屋にアメニティ置き忘れてた！」

それを亜佐子さんが聞きつけたようで、厨房から「ちょっと！」という声が飛んでくる。大慌てでスリッパを履こうとする秀島を、竜門さんが掌《てのひら》で制す。

「いいですよ。それよりも、お暇でしたら雪搔きを手伝っていただきたいので、俺がアメニティを置いてくる間にコートを着てきてください」

彼は有無《うむ》を言わさぬ調子で言って、廊下に消えた。無愛想なようでいて、案外気が利く人みたいだ。

「やれやれ、太一さんの言うとおりだな……。なんか妙に寛いじまった。んじゃあ、おれはこのへんで」

秀島は食堂から、廊下に消えた。建物の裏手側に、従業員用の部屋があるらしい。コートを着てきた秀島が食堂の前を通りかかったとき、二階から竜門さんが下りてくる音がした。そのとき真舟が廊下に顔を出したので、なにごとかと思ったら、

「雪搔きなら、ぼくたちも手伝いましょうか？」

などと声をかけている。「ぼくたち」だと。玄関のほうから、竜門さんが答える。

「結構です。これ以上、お客様がたを煩《わずら》わせるわけには参りません」

無愛想な口調のままだが、これはやはり彼なりの優しさなのだろうか。

従業員ふたりが出ていって戸が閉まる音がすると、僕は亜佐子さんに聞こえないよう声をひそめて、真舟に問う。

「真舟、疑ってるのか？　堂山さんのこと」

「……理久はごまかせなかったか。いや、疑ってるってほどでもないんだけどね。ただ、あの案山子が故意に持ち去られたものだとしたら、いったい誰に動機があるだろうって考えていたんだ」

なるほど。一年前、桐部さんは堂山さんの過失で命を落とした。その慰霊のための案山子が、ずっと現場に立っている。もしかしたら堂山さんは密かに、責められるような気分になっていたのかもしれない。そして、誰も案山子を顧みていないことに気づいた彼は、それをこっそり処分してしまったのではないか……。

「言われてみれば、動機がないとは言えないな。だとすれば境内で『案山子なら俺が捜してやる』って息巻いてたのは、僕たちに首を突っこまれることを嫌って？」

「……邪推だと思うんだけどね。失礼な想像はこのへんにしようか」話題を打ち切って、真舟は自分のスマホを見た。「ああ、もう四時半だ。雪、止まないね。夕方か夜には止む見込み、って予報だったのに。……ところで、ごめん、そろそろ部屋に戻ろうか」

僕と真舟がスリッパをつっかけていると、食堂の戸口に丹羽さんが現れた。

「温泉にお出かけですか？」真舟がにこやかに尋ねる。

「うん、まあね。ちょっと早めに出ることにしたんだ。一応そのことを伝えにきて――ああ、女将さん」

声を聞きつけて食堂から出てきた亜佐子さんに、丹羽さんは戻るのは七時を過ぎるかもしれない、と伝えた。それから、僕たちと丹羽さんは玄関の前まで一緒に歩いた。

「気をつけてくださいね、丹羽さん。雪すごいですから」

真舟が声をかけると、丹羽さんは「ありがとう」と手を振って出ていった。

部屋に戻ってドアを閉めた瞬間、真舟は「しまった」と呟いた。

「丹羽さんに、ボウガンを持ったハンターのことを警告するのを忘れてた。多分、まだ誰からも聞かされてないよね」

「気にしすぎじゃないか？　犯行はおよそ五日間隔で起きてるみたいだし……。昨日看板に矢が撃ち込まれたばかりだから、今日はさすがに狩人も休むはず」

真舟の顔色は晴れなかった。

「でも、気になるんだよね。なんで烏が最初だったんだろう、って」

「犯行順のことか？　烏、銀林邸の案山子、宵待荘の看板……の順番だよな。これにもなにか意味があると思うのか」

「うん。朝も話したとおり、後の二件は動物を狙った犯行ではなく、矢による脅威を見せつけることが狙いだったと思えてならないんだ。ではなぜ一件目だけ本当に烏を殺したのか――考えてみたら、理由を思いついたよ。まず、烏の死体が落ちていても誰も触らない。そして交番が通報を受けたのち、保健所が検査をする」

ヒントをもらって、僕も真舟と同じ結論に辿り着いた。

「つまり犯人は、アコニチンの存在を村人に知らしめたかったってことか？　もし案山子事件が最初だった場合、銀林さんは怒って矢を抜いたりして、毒に触れてしまうかもしれない。でも、烏が毒矢で殺された事件を知っていたから、そうはしなかっただろうな……」

「そう。毒矢の存在を知らしめたかったけれど、無関係の人間を傷つけないために、犯人は最初に烏を殺したんじゃないかな。もちろん烏も可哀想だけど」

「あと鳥獣保護法にも違反する。……ん？　いま『無関係の人間』って言ったな。まるで、関係のある人間がいるみたいに聞こえたけど」

「だって、そこまでして犯人が毒の存在を村人に知らせようとしているってことは……、誰かに対する、なんらかのメッセージとしか思えないでしょ」

真舟は弱々しく笑って「これも考えすぎだといいな」と付け加えた。

座卓でノートPCを起動させてからも、僕はしばらく真舟が言った言葉を反芻していた。

正体不明のハンターは、村人に毒矢の存在をアピールしている。毒――アコニチン。なにか、そのことに関係する人を脅しているのか？　プレッシャーを与えて、誰かを炙り出そうとしている？　あるいはすでに標的が決まっていて……その誰かをいたぶっている？

考えすぎであってほしい、と僕も思った。

しかし――これで事件が終わるとは、どうしても思えなかった。


部屋で執筆を進めていると、夕食までの約二時間半はあっという間に過ぎ去った。食堂に下りると、すでに座敷には中河原、園出両名がいた。中河原さんが「よう」と手を上げたので、真舟はごく自然に彼女のそばに腰を下ろした。僕もくっついていく。

「なんでも、この宿に大物が泊まりにきたそうじゃない？」

「早耳ですね。どなたから聞いたんですか？」

真舟が尋ねると、医師はそばを通りかかった秀島を親指で示した。彼は「へへ」と笑って頭を掻く。宿のひとり息子にはやはり、守秘義務の観念がないようだ。宵待荘の先行きが少々不安になる。

などと考えていると、夕食が少しずつ運ばれてきた。今夜は秀島だけでなく竜門さんもサーブに加わっている。メインは秩父で育てられたという牛のステーキ。柔らかくも歯ごたえがあり絶品だった。春菊を贅沢《ぜいたく》に使ったサラダや、赤味噌の味噌汁も美味だ。

デザートを食べていると、昨日の「一緒にお酒を飲もう」という約束が話題に上った。横から、秀島が「二十四時まで食堂は開放しております」と教えてくれる。三人ともまだ入浴していなかったこともあり、午後九時にあらためてこの食堂に集合、という約束になった。

まだ八時前だったが、「今日こそゆっくり浸かりたい」という真舟に引きずられるようにして、僕も食後すぐ大浴場へ向かうことになった。大浴場は一階、廊下の奥にある。丹羽さんが外出中なので、僕たちの貸し切り状態だった。

露天風呂は庇がついているが、敷地の奥のほうには雪が積もっていた。白濁した湯に浸かると、デスクワークで背中が強張っていたことに気づく。

「ねえ理久。雪が止んでる」

真舟に言われて空を見ると、たしかに止んでいた。食堂を出るときには、まだ降っていたのだが。壁にかかっている防水時計を見ると、時刻はジャスト八時だ。今日の未明には降っていたようだから、ずいぶん長い降雪だった。

しばらく無言で浸かっていたが、どちらからともなく口を開いて、〈古今東西・雪が出てくる推理小説ゲーム〉という子供じみた遊びを始めた。『本陣殺人事件』『オリエント急行の殺人』

『グリーン家殺人事件』という穏当なところから始まって、思いのほかぽんぽんと続いた。こんなにもミステリと雪の相性はいいものか、とあらためて思う。

短編も含めひと通り僕たちの知識が出尽くしたとき、真舟が戯《たわむ》れのように「次は案山子ミステリでも探す？」と口にした。その途端、頭の中で電気信号がぱちっと爆《は》ぜた。

「そうだ、真舟！　クイーンの『死せる案山子の冒険』！」

興奮のあまり、声が大きくなった。岩に身を預けていた真舟が、身体を起こしてこちらを見る。

「ほら、ラジオドラマの。あれは重傷を負った被害者が案山子の服を着せて立たされていた、っていう魅力的な謎が冒頭にあって、後半では雪が降る夜、雪だるまの中に隠された死体が発見される。案山子ミステリで、雪ミステリ。今の僕らにぴったりじゃないか？」

「ごめんよ、理久。ぼくはその作品は未読なんだ」

盛り上がっていたことが恥ずかしくなった。僕は咳払いをしてごまかす。

「だ、駄目だろ。クイーンにあやかってコンビを組んでいる者としては、クイーン作品は網羅しておかないと」

「いや、誰もが理久みたいなクイーンオタクじゃないからね。正直言うと、代作って言われてる後期の作品にも読み逃してるのがあるし……」

「未読ではすまされない傑作もあるぞ。未読のクイーン作品をすべて挙げよ」

「と、ところでエドワード・D・ホックにも案山子が出てくる短編なかったっけ？」

話を逸らされた気がするが、ミステリについて尋ねられたら答えないわけにはいかない。

「サム・ホーソーンものの『案山子会議の謎』か。そういえばあれにも『案山子の中に死体が入っていた』って謎が出てきたな。しかもこっちはホックらしく不可能犯罪。意外と案山子ミステりもあるもんだな……。それはさておき真舟」

「う。逃げられなかった」

他愛ない会話をしながら、ずいぶん長いこと浸かっていた。ふたりでふらふらになりながら熱い湯を上がった。今夜は僕も浴衣を着てみる。

食堂に行くと、隅で見内さんが煙草を喫《す》っていた。彼は僕らに気づくと、慌てて灰皿で吸いさしをつぶした。

「ああ、こりゃ失礼を……。この寒さで、外に喫いにいくのが億劫でしてね」

「いえいえ、お気になさらず」いつもどおりの朗らかさで真舟が応える。

見内さんは煙を逃がそうとしてか、そばの窓を開いた。

「雪は止んでいますが、けっこうな積雪ですな」

僕たちも畳に上がって、外を覗く。ガラスに室内が映り込んでしまってよく見えないので、こちらも窓を開けた。見内さんの言葉どおり、雪掻きしていない建物の横手はふくらはぎまで埋まりそうなほど積もっている。かまくらが作れそうだ。

「おう、太一。今日は上がりだべな。お疲れさん」

見内さんの声で振り向くと、竜門さんが厨房から出てきたところだった。

「どうも……お疲れ様です。あと、丹羽様のお部屋の布団は敷いておきました」

簡潔に報告して、彼は廊下へ消えた。その直後、真舟がぱちんと指をはじいた。

「そうだ。中河原さんに、ぼくたちの本をプレゼントしよう。持ってきてるんだよ」

「えっ……。押しつけがましくないかな」

「お近づきの印に渡すだけだもの。読むか読まないかは相手の自由だし」

取ってくるよ、と言って真舟が立ち上がった。僕もついていくことにする。時計を見ると、いまは八時五十五分。中河原さんが到着してふたりきりになったら、気まずい。

廊下に出て、階段のほうへと向かう。そのとき、ちょうど竜門さんが事務室から出てくるところだった。今朝話していた勤怠表とやらをつけていたのかもしれない。

奇妙な偶然で、この瞬間、あちこちから人が現れて、玄関ホールには一時的に多くの人が集合する事態となった。まず、上階から亜佐子さんが下りてきた。彼女はちょうど踊り場に姿を現したところだった。次に玄関の引き戸が開いて、丹羽さんが手袋を外しながら姿を現した。僕と真舟の背後からも足音が近づいてきていた。

口火を切ったのは、階段を下りきった亜佐子さんだった。

「丹羽さま、おかえりなさいませ」

「いやあ、どうも」丹羽さんは指先でマフラーを緩めながら返事をした。「〈宵待湯〉で捕まってしまって、だいぶ遅くなりました。夕食にも遅れて、ご迷惑をおかけしました」

「いいえ。ぜんぜん。すぐ召し上がります?」

「ええ。コートを脱いで、すぐに下りてきますので」

亜佐子さんと話しつつ、丹羽さんは少しずつこちらに歩いてきた。なんとなくそれを目で追っていると、僕の背後で秀島が声を上げた。

「あっ、太一さん帰るの？　お疲れさまでーす」

僕が異変を感じ取ったのはそのときだった。呼びかけられた竜門さんが、棒立ちになったまま微動だにしないのだ。

どうしたのだろう——と、僕は数歩ずれて、さりげなく彼の顔を見た。そして驚く。

竜門さんは、無言のまま前方を見据えていた。普段眇むように細めている目は見開かれ、半開きになった唇はかすかに震えているようだった。思わず彼の視線を追うが、そこにはガラスが嵌《は》まった玄関の引き戸があるのみで、不審なものはなにもない。引き戸はたった今、丹羽さんによって閉められたばかりだ。

「……太一さん？　どうしたんすか？」

ふたたび秀島が声をかけると、竜門さんははっとして顔を秀島に向けた。

「あ、いえ……。なんでもありません」

彼はそれから、自分を落ち着かせるように、ふーっと息を吐いた。僕はその意味を測りかねる。竜門さんは戸を開けて外へ出ていくと、急ぐようにそれを閉ざした。

僕はホールを見回してみる。丹羽さんは階段を上って、すでに踊り場の上に消えていた。亜佐子さんは僕の横に立つ真舟に「温泉はいかがでしたか」と話しかけている。振り向くと、秀島が洗濯ものの籠《かご》を抱えて不思議そうな顔をしていた。彼の奥の廊下には、人の姿はない。

竜門さんは玄関のほうを向いて棒立ちになっていた。丹羽さんが開けた戸の向こう――夜の闇の中になにかを見たという可能性が高い。だが、なぜあんなに驚いたのだろう。

彼はなにを見たのか。そのことがひどく気になってしまった。

九時ちょうど、僕と真舟が本を取って食堂に戻ってくると、中河原さんはすでに畳に座っていた。浴衣ではなくスウェット姿である。彼女は食堂の隅でテレビを観ていた見内さんに頼んで、お酒を持ってきてもらっていた。

「どうもありがとうございます。これ、時間外労働かしら」

「いえいえ。お客様が地酒を楽しんでいるのを見るのは嬉しいものです」

見内さんは、僕らの前に湯呑みを置きながら答えた。それからにわかに顔をしかめる。

「有名人だからといって、自分勝手に夕食の時間を遅らすなんてのはいただけませんが」

思わず彼の顔を凝視してしまった。今の発言は明らかに丹羽さんへの当てこすりである。この温厚なはずの見内さんの発言に、僕は驚いていた。発言した本人も、僕たちが驚いたことに気づいたらしく目を伏せた。

「ああ、いや……。この酒は、どちらも堂山酒造で造られたもので、茶色い壜のほうが純米酒、緑のほうが純米吟醸酒です。どうぞ飲み比べてください」

見内さんは一升壜をふたつ置いて、廊下へと出ていった。

「ま、まあ……とりあえずいただきましょう」

中河原さんが気を取り直すように言った。真舟が茶色い壜を取って、まず彼女の湯呑みに注ぐ。次いで自分の湯呑みをなみなみと満たして、僕に気づかわしげな眼を向けた。

「理久はそんなに強くないよね。今日はどれくらいいけそう」

「じゃあ、半分くらい」

僕たちのやりとりを見て、中河原さんがくすりと笑った。

「兄弟みたいだね、あなたたち。篠倉くんのほうが先に生まれたのかな?」

「……逆です」複雑な思いで僕は答えた。

静かな夜の食堂で、静かな酒宴が始まった。

持ってきた本を真舟が渡すと、中河原さんは目を丸くして驚いた。そういえば、推理小説を合作しているとは言ったが、プロだとまでは話していなかった。

「これは、去年の秋に出したぼくらの三冊目です。大まかに言えば、プロット担当がぼく、執筆が理久です」

「おっどろいた。あなたたち、大学二年なのよね？　いつから書いているの」

「高校に上がったころだっけ？」真舟がこちらを見てくるので、頷きを返す。「理久に誘われる感じで。ぼくにはそこまで創作欲があったわけではないんですけど、まあ、アイディアを出すくらいならできるかもってことで」

「三度目の応募で争鳴《そうめい》ミステリ大賞を受賞しました」

ささやかな自負を込めて言うと、中河原さんは感心したように鼻息を漏らした。

「まあ、ぼくたちエスカレーター式で入試がなかったから、高校三年でもそんなことができたんですけど」真舟が余計なことを言う。「えーと、ちょうど一年後、高三に上がってすぐの四月に受賞が決まって、その秋に一冊目が出たんだよね？　で、大学一年の秋に二冊目が」

「ふうん。ふたり体制での創作といえば、日本でも有名な人たちがいたけれど……、まあ、原点はなんといってもあれよね。エラリー・クイーン」

この世でいちばん好きな固有名詞が出て、僕は前のめりになった。さっそく彼女の好きなクイーン作品を聞き出していると（『九尾の猫』らしい）、秀島がおつまみを入れたお盆を持ってきてくれた。「本当に宇月はクイーンが好きなんだな」と口を挟んでくる。

「ねえ、旅路」真舟が秀島のほうへ身体を向けた。「見内さんと丹羽さん、喧嘩でもしたの？」

「は？　あのふたり会話もしてないと思うけど……。なんかあった？」

真舟は、先ほどの見内さんの発言を伝えた。

「ああ……。まぁ、ここだけの話なんだけど、奥さんのことが関係してるんじゃないかなぁ」

秀島は、声をひそめて語り出した。

「じつは精三さんの奥さん、おととし家を出てっちゃったんだよ。なんつーか……、いま流行《はや》りの熟年離婚？　それ以来、精三さんはうちの旅館に住み込みで働くようになったんだ」

「そっか、離婚……」真舟は気まずそうにその言葉を繰り返して、「え？　その原因が丹羽さんに関係してるの？」

「いやいや、そうじゃなくて。精三さんの奥さんはなんつーか、ちょっと気性の激しい人だったんだよな。三十年くらい前、津々良さんと同じく中学校の教師としてこの村に来て、お見合いで精三さんと結婚したらしいんだけどさ。もう何年もこの村で専業主婦やってることにくさくさしてたみたいで、『私の人生、こんな村で終えるなんて嫌』って言って、飛び出していって……」

それはわかったが、「そこに丹羽さんがどう関係するんだ」

「その奥さんが丹羽さんのすげーファンだったの。それで、精三さんは丹羽さんをテレビで見るのが嫌になったみたい。丹羽さんが映ったらチャンネル変えるほどだよ」

秀島は急にばつが悪そうな顔になって、「ここだけの話な」と念を押すと、暖簾をくぐって厨房に入っていった。

彼が持ってきてくれた煎餅に手を伸ばす。それをかじってから、酒にようやく口をつけた。堂山酒造の酒〈冬かかし〉は、さっぱりとした辛口の酒だった。味を云々できるほど日本酒は飲みつけていないけれど、美味であることはわかる。アルコール臭さがなくて、清潔な米の香りが鼻からすっと抜けていく。

「……ちょっと逆恨みじゃないかな」

気づけば呟いていた。ひと口で酔いが回ったわけではないが、酒席とあって口が軽くなっているのかもしれない。

「見内さんのこと？」

美味そうに酒を飲んでいた真舟が、僕のほうを向いた。頷いて答える。

「いきなり三行半《みくだりはん》を突きつけられたのは気の毒だと思うけど、奥さんが出てったことは別の問題だろ。『坊主憎けりゃ袈裟《けさ》まで憎い』そのものだ」

「でも、袈裟まで憎むのって人間にとって自然な心の動きじゃないかしら」湯呑みを傾けながら中河原さんが言った。「これは私の憶測だけど、奥さんがそこまで丹羽さんファンだったなら、離婚の動機と無関係とも言えない気がするな。『テレビの向こうにはこんなに素敵な男性がいる、なのに私の夫は……』って比較してうんざりするのって、いかにもありそうなことでしょ。いや、私は未婚だけどさ」

「見内さんにとっては、丹羽さんは奥さんを連れ去った『あっち側の世界』の象徴ってことですね」

真舟も同調しているが、よく理解できない。そう言うと、真舟はちょっと考えてから、

「たとえばさ。理久のいちばん好きな作家は誰」

「そりゃ、今までその話をしてただろ。エラリー・クイーンだよ」

「でも、クイーンはひとりじゃない。ふたりいるし、晩年には他の作家がクイーン名義で書いた作品だってある。それでも理久は、エラリー・クイーンというアイコンを崇拝している。違う？それが悪いってことじゃないよ」

彼の言葉を頭の中で咀嚼《そしゃく》する。少しだけ、言いたいことはわかった。

「そういう単純化は、たしかに無意識のうちにしているかもな。崇敬《すうけい》も嫌悪も、現実に即して丁

寧に分節化することはせずに、ひとつの人格を仮定して押しつけてしまっている」

「文系青年の言葉は難しいわ」

中河原さんに冷やかされて僕が口を閉ざしたとき、話題の有名人が食堂に現れた。

「やあ、すっかり腹が減ってしまった。すみませーん」

彼が厨房に声をかけると、秀島が飛び出してきた。ただいまお持ちします、という返事を聞いて、丹羽さんは僕たちのほうへ歩み寄ってくる。

「やっていますね。飯を食いながらでよければ、ご一緒させていただいても？」

「どうぞ、どうぞ。光栄だわ」

中河原さんに勧められるまま丹羽さんが腰を下ろす。そこへ秀島がお膳を持ってきた。

「どうもありがとう。ところで、俺も酒が飲みたくなってしまったな。日本酒よりはビールがいいけど、あるかな」

秀島は言いつけられるまま、壜ビールを取りに走った。

「彼は気がいいなあ。たったいま廊下ですれ違ったおじいさんの従業員に話しかけたら、ずいぶんつっけんどんでびっくりしたんだが。ひと言も話さないうちから、なにかしてしまっただろうか、とね」

見内さんのことか。有名人は対面する前から好かれていることもあれば、嫌われていることもある。大変なものだ。

それから、話題は僕たちと丹羽さんの間にある共通のテーマ——創作ということに移っていく。僕としては中河原医師の臨床経験にも興味津々だったので、彼女にはその方面の話を何度か振った。しかし、時が進むうちに酒も進んでしまった。

真舟がしきりに水を勧めてくれて、素直に飲んだが、どうやら僕の肝臓はアルコールの分解があまり得意でないらしい。気づけば、頭がふらふらとしていた。

………。

目を開くと、まだ暗かった。雪明かりが障子越しに射し込んできて、どうにかものが見える。枕元を探ってスマートフォンを起動すると、時刻は午前二時三十分。こんな時間に起きてしまったなんて――。思わずため息をつくと、呼気の酒臭さで自己嫌悪に陥る。

水を飲み過ぎたせいか、尿意を覚えていた。隣を見ると、真舟は布団にくるまってすよすよと寝息を立てていた。僕は洗面用具入れを摑んで、忍び足で廊下に出る。

廊下の角にある男子トイレで用を足して、ついでに歯を磨いた。部屋へ引き返す途中、ふと窓の外を見て足を止める。前庭が見えた。しばらく、月明かりを受けて光る梢の雪を眺めていた。そのうち、視界の隅でなにかが蠢《うごめ》いた気がしたが、前庭には人影は見当たらなかった。なんだか気味が悪かったし、寒くなってきたので部屋へと戻った。

ドアを閉めた瞬間――階下でかすかな物音がした。僕はぎくりとして身を強張らせる。

小さな音だったが、玄関の引き戸が開閉する音に違いなかった。

誰だろう？　宿の人が、こんな時間まで仕事をしているのだろうか。亜佐子さんか、秀島か、あるいは見内さんか。そう思っていると、階段が軋《きし》る音がした。上ってきているのだ。

足音を消した気配が、この部屋の前を通り過ぎる。聞こえるのは、衣擦《きぬず》れの音のみ。やがてその人物は、廊下を曲がったらしかった。

ドアを開けて確認すべきか――と思ったときには遅かった。廊下の奥のほうで、ドアが開閉する音がする。僕は遅れて、自室のドアを細目に開いた。

廊下には、たった今ここを通った人物が外から連れてきたらしい冷気のみが漂っていた。

10 烏と屍

次に目を覚ましたとき、時刻は六時五分だった。

酒を飲んだせいで眠りが浅くなったのだろう。スマートフォンを枕元に放り出して二度寝しようとしたが、睡魔が戻ってこない。布団を払いのけて、身を起こした。

「おはよう、理久」

隣の布団から、寝ぼけた声が飛んできた。真舟のほうを向いて、おはよう、と返す。

「ぼくも起きちゃおう」

真舟は髪を掻き上げながら、むっくりと身を起こした。今日も浴衣が寝乱れている。彼は意外と寝相が悪いのだ。

僕たちはどちらからともなく起き上がって、洋間へ行った。今日も冷えている。冷蔵庫からミネラルウォーターのペットボトルを取り出して、電気ポットで沸かした。アメニティのインスタントコーヒーを淹れて飲むと、少しずつ頭がすっきりしてくる。

雪がやんでだいぶ時間が経つはずだが、夜明けからまもないので、まだ解け始めていない。木木は白い化粧をしたままで、地面にもこんもりと雪が積もっている。

「散歩しようか」

唐突に真舟が言った。僕はマグカップを置いて彼の顔を見返す。

「朝の空気は気持ちいいよ」

「この積雪だと、だいぶ歩きにくそうだけど……」

「そりゃあね。でもせっかくブーツで来たし、あまりひどかったら引き返せばいい」

ひとりで行かせてもよかったのだが、歩けば頭がすっきりする気がして、ついていくことにした。着替えてコートを着込み、階下に下りる途中で、ホールから声が聞こえてきた。

「だから、なんでおれが行くんだよ……。電話でいいだろ」

秀島の声だった。踊り場まで下りると、彼と亜佐子さんの姿が見えた。

「駄目よ。丈吉さんと初乃ちゃんだけじゃ雪掻き大変だろうから、手伝ってきなさいって言ってるの。朝食は私と精三さんだけでお出しできるから」

「でも……」秀島は反駁《はんばく》の途中で、僕たちに気づいた。「おう、おはよう、ふたりとも」

僕たちは秀島親子と朝の挨拶を交わして、階段を下りきった。

「なんのお話ですか」真舟が秀島と亜佐子さんの顔を見比べる。

「いやあ……。今日は人出が足りなくなりそうだから、初乃に来てもらえないか頼んでこいって言われてさ」

なるほど。昨日の口論の後だから、行くのを渋っていたというわけか。

「じゃあ、一緒に行こう」真舟が笑顔で誘った。「ぼくらも散歩に出るところだったから」

こうなると秀島も抗《あらが》えない。僕たち三人は、並んで玄関を出た。

積雪はかなりの量だったが、昨日の除雪作業が奏功《そうこう》したらしく、前庭を横切ることはたやすかった。林の中も、上に被る枝が積雪を和らげてくれたらしく、なんとか通れる。それだけに表通りに出ると、その白さに目を瞠《みは》った。昨日は午後すぐに宿に戻ってから外へ出なかったが、その後、ものすごく積もったらしい。

村人たちが協力したのか、大通りはところどころ除雪されていたが、踏み固められた雪の上に、薄い新雪が被さっていて滑りやすい。踏みやすい新雪かと思って足を突っこむと、その下の硬い氷雪の層に足を取られそうになる。僕たち三人は、慎重に道路を進んだ。

案山子たちは、あるものは倒れ伏し、あるものは頭に雪を載せ立派に立っている。そんな彼らの姿を眺めながら、僕はふと頭に浮かんだことを呟く。

「こんな朝早くに行って、初乃さんは起きてるかな」

「都民の発想だな、宇月。田舎者にとって六時起きなんて普通だよ。神社ではいつも五時に起きて朝課してるみたいだし」

田圃のほうへ視線を流すと、ビニールハウスの中で作業している人たちの影がちらほらと見えた。なるほど、この村はもう目覚めているようだ。

ほとんど会話もなく歩いていたが、〈宵待湯〉へと折れる四つ辻を過ぎたあたりで、真舟が「そういえば」と口を開く。

「理久、夜中に起きていたね」

これには驚いた。「起こしちゃったか。トイレに行ったんだけど」

「いや、夢うつつで音を聞いてただけなんだけど。戻ってきた後にしばらくドアの前でじっとしてたから、なにかあったのかなーって思った」

この言葉で記憶が蘇った。僕は「真夜中の散歩者」の件について、真舟に話しておくことにした。

「夜中に出かけてた人？」秀島が首をかしげる。「勘違いじゃねーの」

「いや、音をたしかに聴いた。二階の廊下を曲がった先の、どこかの部屋に入っていったんだよ。その人が纏《まと》っていた冷気も漂ってたから、間違いない」

真舟が軽く首をかしげながら、「飲み会のあと一緒に二階に戻ったとき、丹羽さんも中河原さんもトイレを曲がった先に部屋を取っている様子だったね。旅路、園出さんも二階に泊まってるの？」

「ああ、うん。ていうか、ウチは一階に客用の部屋はないから」

「じゃあ、旅路自身と亜佐子さん、それから見内さんの部屋は……」

「一階の奥。ちなみに、おれは夜中に起きてもいないし、二階にも行ってないぞ。たぶん、誰かが煙草でも喫いに外に出たんじゃねーの」

それは解《げ》せない。「宵待荘って禁煙じゃないだろう。文机のうえに灰皿があった」

「いや、部屋に臭いがこもるのが嫌で外で喫う人はいるだろ」

「それは、まあ……そうか」

僕は納得してしまったが、今度は真舟が反論した。

「でも食堂でも喫えるよね、見内さんもそうしていたし。食堂は襖で仕切られているだけで施錠できないから、誰でも入れる。雪が降った寒い夜に、わざわざ外に出るかな」

これを聞いた秀島は苦笑して鼻の頭を掻いた。

「ミステリマニアは細かいこと気にするなあ。じゃあ、煙草じゃなくて外の空気が吸いたくなったんじゃねーの」

そう言われるとそうかもしれないという気になる。真舟も口を噤《つぐ》んだ。

せいぜい十五分で行けるはずの宵待神社の駐車場に辿り着いたとき、時刻は六時四十分になっていた。宵待荘を出たのがたしか六時十五分くらいだから、倍近く時間がかかった計算になる。雪というのは恐ろしいものだ。

「さあて、この石段を上るのも重労働だな」

秀島が頭を掻いた。だが、彼の顔は上ること自体ではなく、その後の面談こそ重労働なのだと語っていた。

そんな彼を引っ張るようにして、どうにか境内まで上がっていく。これで三度目になるが、石段は危うげで、ここでも時間を取られた。足許を見ながら歩くので、石段に残る足跡が目につく。しかし複数入り乱れていて、足跡の形はよくわからない。

ようやく到着した境内には、初乃さんがいた。彼女は足音に気づくと、さっと顔をこちらに向ける。昨日の彼女の去り際を思い起こすとなんとも気まずいが、当の本人は「あっ！」と叫んで、ずんずんとこちらに歩み寄ってきた。

「おはようございます、篠倉さんと、えーと、宇月さん」

初乃さんは存外元気そうだった。僕たちが挨拶を返すや否や、彼女は後ろでもじもじしていた秀島を睨みつける。

「ちょっと、旅路。聞いてないんだけど？　丹羽星明が宵待荘に泊まるなんて！」

「へっ？」秀島は虚を衝かれたように顔を上げて、「いや、予約情報は常勤スタッフで共有すりゃ十分だから……。ていうか、なんでおまえが知ってるんだよ！」

「自治会のＬＩＮＥで回ってきたの！　〈宵待湯〉に丹羽さんが来たから、女将さんがそのことを報告して、で、昨日の夜はみんな彼の顔を見に温泉に行ったみたいで……。あたし、スマホ見

「あたしがファンだって知ってるんだから教えてよ！」

「いやそりゃおまえ、顧客の情報については守秘義務ってもんがあってだな」

今さら君が守秘義務を云々するのかね、と思ったが、黙っておく。

幼馴染同士の言い合いが白熱する前に、真舟がすかさず割って入った。

「秀島が初乃さんに用があるって聞いて、ぼくたちはくっついてきただけなんです。見晴らし台から雪景色が見たくて。……でも、今の時間は開いてないんですか？」

真舟が指さした境内の左手――見晴らし台へと続く道には、「立入禁止」と書かれた黄色いスタンドが立ててあった。

「あ、大丈夫です。あの看板は、去年の事故以降、念のため夜間だけ置いてるものですから。夕方に雪掻きもしたから、そんなに積もってないはずですし」

というわけで、僕と真舟はふたりを残して、見晴らし台のほうへ向かった。

社殿から張り出した屋根の下は、ほとんど雪が積もっていなかった。僕たちはそこを通って歩く。そうして辿り着いた見晴らし台も、驚くほど積雪が少ない。綺麗に雪掻きされていて、融雪剤まで撒かれている。初乃さんが雪掻きをしたときの跡なのか、ずいぶんと足跡が入り乱れていた。柵へと近づくが、ここで起きた不幸を知っているだけに、足取りは自然と慎重になる。

「おお、壮観だなあ」

真舟のはしゃいだ口調からすると、気を利かせただけではなく、本当にここからの景色が見たかったらしい。「気をつけろよ」と警告してから、僕も柵を軽く握った。

たしかに眺めがいい。初日に見た真っ茶色の山並みが真っ白に染まっている。写真に収めたくなり、スマホを取り出す――と、指先が冷えていたせいで手が滑った。

「うわっ、と、と、と」

どうにか空中でキャッチした。握りしめてポケットに戻す。写真を撮る気など失せた。僕の間抜けな行動を嗤《わら》うように、下の森で早起きな鳥が一声鳴いた。

「理久、大丈夫？」

ものすごく心配そうな顔をされた。くそ、情けない。十秒前に「気をつけろよ」などと言っていたのはどこのどいつだ。

「平気。ああ、焦った……」

言いながら、崖下に視線をやる。——すると。

「……真舟。なんだあれ」

眼下にある半月形の空き地に、鳥の影が三つばかり見えた。いや、それよりも、彼らが群がっているのは——。

「どれ」彼も下を覗き込んで、鋭く息を吸い込んだ。「……人？」

空き地の中央よりもやや崖寄りに、なにかが横たわっていて、鳥はそれに群がっているのだ。白いコートを着ているようで、その輪郭は識別しにくかったが、あの影は人に違いない。顔は識別できないが、崖に足を向けて仰向けに倒れているようだ。その足許に、なにか黒いものが落ちているのも見える。

どこかで鳥がまた一声、鳴いた。あの空き地にいる鳥の声に思えて、僕は震える。

「ちょっと、ヤバくない？　まさか、ここから落ちて……」

真舟が不吉なことを言う。三秒、五秒とその光景を見ているうちに、僕の心の内にも嫌な予感が膨らむ。鳥たちが元気に群がっているのに、その人体はぴくりとも動かないのだ。

「……行こう」

僕は駆け出そうとして、雪に足を取られた。気をつけて、と従弟に言われた。

小走りに社殿の横を駆けていくと、秀島と初乃さんはまだ参道の真ん中でわいわい言い合っていた。

「秀島！　見晴らし台の崖の下に人、人が倒れてるっ」

叫びながら近寄ると、ふたりはぽかんと目を丸くしてから、顔を見合わせた。

「え、人？　落ちたのか？」

「そ、そんな……。あの、本当にそれ人ですか？　案山子が倒れてるとかじゃ……」

「わかりません。でも人にしか見えないし、あそこの案山子はなくなってましたし」

「旅路と初乃さんも一緒に来てください」真舟が素早く言った。「もしも本当に人だったら、医者を呼びにいったり手当てしたりで人数が必要になります」

「えっ、あ、それならあたし、おじいちゃんにも知らせてきます！」初乃さんは社務所のほうへ駆けだした。「あと、あと、救急箱も取ってきますっ」

男三人で石段を下りる。ただでさえ急な上に雪が残っているため、もどかしいが慎重に下りるしかなかった。

下りきって大通りまで出たとき、コートを着た津々良さんが自宅の前庭から出てきた。彼女は僕たちに気づいて目を丸くする。

「どうしたの、あなたたち。血相変えて」

「津々良さん！　やべーんですよ。こいつらが見晴らし台から、空き地に人が倒れてるのを見つけたらしくて……。もしかしたら、転落したかも、って」

「なんてこと。それなら私もついていきます、人手がいるでしょう。ああ、でも、あなたたちのほうが速く歩けるでしょうから、待たずに先に行ってちょうだい」

そのとき、またそばの家でがらがらと戸が開く音がした。

「なにごとですか？　転落、という声が聞こえましたけど」

隣家に住む竜門さんだった。コートに袖を通しながら近づいてくる彼に、真舟が事情を早口で説明する。竜門さんもにわかに表情を緊張させて「俺も行きます」と申し出た。

津々良さん、竜門さんを加えた五人で森へ入る。人が通った痕跡は雪上にいくつかでこぼこと残っていたが、靴底の跡がくっきりとわかるもの——つまり、雪が降りやんだあとについた足跡は、一組だけだった。

「この鮮明な足跡は避けて通ろう」

先頭の真舟が命じた。僕以外の三人はどう思っていたかわからないが、全員が従った。このあたりは道幅が広いから、真ん中を通るその足跡を避けても歩くのに問題はなかった。

昨日と同じ道を通って、森の中を進む。除雪されていないから、ふくらはぎの真ん中あたりまでが埋まる。

「……雪が完全に降り積もった後に、ここを通った人がいて」真舟が告げた。「その人はまだ戻ってきていない」

嫌な胸騒ぎが、一歩雪を踏みしめるごとに大きくなっていく。ブーツの中に雪が入り込んできたが、気にしている余裕はない。

一本道を進み、ご神木がある広場まで辿り着いた。足跡は、木の裏側へと延びている。それを追って回り込むと、思っていたとおり、ひょっとこの案山子が立っているほう——空き地へと延びる道に続いていた。僕たちもそちらへと歩を進める。ここから先は道が狭い。真舟を先頭にして、津々良さんがしんがりを務める。

足跡は、森の最奥部へと続いている。他の誰かが通った痕跡は、一切みとめられない。さすがにこの道の狭さでは、その足跡を多少踏んでしまうことになった。

最後のカーブを抜けると、空き地が視界に飛びこんできた。見晴らし台の真下、崖の近くに、やはり人が倒れていて、その顔のあたりに烏がたかっている。白いコートを着た人間――体格からして、男。秀島が石を投げると、烏はばさばさとどこかへ飛び去っていった。

真舟が、横たわった男のほうへ近づいていく。仰向けに倒れたその人物は、顔はこちら側を向いているが、雪にめり込むようになっていて、よほど近づかないと見えなかった。

「津々良さんは待ってて」秀島が手で制した。彼女は言われた通り、空き地の手前で歩みを止めた。

僕たち男四人で、まるで獲物を取り囲むように近づいていく。最初に顔を視認したのが誰だったかはわからない。真正面から近づいた僕が最初に認識したのは、顔ではなく銀色の矢だった。僕がその顔を見たのは、秀島が「うっ」と呻いた後だった。

「堂山！」

最初に叫んだのは、竜門さんだった。こと切れていたのは、堂山純平だった。

そう、彼はこと切れている。大きく目と口を開いた表情と、人間のものとは思えない顔色がその証拠だ。だが、眉間に深々と突き立った銀色の矢は、それ以上に雄弁だった。

烏はまだたかり始めたところだったようで顔は識別できたが、動物というのは容赦がない。頬に赤黒い穴が開いていて、僕は思わず目を逸らした。そのとき、堂山さんの足の横に懐中電灯が落ちていることに気づいた。

「え、堂山さん？　いま、そう言ったの？」

戸惑いの声を上げる津々良さんに、秀島が頷いた。

「息子のほう……、純平さんです」

津々良さんはしっかりとした足取りで近づいてきた。「やめたほうが！」と僕は叫んだが、彼女は遺体の顔をまともに確認すると、目を閉じて合掌《がっしょう》した。

「なんで、おまえが……こんな……」

犬猿の仲だった男の遺体を見下ろしながら、竜門さんは譫言《うわごと》のように呟いていた。僕は、かける言葉を思いつけない。

「とりあえず、警察に電話しなきゃ……」

スマホを持つ真舟の手が震えていることに気づいた。彼の掌を押し戻して、僕は自分のスマホを取り出した。

「僕がかける」

自分が意外にも冷静であることに気づいた。人間の死体なんて、これまでの人生で見たことはない――いや、祖父母の葬式はあった。しかしどちらも昔のことだし、丁寧に整えられて棺に入れられた遺体だから、まったく話が違う……。

などと考えている間に電話が繋がり、状況を訊かれた。すべてをありのまま話す。「秩父市宵待」という場所がなかなか伝わらなかったが、通話するうちに向こうがこちらの位置情報を特定してくれたらしい。現場付近にいるパトロールカーを捜すので、名前を教えてくれと言われた。

僕が名乗ると、いったん通話が終わった。

スマホをしまうと、僕に注視していた他の四人も身体の緊張を解いた。

「そうだ、旅路」真舟がはっと気づいたように、「この村のお医者さんは？　もちろん監察医なんていないだろうけど、医師免許のある人に見てもらわないと」

「えーと、えーと、あっ、そうだ、佐藤先生」

「駄目よ」津々良さんが言った。「歯医者さんは免許が違うもの。……でも、他にはいらっしゃらないわね。耳鼻科の太田先生も三年前に亡くなられて、息子さんは長瀞に引っ越してしまったから……」

「わかりました」真舟は頷いて、「旅路。中河原さんを呼んできてくれる？」

そうだ、彼女がいた。駆け出そうとした秀島を、竜門が「待って」と押しとどめる。

「俺の車で行きましょう。着くのは少しでも早いほうがいい。それで、もう片方が交番に行くんです」

竜門さんは衝撃から立ち直ったようで、的確な指示を出した。そうか、言われてみれば交番に駆け込むという手があったのか。僕が通報したから本署から連絡が行く可能性が高いが、一応知らせにいくに越したことはないだろう。

真舟が「それがいいですね」と言うと、ふたりは森を駆け戻っていった。

それからしばらくして、津々良さんが決然として言った。

「じゃあ私、堂山さんのお宅に知らせてきます」

これを聞いて、僕と真舟は気まずさから目を見交わした。

「嫌な役目を押しつける、なんて思わないでくださいな。面識のないあなたたちがいきなり行っても、いらぬ説明が必要になってしまうでしょう？　堂山さんの家族を存じ上げている私の役目です」

「でも、おひとりで森を引き返すのは危険です。まだどこかに――」

真舟が言いかけたとき、小道を通って初乃さんがやってきた。津々良さんは力強く彼女の肩を摑む。

「見ないほうがいいわ。烏がね……傷をつけたみたいなの」

だが、初乃さんはきっぱりと首を振って歩み寄ってきた。津々良さんは立ち止まって、その様子を見守る。

「旅路と竜門さんとすれ違って、純平さんが亡くなっていると聞きました。手だけ合わせさせてください」

初乃さんの意志は強かった。遺体の顔を確認すると、一瞬顔をしかめたものの、ジーパンの膝が濡れるのも構わず跪《ひざまず》いて、瞑目《めいもく》した。合掌を終えた彼女は身を起こして、憤《いきどお》りを隠さぬ声で言った。

「……ひどい。あのハンターたち、とうとう人間を撃つなんて」

ああ、そうか。頭が回らなかったが、どう考えてもこれは一連の毒矢事件と同じ犯人の仕業だ。とうとう、エスカレートしてここまで来てしまったのだ。

いや、待てよ。真舟はあの犯人を村の内部の者だと言っていたような……？

「えっ」突然、初乃さんが崖のほうを指さした。「あれって、もしかして」

彼女が示したのは、堂山さんの足のほうにある何かだった。倒れ伏した彼の足から三メートルほど離れた地点――崖下の雪の中に、なにか黒いものがあった。見晴らし台から見下ろしたときにもあったし、先ほどから視界にちらついてもいたが、堂山さんの荷物かなにかだと思って気にしていなかった。

だが、近づいて覗き込んでみると、そうではなかった。大部分が雪に埋もれているが、横長で黒い服を着た人間——のように見えた。真舟が手袋を両手にはめて、それを雪の中から引き揚げる。

人間ではなく、案山子だった。顔は、安らかに目を閉じた表情の絵。胴体には黒い布が巻かれている。手と足もついていて、この村でなければ人形と呼んだほうがいいような代物《しろもの》だ。だが、この村においてそれは明らかに「案山子」だった。後ろで、津々良さんがはっと息を吸い込む音が聞こえた。

「それ——去年、ここに転落して亡くなったかたの慰霊のために、私が作ったものです」

「なくなったはず、なのに」

初乃さんが、怯えたように呟いて一歩下がった。真舟は案山子の頬を撫でながら、

「ねえ、理久……。昨日、僕らがこの空き地を探したとき、こんなのあったっけ？」

わざわざ記憶を呼び起こす必要もない。事実は明らかだ。

「なかったよ」

11　足跡なき殺人

数秒後、津々良さんが「堂山さんに知らせなくちゃ」と思い出したように言ったので、初乃さんがついていくことになった。女性ふたりが去り、僕と真舟だけが広場に残る。初乃さんが置い

ていった救急箱が半ば雪に埋まっているのが、なんとも切なかった。

「……なあ、真舟」

「わかっているよ、理久の言いたいことは」真舟の声は沈んでいた。「足跡なき殺人、って言いたいんでしょ？」

「いや、まあ……。そういうこと」

「ぼくはそうは思わないけどね」緊張と疲労のせいか、真舟の口調はいつになくつっけんどんだ。「凶器は飛び道具だよ。林の中から撃ったんだろう。きっと、どこかにはあるよ、足跡」

「どこかって、どこだよ……」

僕はあたりを見回す。半月形の空き地はどこも、綺麗に雪が降り積もっていた。遺体が倒れている場所は崖寄りではあるものの、ほぼ空き地の真ん中だ。矢が刺さっている箇所と遺体の向きからして、犯人は崖を背にしていたはずだが、足跡がない以上、狙撃地点はそちらではないということになる。辻褄が合わない。

「それより、これが気になるな。見てよ、理久」

真舟は、例の案山子を指さした。

「そりゃあ、気にはなるけど」

「いや、案山子自体じゃない。この下を見てみて」

覗き込むと、真舟がなにを示しているのかがわかった。ちょうど案山子が倒れていたあたりは、崖際の他の箇所と比べて、雪の積もりかたが違うのだ。全体的に斜面からずり落ちた雪が堆積《たいせき》しているのだが、案山子が埋もれていたあたりは、その積もりかたがわずかに浅く、代わりにその周囲がうっすらと膨らんでいるように見えるのだ。その不自然な幅は、だいたい一メートルくらいだろうか。

「ぼくの想像だけど……」考え考え、というふうに真舟は言った。「ここには、案山子が立っていたんじゃないかな」

「つまり、僕たちが昨日、ここを離れたあとに、誰かが立てたってことか？」

「そう。そして、時間が経って、案山子は倒れた」

「でも、誰が案山子を戻したっていうんだ？　それと堂山さんが殺されたことと、どう関係するんだよ」

「殺された、って断言できるかな」

元気のない口調で呟かれた真舟の言葉に驚く。

「いや、どう見ても殺人だろ、これは」

「ううん、『どう見ても殺人』は言いすぎ。何者かがボウガンを撃った結果彼が死んだとしても、殺意があったとは限らない。他の動物を撃とうとして誤って当たってしまったなら過失致死だし……。って、べつに法律の話がしたいわけじゃなくて。自殺や事故の可能性はないのかな、ということ」

「自殺はありえないだろ。ボウガンがどこにも落ちていない」

真舟は無責任に「そうだね」と答えた。

「ただ、なにごとも決めつけることはできない、ってだけ。警察の判断を待とう」

たしかに、それが賢明である。素人の僕らがあれこれ考えを巡らす必要はない――とは思いつつも、巡らしてしまう。

「……この空き地まで続く道には、たしかに堂山さんの足跡しかなかった。ここを囲む木立の中にも足跡は見当たらない。でも、あそこからならどうだ？」

僕は、まっすぐに頭上を指さした。十数分前まで、僕たちがいた場所だ。

「犯人は、あの見晴らし台の上から撃ったんだ。それなら、足跡を気にする必要はない」

見晴らし台の上は丁寧に雪掻きされていたうえ、足跡も入り乱れていた。あそこが犯行現場だったなら、痕跡は残らない。

「口で言うのは簡単だけど」真舟は張りのない声で、「十五メートルほどの高さがあるよ。一発で堂山さんに当てるなんて、プロの兵士でも難しいんじゃない」

無理やり話を打ち切るように、真舟は雪の上に膝をついた。

「……まだ、ぼくらは黙禱《もくとう》していなかったね」

僕も真舟に倣うことにした。驚愕のまま固まった死者の表情をあらためて見る。けっして好感の持てる男ではなかったが、僕らと十も齢が変わらぬ若さで逝ってしまったのだ。あまりにも早い。

しばらくそうして祈っていると、濡れた膝からじわじわと身体に冷たさが広がってくる。目を開けて立ち上がった。

遺体の全身を視野に収めたとき、僕は遅ればせながらその恰好の奇妙さに気がついた。脚が妙なのだ。右脚はまっすぐ伸びているが、左脚は膝が空を向く形に折り曲げられている。撃たれて倒れたのだとしたら、両方の脚が伸びているはずではないか……？　つまり、被害者は撃たれたとき片膝をついていたということになる。

僕たちが無言で佇んでいるうちに十分ほどが経ち、秀島に連れられて中河原さんがやってきた。相当急いだようで、コートの前のジッパーが開きっぱなしだった。彼女はリュックサックを放り出すように置いて、僕と真舟に睨むような一瞥をよこした。

「離れたほうがいい」

人当たりのよい彼女に似合わぬ、強い語調だった。僕たちはおとなしく、後ろに下がって見守る。真舟が秀島に「竜門さんは？」と小声で尋ねた。

「交番に行った。おれは宵待荘のバンで戻ってきたんだ」

中河原さんは脈を取ったり、瞳孔《どうこう》を覗き込んだりと、ひと通りの検査を終えた。

「……亡くなっている」わかりきっていたことを、改めて告げた。「雪で身体が冷えているから、死亡推定時刻はかなり割り出しにくくなっているけれど……六時間は経過しているみたいね」

僕は咄嗟《とっさ》に腕時計を見た。時刻は午前七時三十分。

「もっと正確にはわからないんっすか？」

秀島の質問に、医師はかぶりを振って答えた。

「今の段階ではね。死斑とかを見られたら、もう少し絞れるでしょうけど。勝手に触るわけにはいかないし」

中河原さんが身を起こしたとき、竜門さんが木佐貫巡査を引き連れて現れた。巡査は大きく肩で息をしながら、まず遺体に目をやって、それから僕たちを順繰りに見た。

「えーと、宇月さん。あなたが通報をなさったそうで？」

名を呼ばれ、僕はいくぶん緊張しながら「はい」と答えた。

「その通報が交番にも入りましてね。出動の準備をしているときに竜門さんが駆け込んできまして。ああもう、僕ひとりで現場保存なんて……」

がしがしと頭を掻く巡査の前に、中河原さんが歩み寄る。

「一昨日お目にかかった医師の中河原です。秩父署の応援はいついらっしゃるんですか?」

「いや、とにかく現場保存せよ、という命令が来たのみです。市中もこの雪のせいで交通事故が多いのか、なにやら電話の向こうも混乱した様子で……」

「あの、なぜおひとりなんですか?」思わず尋ねる。「一昨日、一緒にいらっしゃったかたは」

「いやそれが、瀬上《せがみ》巡査長は交番を守る係でありまして……」

「定年間近のじいさんなんだ」秀島があけすけに言った。「普段から交番にこもりっきりで、パトロールももっぱら木佐貫さんの仕事でさ。まあ、痛風で足がすごく痛むらしいから、こんなひどい雪の中来てもらうのも酷だろ」

それで一昨日も捜査は木佐貫巡査に任せきりだったのか、と得心がいった。しかしそうなると、この村で戦力になるのは木佐貫巡査ただひとりということになる。この非常時には心許ない。

「しかし、秩父署って秩父駅のすぐ近くでしょう」竜門さんが、感情のこもらぬ低い声で言った。「雪道とはいえ、サイレンを鳴らしながら来るんだから、一時間ほどで到着しますよ」

それを聞いた巡査が安堵の表情になったとき、中河原さんが「あの」と申し出た。

「でも、その間に死後硬直も進むでしょうし、簡単な検死だけ先に済ましておいたほうがいいと思うの。許可をいただけますか?」

巡査は「確認します」と言って、携帯電話を取り出した。彼は秩父警察署にかけて二言三言話したところで、小さく呻くような声を上げげた。みるみるうちに表情が強張っていって、電話を切ったときには泣きそうな顔になっていた。彼は中河原さんに向き直って、

「け、検死をお願いします……ということでした」

「どうしたんだよ、木佐貫さん」

竜門さんが尋ねると、木佐貫巡査は震える声で説明する。

「電話をしたら、本署の人から『いまちょうど、こちらからかけようとしていたところだ』と言われまして……。140号線で、大規模な事故があったそうです。雪のため大型トラックが横転して、積んでいた冷凍の海産物が周囲一帯にばらまかれたんだとか。ちょうど道が渋滞していたため、複数の乗用車が玉突き事故を起こして……完全に通行止めになっているそうです」

僕たちは言葉を失った。目の前の悲劇に加えて、そう遠くない場所でもうひとつの惨劇が起きていたなんて。

「幸い死者は出ていないようですが、軽傷者が複数……。いや、とにかく我々にとっての問題は、警察車輛がそこを通れないということです。ただでさえ秩父往還は道幅が狭いところが多いうえ、そこにトラックが倒れているわけですから、緊急車輛なら通してもらえるというレベルではないそうで」

「私たちは閉じ込められた、ということ？」

中河原さんが冷静な口調で尋ねると、巡査は大慌てで手を振る。

「あ、いいえ、そうではないです。たしかに本署のほうからまっすぐ来る道は塞がっているんですが、140号線の反対側――山梨からぐるっと回ってくるルートでも、この村には来られます。ただ……半日はかかるということですが……」

そう聞くなり、中河原さんは両手に革手袋をはめた。

「じゃあ、四の五の言っている場合じゃないわね。お巡りさん、間違いがないように、私の検死を見ていてくださる？」

「念のため、ムービーで記録しておきましょう」

真舟がすかさずスマホを取り出して構えた。

中河原さんと木佐貫巡査で死体を動かして、検死を始めた。その様子を真舟が撮影する。秀島と竜門さんは、離れたところで見守っていた。僕は他にも撮るべきものがあることに気づいて、その場を離れた。

ご神木から空き地にかけては、道が細いからすでに足跡が入り乱れていた。しかし大樹の下まで引き返すと、それよりも公道側の道には、堂山さんの足跡がちゃんと残っていた。後から駆けつけてきた初乃さんも中河原さんも、一組だけ道の真ん中に残っているあの足跡をなんとなく避けたのだろう。

僕は適当な間隔を空けて、堂山さんの足跡を撮影していく。いくつかは、靴底の模様がわかるように接写しておいた。撮り終えて、現場に引き返す。

そのときには検死はもう終わっていたらしく、中河原さんは眉間に深い皺を刻みながら手袋を外していた。

「最初の見立てよりも、少しだけ絞り込めました」彼女は木佐貫巡査に向かって言った。「死亡推定時刻は、昨夜の九時から十二時の間だと思われます」

「雪で体温が下がりにくかったと思うのですが」と、巡査。「前後することはないんでしょうか」

「……難しい質問ですね。死体現象を素直に受け止めると、九時から十二時なんです。ただ、十二時より遅いということはないでしょう。気温が低いと死体現象の進行が遅れますから。あと、ここからは独自の見解になりますけど」

医師は慎重に言葉を選んでいるのか、ゆっくりと話す。

「これだけ硬直が進んでいるから、死後九時間は経っている――つまり、十時半には亡くなっていた公算が大きいですね。九時より数分前という可能性も、ぎりぎり否定できません。ただ、私は法医学者ではないから、これもあくまで参考という程度でお願いします。司法解剖をすれば、もっと正確に絞れるでしょうけどね」

彼女は、不意に面を上げる。

「ところで気になるんだけど、この遺体の周りに犯人の足跡は残っていたの？」

僕と真舟、それから秀島は揃ってかぶりを振った。

「被害者のものだけです」僕が言った。「でも、おかしいとは断言できないのではないでしょうか。凶器はボウガンでしょうから、遠くからでも撃てます。狙い撃ちは困難でしょうが、偶然当たったとしたら……」

先ほどの真舟とのディスカッションを踏まえた結論だったが、医師はきっぱりとかぶりを振った。

「いいえ、遠くからは撃たれていない。そりゃあ、私は猟師でも警察官でもないから、ボウガンの威力なんて知らないわ。ただ、人間の頭蓋骨の硬さについてなら、多少の知識はある。問題は、さっき遺体をひっくり返したとき、矢の先端部が盆の窪から飛び出していたこと」

僕は息を呑んだ。彼女の言いたいことがわかった気がする。

「そう、犯人はものすごい至近距離からこの人を撃っているようなの。繰り返すけど、凶器の威力は不明、とした上での推定よ。ただ、矢の直径に対して傷が大きいから、かなりのスピードで頭に突き刺さったことだけはたしか」

秀島が小さく呻いた。あまりに直截的な表現に、僕もたじろぐ。

「っと、繊細さを欠く言いかただったわね。ごめんなさい。……たしか、雪は八時には止んでいたわよね？　犯行が九時少し前の可能性もあるって言ったけれど、硬直の具合からして八時より前ではさすがにない。ということは、この近くに犯人の足跡が残っているはずよ。応援も来られないというのなら、今のうちに探しておくのが得策じゃありませんか？」

最後の言葉は木佐貫巡査に投げかけられたものだった。

「え、は、はぁ……。しかし、犯人の足跡を見つけても、追跡は困難では？　だって夜のうちに純平さん、死んじゃったんでしょう。もうとっくに逃げていますよ」

「靴型がわかれば、あとで証拠になるでしょう」

真舟が優しく指摘すると、巡査は「あっそうか」と頭を掻いた。あっそうか、ではない。

「まあ、どうせ犯人はヤツらですから、きっと本署の応援が来てくれて、でっかい規模の検問を敷いてくれれば絶対に捕まりますよね。うん、そうだ、そうだ」

自分を元気づけるように、巡査は大声で繰り返した。

「案山子や鳥を撃った犯人のことですか？」僕はつい確認してしまう。「この矢は、一連の事件の犯人が使ったものと同一なんですか？」

「ああ、はい、見たところ。それに、矢だけじゃなくて毒のこともありますし」

「毒？」

「そうか、理久はさっき、足跡を撮りに離れていたもんね」

さすがが真舟。僕が離れた理由を察してくれていた。

「さっき言ったでしょう、矢が盆の窪から飛び出していたって」中河原さんが重苦しい声で言った。「篠倉くんが警告してくれて助かったわ。うっかり触れていたら、私もお陀仏だったかも」

「じゃあ、まさか……矢の先端に？」

「ええ、血で汚れているからかなりわかりにくいけれど、血液とは違う粘性のなにかが塗られているみたい。警察に調べてもらわないとはっきりしないけれど――」

　調べるまでもないだろう。それはおそらく、アコニチンのはずだ。

「とにかく、足跡を調べなきゃ」

　秀島の言葉で、僕たちは行動を開始した。半月形の空き地の弧を描いている部分に沿って、六人で見て回る。しかし、木立の中に足跡は見受けられなかった。

「純平さんを撃った者は木陰に立っていたわけではなさそうですね。となると、空き地へと続くこの一本道からやってきた……」

「いや、ちょっと待ってよ木佐貫さん」秀島が声を張り上げた。「おれたちがここに駆けつけたとき、足跡は一組しかなかったんすよ」

「見逃したってことはないですか？　すでに入り乱れていますし……」

　これには、僕と真舟も反駁した。竜門さんにも同意を求めてから、秀島が「津々良さんの証言もありますよ」と畳みかけると、木佐貫巡査もさすがに折れた。

「わかりました。足跡が一組だけだった、というのは確かなようですね。そうなると犯人は、この空き地へと通じる小道よりも、ずっと手前から矢を発射したんですかねえ」

「おかしいですよ、木佐貫さん。さっき、中河原さんがボウガンは至近距離から撃たれたって言ってたし……、そもそも、この小道の手前にも、雪が止んだ後についたらしき鮮明な足跡はなかったし」

　秀島の反論に続いて、真舟が控えめに口を開く。

「あともうひとつ。遺体が倒れている向きからして、矢は崖側から発射されているはずです。小道側だと、正反対です」

木佐貫巡査は腕を組んで唸った。しばらくして「あっ」と声を漏らした。

「待ってくださいよ。ええと、中河原先生。眉間から入った矢が頸椎《けいつい》を突き抜けているということは、矢は斜め上から入ってきたということになりますね。しかし、純平さんはとても大柄ですから、犯人はだいぶ巨漢だったことになるのでは？」

「それは、あまり謎ではないですね」中河原さんは遺体の左膝を指さした。「遺体を動かす前、彼は脚を折り曲げていたでしょう？　そして、左膝は最初から濡れていた。つまり、撃たれる前に左膝をついていたのよ」

「つ、つまり犯人にボウガンで脅されて、しゃがむように命じられた？」

「おそらく。この人は左膝をつき、右膝を立てて、犯人を見上げたのね。そこを撃たれた。そして吹き飛ばされるような勢いで後ろに倒れて、立てていた右脚は伸び、膝をついていた左脚は折れ曲がった恰好になった」

膝をついていたとしたら、小柄な人物でも堂山さんを見下ろせたことだろう。現実の事件では、痕跡から犯人の体格を割り出せるようなうまい状況にはならない。

「あ、そうだ。さっきからずっと気になってたんだけど」秀島はそう言って、堂山さんの足許の先にある案山子を指さした。「これ、いつ現れたんだ？」

「そこなんだよね」真舟が眉根を寄せる。「この案山子の下にある窪みからして、これはたぶん雪の中に立っていたんじゃないかと思うんだけど……そうすると、問題が出てくる」

「へ？　なんだよ、問題って」

「被害者がこの向きで倒れたとしたら、その正面に案山子が立っていたということになる」

ああ、そうだ。言われてみれば、まったくそのとおり。

「って、まさか――」秀島が叫ぶような調子で言った。「案山子が、純平さんを、撃った、ってこと？」

「そ、そんなことはありえない！」

木佐貫巡査が叫んだとき、僕たちの背後で雪を踏みしめる音がした。全員、身体を緊張させて振り返る。

初乃さんと津々良さんが、小道を通って戻ってきた。ふたりの後ろには、太い眉毛が目を惹く初老の大男がいた。

「……純平」

呻くように漏らした声で、その素性《すじよう》が知れた。彼こそ堂山酒造の蔵元であり、堂山純平の父親なのだろう。

「ど、堂山さん……」木佐貫巡査がしどろもどろになりながら、「このたびは、なんと申し上げてよいか……」

堂山氏は、彼の言葉を手で制した。

「何も言わなくてよい」それから、僕と真舟のあたりにぼんやりと視線を投げた。「君たちが、純平を最初に見つけたという学生さんたちかな」

悔やみの言葉を封じられた僕たちは、無言で頷く。

「そうか……。見つけてくれて、感謝するよ。息子は今朝から姿が見えなくて、どこにいるのかと思っていたら……」深く息を吐いて、続ける。「来るのが遅れて、申し訳ない。酒の仕込みの最中だったから、津々良さんたちの話を聞くのが遅れてね」

堂山氏は、ゆっくりと息子のほうへ歩み寄っていく。なにか言わなくては、と僕が焦っていると、真舟が唐突に「では」と声を上げた。

「お邪魔だと思うので、このあたりでぼくらは失礼いたします」

雪を踏みしめて歩き出した彼に、僕も慌ててついていく。竜門さんも迷わず僕たちに続き、秀島と初乃さんは顔を見合わせてから、重たい足取りでやはりこちらに来た。中河原さんが秀島に声をかけるのが聞こえてきた。

「私はとりあえず残るけど、車で帰ってしまって大丈夫よ」

僕たち五人は、すでにどの足跡も識別できなくなっている小道を引き返した。ご神木を過ぎたあたりで、真舟が口を開く。

「木佐貫巡査は、しばらく遺体のそばを離れられないと思う。だから、ぼくらで足跡の確認をしにいかなきゃいけない」

「足跡?」秀島の声は困惑気味である。「さっき調べたじゃんか」

「言葉足らずだったね。ぼくが調べたいのは、村の入り口の足跡の有無だよ」

ああ、そうか――。もしも村の外部の人間が外から入ってきたのだとしたら、村と外界を繋ぐ唯一のルートであるあの橋に、足跡か車輛の跡が残っているはずだ。だが――。

「もう雪掻きが済んでるんじゃないか?」

僕の疑念を「いや」と否定したのは秀島だった。

「一昨日の自治会で決まったんだけど、あの橋の雪掻きは宵待荘の受け持ちになったんだ。だから今朝おれがやるはずだったんだけど、こんなことになっちゃっただろ。精三さんが始めてなけりゃ、まだまっさらで残ってるはず」

真舟は小さく頷いた。「あと、誰かが車で通ったりしていなければね」

「つまり、そこに残っているのは——」

しんがりの竜門さんが言葉を発したので、僕たちは揃ってそちらを見る。

「村の外部に逃走した人間の痕跡、というわけですか」

「そうですね……。残っていれば」

真舟が最後に付け足した言葉の含意《がんい》は、たぶん僕だけが理解したように思われる。

森の出口が見えてきたとき、大通りのほうからひとりの女性が入ってきた。

「まあ、まあ、あなたたち」

そう叫んだ彼女は、昨日、宵待荘で会った女性だった。たしか、自治会副会長の銀林寿美代さん。

「ねえ、堂山さんところのご子息が亡くなったって本当？　しかもどうやら、殺されたということじゃないの」

「ど、どうして知ってるんですか、寿美代さん」

秀島はわずかに顔をしかめて言った。

「どうしてって、堂山酒造の蔵子さんから電話が来たの。あたし自治会の副会長でしょ、だから会としていろいろと話し合うこともあるっていうんで。会長の息子さんが亡くなられたわけだからお香典とかも考えておかなきゃいけないし、これから大変——」

彼女はふいに口を噤んだ。その視線は、僕たちの最後尾にいる竜門さんに向けられているようだった。

「ま——まあ、竜門さん、あなた、あなたも第一発見者なの？」

「ええ。たまたまですけれど」

あらそう、と小さく呟いてから、彼女は妙に甲高い声で、

「ところであなたたち、森の奥から出てきたけれど、ご遺体を見たの？」

「まあ、そうなんすけど、もう戻るところです。えっと、ご神木の奥の空き地に遺体がありますよ」

秀島は早口に説明した。幸いというべきか、彼女の興味は僕たちから森の奥に向いた。

「まあ、そう。じゃあ、あたしもなにか力になれることがあるかも」

自治会副会長は、意気揚々と雪を踏みしめて、現場への道を歩いていった。僕たちは入れ違いに森を出る。すぐそばに、宵待荘のライトバンが横付けされていた。白い車体は雪景色の中では目立たない。竜門さんは、その後ろに停まっているシルバーの国産車のほうへ歩いていった。

「すみませんが、俺はここで失礼します」

遺体発見時に見せた動揺はすでに過ぎ去り、竜門さんは普段どおりの落ち着いた口調に戻っていた。

「木佐貫さんと一緒に来ましたが、車を家に戻して身支度してから出勤します。この車を動かしたほうが、バンも切り返しやすいでしょう」

出勤、というきわめて日常的な言葉に驚いてしまったが、考えてみれば警察から行動を制限されているわけでもない。秀島が「わかりました、またあとで」と応じる。

マイカーに乗った竜門さんに続き、僕たちもバンに乗り込む。秀島が運転席に座り、僕と真舟が揃って後部座席に乗ったので、初乃さんはちょっと迷う素振りを見せてから助手席に乗る。

竜門さんが器用に切り返して、自宅の庭に駐車を始める。秀島も車を動かし出した。

だが、秀島はまず車をUターンさせることに苦労した。狭い雪道で車体を正反対に向けるのは

たしかに難しそうで同情してしまうが、助手席の初乃さんは苛立っていた。

「いつまでかかるの？　運転手さん」

「ちょ、ちょっと待てよ！　もうすぐだから！」

「ぼくが替わるよ。免許証も持ってる」

真舟は普段に似ず、有無を言わせぬ口調だった。足跡のことで焦っているのだろう。秀島は口の中でなにかもごもご呟いたが、車を降りて真舟と場所を入れ替わった。真舟が運転席に座ると、車は十秒後にUターンを終え、滑らかに雪道を走り出した。

「……運転上手いな、篠倉」

秀島がふてくされたような顔で言った。僕と真舟は大学一年の夏、同時に運転免許を取ったものの、今ではドライビングテクニックに大きく差をつけられている。教習所で運転というものに懲りた僕に対して、真舟は運転したがりで、暇な日はいつも僕の両親を駅まで送迎しているのだ。

「ていうか、あんたはさっきの有様でよくここまで運転してこれたね」

初乃さんがルームミラー越しにじっとりと睨みつけてくる。

「うるせーなあ。ここまでは中河原さんに運転してもらったんだよ。あの人、運転超上手くて……。そんなことより！」秀島は力強くこの話題を打ち切る。「なあ篠倉、村の入り口の足跡って、絶対ついてる保証あるか？　他から出入りしたかもしれないだろ、犯人」

「逆に訊いてもいいかな。橋以外でこの村に出入りするルートはあるの？」

「う、それは……。あるっちゃある。山を越えるんだ。まあ、登山者用のルートなんかない自然そのままの山だから、相当厳しいだろうけど」

「あるいは、宵待川を飛び越えるとか」初乃さんが言った。「狭いところでも川幅は九メートルって聞いたことありますけど……」

走り幅跳びの世界記録を超えなくてはならないわけだ。しかし山を越えるにしろ川を越えるにしろ、この積雪ではまったく現実的ではない。まともな判断力がある人間なら、足跡が残ったり目撃されたりするリスクを冒してでも、橋を渡って逃走するだろう。

「それより僕は、外から人が入って来ることで痕跡が消えていないかが心配だよ」

思いついて、そんなことを言ってみた。

「たとえば、新聞配達の人なんかは朝が早いから、事故が起きる前に通ったかもしれない」

「この村はそんなに文明的じゃないですよ」初乃さんがため息混じりに言った。「新聞配達はいつも昼過ぎに来るんです。それも、昨日の夕刊とセットで。しかも戸別配付じゃなくて郵便局の前にまとめて置いていくから、新聞を取ってる人が自分で受け取りに行くスタイルで……。うちは、もう面倒臭くて取るのやめました」

「そうそう。昨日は精三さんが受け取りにいったけど、雪のせいか夕方にようやく届いたって言ってたな。今日なんか、来られないかも。新聞以外の配達とか物流業者も来てないと思うぞ。昨日、鶏卵の仕入れ先からうちに『明日の配達は無理』って電話来たし」

想像以上にこの土地の暮らしは不自由らしい。だが、それで橋に積もった雪がまっさらな状態に保たれているとしたら幸いだ。

「まあとにかく、橋を見てから考えよう」と、真舟が話を打ち切った。

宵待荘の前を通過して、村の入り口へと向かう。宵待村交番が近づいてきたとき、秀島が「あっ、止めて!」と叫んだ。真舟もなにかに気づいたらしくブレーキを踏む。秀島が窓を開けたとき、僕は路傍を歩いていた人影が見内さんであることに気づいた。

「精三さん！　もしかして、これから雪掻き？」

「そうですよ、旅路さん。さっき、堂山さんとこの息子さんが亡くなったと言うていたが、警察やなんかが来るんでしょう。橋に雪が積もってちゃあ車で通るんもよいじゃないだろうからね、雪掻きをしとこうと」

見内さんは、雪掻き用のスコップを掲げてみせた。

「あのー、せっかくだけど精三さん、戻って大丈夫。それからごめんね、車借りちゃってて」

「はあ。そんなら雪掻き道具を――」

「いや、平気。じつは雪掻きするかどうかもわかんないんだ。もしも足跡が――」

「旅路！　行くよ」

真舟が慌てたように話を打ち切った。彼は見内さんに一礼して、車を出した。

「ようこそ　よいまち」と書かれた看板を通ったあたりで、足跡も車の轍《わだち》も見当たらなくなった。つまり、雪が止んでから、誰もここを通っていないということになる。だが、まだわからない。道の両側に迫る林を通って逃げたのかもしれない。問題は橋なのだ。僕はとりあえず、窓を細く開けて前方の様子をスマホでムービー撮影しておいた。

橋の前に到着して、真舟が車を停めた。

一目その景色を見て、秀島と初乃さんが同時に立ちすくんだ。僕も啞然とした。

橋の上の積雪は、作りたてのシフォンケーキみたいに綺麗だった。少なくとも雪が止んでから今に至るまで、兎一匹通っていないことは明らかだった。

12　この村の誰かが

念のため、四人全員で橋を覆う雪の写真を撮った。それから保存のために雪搔きはやめておこう、と決定し、すぐにバンに乗り込むと、真舟は車をUターンさせた。宵待荘の前に着くまで、全員無言だった。真舟は駐車場の手前でいったん車を停めて、初乃さんに目をやる。

「どうしますか？　今日は宵待荘のお手伝いをするということでしたけど、こんなこともありましたし、神社まで……」

「いえ、とりあえず亜佐子さんと話さなくちゃならないので」

真舟は頷いて、駐車場に車を乗り入れた。秀島が、少し尖った声で「初乃」と呼ぶ。

「とりあえず、ジョーさんには電話しとけよ。心配するから」

「あ、そうだね」

真舟が器用にバック駐車をする間、初乃さんは祖父に電話をかける。

「おじいちゃん？　うん、うん……。え？　なんで。……あ、そう。あたしはね、いま宵待荘にいる。こっちは平気。……はい。そうだね、そんなにかからず戻ると思う。じゃあ」

電話を切った彼女は、苦笑して肩をすくめた。

「おじいちゃんもね、ついさっき現場まで下りて純平さんが亡くなったこと知ったらしいんだけど……、村のいろんな人にこのこと知らせてるみたい」

「ま、ジョーさんがそうしなくても寿美代さんが知っちまった以上、午前中には村の全員が知るだろうぜ」

　秀島が軽い調子で言った。それから、僕たちは車を降りて、急な階段をゆっくりと下っていった。後ろを見上げると、しんがりを務めている真舟の表情が暗いことに気づいた。

「どうした、真舟」

「ああ、うん」秀島と初乃さんには聞こえないくらいの、抑えた声だった。「……村の人たち、大丈夫かなって思ってさ。秩父署の応援が来るまで、半日ほどかかるんでしょ」

「だーいじょうぶだって」秀島には聞こえていたようだ。「この村の人たち、団結力あるんだぜ。自治会長の信比古《のぶひこ》さんと副会長の寿美代さんが合流したなら、もうこの村の隅々まで一体となるから」

　信比古さんとは、と尋ねると、堂山氏のことだった。そういえば、先ほど銀林寿美代が「会長の息子さんが亡くなった」と言っていた。この村で権勢を誇っているのは堂山酒造なわけだ。

「ま、そんなわけだから、村の人たちで団結して、案外、警察が到着する前にみんなで犯人捕まえちゃうかもな」

「……それはそれで、心配なんだけどな」

　玄関に回って、宵待荘の中に入った。戸が開閉する音を聞きつけたのだろう、廊下の奥から心配そうな表情をした亜佐子さんが駆けつけてくる。

「おかえりなさいませ、宇月様、篠倉様。……まあ、初乃ちゃんも」

「息子もいるぞ」

「あなたとはさっき会ったでしょう。そうそう、太一さんもたった今到着したわ。彼も第一発見者だったんですってね。あなた、さっき駆け込んできたとき教えてくれなかったわね？　太一さんが無断で遅刻なんて変だと思ったら」

「やべ、言い忘れてた」

息子にため息をついてから、亜佐子さんはこちらを向いた。

「……本当に、とんだことで。ご旅行中なのに、お気の毒な限りです」

「いえいえ。ところで園出さんと丹羽さんは、すでにこのニュースを知ってますか？」

真舟の問いには、後ろから秀島が答える。

「知ってるよ。だって、中河原さんを呼びにきたとき、食堂にほかのお客様も全員揃ってたから」

初乃さんが聞こえよがしなため息をついた。

「あんた、みんなの前で『純平さんが殺されたぞー』って叫んだわけ？　本当に配慮ってもんがないよね」

「だ、だって緊急事態だったから……焦ってたんだよ、仕方ないだろ」

亜佐子さんは「まあまあ」とふたりの間を取りなして、僕たちのほうを向く。

「宇月様と篠倉様は、お食事のほうはいかがされますか？　すぐに温め直せますけど」

「いただきます」

健啖家《けんたんか》の真舟は迷いなく答えた。流れで僕の分も用意されることになったが、食欲が湧くかどうか。

――と、心配していたが杞憂に終わった。厨房から亜佐子さんが運んできてくれた料理を目にすると、食べたいという気持ちに自然となれた。

「じゃあ、俺も飲みもん淹れてくるかな。初乃、飲みたいものある？」

「えーと、ココア」

「了解。作家先生ふたりのぶんは食後でいいよな」

食堂には、僕たちの他に人はいなかった。先に到着したはずの竜門さんの姿も見えない。彼はどこだろう？　気になって、ココアを持ってきた秀島に尋ねてみた。

「太一さん？　いつもこの時間は男風呂の掃除だから、いまも風呂じゃねーの」

教えてくれてから、彼ははっとしたように目を見開く。

「まさか、太一さん疑ってんのか？　たしかに、動機って点では一番だけど……」

卵焼きを喉に詰まらせそうになった。

「ちょ、ちょっと待てよっ！　そんなこと、考えてもいなかったよ」

でもたしかに――と思い直す。僕と真舟はこの村についたとき、見ているではないか。竜門さんが堂山純平と口論している様子を。そして、そのあと秀島から聞かされたふたりの因縁――。もしかしたら、寿美代さんも同じことを考えているのかもしれない。森の出口で竜門さんを見てびくりとしていたのは、動機のある彼を疑っていたからと見て間違いないだろう。

「旅路、あんたは考えすぎ」初乃さんが作ったような明るい声で言った。「ていうか思うんだけど、犯人が純平さんに対して動機のある人だっていうのも、違くない？　だって、例のボウガンを持ったやつらの仕業なんでしょ。それなら、きっと野生動物を狩ろうとしているところを純平さんに見つかって、口封じのために殺したんだよ」

「足跡問題はどうなるんだよ。現場から逃げたときと、村から出るときにつくはずの足跡」

「……現場のほうはわかんないけど、村から出ていったとは限らなくない？　きっと、どこかに潜伏してんのよ」

「あ、なるほど。その発想はなかったなあ」

真舟がのんびりと言った。彼はお味噌汁を啜って、ししゃもに取り掛かった。

「よく食うね、篠倉は。毒矢で殺された死体見たばかりなのに」

「うわ、あんた最低。ていうか、友達とはいえお客様相手にその口調――」

「そうか」茶碗蒸しの蓋を外しながら、真舟が呟く。「毒のことがあった。あの毒は、なんで塗られていたんだろう」

「なんでって……。動物を殺すためだろ？　そういう残酷なやつらなんだよ」

「でも、動物を殺そうとしていたとしたら妙なことがあって――」

真舟は、昨日僕に話してくれた推理を繰り返した。矢が撃ち込まれた時間帯と位置からして、案山子と看板に刺さっていた矢は動物を狙って外したのではなく、最初から村人に見せつけることだけを目的としていたということだ。だが、聞き終えても秀島は首を捻っている。

「よくわからん。村人を脅かすためだけに毒矢を？　三回も忍び込んで？　動物の命を狙うのもおれからしたら理解不能だけど、脅しっていうのはもっとぴんとこないな」

「うん、ぼくも引っかかっていた。でも、もしもそのゴールが純平さんの殺害だとしたら？」

真舟が提示した結論に、僕ははっと息を呑んだ。

「犯人の狙いは、最初から純平さんの殺害だった……そういうことか？」

「そう。去年の秋に動物を狙ったハンターが出没したのは、瀕死の兎や痕跡も見つかっているし本当のことなんだろうね。でも、今回の犯人はそれを隠れ蓑にしようとした別の人物なんだ」

「え？　ちょっと待ってください」初乃さんがストップをかけた。「じゃあ、鳥とか案山子とかを撃ったのは……」

「鳥から始まった一連の事件が、すべて今回の犯人の仕業なんですよ。最初に鳥を殺した犯人は、同じく動物を殺そうとして外したように見せかけて、狙って案山子と看板を撃った。けれどそれは、純平さん殺害のための布石だったんだ」

「手間かけるなあ。意味あんのかそれ？」

「ある」僕が替わりに答えた。「そういう布石を打つことで、ハンター連中を容疑者に仕立てることができるだろ。純平さんの殺害も、現場を押さえられたハンターの口封じだと思われる。だけど、もし一連の事件がなくいきなり純平さんが殺害されたら、最初から彼を狙った犯行だと思われて、動機から犯人捜しが始まってしまう」

「あの、それじゃあ……。犯人はこの村の住人ってことですか？」

初乃さんの声はさすがに尖っていた。真舟は申し訳なさそうに頰を搔いて、

「絶対にそうだと言いたいわけではありません。でも橋に痕跡がなかったことから考えると、犯人がこの村を出ていない可能性が高いですから」

「あのさ、篠倉。動機から捜査されたら困るってことは、つまり、犯人はあの人を殺害するわかりやすい動機を持っていたってことになるけど。動機がある人なんて――」

そのとき、食堂の入り口でかたんと音が鳴った。僕たちがはっとしてそちらを見ると、モップを持った竜門さんが入ってくるところだった。

「た、太一さんっ」

秀島が立ち上がって、竜門さんのほうへ歩いていく。

「いや、あの……。なんて言えばいいんだろ。つまり、なに話してたかって言うとね」

「堂山が殺された話、でしょう。足跡はいかがでしたか」

「ありませんでした」

真舟が代表して教えると、竜門さんはフローリング部分にモップをかけながら「そうですか」と冷静に応じた。

「となると、犯人は村の中にいるわけだ――動機がある俺を疑《うたぐ》るのも当然です」

「べつに、疑っているわけじゃないですよ」

真舟の声は、保育士みたいに物柔らかだった。

「でも、もしかしたら警察から事情聴取とかされちゃうかもしれません。犯行時刻にアリバイがあったら安心ですけど。たしか昨夜の九時から十二時でしたよね。どうでしょう」

「……家ではずっと、ひとりきりでしたよ。一人暮らしなのでね」

たしか昨夜、彼は九時少し前にこの宿を出たはずだ。それからはずっとアリバイがない、ということか。――そういえば。

「竜門さん、あのとき、なにかあったんですか？」

僕が尋ねると、竜門さんの手が止まった。猟犬のような鋭い目がこちらを射抜く。どきりとして喉が窄《すぼ》まった。

「あのとき、とは？」

いや、あの、と口ごもる僕の代わりに、真舟が「ああ！」と声をあげた。

「昨日、竜門さんが帰られる直前のことだね。丹羽さんと入れ違いで……。竜門さん、びっくりしたような表情をされていましたよね。なにをご覧に――」

「いいえ」

真舟の言葉が終わらないうちの、素早い否認だった。彼はふたたびモップを動かして、僕たちから離れたほうへ向かう。

「あのときは、ぼんやりしていただけです。べつに――なにも、見ていません」

あまりにもきっぱりとした口調で、僕も真舟もそれ以上は追及できなかった。そのうちに竜門さんはモップがけを終えて、食堂を出ていった。

「……おい」秀島がふたたび腰を下ろしながら、僕たちを睨む。「なんだよ、いまの質問。そりゃ、あのときの太一さんの態度はおれもちょっと気になってたけど、べつにそれは事件と関係ないだろ」

真舟は「そうだよねえ」と適当に答えた。彼がそう言うと、僕としても「そうだよね」という気分になってくる。仮に竜門さんがあのときショッキングななにかを見たとしても、この事件とはなんの関係もない可能性もある――いや、その可能性のほうが高いのではないか。ここが現場というわけではないのだから。

けれど、気にはなる。そもそも、竜門さんはどこを見ていた？　彼の異様な態度に気づいたのは、丹羽さんが入ってきて戸が閉ざされた後だが――もしかしたら、閉まる前の戸の向こうになにかを見たのではないか？　でも、いったいなにを？

「理久、そんなに考え込むことないよ」

真舟にぽんと背中を叩かれた。顔に出ていたようだ。

「謎と見ればすぐに解こうとする癖、理久の可愛いところだと思うけれど、この状況ではちょっといただけないよ」

むやみに「可愛い」という不適切な形容詞を使うのもいただけないだろう。

「あー、なんか、頭使ったら疲れた。篠倉と宇月もなんか飲むよな。淹れてくるぞ」

僕と真舟は揃ってコーヒーを所望した。僕たちの膳を持って秀島が厨房に消えると、初乃さんが正座し直して、座卓のほうに身を乗り出してきた。

「あの、旅路がいない間に、おふたりに伺いたいんですけど」

「ええ、いいですよ。なんですか？」

真舟が爽やかに笑いながら顔を向けた。初乃さんは真剣な表情のまま尋ねる。

「……あいつ、なにか卒業後のこととか話してませんでしたか？　たとえば……東京で就職するとか？」

「えーと、ぼくはじつは理久経由で旅路と知り合ったので、そこまで腹を割って話したことないんですよ。どうなの理久？」

ふたりの視線がこちらに向いた。僕はいくぶんたじろぎながら考えてみる。

「ど、どうだったかな。僕ら二年なので、まだ就活のことは……あ、一度、インターンに誘われたことあります。豊洲にある事務用品メーカーの。だから、東京での就職も考えてるのかも」

結論を提示したほうが喜ばれると思って付け加えた最後の言葉は、どうやら余計なひと言だったらしい。初乃さんが眉を曇らせ、真舟からは机の下で軽くつつかれた。

「そうですか。あいつ、東京に残る気なのかな。でも、本当にそうなら亜佐子さんに対して薄情が過ぎると思う」

恨みがましい声と表情であった。

「宵待荘は、もともと旅路のひいおじいちゃんが始めた宿で、おじいちゃん、お父さんと継いできたんです。でも、旅路のお父さんは、あいつが五歳の頃に病気で亡くなっちゃって……。嫁入りしてきた亜佐子さんはまだ若かったから、宿を畳んで村を出ていくこともできたのに、旦那さんの遺志を汲んで残ったんですよ。それなのに旅路が東京に落ち着くなんてひどくありません？」

彼女は苛立ったように息を吐いて、ココアを飲み干した。

「旅路、もうこの村を捨てる気なんですかね？　ＬＩＮＥでたまに連絡寄越してくるときも、東京はいかに素晴らしいか、みたいな話ばっかりで。こっちは村に残るしかないのに。……純平さんとのことだって、何度か相談しようと思ったんだけど、結局やめたんです。上から目線でお説教されるのがオチだから」

おそらく初乃さんは誤解している。秀島は秀島なりに、彼女の身を真剣に案じてはいるのだろう。ただ、東京で自由を謳歌《おうか》している秀島から「啓蒙《けいもう》」されれば腹が立つのも当然だ。

しかし僕は、どう説明すればいい？

いたたまれず、真舟にアイコンタクトを送った。なにか言え、と。

「ぼく、じつは北海道出身なんです。で、ぼくも東京に出てきたときは、いろいろと物珍しくて、つい理久を振り回しちゃったりしましたけど——」と、僕を見てにっこりと笑い、「まあ、なんだかんだ地元って恋しくなるんですよね。旅路もきっと、はしゃいじゃってるだけじゃないかなあ」

初乃さんは「はあ」と、拍子抜けしたような生返事をした。

僕も正直、真舟の言葉の月並みさに肩透かしを食らった気分だった。今の分析は秀島の心を正確には言い当てていないだろうし、聡《さと》い真舟がそれをわかっていないはずもない。なぜ——と思っていると、彼は「ところで」と、これまた月並みなやり口で話題を変えた。

「堂山さんとのこと、おじい様は応援してくれてたんですか」

「ううん、そうでもないんですよ」表情が少し明るくなる。「おじいちゃんは反対してくれて……『くれてた』なんていうと、純平さんに失礼かな。でも、何度も繰り返し『初乃がやりたいようにすればいい』って言ってくれるんです……」

彼女は言葉を切った。厨房のほうから、マグカップをお盆に載せて秀島が戻ってきた。

「ん、なんの話」

「純平さんのこと」初乃さんは素直に答えた。「まあ、あれで悪い人じゃなかったよね、みたいな」

「へえー、そう？　ふうん。初乃はそう思ってたんだなあ」

ねちねち言いながら、秀島が僕たちの前にコーヒーを置く。

「なに、その言いかた？　死んだ人のことをあまり悪く言わないほうがいいよ」

「つっても、人が殺された以上、まずは動機を捜すのが捜査の基本だろ。さっき話してたみたいに、堂山ジュニアに強力な恨みを持っていた人間を捜すのが解決の近道なんじゃねーの」

そうなると、やはり竜門太一がまず挙がるが――。

「僕ら外部の人間には、わからないな。竜門さん以外で、彼と確執があった人はいないの」

秀島と初乃さんは顔を見合わせて、首を捻った。

「ま、あのふてぶてしさと酒癖の悪さだから、村の困ったちゃんではあったけど……。そこまで嫌われてたかというと、そうでもねーな。よくも悪くも田舎の人なんだよ。押しつけがましくて強気だけど、義理とか恩は大事にするっつーか」

「あんたもその田舎の出身でしょうが」初乃さんは苦りきった顔だ。「……まあ、おおむね旅路の意見に賛成かな。ほんのり鬱陶しく思っている人は多かったけど、彼を本気で憎んでいる人は思いつきません」

「そういえば、ぼくは知ってるよ」真舟がマグカップを持ち上げながら、にっと笑った。「事件前日の昼、被害者と口論になって暴力をふるわれていた人を」

　そういえばそんなやつがいた。僕もそいつを見やる。

「ちょ、ちょ、ちょっと待てよ」秀島は大慌てで手を振った。「なんつーことを言うんだ、篠倉。学友を殺人犯呼ばわりする気かよ」

「ふふ、慌てないでよ。だって、旅路にはアリバイがあるでしょう。午後九時から十二時までの間、ほとんどずっとぼくたちと一緒にいたじゃない。ねえ、理久？」

　その点について、僕は非常に情けないことを白状しなければならない。

「じつは、途中からあまり記憶がないんだ……」

「マジかよ……。ほんと、酒弱いんだな宇月」

「理久、どのへんまで憶えてるの？」

「中河原さんと丹羽さんと一緒に飲み始めて、丹羽さんはビールを飲んでいて……。たしか、丹羽さんも日本酒に切り替えたところまで憶えてる」

「じゃあまだ序盤──十時くらいまでだね。そういえば、理久は早くからうつらうつらしていたなあ。布団で寝れば、って言ったらイヤイヤしてたよ」

「篠倉が自分の半纏かけてやってたな」

　そんな醜態を晒していたのか。顔が熱くなる。

「と、とにかくアリバイの検証だ。ええと、飲み会は九時に始まったよな。何時まで続いたんだ？」

「十二時」と、真舟と秀島が異口同音に言った。

「たしか、おれが『日付変わりましたねー』ってなにげなく言ったら、中河原さんが『じゃあ、健康に配慮してこのあたりで私は抜けるわ』って」

「そうだったね。その流れで解散になった」

「なるほど――」死亡推定時刻も九時から十二時だ。「誰もその場を離れなかったのなら、全員アリバイは完璧ということになるな」

「でも、もちろん、お手洗いに立った人はいたよ。理久以外、みんな一度ずつは行ったと思う」

「でも、五分とかそこらだったよな。マックスでも十分くらいか。とにかく、おれと篠倉、宇月、丹羽さん、中河原さんのアリバイは完璧だ。まあ、おれ以外はそもそも故人と接点ないけどさ」

「見内さんと亜佐子さんは？」

尋ねると、秀島は腕を組んで目をぐるりと回した。

「えーと、母さんは事務室で仕事してたな。で、十時ごろかな、食堂の様子を見にきたんだけど、

『あとはおれに任せて休めよ』って言って部屋に帰した」

「見内さんは……」と、真舟も思案顔で、「最初にお酒を持ってきてくれたことは、理久も憶えてるよね。その後二十分くらい、お風呂を片付けにいっていたから不在だったけど、また食堂に戻ってきたんだ。追加のおつまみとかを出してくれた」

「そうそう。おれがやるからいいって言ったのに、『旅路さんはお友達と話しててください』って言ってくれてさ。見内さん、しばらく厨房で新聞読んでたんだけど、途中で中河原さんが誘って一緒に飲んだんだよな。まあ、なんだ、あんまり口は利かなかったけど」

記憶はないが、どんな雰囲気だったかは想像に難くない。丹羽さんと顔を合わせるのが気まずかったのだろう。

「でも、それなら見内さんもアリバイ成立じゃないか？　九時二十分以降は姿が確認されてるん

だろ」

秀島が、うむと頷く。「あの雪でしかも夜じゃあ、車でも片道十分近くかかっただろうからな。犯行に使った時間も合わせると、三十分ってとこか？　少なくとも、二十分で往復は無理だな」

「あと、宵待荘のライトバンで現場まで行ったら村人に目撃されるリスクも大きいね。見内さん、他に車やバイクは持っているの？」

「いや、今はマイカー持ってねえよ、あの人」

となると、見内さんもシロだ。亜佐子さんと竜門さん、園出さんを除いて、宵待荘の従業員および宿泊客には一応のアリバイが成立するということになる。もっとも、堂山さんと関係がないはずの宿泊客組は、そもそも容疑者になるとは思えないが。

「ふうん。旅路は無事にアリバイ成立か。あたしは駄目だなあ」

初乃さんの口調は真剣だった。本気で自分に容疑がかかる可能性を考えているらしい。

「夜には津々良さんと竜門さんがいらしたけど、十時より前に帰っちゃって、その後はおじいちゃんとふたりきりだったから……」

「え、竜門さん？」僕は思わず声を上げた。「彼が来たんですか？」

「はい。……えっと、順番に話しますね。まず夕方の六時過ぎに津々良さんがいらっしゃいました。『よければ召し上がってください』って、手作りのお漬け物を持ってきてくれたんです。蜜柑のお礼だったのかな。で、昨日はうちの夕飯が鍋だったから、その場で津々良さんを食事にお招きしたんです。雑談しながら鍋をつついて、八時過ぎには帰られて……。竜門さんが来たのはその後でした」

「何時ごろのことですか？」真舟が尋ねた。

「えーと……。九時半前後ってところかな。回覧板を持ってきたんですよ。宵待荘でのお仕事が終わって帰宅したら、ポストに入ってたって。内容は火の用心の当番のことで他愛ないものなんですけど、竜門さん、そういうの自分の手許に置きたがらない人だから、見つけてすぐ持ってきたんだと思います」

「でも、いくらなんでも九時半は遅すぎませんか。回覧板を持ってくるには」

疑わしい位置にいる竜門さんの行動は、つい深読みしてしまう。だが、初乃さんは「そうかなあ」と首をかしげる。

「たしかに早いうちでは寝る時間ではありますけど、『電気さえついていれば訪ねていってよし』って思いませんか？　竜門さんも『まだ起きていてよかった』みたいなことを言ってたし」

「まあ一般的には非常識な時間かもだけど、全員身内みたいな感覚の村だからな。家族の部屋から灯りが漏れてたんでドアを開ける、みたいなノリなんだよ」

秀島の「外の人」ぶった発言に、初乃さんがわずかに眉をひそめた。真舟はお構いなしに、そんな彼女に尋ねる。

「竜門さんは長居しましたか？」

「いいえ。すぐに帰られました」

九時半に一度、宵待神社に顔を出しただけではアリバイはまったく成立しない。時間から見て宵待荘から帰ってすぐ神社に向かったのだろうが、犯行はその後に十分可能だ。

「ていうか」初乃さんは、ぱんと掌を打ち合わせる。「竜門さんの話になっちゃったけど、あたしのアリバイを検討していたんだった。まあ、とにかくあたしもおじいちゃんもアリバイはないです。順番にお風呂に入って、十一時前にはふたりとも寝ちゃったし」

「まあ、大丈夫だろ。べつにおまえ、動機ねーじゃん」

「警察から『強引に結婚を迫られていた』くらいは言われそうだけどね。ときどきしんどかったのは事実だし」

「そんなら、おれにでも相談してくれりゃよかったのに」

彼女がそうしなかった理由を聞いたばかりの僕は、なんとも言えない気持ちになった。

これ以上揉めごとは嫌だぞ、と思ったとき、玄関の戸が開く音がした。

「しまった」

抑えた真舟の真剣な声に驚かされた。彼は、僕たち三人を手招きして、小声で話す。

「橋に足跡がなかったことなんだけど……。木佐貫さん以外には内緒にしておこう。他の人には、誰にも言わないほうがいい」

「え、なんで」秀島が異を唱える。「ちゃんと共有しておいたほうがいいだろ、村の中に犯人がいる可能性が高いって」

「そうですよ。だって、外部犯が潜伏している可能性も残っているんですよ」

初乃さんも「共有すべき」派のようだ。自然と、残るひとりである僕に視線が集まる。だが、いきなり意見を求められても是非を判断しかねた。

「待って真舟。理由をちゃんと——」

しかし答えを聞く前に、玄関から入ってきた人たちが連れ立って食堂のほうへやってきた。大半は、先ほど現場の空き地で別れた面々である。具体的に言えば、木佐貫巡査、堂山信比古氏、津々良さん。中河原さんはおらず、二階の部屋に直行したのだろうとわかった。自治会副会長の寿美代さんと、見知らぬ中年男性ふたりも一緒だった。木佐貫巡査が手に紙袋を提げているのが気になる。

「君たち」口火を切ったのは、堂山氏だった。「橋に残った足跡を見てきたかね?」

僕たち四人は目を見交わした。いったいなぜ、そのことが伝わったのだ?

「いやね、つい今しがた玄関先で雪掻きをしていた見内さんから聞いたんだよ。君たちが車で橋へ向かったことと、足跡がどうとか言っていたということを」

そういえば、秀島が「足跡」と口を滑らせていた。とにかく、これで真舟の主張を受け入れることは難しくなった。どういう考えがあるのか知らないが、秀島と初乃さんには、沈黙ならまだしも嘘を強いることはできない。

「橋なら見てきました。車のタイヤ痕や足跡は、なにもありませんでした」

観念したように、真舟自らが答えた。村人たちは、揃って驚きの表情になる。

「足跡がないなんて!」寿美代さんが甲走った声をあげた。「そんなことありえない。だって、村に出入りできる唯一の道なのよ」

「でも、なかったんです。——写真も撮ったのでご覧ください」

真舟は素早く自分のスマホを取り出して、画像を開いた。おじさんたちが押し合いへし合いしながら画面を覗き込んでいるので、僕も自分で撮った画像を彼らに向ける。

「嘘じゃないですよ、寿美代さん。あたしと旅路も見ました、足跡がない橋を」

堂山氏が、低く唸りつつ真舟にスマホを返した。

「ありがとう。足跡のことに思い至った君らの頭の働きは素晴らしい。我々は、あの橋を確認すべきだとは気づけなかったよ。深く感謝する」

木佐貫巡査が僕にスマホを返してから、ぺろりと唇を舐めて、

「つまり……雪が止んでからは、犯人は村を出ていないということになりますね」

「嫌だわ！」寿美代さんが身震いした。「人殺しがまだ村の中に潜んでいるなんて。ああ、早く外から警察の人たちに応援に来てほしいわあ」

「待ってください」

真舟がきっぱりとした声で、大人たちを黙らせた。

「足跡のことですが、村の他の人たちには、知らせないほうがよいと思うんです」

「なんだべ、あんた」

尖った声を上げたのは、見知らぬ坊主頭の太った男だった。

「なんの権利があって、そんな指図をすんだ。俺たち自治会に任せときゃあいいがね」

「警察が到着するまで、まだかなり時間があるんです。村の中で無用のパニックが起きるのは避けたほうがいい」

「無用って、あなた」寿美代さんが言った。「危険が迫っていることは知っておくべきだわ。連絡網を使って、村に殺人犯が潜伏しているかもしれないってことを知らせなくちゃあ」

「そうだべな」と、坊主頭が追従する。「早いに越したこたあない」

「話を聞いてください！　まだ、外部の人がこの村に潜伏していると決まったわけでは――」

「すると、君は」

堂山氏が静かな声で、真舟の訴えを押しとどめた。

「この村の誰かが、息子を殺した――そう言いたいのかね」

真舟は返す言葉を失った。まさか、イエスと答えるわけにはいかない。だが、その沈黙は明らかに「ノー」とは言っていなかった。

「ば、ば、馬鹿抜かすでないよ、あんた」

黙っていた、いまひとりの中年男が叫んだ。眼鏡の奥の目が細い、おどおどした男だった。

「なんで村のもんが会長のご子息を殺すんだべ。ありゃあ、例のハンターの仕業に決まっとる」

そのハンターだって、村の者かもしれないだろう。だんだん腹が立ってきた。どうして真舟が「馬鹿」だの「あんた」だのと言われなければならないのだ。

なんとか言ってくれよ、と秀島を振り返ると、彼は萎縮《いしゅく》した様子で畳を見下ろしていた。威勢のいいことを言っておいて、村の長老たちを前にすると、なにも言えなくなってしまうのか？

——いや、それは僕だって同じことか。とすれば真舟の背中に隠れているわけにはいかない。

「どうして、外部犯だと決めつけられるんですか」

僕が口を開くと、全員の視線がこちらに集中した。ああ、もう。僕は口下手なのに。

「理久」と、真舟が僕の名を小声で呼んだ。止めようとしている響きだったが、従えない。

「烏、案山子、宵待荘の看板、それらを撃った犯人を、村のどなたかが目撃したんですか？　もしかしたら、それもすべてこの事件のための布石だったのかもしれませんよ」

坊主頭と眼鏡の男が、忌々《いまいま》しそうに僕を睨みつけた。寿美代さんと津々良さんは、不安そうに目を見交わす。

「君たちがしてくれたことには感謝しているんだ」

堂山氏が一歩前に進み出た。声は先ほどよりも苛立たしく聞こえる。

「だが、今後の方針は我々自治会が決めることにするよ。すまないけれど、この場所を貸してくれないだろうか」

潮時のようだ。初乃さんが「ああ、痺《しび》れた」と言って脚をさすりながら、座敷を下りる。秀島も立ち上がって「お茶、淹れますね」などと言っている。僕と真舟もスリッパを履いた。

堂山氏は僕たちを追い出すことに気が咎めたように、口を開いた。

「そうだ、色々と協力してくれた君たちに、これだけは伝えておきたい。じつは、犯人が使ったと思われるボウガンはすでに発見されているんだ」

僕たち若者組の間に、電撃のような衝撃が走った。

堂山氏が顎をしゃくると、木佐貫巡査が紙袋からその証拠物件を取り出した。前部に弓、その両脇には車輪みたいなものがついている。後部には拳銃のような形のグリップがあるのだが、そのグリップにはぐるぐるとガムテープが巻かれていた。

「こちらが、凶器と思われるクロスボウであります。全長、全幅ともに二十八センチ程度の、小型のピストルクロスボウです。……あ、ボウガンは正式にはクロスボウと言うのです」

「なぜガムテープが巻かれているんでしょう」

「たぶん、持ちやすいように巻いたのではないかと」

僕の問いに、木佐貫巡査は自信なさそうに答えた。秀島が「じゃあ、その弦の両サイドについている車輪みたいなのはなんすか？」と質問を重ねると、巡査は「それはわかる」と言いたげに声を明るくして、

「滑車ですよ。矢を矯《た》める際に要する力をドローウェイトと言いまして、じつはかなり大きな力が要るのですが――滑車があると、いくらかそれが楽になります。先ほど警察庁の実測データを調べましたが、これくらい小型のクロスボウであればドローウェイトが少なくすみ、簡単に扱えるのです」

「それで、そのボウガン、じゃなくてクロスボウはどこにあったのですか？」

真舟が尋ねた。そうだ、それこそ問題である。

「先ほど、私と堂山さんとで森の周囲に足跡がないかを少々調べまして、そのときに見つけたのです。森の、道路寄りの繁みに隠されていました。森の西側あたり、つまり宵待神社とは反対の方角ですね。道路から投げ込まれたようです」

なるほど、それでは僕たちが神社に行く前にそこを通ったときにも、気づけなかったはずだ。

「……あ、ちなみに未使用でなにも塗られていない矢も二本、近くに捨てられていました」

巡査はそれらも紙袋の中から出して見せてくれた。これまでの犯行に使われた銀色の矢と同じ品のようだ。ボウガンに加えて矢まで捨てたということは、犯人はもう犯行を重ねる気はないということにならないか？　そうであってほしい。

「木佐貫さん、喋りすぎだで」

眼鏡氏が咎め、若き巡査は「すみません」と頭を掻いた。

とにかく、堂山氏は僕たちへの説明責任を果たしてくれた。僕と真舟と初乃さんは、揃って食堂を出た。

13　歩く案山子の問題

廊下へ出ると、初乃さんは事務室のドアをノックして、出てきた亜佐子さんと話し始めた。それを後目《しりめ》に、僕と真舟は二階へ上がる。

部屋に入って、抱えていたコートを投げ出すと、僕は畳の上にごろんと横になった。横には、朝起きたときのまま畳まれていない布団がある。

「びっくりしたよ、理久。村の人たちに全部言っちゃうんだもの」

　真舟は僕のコートを拾ってハンガーにかけながら言った。

「……悪かったな。真舟の推理、勝手に話して」

「ううん、べつに。ただ、これからどうなるかはちょっと心配だよね」

「少しわかってきたよ、真舟が危惧していたことが」

　なぜ、彼は橋に足跡がなかったことを隠そうとしていたのか？　あの自治会の人たちの振る舞いを見ると、僕もだんだん心配になってきた。

「うん。村の内側に犯人がいることが確定したら当然、犯人を捜すことになる。それが外部犯だと思われているうちはいいけれど……ね」

　真舟は皆まで言わなかった。要するに、村内で犯人捜しが始まって「自治」が暴走することを、彼は懸念しているのだ。

「僕らが疑われるかもな。第一発見者ってことで」

「それはないんじゃない？　たしかに、よそ者には厳しそうだけど、まさか堂々と宵待荘に泊まっているぼくたちが例のハンターだと疑われることはないでしょ」

「真舟が心配してたのは、そのことじゃないのか？」

「だって、ぼくらには動機がないでしょう。村の内に嫌疑が向いて犯人捜しが始まったら……村の人は、犯行の動機だけを理由に容疑者を見出すかもしれない。それが心配」

　真舟は口を閉ざした。憂いを湛えていた目も、諦めたように閉ざされた。ほどなく目を開いた真舟は、空元気を振り絞ったような声を出す。

「ま、気にしてもしょーがないかあ！　ぼくたちは、もっと違うことを考えよう」

「足跡なき殺人のこと、とか？」

問うと、真舟は唇を引き締めた。

「わかってる。現実の事件を種にあれこれ言うのはよくないってことは承知だ。でも、現実にあの現場は不可解だし、その解を考えるのはそこまで不謹慎なこととは思えない。考えるだけなら、警察に迷惑もかけない」

「そうなんだけど、ねえ……」真舟の返事は冴えない。「ぼくは、なにも『不謹慎だから』という理由で理久を止める気はないんだよ。ここだけの話にしておけばいいし。ただ、ぼくが強く感じているのは、ハウダニットの方面から取り組むことはあまり意味がないんじゃないか、ってことで」

がばりと身を起こして、意味深なことを言う従弟と向き合った。

「どういうことだよ」

「あのねえ、ミステリ的に面白い解を求めちゃうのが理久の悪い癖だよ。だってさあ、被害者の周りに足跡がなかったことで、犯人はなにか得をしたの？」

そうか――。言われて気づいた。

たしかに、足跡がなかったことや傷の大きさ、入射角から、不可能状況が成立している。しかし自殺にも事故にも見えないこの状況下では、「足跡なき殺人」は犯人にとって利するところがまったくないのだ。

「……となると、犯人はいったいどうして『足跡なき殺人』にしたんだろう？」

「してないんじゃない？」

真舟が、これまた興味深いことを言った。僕はその顔を凝視してしまう。

「おそらく、あの現場が『足跡なき』状態になったのは、犯人が意図した結果ではなかったんじゃないかな。平たく言えば、偶然ああなった」

「そうは言い切れないだろ。なにかうかがい知れない理由で『足跡なき殺人』を作り上げたのかもしれない」

「でも、凶器はボウガンだよ。入射角がどうとかで不可能状況が確認される前に『遠くから撃ったんだろう』ということになるのがオチだよ。ぼくたちが足跡を気にしながら現場に駆け付けたことだってそうさ。こういうのもなんだけど、ぼくたちは第一発見者としてものすごく優秀な部類だったと思うんだよね」

たしかに、被害者の足跡を避けて歩くなど、現場保存には気をつけていた。もしかしたら、第一発見者としてはイレギュラーな態度かもしれない。

「そもそも、遺体が見つかったのも偶然だしな」

「そうそう。誰かがあの見晴らし台から覗き込まなきゃ、まずあの空き地に遺体があることには気づかないからね。遺体が腐敗していたわけでもないのに、あんなに早く烏がたかってきたのも不運としか言いようがないし。というわけで諸々から判断するに、犯人は決して不可能状況を演出する気はなかった——と考えるのが妥当な気がするんだ」

「じゃあ問題は、なぜああなったのか、だな」

この「なぜ」についてホワイダニットという言葉を使うのはしっくりこないが、いずれにせよ、真舟が言うようにハウダニットの方面から取り組むことは避けたほうがよさそうだ。

「それよりもぼくが気になってるのは、あの案山子なんだよね」

そうだ。あれが出現した謎も残っている。

「案山子を持ち去った人物と堂山さん殺害の犯人が同一人物だとして——いったい、なぜ案山子を持ち去ったんだろう？　そしてなぜ、現場に戻したんだろう」

「トリックに必要なアイテムのひとつだったんじゃないか」考え考え話す。「事前に持ち帰ってなんらかの細工を施して、それから現場に戻した」

「また、理久は『トリック』なんて言葉を使う。本当に、犯人はそんなものを弄したのかな」

「わかってるよ、得るところがないって言いたいんだろ。……うーん、だけどなあ。タイミングからして、犯人が持ち去って戻したと見るのが妥当なんだから、あれがなにかに使われたと考えるのは、そう突飛でもないだろ」

真舟は体育座りを崩して胡坐《あぐら》をかいて、軽く首を傾ける。

「うん、そうだよね。でね、ぼくが気になるのは、その案山子を無視すれば、理久が言うところの『足跡なき殺人』にも一応の解答が出るからなんだよ」

一瞬、聞き間違いかと思った。

「え、なんだって？　どういう絡繰《からく》りかわかったのか」

「絡繰りって言うほど複雑なことでもないよ。おそらく、堂山さんは宵待神社の見晴らし台で殺されたんじゃないかな。至近距離で対峙していた相手に」

「……たしかに、あの敷地は雪掻きがきっちりとされていたから、誰かが通っても痕跡は残らなかっただろうけど。でも、どうしてあそこで殺されたってわかるんだ？」

「そう考えるともっともすっきりするからだよ。さあ、堂山さんを殺害してしまった犯人はどうするか？　遺体を放置することもできるけど、見晴らし台に置いておいたら翌朝、丈吉さんか初乃さんに発見されてしまうことは間違いないだろうね。それならば、下におろせば多少は発見が遅れる可能性が高い、そう考えてもおかしくない」

「つまり――遺体は、見晴らし台から真下に捨てられた？」

「そう。もちろん、落としたとしたらそれで受けたダメージが検死で見つかっただろうから、犯人はロープとかを使ってゆっくりと下ろしたんだろうね。法医学には詳しくないけれど、コート越しなら擦過傷や鬱血の痕はさほどつかなかったんじゃないかなあ。とにかくそうやって下ろして、遺体が揺れた結果、崖の真下から少し離れたところに着地した」

「……なんでロープなんか使ったんだ？　真舟の考えでは、犯人は『足跡なき殺人』なんかにする予定はなかったんだろ？　そんな犯人なら、遺体を雑に投げ捨てて、それでバレても知ったことか、って思いそうだけど」

「うーん、人間ひとり転落したら、けっこう大きな音がするだろうし、それを気にしたんじゃない？　まあ、遺体の処分に余計な時間がかかるリスクはあるけど、どちらがよりリスキーかは、現場で犯人がどちらをより気にしたか、という問題に過ぎないから」

　一応の筋は通っている気がするが、疑問点はまだある。

「あともうひとつ、真舟がカバーできていない問題がある。そうやって遺体を下に移動させたとして、じゃあ空き地まで続いていた堂山さんの足跡にどう説明をつけるんだ？」

　さあ、どう反論してくる――と思っていると。

「あ、そっか」というのが名探偵の反応であった。

「そうだそうだ、忘れてた。理久の言うとおりだね。そっちに説明がつかないや」

「……おまえね」

ここまで絶好調で推理を披露してきた彼のことだから、この問題も当然クリアしてくると思っていたのに。まさか「あ、そっか」と来るとは思わなかった。

「うっかりしていたなあ。そうそう、堂山さんの足跡！　そこに説明がつかないよ。となると、彼自身があの空き地に自力で歩いていったとしか思えない」

「いちばん肝心な部分だろ」

呆れてため息が出たが、推理作家の性《さが》というもので、僕は真舟の推理をリカバーできないかと想像を巡らしてしまう。

「……使えないこともないかもしれない。そうやって堂山さんの遺体を下ろした犯人は、自分もロープで崖を伝って空き地に下りたんだ。そして遺体のそばから、堂山さんが履いていた靴と同じものを履いて、後ろ向きに歩いて空き地を去った」

「出た、後ろ向きに歩くトリック」真舟が笑った。「ぼくはいたいけな小学生のころ、一時期その修業をしたことがあるよ。札幌は雪には困らないからね。五年がかりで得た結論は、後ろ向きに歩いてつく足跡は、普通に歩いたときとは完全な別物になるということだよ」

それくらいのことは僕だって知っている。可能性を潰そうとしたまでだ。

「じゃあ、前向きに歩いたんだ。堂山さんの遺体を下ろした犯人は、公道から森に入って、空き地まで歩いていった。そのとき、彼または彼女は、遺体から脱がせておいた靴を履いていた。そして遺体のそばまで到着したら、靴を遺体に履かせ、見晴らし台から垂らしておいたロープを伝ってロッククライミングをした。そして見晴らし台から逃走したんだ」

喋っている途中で馬鹿馬鹿しくなってきて、後半は投げ出すような口調になっていた。真舟も、こちらが真面目に喋っていないことはわかったらしい。

「うーん、遺体を下ろした、なんて珍説をぼくが出してしまったのが間違いだった。ごめんよ、理久」

「謝るな、生暖かい目で見るな。でも真舟、馬鹿馬鹿しいトリックだけど、物理的に絶対不可能とは言えないだろ」

「……底冷えする冬の夜に、十五メートルほどありそうなあの崖をロッククライミングできるのは、相当パワフルで死を覚悟した犯人だけだろうけど、できないとは言い切れないね。でも理久、ぼくの言ったことを忘れていない？　ハウダニットの方面から考えちゃだめだ」

　頭に冷や水をぶっかけたられたように冷静になった。

　そうだ——。そんな苦労をして「足跡なき殺人」の現場を拵えても、犯人にはなにひとつメリットがないのだ。

　真舟はこほん、と咳払いをして背筋を伸ばした。

「議論が脇道に逸れちゃったね。話を戻していい？」

「どこまで戻るんだ」

「案山子だよ、案山子」ああ、そういえばそこから始まったのだ。「今ぼくたちが合作した奇抜なトリックで、仮に不可能状況に説明はついても、だよ。あの案山子がどこで登場するのかがわからないじゃない」

「……そうだな」

　もし、案山子が消えたままなら、ここまで気にはならなかっただろう。だが、犯行後に戻されていたというのが解せない。犯人の仕業としか思えないではないか。となると、あれを現場に戻したなんらかの目的がありそうだが……。

「まあ、いいや。いま考えてもわかることじゃないかもしれないし」

真舟が推理を放棄してしまった。だが、僕としてはもう少し彼の頭の中を覗いてみたい。新たな話題を振ることにする。

「真舟は、誰か疑っている人物はいないのか」

「おっと。ミステリならともかく、現実の事件では今まで出会った人物の中に必ず犯人がいるとは限らないでしょ。もしかしたら、純平さんと金銭トラブルのあった田中さんや、純平さんと恋の鞘当《さやあ》てを演じていた鈴木さんなんて人が村にいて、その人が犯人かも」

「恋の鞘当てを演じていたやつなら、架空の鈴木さんを呼び出すまでもないけどな」

僕が階下を指さすと、真舟は「こらこら」とたしなめてきた。

「別件だけど真舟、どうしてさっきは初乃さんにあんなこと言ったんだ」

「どんなこと」

「なんというか……。秀島は浮かれてるだけとかなんとか、月並みなことを。あいつなりに初乃さんを気にしてるってこと、真舟もわかってるだろ」

「わかってるけど、ぼくたちがそれを彼女に言うのは野暮ってものでしょ。旅路自身がうまく気持ちを伝えられないなら、放っておいたほうがいいじゃない」

意外と冷たい――と思ったが、いや、と思い直す。多分、これが優しさというものなのだ。他人の関係を取り持ったところで、いつまでもそのふたりのそばで世話を焼くことはできない。だとしたら、中途半端に介入することこそ無責任だし、当人たちに任せたほうがのちのちのためにはいい。

「それで？　ぼくに『疑っている人物は』と訊いてきた理久は、誰かに目星をつけているの」

「いや……。だって、なにも手がかりがないから。でも、強いて言えば気になっている人物がひとりいる」

真舟は、今度は胡坐を正座にあらためた。

「おっと、誰のこと」

「事件前から妙な動きをしていた人だよ。今朝はまだ、一度も姿を見ていないけど」

「それって――」

そのとき、こんこん、とドアにノックの音がした。真舟は迷いなく立ち上がって、はーいと返事をしながらドアへ向かった。僕も立ち上がって、そちらを覗き込む。真舟がドアを開けた。

「……どうも」

そこに立っていたのは、僕がいま話題にしていた人物――園出由加里だった。


三分後、僕と真舟は園出さんと共に座卓を囲んで正座していた。

僕が布団を畳んで部屋の隅に押しやっている間、真舟はポットでお湯を沸かしてティーバッグの緑茶を淹れていた。その間、来訪者はじっと部屋の隅で待っていた。

奇妙な状況であった。園出さんは戸口で「ちょっと、いいかな」と言ったきり、来意は告げなかった。僕はじっと、彼女が喋り始めるのを待っていた。だが、口火を切ったのは真舟だった。

「明智大学の院に通ってらっしゃると中河原さんから聞きました。具体的にどういう研究をしているんですか？」

園出さんは緑茶で口を湿した。聞こえなかったのかと思われるほど長い間を置いてから口を開く。

「日本の寺社」

端的な答えであった。今の長い沈黙はいったいなんだったのだろう。

「へえ。寺院限定でも、神社限定でもないんですね」真舟は気にした様子もなく続ける。「耳学問ですけど、神仏習合って言われている思想を中心に研究してるんですか？」

「宗教に興味はない。神様を信じているわけでもないし」

神仏への恨みすら感じさせるほど強い口調だった。

「そうなんですか。たしか大学はキリスト教系ですよね」

「それも私個人の思想とは関係がない。学部では宗教学が必修だったけど、プロテスタント的な史観が強く出ていて、ちょっと辟易したな」

感情的な言葉を迸《ほとばし》らせたことを反省したのか、軽く喉をさすってから言葉を継ぐ。

「私は、政治機構としての寺社について調査してるんだ。主に荘園制との関係でね。もちろんこの研究も、思想と完全に切り離して考えることはできないけれど」

受験で覚えた日本史の知識が早くも失われ始めている僕としては、お世辞でも「興味深いですね」とは口にしづらい。だが真舟は言ってのけた。

「すっごく、面白そうですね」

「君の専門はなに」

「法学です。国内ミュージックじゃなくて、法律ですよ。といっても、まだ学部二年ですから広く浅く勉強しているところで、専門を云々する段階じゃないですけど」

園出さんは「そう」と短く応じて、縁なし眼鏡の蔓に触れた。

「いきなり押しかけたのは学術的な話をするためじゃなくて、村で起きたという変死について聞きたかったからなんだ」

「逆に伺いますけど、どこまでご存じなんですか」

「従業員の秀島くんが食堂に駆け込んできて言った台詞《せりふ》を聞いたのみ。『村の森の中で堂山さんが死んでいます。矢が頭に刺さっているんです。村にお医者さんがいないので、中河原さん、すみませんけど力を貸してくれませんか』――と、そんな具合に」

真舟は、ほんのりと口許に笑みを浮かべて言った。

「やっぱり歴史を勉強しているかたは固有名詞を覚えるのが得意なんですね」

歴史学の徒はかすかに眉根を寄せた。「どういう意味」

「あ、いえ、一度聞いただけで被害者の名前をご記憶なのがすごいと思って」

「古畑任三郎《ふるはたにんざぶろう》みたいに嫌みだね、君は。この村には三日前から滞在してる。堂山酒造の名前くらい耳に残っているよ」

「そうですよね、失礼しました。『古畑任三郎』だとどのエピソードがお好きですか?」

「その前に、事件のことを教えてもらえると嬉しいな」

真舟は素直に話し出した。宵待神社に雪掻きを手伝いにいったこと。僕とともに遺体を見つけ、複数人で現場に駆け付けたこと。遺体の頭部には矢が刺さっていて、その先端には毒が塗られていたこと、ボウガンはすでに発見されたこと――。ただ、案山子のことだけは本筋に関係ないためか省いていた。

「ふうん」聞き終えると、園出さんは軽く頷いた。「それで、容疑者は見つかったの」

「今のところ、いないんじゃないかなあ。自治会の人たちが下で合議していますけど」

「議論して見つかるものではない気がするけどね」

と、彼女は冷ややかだった。さて、ヴァン・ダインの小説に出てくるヴァン・ダイン並みに存在感を失っていた僕も、ここらで口を挟むことにしよう。

「犯行があった時刻は、午後九時から十二時だと推定されています」

「うん」園出さんはこちらを向いた。「それで?」

「……いえ。その時間のアリバイがあったら嬉しいですよね、という話で」

焦ってごにょごにょと喋った。ああ、恥ずかしい。

「私のアリバイのこと?　ずっと部屋にいたから、そんなものはないよ。お風呂を出た後は本を読んでいて、十一時には寝たけれど」

「あっ、そうだ」真舟が陽気な声を出した。「それよりも後——深夜に起きて外に出られましたか?」

そうか、僕が聞いたあの足音——そして感じた冷気。あの主は園出さんだった可能性がある。というより、宴席にいた丹羽さんや中河原さんよりも可能性が高いと思える。

彼女は、じっと真舟の目を見返して「なぜ」と問うた。

「真夜中に、二階のどなたかが外出する音がしていたので。ね、理久」

「いいえ、出ていないよ。一度も」

「そうですか。うーん、じゃあ中河原さんか丹羽さんかなあ」

「その深夜の外出が、事件と関係があるの」

「あっ、いえいえ。それはたしか深夜の——何時って言ってたっけ、理久」

「午前二時三十分」

「ということなので、死亡推定時刻を過ぎていますから、まあ事件とは関係ないでしょうね。単に気になっただけです」

「そう」

「ところで園出さんは村にいらしてから、事件現場の付近を歩いてみたことはありますか」

「あるよ。見晴らし台の真下、って言っていたね。案山子が置いてある空き地でしょう」

——え？　この人はいま、なんて言った？

「すみません、園出さん」真舟も色めき立つ。「案山子って、どの案山子ですか」

「だから、見晴らし台の真下なんでしょう？　私の記憶では、黒い服を着た案山子が立っていたはずだけど」

僕と真舟は顔を見合わせた。真舟が質問する。

「その案山子を見たのはいつですか」

「村に着いた初日だから、三日前だね。まず宵待神社を訪れて、見晴らし台の下に案山子を見つけて——それから、なんとなく下まで行って、その案山子を近くで眺めた」

「その後は見ましたか？」

園出さんはそこで、しばらく黙った。それから「見ていないよ」と答えた。

しかし、これは思わぬ情報だった。僕は身を乗り出して、

「案山子を見た時間帯は、憶えていますか」

「夕方……、午後五時ごろだったかな」

となると、それから僕たちが翌日空き地を見下ろすまでの間に、何者かが案山子を持ち去ったことになる。もちろん、彼女の証言が真実だと仮定した上での話だが。

「どうして、その案山子にそんなにこだわるの」

「じつは、ぼくたちがおととい見たとき、その案山子が消えていたので」真舟は正直に話した。「そのうえ、今朝はまた出現していたんですよ」

また気のない返事が来るかと思いきや、園出さんはわずかに目を見開いた。

「……そんな。どういうこと？」

「どういうことなのか、わかりません」

「だって、まるでそんな──案山子が、歩いたみたいな」

大いに意表を衝かれた。これまでの彼女の態度には似合わぬ、突飛な言葉だった。

「きっと、誰かが持ち去ったんです」僕は思わず言った。「そして、戻した」

「……ああ、そうだよね。普通に考えれば、そうだ。私も妙なことを言ってしまったな」

園出さんは熱を測るように手の甲を額に当てて、首を横に振った。

「ごめんなさい、急に押しかけて。やっぱり、近くで人が死んだとなると気になってしまうからね。お邪魔しました、ありがとう」

引き留める暇を与えないような素早い動きで、園出さんは立ち上がった。僕たちは彼女を廊下まで見送った。

「本当のこと言ってると思うか」

ふたりきりになると、真舟に尋ねた。彼は小さく首をかしげた。

「今のところ、嘘をついていると判断する理由はないかなあ」

「でも、あの人がわざわざ訪ねてきたのはかなり意外だよな。もしかしたら、偶然を装っていまの案山子の話を伝えるために来たのかも」

「そんなことして、なんのメリットがあるの」

「わからないけど……」

次第に疲労を覚えてきた。僕はもともと人と話すのがそう得意なほうではないのに、今日はすでにかなり喋っている。

「下の様子が気になるねえ」アクティブな従弟が言った。「偵察してこようかな」

「よせよ。見つかったら叱られるぞ」

「理久は、これからどうする?」

「……どうもしたくないかな。しばらく、ぼうっとしていたい」

「うん。じつはぼくも、ちょっと疲れちゃった。眠たいな」

ぼくもと言われても、こちらは寝たいとは言っていないぞ。

「あ、そう……。じゃあ、そこで寝てれば」

真舟はよそゆきの服を脱いで浴衣に着替えて、布団を敷き直した。くあ、と小さく欠伸《あくび》をしてから、布団を被って目を閉じる。僕は座卓に肘をついて、彼を眺めた。名探偵が頭を働かせすぎて休息を欲している、と思ってやることにした。

14　連　　行

それからの数分間、僕はただただ座っていた。

こんなことがあった後では、書くにせよ読むにせよ推理小説に取り組む気は起きなかった。さらに、ニュースを見るのが気重で、スマホに触りたいとすら思えなかった。「なにもしたくない」

という精神状態に陥ったのは、人生で初めてかもしれない。

ただただ座っていると、ドアにノックの音がした。真舟は目を覚まさなかったので、僕が戸口まで行く。ドアを開けると、立っていたのは秀島だった。

「……お布団を片付けに参りました」

なんとなく後ろめたそうな顔で、そう言った。お布団で眠っているやつのことを考えてためらっていると、後ろで当の本人が起き出してきた。

「やあ、旅路。だいぶ疲れてる様子だね」

「いや、べつに……。あ、もしかして寝てた？」

真舟は否定するように手をひらひらと振った。寝てただろ。

「なんか、あらためてごめんな……」秀島は部屋に上がりこみながら、「ヘンなことに巻き込んで」

「なに言ってるの、事件が起きたのは旅路のせいじゃないでしょ。たぶん」

「たぶんってなんだよ」

「断定はできないからね」

「あ、そう。……おれが詫びたのは下の老人会のことだよ」

「追い出されたことはべつにいいけど」僕はつい愚痴っぽくなる。「どうして宵待荘が会場になったわけ？　たしか一昨日、秀島も自治会に出席していたらしいけど、ここじゃないどこかで会議してたんだろ」

「あの日は堂山酒造でやってた。……自治会館がないんだよ。行政区分が変わったときに村役場と一緒に潰されちまったんだ。だから持ち回りみたいになってるんだけど、今日は大勢が集まれるように、宵待荘の食堂がメインの会場になったわけ」

広いから、という理由で宿の食堂に村の古老が集まるのはいかがなものかと思ったが、この村の自治にこれ以上文句をつける気は起きなかった。村人たちが「宵待村」と思っていても、結局ここは独立した自治体ではない。ということは、補助金やなにかもないはずだ。「ここは自分たちで仕切るのだ」という自治意識に財源が追いついていないと思うと、なんだかもの悲しさすら感じる。

「で、詫びたかったのは食堂から追い出しちまったことだけじゃなくて……。なんつーか、ふたりを矢面に立たせちまって、不甲斐ないというか。ごめん」

真舟は柔らかく笑って首を横に振った。

「気にしてないよ、ぼくは。こういう村だと、いろいろとしがらみもあるだろうし。上の人には文句を言いにくいよね」

「おっしゃるとおりなんだよ、ダサいけど……。さっきも使い走りさせられたし」

僕たちが食堂を去った後で、またなにか動きがあったのか。

「他の自治会員を呼んできたってところか」

「いや、そうじゃなくて……、宵待村交番の瀬上巡査長を呼びにやらされたんだよ。動きたがらないあのおじさんを引っ張ってくるの、大変だったぜ」

「どうしてわざわざ？　木佐貫巡査がいるのに」

「うーん、雲行きが怪しくなってきたんだよなあ」

秀島は手際よく布団を畳みながら、顔をしかめる。

「足跡の件で、犯人が村から出てないってことがわかったんで、最初は『若い衆でパトロールだ』なんて言ってたんだけど……。じゃあどこに潜んでるのかって話になったら、みんな最悪の方向を考え始めちゃって」

「おい、まさか」僕の脳の中で、いつもの物騒な回路が繋がる。「犯人がどこかの民家に侵入して、住民を殺害したうえで潜伏している……とか?」

「なんちゅうことを言うんだ、宇月。それはねーよ。寿美代さんによれば、村の人たちにはいま連絡網で事件のことが周知されてるところだけど、連絡つかない家はないみたいだし。この村、本当に住人同士の結びつきが強いからさ、近所に異変があったら絶対に気づくよ」

「でも、空き地で起きた事件のことには誰も気づかなかっただろ」

僕は意地悪を言ってみた。押し入れに布団を押し込みながら、秀島はこちらを見る。

「そりゃあ、あのへんはほとんど人が通らないから……」

「そうだよねえ、ひとけがないもの。それより、自治会の人たちはいま、どういう方向で考えているの?」

真舟が話題を変えると、秀島はぽりぽりと頭を掻いて、

「そこなんだよ。さっきの宇月の発言もあって、『村の中に犯人がいるんじゃないか』って権田《ごんだ》さんが言い出して……。あ、説明してなかったけど、坊主頭のおじさんが農協の支部役員の権田さん。眼鏡をかけたのっぽのおじさんが、案山子の全国出荷を取りまとめてる沼尻《ぬまじり》さん。ふたりとも村の顔役で、自治会でも発言権が強い」

「なるほど。それで?」真舟が先を促した。

「まあ、なんだ。『村の中』という話が、気づけば『村人の誰か』『堂山さんを殺害したいと思っていた村人』っていうふうに、どんどん話が具体化しちゃって。……つまり、太一さんな。太一

さんから話を聞こう、って流れになってる、今」

「こうなるのが嫌だったんだ」

真舟は、やるせなさそうな声で言った。僕も気が滅入ってくる。

「つまり、私刑？」

「また理久は物騒な言葉を使う。さすがにそんなことにはならないだろうけど……。その一歩手前までは起きてしまいそうな気がするね」

嫌な雰囲気のまま、会話が途切れた。秀島は布団を片付けてしまうと、使用済みのシーツを回収して部屋を出ていった。なんとなく時計に目をやると、時刻は十一時半。昼食までは時間がある。


先ほどから催していた僕は立ち上がって、トイレに行ってくると告げた。

廊下に出ると、曲がり角の向こうでドアが開く音がした。構わずトイレのほうへ向かっていくと、廊下の角で丹羽さんとばったり行き会った。

「宇月くん。なんだか……、とても悲しいことがあったみたいだね」

彼は顔をしかめて、深みのある声で深刻そうに言った。

「ええ、本当に……、びっくりです」他に言いようはなかった。

「食堂に駆け込んできた秀島くんは矢がどうとか言っていたけれど、まさか、殺人事件なのかな」

「そのようです」ふと気になって尋ねる。「そういえば丹羽さん、いつまで滞在なさるご予定ですか」

「それなんだけれど、どうも道路が大変なことになっているようでねえ」スターは嘆息する。

「本来ならば、今日の午後発つ予定だったんだ。ところが、さっきスマホで調べたところ、どう

わけだ。

そうか。警察が来られないばかりでなく、くだんの交通事故は東京へ帰ることをも妨げているわけだ。

「まあ、殺人事件という事態の大きさに比べれば、いちいち騒ぐことでもない気がするけどね。それでも明日の午後には仕事があるから、ちょっと焦っているところだよ」

丹羽さんは顎を撫でながら、まだなにか言いたそうにしている。園出さんのように、事件のことを聞きたがっているのだろうか。だが、こちらは少々切羽詰まっている。

「すみません、トイレに……」

「あ、申し訳ないね、気が利かなくて」

ちょうどそのとき、丹羽さんのスマホの着信音が鳴った。彼はジーンズの尻ポケットから取り出したそれを見て、憂鬱そうに眉根を寄せた。「マネージャーだ」

彼は通話しながら自室へ引っ込んだ。有名人も大変だな、と思いながら、僕はトイレに入った。そろそろ下の様子が気になってきたもののどうやって探ろうかと思案しつつ用を足したが、トイレを出たときにもまだ結論は出ていなかった。

「あ、宇月くん」

声をかけてきたのは中河原さんだった。部屋の鍵を上着のポケットに突っ込みながら歩み寄ってくる。

「あの、えっと……お疲れ様です」

口下手な僕は、無難な返事をした。

「ありがとう。……まさか、法医学者でもないのにあんなことをするなんて思わなかったけど」

「そういえば、堂山さんの遺体はどうなったんでしょう」

「現場保存の観点から、動かさないことにしたみたい。シーツを被せて、その上から鳥除けのネットをかけて、重たい石で固定した。そこまでしてしまうと『現場保存』にならない気もするけど、仕方ないわよね。木佐貫巡査は勇敢にも『ずっと見張りに立ちます』と志願したんだけれど、後から駆けつけてきた自治会のおじさんたちが『会議に参加しろ』って詰め寄るものだから、離れざるをえなかったのね」

「それじゃ今、現場を見張っている人は誰もいないってことですか」

「そうなっちゃうわね。まあ、空き地に通じる小道にはトラロープを張って、『立入禁止』の札もぶら下げておいたから……。ロープもシーツもネットも、ぜんぶ森の近くに住んでいる津々良さんの提供よ。本当に気が利くわよね、あの人」

中河原さんは、ここで突然「ところで」と話題を変えた。

「足跡がなかった現場について、あなたと相方くんで、なにか結論は出たかしら。……こういう訊きかたは不謹慎かな。でも、謎であることは確かだから」

「ええと……、可能性をいろいろ考えてはみました。で、説明できない点はまだ残るんですけど、真舟がひとつの仮説を思いつきました。医学的見地からご意見伺えますか」

「まあ、意見くらいならね」中河原さんは、声を小さくした。「聞かせてもらえる？」

真舟が出てきて直接話してくれればいいのに、と思いつつ、僕は廊下に立ったまま中河原さんに説明した。要は、ロープで遺体を崖の上から下ろすというのは現実的か、という話である。聞き終えた彼女は少し考えこむ素振りを見せてから、曖昧に頷いた。

「ありえない、と言い切ることはできないわね。ただ、人間の身体っていうのは相当に重いものなのよ。あれほど大柄な男性ならなおさら。痕跡を残さずに遺体を慎重に崖から下ろすというのは、口で言うほど簡単じゃないわ」

「机上の空論、ということでしょうか」

「強い言葉を使うなら、そう。私の直感としては、その推理は『なし』かな」

僕が欲しかった断定の言葉が出た。「なぜですか」と尋ねる声に力がこもる。

「まず遺体は推定八十キロくらいだと思うんだけど……。その重みに耐えられる腕力の持ち主が、どれくらいいるかという話ね。私みたいな並みの女ではまず無理だし、男性でもよほど鍛えてる人でないと駄目だと思う。そして、八十キロの人間を二本のロープを使って下ろしたとして、それぞれ四十キロの重さを支えることになるわけ。いくらコートを着ていても、それだけの強度で一定以上の時間圧迫されたら、やっぱり痕は残るわよ。その時点で心臓が止まっていたなら、死斑としてね」

つまり物理的にも、法医学的に見ても、「遺体を下ろした」という推理は画餅《がべい》でしかないということか。

「じゃあ、このお話は真舟にも伝えておきますね」

「ああ、それなら私が直接話そうか。じつはいま部屋から出てきたのは、あなたたちのところに顔を出そうと思ったからなの。もちろん、お邪魔でなければだけれど」

「邪魔なんてことは、全然」

と、僕が中河原さんを部屋へ導こうとしたとき。

どしん、という大きな音が響いた。階下——たぶん食堂のほうからだ。僕たちは顔を見合わせ、廊下を駆けだした。

階段を下りて食堂に駆けつけると、坊主頭の太った男——権田さんが畳の上にひっくり返っていた。部屋にいたのは先ほどの自治会の面々のほか、竜門さんと秀島、そして瀬上巡査長だ。それだけの大人数だったが、誰が権田さんを倒したのかは、見ればすぐにわかった。ほかの人人が離れて見守る中、竜門さんだけが立ったまま、権田さんの丸い頭を見下ろしている。

「だ、大丈夫っすか、権田さん」

秀島が駆け寄っていく。権田さんは重たげに身体を起こして、竜門さんを睨んだ。

「暴力に訴えたのは、都合が悪いところがあるからだで」

「暴力だって」竜門さんは声を尖らせる。「権田さん、あんたが摑みかかってきたから押し返したんじゃないか」

「お二人とも、やめてください」

割って入ったのは津々良さんだった。彼女は竜門さんの腕をぽんと叩いてから、畳に転がっている男に厳しい眼差しを向ける。

「権田さん、さっきの言葉はいただけないわ。竜門酒造の悪口をいま言うことに、どんな意味があるというの」

「悪口なんか言ってないべ。ただ……、蔵が潰れたのを逆恨みしてるんでねえかって言っただけだで」

「いいえ。あなたはそのまえに『実力で負けただけなのに』とも言いましたよ。竜門酒造が事業を清算するに至った経緯は、あなたもご存じのはずなのに」

「もういいよ、叔子さん」竜門さんは疲れたように手を振った。「どうでもいいんだ、もう」

「なにを投げやりなこと言ってるの？　そんな言いかたでは、まるであなたが堂山さんのご子息を殺めたように聞こえてしまうじゃないの」

「そ、そうなんでねえのかい」眼鏡をかけた沼尻さんが口を挟んだ。「いま、権田さんに暴力を振るったのがその証拠だで。カッとなって、ああいうことをやりかねねえ」

「おい、ちょっと待たないか」

ここで、堂山氏が割って入った。彼は眉間に深い皺を刻んでいた。

「まずは竜門くんの言い分を聞かなくては。……どうなんだ、君。息子を殺めたのは君なのか?」

「……『違う』と言ったら、納得していただけるんですか」

ふてくされたような声だった。僕は、この年上の男の子供っぽい態度に内心呆れた。『違います』とだけ言えばいいのに。

案の定と言うべきか、権田、沼尻両氏が勢いづいた。

「怪しいもんだ、その態度じゃあ」

「こりゃあ、事情聴取が必要だで。なあ、瀬上さん」

話を振られた瀬上巡査長は、瞼《まぶた》のたるんだ目を竜門さんに向けた。全体的に、どことなく覇気のない男性である。彼はしゃがれた声で言う。

「犯行時間帯に、家にひとりでいたと証言しており……、かつ現場の近くに住んでおり……、動機がある。話を聞かせていただくには、十分ですな」

この決めつけに僕はぎょっとしたが、竜門さんはどうでもよさそうに視線を床に落としていた。

「そ、そうでしょうか……」木佐貫巡査が意見を口にする。「そのう、少々……根拠が足りないような」

「なら木佐貫ちゃん、もっと怪しい容疑者をここに引き立ててきてくんないかね」

権田さんが無茶を言った。さらに巡査長から「余計なことを言うな」とたしなめられ、若い巡査は口を閉ざした。

どうやら、大勢は決したらしい。瀬上巡査長が竜門さんの腕を摑んだ。上司に顎をしゃくられて、巡査は申し訳なさそうな顔で反対側の腕に手を添える。

「逃げたりしませんよ」竜門さんは疎ましそうに言って、腕を払った。

僕と中河原さんは退いて、道を譲った。巡査ふたりと「容疑者」にくっついて、自治会の権田さんと沼尻さんが出ていく。沼尻さんが振り返って、堂山氏に声をかけた。

「会長はお疲れでしょうし、いろいろとやらんといけないことがあるでしょう。取り調べには、私らが同席します」

秀島は彼らを見送るつもりなのか、座敷から下りてスリッパを履いた。沼尻さんは彼を手招きして、小声で話しかける。

「ところで旅路くん、引間さんがご立腹だったで」

「へっ、引間さんが？　おれ、なにかしましたか」

「昨日の晩、あの人と碁を打ったんだが、そのとき『また秀島の坊主が案山子に悪さをしおった』と言っておった。心当たりはないんかい」

「全然ないっすよ。そんなの、冤罪……」

秀島は言いさして、はっとしたように口を噤んだ。冤罪という言葉を聞いた沼尻さんは、露骨に唇をひん曲げた。

「なにしとるが、沼尻さん」権田さんが玄関から声をかけた。「早く行くで」

ほどなく、自治会のふたりと警官ふたりに付き添われ、竜門さんは玄関から出ていった。秀島が見送りを終えて座敷に戻ってきた瞬間、黙って佇んでいた津々良さんが、長いため息を吐いて畳に座り込んだ。

「なんてこと……。こんな、横暴なこと……」

「ちょっと、『横暴』とまで言うことないんじゃないかしら」寿美代さんは頬を紅潮させていた。

「だって、あたしも信じたくはないのよ、太一さんが犯人だなんて。でも動機があることだし
……なにより今の態度、とても無実の人のものとは思えないわ。堂々としていたのがかえって怪しいじゃないの、反省の色がないとも言えるわ」

「まあ。寿美代さんも、太一さんの犯行だとおっしゃるの」

「よさないか、ふたりとも」堂山氏の声は疲れ切っていた。「……もう、私にはなにがなんだかわからないよ、正直なところ。ここは、プロに任せよう」

自治会で素人捜査会議を開いておいて、今さら「プロに任せよう」はないのではないか。そう思ったが、もちろんこの強面《こわもて》の会長に楯突く度胸もない。僕は脇にどいて、大柄な堂山氏を通した。彼は疲れたような足取りで、玄関に向かった。寿美代さんが後を追う。秀島も暗い表情で、見送りについていく。

その直後、浴衣から普段着に着替えた真舟が階段を下りてきた。

「ねえ……なにかあったの？」

僕と中河原さん、そして真舟は、そのまま食堂に落ち着いた。廊下の奥から現れた亜佐子さんは、竜門さんが連行されたと聞くとひどく驚いた。彼女は洗濯をしていて、騒ぎに気づかなかったそうだ。見送りから戻ってきた秀島が座敷の縁に腰かけて、訥々と一部始終を語ってくれる。

津々良さんは自治会メンバーの中でただひとり残って、どこか呆然とした様子で座っていた。亜佐子さんは沈痛な表情でお茶を出すと、厨房に引っ込んだ。

「村の中の誰かが犯人じゃないかってことになってからは、あっというまだったよ……」

　秀島は、ぼんやりとした声で語る。

「おれが下に戻ったときには、もう竜門さんが引き立てられてきてて、沼尻さんと権田さんから詰問されててさ」

「解せないな」僕はつい口を挟んだ。「あの人たち、僕が内部犯の可能性に言及しただけで不快そうにしていたのに、どうして急に掌を返したわけ」

「いや、なんでだろ？　そこはわからん。席を外してたから」

「寿美代さんの証言が理由なのよ」

　津々良さんが言った。僕たちは彼女に注目する。

「というよりも、堂山酒造の蔵子さんの証言ね。純平さんは昨日の夜、蔵子さんたちと一緒に出かけたというのよ。蔵子さんたちは〈宵待湯〉に行くところで、純平さんだけ四つ辻のところで別れて、森のほうへ行ったんですって。……ごめんなさい、曖昧で。又聞きだからお許しくださいな」

「大丈夫、わかります」真舟が優しく言った。「つまり、その蔵子さんたちが、犯人を除いては生前の純平さんを最後に見た人ということですね。彼は森のほうへ行った、と……。で、どうしてそれで竜門さんが疑われることになってしまうんでしょう？」

「なんでも、純平さんは蔵子さんたちと別れるときに『ちょっと森のほうに野暮用がある』と言っていたそうなの。人と会うのか、と蔵子さんたちが尋ねると、純平さんは『まあ、まあ、まあ』みたいにはぐらかしながら、歩き去ってしまったとか」

「なるほど、誰かと待ち合わせをしていたと受け取れなくもない発言ですね」真舟は一旦譲歩する。「そして、本当に待ち合わせをしていたならば、それは村人である可能性が高い。……でも、どうしてそれで竜門さんが疑われるんでしょう」

「いや、そこはさあ。村の中の誰かが怪しい、となったら、動機がある太一さんが疑われちゃうのは仕方ないと思うんだ。いやいや、おれは別に太一さんを怪しんでねーけど」

煮え切らないことを言う秀島に、真舟はじっと視線を注ぐ。

「もしかして、村の人たちは、竜門さんをよくない目で見ている？」

「あー……、いや。そういうわけじゃねーんだけどよ」

秀島は人の耳を気にするように、あたりをきょろきょろと見回して、

「自治会長の信比古さん自身は義理堅くて責任感の強い人なんだけど……。なにしろ、この村でいちばん力のある人だろ。だから周りの人たちはつい、堂山さんの味方をしちゃうというか……それでだな」

「つまり」真舟が得心したように頷く。「堂山酒造と竜門酒造がライバル関係だった時代の感覚をひきずって、堂山さんの肩を持つ人たちは竜門家の太一さんに当たりが強いってこと？」

秀島が「そういうこと」と頷いたが、中河原さんが疑義を呈す。

「よくわからないわね。昨日の酒席でも話が出たけれど、その竜門酒造ってもうなくなってしまったんでしょう？　今さら息子の彼まで目の敵にするのは筋違いじゃない」

「いや、目の敵ってほどでもないんすよ。べつに太一さん、嫌われ者じゃないですし。なんて言ったらいいんだろ？　たんに、自治会の人らは信比古さんの機嫌を取りたいというか、微妙なパ

ワーバランスがあるというか、なんというか」

「要するに、太鼓持ちなのよ」

初乃さんの声だった。彼女は宵待荘の半纏を着た姿で食堂の入り口に姿を現した。

「この村のおじさんたち、昔からいっつも堂山さんの肩を持つの。そりゃあ、村のイベントとかでなにかとお金を出してくれる人だけど。村唯一の酒屋さんも、竜門酒造のお酒を入れ渋ったり……。そういう露骨なの、あたしはずっと苦手だった」

「なんだか、イメージと違いますね」僕はそろりと口を挟んだ。「こういうな……穏やかな村だと、小規模な事業こそ支え合う、みたいに思っていたんですけど」

「そんな優しい世界じゃないですよ、田舎は」吐き捨てるような調子だった。「長いものには巻かれろ、なの。力のある人の背中にすぐ隠れたがる。もううんざり」

「おやめなさい、初乃ちゃん」

津々良さんがたしなめた。痛ましそうに目を閉じて話を聞いていた彼女は、初乃さんに目をやって、柔らかくも厳しい調子で続ける。

「なにごとも一面的に捉えては駄目。太一さんのお父さんは、とても不器用な人だったわ。人脈を作るのが上手ではなかった。それでも、村の人たちは竜門酒造のお酒を愛していたし、よく買っていたわ」

「そうですねえ」

同意したのは、厨房から出てきた亜佐子さんだった。

「堂山酒造のほうが、歴史があるんですよ。竜門酒造は戦後にできた蔵でしたから、それ以前からの付き合いを尊重すると、どうしても堂山さんのところでお酒を買うことになるんです。義理を大切にしているからこそ、そうなるのよ」

理屈はわかったが、僕はいまひとつ納得しかねた。それも結局は「しがらみ」の論理でしかないのではないか。中河原さんも自説を繰り返す。

「でも納得いかないのは、それと息子さんは関係ないんじゃないか、ということです」

「……そこがまた、一面的には捉えられないところなんですよ」

津々良さんが、頰に手を当てて吐息した。

「お父さんと同様、太一さんも本当に不器用な子だから……。お父さんが亡くなったときにね、竜門酒造の蔵子さんを堂山酒造で雇うって、堂山さんが言い出したのね。蔵元が亡くなって廃業せざるをえなくなったら、蔵子さんは仕事にあぶれてしまうわけでしょう」

これは、秀島からは聞けなかった裏話だ。

「もちろん人を雇うのは大変なことですよ、お給料だって払うわけですから。でも堂山さんは、それが同じ村で酒蔵をやっている者としての義務だと思ったのね。だから蔵子さんは堂山酒造に移ろうとしたんだけれど、太一さんとしては、そう簡単に気持ちの整理がつかないわよね。まるで、裏切られたように感じたんでしょう。お父さんを亡くしたばかりで心が不安定だったこともあってか、あの子は蔵子さんたちにひどく怒って、厳しいことを言ったみたい。そればかりか、堂山酒造の悪口をあちこちで言うようになってしまったものだから、村の人はどこか太一さんを敬遠するようになって……」

ようやく吞みこむことができた。今まで僕は、竜門太一は社会構造に押しつぶされた被害者だという図式を頭に描いていたが、なるほど、津々良さんが言うように物事は一面だけを見て判断すべきではない。竜門さん自身の態度にも、村の人を遠ざける要因があったのだ。

しんみりとした空気が座を覆ったとき、亜佐子さんがぽんと手を打ち合わせた。

「お待たせしてしまいましたね。それじゃあみなさん、お昼にいたしましょうか」

僕たちはそのまま座敷に残って、昼食を取ることになった。

今日も食堂は一般客に開放されているはずだが、僕たちが注文を終えたときには、まだ誰も現れていなかった。そのうち、丹羽さんと園出さんが下りてきて、それぞれ料理を注文した。丹羽さんは僕たちの近くに座り、園出さんは——予想通りだが——離れた場所に腰を下ろした。竜門さんがいなくなったためか、外で雪掻きをしていたという見内さんも現れて、厨房に入った。秀島と初乃さんが卓上を整えてくれる。

「そういえば」月見うどんを待つ間、僕は思い出して口を開いた。「中河原さん、先ほどの話をしていただけませんか」

「うん？」ぼんやりと窓の外を見ていた医師が、顔を上げた「ああ……。あれね。ちょっと気が重いわね、ギャラリーが増えたから」

「えっ、なんですか。気になります」

真舟に急かされて、中河原さんは「わかったわかった」と手を上げた。

「さっき話していたというのは、篠倉くん、あなたの推理についてなの。まずは、ご本人の口から説明願いましょうか。『真の犯行現場』に関する推理を——ああ」

彼女は丹羽さんのほうを向いて、

「丹羽さんは現場の状況をご存じなかったわね」

僕たちは競うように、彼に現場の状況を説明した。聞き終えた丹羽さんは眉を上げる。

「それはなんともミステリじみた状況だなあ。それを解明したのが、作家の篠倉くんというわけか」

「解明できたかどうかはわかりません。ただ、考えが閃いたというだけで」

真舟は、自分の推理を淡々と話した。津々良さんが目を見開いて「まあ」と声を漏らす。

「本当は神社の見晴らし台が現場だった、ということ？　なんだかびっくりするようなお話ね。でも犯人の足跡がなかったことには、ちゃんと説明がついているわ」

「説明はついているんですけれど――」中河原さんが、ここで身を乗り出す。「これに対して、反論させていただきます」

彼女は先ほど僕に語ったことを繰り返した。聞き終えた真舟は、ぽりぽりと頰を搔く。

「うーん、やっぱり痕は残るものなんですか。となると、遺体を下ろしたって説は現実的じゃないですね」

「でも、そうなるといよいよもって不思議だわ」

津々良さんの言うとおりだ。いったいどうして現場はあんなふうになっていたのだ。どういう状況で、堂山純平は殺されたというのだろう。

「あのね、ひとついいですか」

発言を求めたのは、意外にも丹羽さんだった。全員が彼のほうを向く。

「現場を見ていないから、全然的外れかもしれないんだが――ひとつ、足跡を残さずに犯行をおこなう手を思いついたんですよ」

15　丹羽星明かく語りき

「是非伺いたいですね」

真舟が身を乗り出す。僕も全身を耳にして拝聴の姿勢を取る。

「き、だと思うんだ」

丹羽さんは端的に答えを告げたが、僕は一瞬、彼の言葉を漢字変換できなかった。一方、真舟は得心したという顔で頷いた。

「樹木のことですね。つまり、犯人は樹上にいたと」

「そういうこと。他にないんじゃないかなあ」

僕にはまだイメージできなかった。「詳しく聴かせてください」とせがむ。

「うん、だからね。犯人は明らかに至近距離で矢を撃ったはずなのに、足跡がない、という状況なんだろう？　ってことは……空中しか居場所が考えられないじゃないか。もちろん、人間が空を飛ぶなんて馬鹿げたことはありえないから、現実的に考えられるのは木の上、ということになる」

「論理的だと思います」真舟はまず肯定して、「問題は、どうやって木に登ったかということですよね。付近に木はありますけど、登るとき、その根元に足跡が残ります」

「その空き地は、森の中にあるんだよね？　ということは、森のどこかでよじ登って、木の上を伝ってきたんじゃないだろうか」

突拍子もない仮説ではある。だが、否定する根拠もないのではないか？

公道のそばにある木に、まず犯人はよじ登る。道路は雪掻きがされていて、足跡はほぼつかない。そして犯人は木から木に移動し、空き地に向かった。そこで堂島純平を射て、また木を伝って逃げた——説明はつく。

だが、説明がつくことと真実であることはイコールではない。僕は疑問を呈す。

「丹羽さんの推理に疑問があるとしたら、まずひとつは実現可能性。それから、なぜ犯人は木を伝って被害者に接近しなければならなかったのかということですね」

丹羽さんは髪の毛先を弄びながら思案していたが、やがて答えた。

「実現できるかどうかは、正直わからないよ。ただ、その森を昨日歩いてみたら、けっこう密な間隔で木が立っていたから、飛び移ることも不可能ではなさそうかな、って……」

彼が昨日森に行ったということは初耳であった。だが、口を挟む間もなく話が続く。

「それに、木を伝った理由は、明らかじゃないか？　足跡を残したくなかったからさ」

これはさっきまで真舟と議論していた問題だ。僕はすかさず反論する。

「でも、足跡を残さず不可能犯罪に見せかけることで、犯人にどんなメリットが？」

「え、なんだって、不可能……犯罪？　よくわからないけれど、殺人犯は足跡を残したくないもんなんじゃないか？　だって、足跡は証拠になるじゃないか」

僕は思わずあっと声をあげていた。まったく思いつかないことだった。

「丹羽さんの言うとおりですね。靴跡は重大な証拠になります。長い距離を歩くと、ひとつひとつ踏み消すのも重労働ですし」

真舟はしみじみと納得したような口調である。

「靴を捨ててしまうというのも、この村だとそう上手くはいかないでしょうね。庭で燃やしたり埋めたりしていたら近所の人に目撃されかねないし、かといって捨てずにしまっておいては、家宅捜索されたときに一発でアウトです」

　真舟の言葉は、暗に村人が犯人だと示唆していた。丹羽さんはこれを聞いてひるんだように眉を上げたが、お構いなしに真舟は続ける。

「靴を首尾よく処分できても、足跡が残れば靴のサイズは確実にバレてしまいます。足の大きさから身長や体重を特定する技術もあるのかな。とにかく、犯人は絶対足跡は残したくなかったでしょうね」

　ここで真舟は照れたように頰を搔いた。

「いや、参ったな。ぼくと理久はじつのところ、『なぜ足跡がなかったのか』という理由を考えよう――って議論していたんですよ。でも、そうか。足跡はそれ自体が証拠物件ですよね。だから足跡を残したくないのは、当然かあ」

　可愛らしい仕草が似合う見てくれでもないので自重したが、僕も真舟を倣って頰を搔きたい気分であった。下手にミステリの文脈に慣れてしまうと、こういう当然のことが盲点になってしまう。犯人はべつに、不可能犯罪なんぞに興味はなかったのだ。

　ということは、樹上説がにわかに説得力を持ってくる。あとは、実現可能性だが……。

「ただ、すみません。丹羽さん」

　真舟が首をすくめて、上目遣いで切り出した。

「ぼくは、その仮説の実現可能性にいくつか疑問があります。ぼくが思いついた、どうかしている仮説よりは、遙かにまっとうな推理ですが」

丹羽さんは、愉快そうに笑って顎を撫でた。

「べつにそこまで卑下することないだろう。それより、俺の説の問題点というのをよければ聞かせてくれ」

「それは、木の形状なんです。たしかに、あの森の木は密に立っていましたが——」

真舟は、スマホを操作して写真を表示した。丹羽さんのほうを向けていたが、僕にも見えたし、中河原さんと津々良さんも横目で見ていた。

いつの間に撮ったのか、それは森の入り口の写真だった。それを見た全員が真舟の言おうとしていることを理解しただろう。

森の木は、どれも同じような高さと形をしているが、まずどの木にも足がかりがない。五メートルほどの高さになってから、ようやく枝が伸びている。だが、その枝もあまりどっしりしていない。人間が体重をかけたら折れてしまうような細い枝なのだ。

考えてみたら、当たり前のことだ。どっしりした枝が梢を伸ばして主張し合う木だったら、こんな密な間隔で立ち並んでいるということはありえないだろう。

「なるほどな。これだとたしかに木登りは困難だ。よしんば登れたとしても、他の木に飛び移るなんて芸当はまず無理だ」

丹羽さんは大げさに手を挙げてみせた。

「しかし君の観察力は凄いな。俺も同じ森を歩いたのに、木の形状は記憶になかった」

まったく同感であった。頭の中にぼやけた光景しかなかった僕は、相棒の観察と記憶に舌を巻くばかりである。

「いえいえ。たまたま覚えていただけで……。ただ、この仮説も駄目だと、どう考えたものかわからなくなってしまうんですけど」

「まあ、警察に任せるのがいいんじゃないかしら。この国の警察は優秀ですもの、きっとその不思議な謎を解いてくださいますよ」

津々良さんのもっともな意見を受けて、僕たちは議論をやめた。

そのとき、玄関でがらがらと戸が開く音がした。秀島が厨房から飛び出してきて、玄関へと駆けていく。ランチタイムのご飯を目当てにお客さんが来たのか――と思っていたら、秀島に連れられて現れたのは、先ほどまでここにいた銀林寿美代さんだった。その後ろから、夫の銀林氏もついてくる。

「お昼を食べにきたのよ」

誰も尋ねていないのに、寿美代さんが大声で言った。それから、好奇心に輝く目がぎょろりと動いて、ひとりの人物を捉えた。その瞬間、僕は彼女の目的を悟った。

「丹羽星明さんねっ⁉」寿美代さんの声が弾んだ。「まあ、本当に来ているなんて！」

彼女はスリッパを吹っ飛ばすようにして座敷に上がり、丹羽さんへにじり寄った。町中でファンから迫られることなど慣れているであろうスターも、さすがにこの襲撃にはたじろいでいた。

「素敵だわ！　いやもう、なんって言ったらいいのかしら！　まあ、まあ、秩父のご出身って聞いたことがあるけれど、あれって嘘じゃなかったのねえ」

「え、ええ。本当ですよ」

「おい、寿美代、やめなね。丹羽さんが困ってるでねえか」

夫の秋吾氏はたしなめながらも、自身も興奮を隠しきれない様子で座敷に上がってきた。

「いや、光栄ですよ。この村のかたたちにも自分の曲が届いているというのは」

丹羽さんは腰が低かった。爽やかな笑みを見せながら銀林夫妻に応対する。夫妻はサインをもらうようなものは持ってこなかったらしく、ずいぶん長い時間握手をしてもらっていた。そんなところへ、秀島と初乃さんが僕たちのランチを持ってきてくれる。ふたりは銀林夫妻の注文を聞いて、厨房へと戻る。初乃さんも丹羽星明をちらりと視界に捉えていたのに僕は気づいた。

「けれど、俺がここにいると、どうやってお知りになったんです?」

「いえね、じつはこの村の婦人会のLINEグループで、〈宵待湯〉の女将さんが、昨夜丹羽さんがいらしたと言っていたものだから。滞在しているならここしかないでしょう。午前はばたばたしていたから忘れていましたけど、お昼の機会に伺うしかないと思って」

「それなら、他の村のかたたちもここに来ちゃいますね。丹羽さんに会いに」

真舟が不穏なことを言ったが、寿美代さんはかぶりを振った。

「ご心配なく。連絡網で、『殺人犯がうろついているかもしれないから、外出しないように』と回しておきました。あたしは自治会副会長として、代表で会いにきちゃったけど」

つまり、抜け駆けというわけか。なんにせよ、ここが握手会の会場にならないだけ幸いではある。

「けどおめえ、そうやって噂を回すんは失礼だで。丹羽さんだって羽を休めにきとるのに」

たしなめる夫君を、寿美代さんは睨む。

「あんただってあたしが『丹羽さんが泊まってるみたい』って言ったら、ついてきたがね」

「お、おめえがひとりじゃ嫌だっちゅうからついてきただけだで。そんなことより、儂は太一が引き立てられたって言うから、訳を聞きにきたということのほうが大きい」

「そういえば、銀林さんは竜門さんのお師匠さんでしたね」

真舟が箸を置いて、すかさず口を挟んだ。師匠という言葉に気を良くしたのか、銀林氏は真舟のほうへずいと身体を寄せる。

「そうなんだわ。儂はどうも、あいつが堂山さんとこの倅を殺したとは思えねんだ」

「私もそう思いますよ」津々良さんが祈るような口調で同意した。「あの子を小さい頃から知っていますからね……」

「いやね、津々良さん。それだけでねえんだ。こないだ、儂はあいつん家《ち》に押しかけて、酒を酌み交わしたんだが――」

「あんた、また勝手に外で酒飲んで！」

悲鳴のような声を上げる妻に、銀林氏は煩わしそうに手を振る。

「今そんなこと言ってる場合じゃねえべや。とにかく、そんときに太一、これまで堂山酒造の悪口をほうぼうで言ったことを悔いとったんだわ。結局、蔵子を村から追い出す羽目になっちまったことも、嘆いておった」

彼は赤らんだ目で座に着いた人間を順繰りに見回していく。

「そんな太一が、今さらあの倅に因縁つけて殺すなんてこたあない。違うかね」

僕は、ちらりと真舟にアイコンタクトを送った。彼は困ったように眉尻を下げて、銀林氏のほうに向き直る。

「あのう、それって何日前のことでしょうか」

「あー、たしか、五日くらい前のことだったかなあ」

真舟は、そうですか、と言って押し黙った。

そう、僕たちは知っているのだ。一昨日、堂山純平と竜門さんが口論していたことを。そこで忘れかけていた殺意が再燃した、ということもあるだろう。もっとひどいことも考えられる。銀林家の案山子が射られたのが五日前——違う、一昨日そう聞いたから七日前——のことだ。竜門さんがそのときすでに殺害計画を立てていたとしたら、自分に嫌疑が向かないように堂山酒造への反感が和らいだと周囲に語るのは自然だろう。

こんなことを考えてしまうなんて、つくづく嫌な人間になった気分だ。これもまた、ミステリ脳がなせるわざなのか？　普通、どれくらいまで物事は疑うべきなのだろう。

銀林氏が、さらに竜門さんの人柄について力説した。「無口だが真面目」「普段は滅多に人とトラブルなど起こさない」などなど。そんな話を聞かされると、僕はかえって竜門太一がクロなんじゃないかと思えてきた。銀林氏の話は、殺人者の知人がインタビューで答える「容疑者の人柄」にそっくりなのだ。

途中で、離れたところに座っていた園出さんが食事を終えたらしく、立ち上がった。遠目に、たくさん食べ残していることに気づいて驚く。冷静に見える彼女も、事件のことでショックを受けているのだろうか。

「ごちそうさまです」と厨房に声をかけて、園出さんは食堂を去った。銀林氏がその背中を目で追っているのに僕は気づいた。彼の妻もそれを察知したらしく、目を怒らせる。

「あんた、なに若い娘をじっと見てるん」

「ああ、いや」

銀林氏は口の中でもごもごと言った。そういえば、彼は昨日もここへ昼食に来ていたとき、園出さんを目で追っていた。もしかして、好みのタイプなのだろうか。人間の生々しい欲望に触れたような思いがして、気分がよくない。

銀林氏はごまかすように竜門評を再開したが、すぐに寿美代さんが「でも」と口を挟む。

「竜門さん、お父上に続いてお母様も亡くして、性格がうんと暗くなったわよねえ。いつも怖い目をしていて。お母様がどんなふうに亡くなったのかしらと思って聞き出そうとしたんだけれど、全然話そうとしてくれないし」

口ぶりからして、寿美代さんは夫と違って竜門さんを怪しんでいるようだ。僕としては、なんとも判断できない。人柄と犯罪との関係なんて、わかりようもない。

そういえば、寿美代さんが聞いたという堂山酒造の蔵子の証言が気にかかる。その詳細を聞き出そうとタイミングを窺ってみるが、寿美代さんは饒舌で、なかなか口を挟む機会が訪れない。

しばらくして、銀林氏が突然催したらしく、トイレに立った。そこへ初乃さんが、寿美代さんのぶんのカレーライスを持ってきた。マシンガンのような勢いで喋っていた彼女が食事に専心しだしたので、ようやく僕は口を開いた。

「あの、寿美代さんにお伺いしたいのですが――」

と、気になっていた件を尋ねた。証言を求められた彼女は目を輝かせ、スプーンを置いて説明してくれる。

「純平さんが亡くなる前に言っていたことね？　堂山酒造の半崎《はんざき》さんから電話で聞いたのよ。あの人によればね、昨日のお夕食の後、純平さんと一緒に家を出たんですって。あ、その蔵子さんたちは住み込みで働いているから、つまり純平さんとは同居していることになるわけ。半崎さんともうひとりの蔵子さんとで〈宵待湯〉に向かおうとしたとき、純平さんもちょうど家を出るところで、一緒に歩くことになった、って言っていたわ。で、純平さんは『森のほうに野暮用がある』とか言って――」

そこから先は、先ほど津々良さんから又聞きしたこととそっくり同じだった。真舟がさりげなく「その時間がわかればすごくいいですね」と指摘した。

「あっ、純平さんと別れた時間？　それ、あたしも気づいたのよ。最後に亡くなった人を見た時刻って、刑事ドラマとかでも大事でしょう。だから半崎さんに『何時のこと？』って訊いたら、八時五十五分くらいじゃないか、って」

「やけに正確ですね」と、真舟。たしかに気になる。

「そう、そこがあたしも気になったの。そしたら、半崎さんが言うには〈宵待湯〉に着いたとき、ちょうど大部屋のテレビで『サタデーステーション』が始まったんですって。雪の中、あの四つ辻から〈宵待湯〉まで歩いたら、まあ四、五分でしょ。だからきっと正確よ」

それが本当に正確ならば、たしかに貴重な証言である。

「なんの話をしてんだい」

トイレから戻ってきた銀林氏が、ズボンで手を拭き拭き言った。

「ちょっとあんた、よしてよみっともない。よその人がいる前でそんな拭きかたを」

他愛ないことで揉める夫妻の声を聞き流しつつ、僕は考えてみる。

堂山純平の「野暮用」とはいったいなんだったのか。目的を訊かれてはぐらかしたということは、なにかそれなりの事情があったはずだ。やはりそれは、待ち合わせだったのか。

夜の逢瀬――という言葉が浮かんだとき、それが別の連想を呼んだ。「真夜中の散歩者」のことだ。自分にしてはよく喋る日だなと思いつつ、今度は宿泊客のほうへ顔を向けた。

「そういえば、中河原さんに……、あと、丹羽さんにも伺いたいことがあったんです。すっかり忘れていたんですけど」

「ん、なにかしら」中河原さんがこちらを向く。

「じつは昨日の夜、僕たちがこの食堂を出た後——夜中の二時半くらいのことなんですけど」

僕はここで「真夜中の散歩者」について話した。

園出さんは、深夜の外出を否定した。もしここで、二階に部屋を取っている残りのふたりが否認したら、いよいよあの散歩者にはなにか後ろめたかったことがあると決まる。

——と、思ったら。

「あ、それは俺だ」

丹羽さんが挙手して、あっさりと言った。僕はギャグ漫画よろしくテーブルの上に突っ伏したくなった。真舟も、まんまるな目で丹羽さんを見つめた。

「いや、悪いね。深夜にこそこそ歩き回っているやつがいたら気味悪いよなあ。ははは。申し訳ない」

彼は両膝に手をついて、おどけたように僕に詫びた。垂れてきた前髪を掻き上げながら、ミュージシャンは語る。

「いやね、じつは昨日の夜、食堂から部屋に戻ったあと、酔いを醒まそうとしばらくひとりで水を飲みつつウォークマンで音楽を聴いていたんだが、それに取り込んでいない楽曲が無性に聴きたくなった。で、聴くためにスマホを探したんだが、これが見つからない」

ウォークマン、もはや懐かしい言葉だ。今どき使っている人は少ないだろうが、なにかプロならではのこだわりがあるのだろう。

「現代病というべきか、スマホの所在を確認しないことには落ち着かない。車の中に置き忘れてきたことはすぐに思い至ったから、矢も楯もたまらず外に出たんだ。戸締まりされている玄関を開けて、数分の間不用心な状態にしておくのは気が咎めたけれど、そのために宿の人を起こすのはもっと悪いし。で、スマホは無事に車内で見つかったから、満足してすぐ部屋に戻ったというわけさ」

なんてことのない真相だった。僕は今朝からこのことを大げさに扱って騒ぎ立ててきたのが恥ずかしくなり、顔が熱くなるのを感じた。

「そうですか、スマホを。スマホかあ」

僕が照れ隠しに無意味に反復すると、丹羽さんもはにかんだように笑う。

「よくやるんだ。気づけばどこかに落としてる」

人気アーティストがそれはまずいのではないか。

「でも、すごいわね」

お冷やのグラスを指先でなぞりながら、中河原さんが言う。

「宿に到着してから夜になるまで、ずっとスマホがないことに気づかなかったなんて。さすがにミュージシャンは超然としているというところかしら。私なんて、いつもスマホの在りかを把握していないと落ち着かないわよ」

「いやいや、お医者さんとしての使命感ゆえでしょう、それは。……それに俺がスマホを車に置き忘れたのは、夕方すぎのことですし」

「ああ、夕方も車で出かけられたんですね」

真舟が声を上げた。話が殺人事件から少しずつ和やかな雑談へと移ってきて、なにとはなしにほっとする。

「そう、〈宵待湯〉に行ったとき。その前に祠にも寄ったりして」

意外な単語が飛び出した。祠、というのはもしや、秀島が言っていた――

「森の中にある祠のことでしょうか？」

「そう、それだよ。芸術の神様がいる祠、ということだから、行かないわけにはいかないと思っていたんだ」

「でも、よくご存じでしたねえ。あんな祠、村の者すらほとんど近づきませんのに」

寿美代さんが驚きの声を上げると、丹羽さんは意外そうな顔になった。

「え、そうなんですか？　宵待荘のホームページに、村の名所として紹介されていましたよ」

「そういえば、自治体のホームページは閉鎖してしまったから、観光客のご案内は宵待荘さんにお任せしていたわねえ」

寿美代さんが、自治会副会長らしい発言をした。津々良さんも続けて、

「太一さんから紹介すべき名所を尋ねられたことがあって、森の中の祠のことも答えた気がします。そのホームページを編集するためだったのね、きっと。あの子、大学で勉強して、パソコンなんかも器用に使えますから」

連行された男の名が出たためか、寿美代さんは気まずそうに「そ、そうね」と応じた。

「そのホームページ見たいんだけど、『宵待荘』で検索すればいい？」僕は秀島に尋ねる。

「予約完了の返信メールにリンク貼られてなかったかしら？」教えてくれたのは中河原さんである。「『宵待村の地図も記載』って大きく書いてあったから、私も参照したわよ」

「あ、そっか。おまえらの予約はおれが直接取ったから、そのメール行ってないんだ。まあ、ググってくれ」

宿の息子から丸投げされたとき、お冷やを取り換えにきた初乃さんが口を開く。

「あの祠があるところも、一応うちの敷地ですね。年に一回くらい、おじいちゃんが手入れしているんじゃなかったかな」

真舟は「なるほど」と頷いた。

「芸術の神様……というと、もしかしたら、弁財天ですかね？　学芸全体の神様ということになっていますから」

「えーと、どうなんだろ？　そうかもしれません、ふふふ」

初乃さんはごまかすような笑みを浮かべた。よくわかっていないらしい。

「学芸の神様なら私もあやかりたいわ。あの森のどのあたりにあるのかしら」

中河原さんが誰にともなく呈した疑問に、初乃さんは「あ、それなら！」と食いついた。

「ご神木よりもさらに向こう――だから、あの」

そこで彼女は、はっとしたように口を噤んだ。現場の近く、などと朗らかに言えるわけもない。

「天狗の面がかかっているところですよね」

助け舟を出したのは丹羽さんだった。初乃さんは「そ、そうだった気がします」と、曖昧に笑って応じる。

その天狗の面なら、印象に残っていた。――しかし、待てよ。

「ということは丹羽さん、昨日の夕方、森の奥まで行ったってことですよね」

「ああ、うん、そりゃあね。祠は森の奥にあるんだから」ここで彼は慌てたように手を振って、

「いや、でもその空き地には近づいていないと思うよ、たぶん」

「そうかあ。森の中には輪郭がぼんやりとした足跡が残っていて、夕方あたりに誰か通ったのかと思いましたが、あれは丹羽さんのでしたか」

真舟は腑に落ちたような顔で頷いている。さすが、北海道出身の従弟は雪に詳しい。

「まあ、俺のものも当然交ざってはいただろうけど……。参ったな、疑われてしまうかな」

「いえいえ。純平さんのもの以外の足跡には雪が積もっていたので、無関係なことは歴然としてますよ。死亡推定時刻には、もう雪は止んでいたわけですから」

「でも、感激です。丹羽さんがうちの祠を参拝してくださったなんて」

初乃さんが頬を赤らめながら言った。彼女はもじもじしながら切り出す。

「あの、丹羽さん、こんなときになんですけど……、あとでサインいただけますか？　あたしファンで、シングルもアルバムもぜんぶ初回限定盤で持っていて……」

「それはありがたい話だなあ。ここだけの話、サブスクではなくCDで聴いていると言われると、なんだか嬉しくなるんだ。サインは構わないけれど、CD、ここにあるのかい」

「いえ、あの、昼で上がりなので、ダッシュで取りにいきます」

「いやいや、話を聞いている限り、きみ、神社の子なんだろう？　俺はこのあと出かける予定だから、そのあとで神社に寄るよ」

「えー、ありがとうございます！」

初乃さんはすっかり興奮した様子で、厨房に戻っていった。

あらかたみんなの食事が済んだとき、亜佐子さんが厨房から出てきた。

「皆様、こんなときですけど……。よろしければ、デザートをサービスいたします。手作りの白玉団子があるんです。ささやかで恐縮ですけれど」

真舟がいつもどおりの人当たりの良さで「白玉、大好きです」と微笑んだ。僕たち全員が所望したため、亜佐子さんは「いまご用意いたします」と言って厨房へ引っ込んだ。

デザートを待つ間、秀島と初乃さんが昼食の食器を下げてくれる。

僕はどうしても尋ねずにはいられなくなって、口を開いた。

「あの、丹羽さん。その——祠を訪れたのは夕方ということでしたけど、具体的には何時頃ですか？」

「えーと、四時五十分過ぎに着いたはずだよ。宿を出るとき、君たちにも会ったよね。そのあとすぐに車で向かったから」

ずいぶん明確な解答が返ってきて面食らった。分刻みのスケジュールで生きている芸能人というのは、時間を常に意識しながら生きているのだろうか。

「ところで丹羽さん、そのとき森の中で、なにか見ませんでしたか。事件と関係ありそうなものを」

僕が尋ねると、丹羽さんは困惑したように笑う。

「いやいや。事件が起きたのは九時過ぎなんだろう？　僕は五時半には森を離れたから、仮になにかあったとしても関係ないんじゃないかな」

「でも、もしかしたらそのときから、犯人がどこかに潜んでいたかもしれませんよ。どこかで誰かとすれ違ったりしませんでしたか」

真舟が水を向けると、丹羽さんは「思い出してみよう」と言って腕を組んだ。

そのとき、両手にトレイを抱えた秀島が元気に参上した。

「お待たせしましたあっ！」

「旅路、声大きすぎ。——どうぞ、丹羽さん」

初乃さんがたしなめてから、丹羽さんの前に団子の皿を置いた。旅路が『さん』じゃなくて

『様』な」と注意する。このときばかりは、彼女も素直に「はい」と返事をした。顔は不満そうだったが。

僕、真舟、中河原さん、津々良さん、銀林夫妻、それぞれの前に白玉団子が置かれていく。ひと皿に五個載っかっていて、きなこと黒蜜が添えられている。

「張り切って作りすぎてしまって」

と、自身もトレイを運んできた亜佐子さんが照れたように言う。

丹羽さんが口を開いたのは、そのときだった。

「関係ないよな……あのこ」

この言葉を聞き取れたのは、僕だけだったかもしれない。丹羽さんは僕と津々良さんの間に座っていて、向かい側には中河原さんがいたが、丹羽さんの声は、思わず口から出てしまったというような小さなものだった。そして、本人がぴたりと口を噤んだので、もしかしたらその言葉は途中で途切れたのかもしれない。

「え、なにかおっしゃった？」

団子にフォークを突き刺しながら、中河原さんが尋ねた。丹羽さんははっとして顔を上げる。

「いやね、たいしたことじゃないんですが」彼は僕のほうを見て、「森でなにか見なかったか、ということを君に訊かれたから、考えていたんだ。森の中で村の人とすれ違ったような気もすれば、それは道路でのことだったような気もして記憶が曖昧なんだが……ひとつ確実に思い出したのは、森から出ていく人を見たことなんだ」

「まあ、それってどなたかしら」寿美代さんが好奇心を剝き出しにして尋ねた。

「背中の曲がったお年寄りで、紫っぽい色のコートを着ていた気がしますね。見たのは背中だけだけど」

「うーん、困ったわ、それだけじゃどなたかわからない。この村には、何しろ高齢のかたがいっぱいいますもの。でも、紫のコートなら、佐藤先生のお父上か、引間のご隠居さんか、それとも……」

「まあ、私をはじめ、地蔵にお詣りするお年寄りは多いですもの。きっと、そのかたも地蔵を詣っただけでしょうから、ご神木より奥には行っていないのじゃないかしら」

「あらいやだ、叔子さん、年寄りだなんて。あなたよりあたしのほうが年上よぉ」

「ごめんなさい、そんなつもりじゃなかったんですけれど」

寿美代さんと津々良さんの和やかな会話が座を支配し、丹羽さんも苦笑しながらその様子を見守る。

少しだけ引っかかっているのは、丹羽さんが「あのこ」と言いかけた気がすることだ。

「丹羽さん、さっき『あのこ』っておっしゃいました?」

僕が放った質問は、この場にいた全員に聞こえたようだ。お茶を注いでいた亜佐子さんや、お盆を持ってその場に残っていた秀島と初乃さんを含めて、みんながなんとなくこちらを見た。彼は「ああ、いや」と片手を振る。

「たいした意味があったわけじゃないんだ。『あのこと』は関係ないだろうな、って思っただけ。つまり、そのお年寄りのことだけど」

本人が言うのなら、そうなのだろう。僕は「そうでしたか」と答えるしかなく、話はそれで終わった。なんとなく座が静かになって、厨房のほうから食器を洗う音が大きく聞こえた。

僕たちは黙って、団子を食した。

第三章　証　人

16　秘湯にて

昼食を終えて部屋に戻った。真舟が畳にどっかりと横になったので、僕はつい小言を言ってしまう。

「食べてすぐ寝ると逆流性食道炎になるぞ」

「『牛になる』って言わないあたりが理久らしいや」

真舟は笑いながら、腹筋を使って上体を起こした。

「それにしても、『真夜中の散歩者』の正体は意外だったよ」

「なんでもないことだったたな」僕はため息をつく。「謎を見出すことに囚われて、つまらないことで騒ぎすぎたような気がするよ。このぶんだと竜門さんの奇妙な表情の件も、他愛ない真相かもしれない。ゴキブリでも見たんだったりして」

「意地悪だな理久は、ぼくがもっとも嫌いな種族の名前を出すなんて」

まるでそいつが床を這ってくるとでもいうように、真舟は立ち上がった。北海道の実家ではほとんど見たことがないそうで、真舟はやつらが出るたびに大騒ぎするのだ。

「でも、理久のその推理はハズレだよ。この季節に彼らが出没するとは考えにくい」

推理というほどのつもりはなかったが。

「まあ、結論としては、人に尋ねてわかることならば本人に直接尋ねるのがいちばんだってことだよ、理久」

「竜門さんはいま取り調べを受けているだろうから、訊けないぞ。第一、さっき本人に尋ねてみたときは取りつく島もなかったし」

「そうだね。でも、あのときの状況を思い出してみて。竜門さんがひどく驚いた表情をしたのは、丹羽さんが入ってきた直後のことだった。ということは――」

「なるほど。もしも竜門さんが外にあったなにかを見たんだとしたら、丹羽さんも見ている可能性があるな。……訊いてみるか」

従弟のことだから「善は急げだよ」と言って立ち上がるかと思いきや、彼は冴えない顔で足首のストレッチをしていた。

「……ねえ、理久。その前にちょっとだけ、ぼくの話を聞いてくれる？　足跡のことなんだけど」

どこかあらたまったような声の調子だった。

「なにか考えがあるのか？」

「ん、まあね。丹羽さんが提示した木登り説をぼくは否定したけれど……。『犯人は単に足跡を残したくなかったんだ』と考えたら、とてもシンプルに説明がつくんだよ」

なんだと。僕は驚きつつ座り直して、「もったいぶるなよ」と彼を促す。

「べつに、もったいぶってるわけじゃないよ。ただ、この推理だとあまりにもつまらないから、理久はきっと気に入らないと思うんだ。そして、じつを言うと僕もあまり気に入っていない。一応の説明はつくけど、納得がいっていないから」

いったいどんな推理なのだろう、とかすかに不安になる。

「昼前に僕が話したロープの推理は非現実的だったね。でも、これは仮説なんだけど――犯人がもし、純平さんとあの空き地で待ち合わせをしていたとしたら、どう？　彼は野暮用があると言って森のほうへ行ったらしい。それが待ち合わせだった可能性もある」

「そうだな」

「ということは、犯人は純平さんを待ち伏せできたということになる。あらかじめ空き地にいた犯人は、近づいてきた彼をボウガンですぐに射殺することができた」

「でも、犯人は足跡を残さずにどうやって空き地に行って、どうやって森を出たんだ？」

「それは、さっき理久も言っていたとおり。崖の上から下りてきて、崖の上に逃げたんだ。ロープを伝ってね。もちろん、遺体を下ろすとか、純平さんのフリをして足跡をつけるなんて手間はいらない。それにほら、あの崖は急角度とはいえ斜面だったから、滑り落ちて来た雪で、崖下だけは積もりかたが他と違っていたでしょ？　多少の痕跡は雪をかけて消せる」

なるほど、先ほどの推理よりもかなりスマートになっている。しかし、説明がつかない部分もある。

「ロッククライミング説の再登場か。真舟自身が言っていたように、ものすごく体力を使うし命の危険すらあるけど、そこはどうするんだ？」

「うん、そこは相変わらず無茶だと思うけど……。でも、他に方法も思いつかないから。『ありうべからざることをすべて除去してしまえば、あとに残ったものが、いかにありそうもないと思えても、すなわち真実である（アーサー・コナン・ドイル「緑柱石の宝冠」、深町眞理子訳）』ってね」

「都合よくホームズを引くな。じゃあとにかく、それが真実だとして、真舟が気にしていた案山子はどこで出てくるんだ？」

「ああ、案山子ね。あれがぼくもひっかかっていたんだけど……。もしかしたら犯人は、案山子の影に潜んでいたんじゃない？　さらに案山子に体重を預ければ、地面にはほぼ足跡を残さずにすむかもしれない」

「じゃあ、純平さんは案山子にはノータッチで、一度持ち去ったのも犯人ということになるけど……なんのために？」

「考えられるとしたら、補修と補強のためだろうね。きっと犯人が現場を下見したとき、案山子はすでに壊れていて、犯行に使うにはベストコンディションじゃなかったんだ。初乃さんはおとい、十日前に見たと言っていたけど、崖の上から遠目に見ただけじゃあ、部分的な破損には気づけなかった可能性が高い。案山子は一年間顧みられていなかったんだから、動物に悪戯されて腕が折れたり、服が破けたりしていたかもしれない。つまり犯人は、隠れ蓑、あるいは体重を預けるパートナーとして最高のパフォーマンスを発揮してもらうために、案山子を一度連れ帰って手当てしたんだ」

なるほど、なるほど……。

僕は、たっぷりと間を取ってから、言った。

「……これ、解けたんじゃないか？」

どんな空前絶後、前代未聞のトリックが隠されているのかと思いきや――謎は、あっさりと解明されてしまった。

「うん、一応これが、現時点でぼくが出せるベストな解答。……嫌だなあ、理久。そんなにがっかりした顔しないでよ。これで、ひとつだけ前進するんだから」

「え、なにがだ？」

「ほら。堂山酒造の蔵子さんふたりが、純平さんを最後に見たんだよね？　ということは、純平さんが撃たれた時間帯がわかる。だって、四つ辻で別れてから森に入るまで、時間を潰すような場所はないでしょ？　つまり、まっすぐ森に入っていったということになる。四つ辻からあの空き地まで、雪の中をゆっくり歩いても十分はかからない。つまり、蔵子さんたちが純平さんと別れてから十分以内に犯行が行われた、と推定できる」

「そうか。崖を下りてくるところを見られるわけにはいかないから、犯人は純平さんよりも先に空き地に着いていたはずだ。とすると犯人は、純平さんが空き地に入ってきてすぐ撃っただろうな」

「それともうひとつ。純平さんは余分な足跡を残していない。もしも空き地で待ち時間があったなら、あっちを向いたりこっちを向いたり、多少は足跡が入り乱れているはず。それがないのも、彼が空き地に入ってすぐ撃たれたと考えられる理由だ」

「蔵子さんたちが被害者と別れたのは八時五十五分って言っていたから、犯行は九時か、せいぜい九時五分過ぎということになるな」

なるほど。これで謎は解け、新たな手がかりの端緒も摑めたということだ。我が相棒の優秀さには恐れ入る。

「ところで、真舟はなにが気に入らないんだ？」

僕が尋ねると、真舟は「ん？」と眉を上げた。

「言ってただろ。その『足跡なき殺人』についての推理、僕はつまらないと思うだろうし、真舟自身も気に入ってないって。真舟は面白さよりもリアリティを重視するタイプだと思ってたけど、いったいなにが気に入らないんだよ」

「ああ……。犯人の心理が、よくわからなくてさ」

「心理って。足跡を残したくなかったのは証拠になるからだ、って答えが出てるだろ」

「いや。でも、命がけのトリックをやってまでこだわることとは思えないんだよね、足跡って。そもそも、足跡トリックをやるためのロープを事前に準備する余裕があるなら、使い捨ての靴を用意して、それを首尾よく処分する方法を考えたほうがよっぽど効率がいい」

「……たしかに」

「そこからさらに発展して生まれる疑問は、どうして犯行が昨夜でなくてはいけなかったのかということだよ。雪が積もって証拠が残る日だよ。——どうして犯人は、よりによって昨日犯行に及んだんだろう？　大安だったから、なんて理由じゃないはずだよ」

「殺人やるなら仏滅のほうが縁起よさそうだけど」

「不謹慎だし、そういう話じゃないってば。つまりぼくが言いたいのは、もしもあの森や橋に雪なんか積もっていない、晴れて地面の乾いた日だったら、現場にはなにも不審な状況は生じなくて、単なるハンターの誤射、または口封じというシナリオが遙かに容易《たやす》く受け入れられていたはずだってこと。……どうして痕跡が残る——そしてまた、外部犯の痕跡がないこともすぐわかってしまう雪の日を、犯人は選んだの？」

僕がその答えを知るわけはなかった。考え込んでみるが、仮説のひとつも出てこない。

沈黙が訪れたとき、部屋のドアがノックされた。

僕が出ていくと、立っていたのは丹羽さんだった。

「丹羽さん？　どうされたんですか」

来訪者は、人懐っこい笑みを頬に浮かべて、囁くように言った。

「じつは今から、この宿じゃないほうの温泉に行こうと思うんだよ。君たちも一緒にどうかな、と思って誘いにきたんだ」

「えっ、〈宵待湯〉にですか？」僕は驚いて問う。「昨日、行かれたんですよね」

「どうも籠もっていると、気持ちが塞いでしまってね」

こんなときに――と少し思ったが、考えてみれば、彼は遺体発見に立ち会っていないのだ。事件の当事者という感覚も薄いだろうし、そもそも単にここに逗留しているだけの僕たちが、行動を制限される理由はない。

もっとも、人をひとり殺した人間が村の中にいる可能性が高い、という危険極まりない状況ではある。いくら相手がボウガンを手放したとはいえ。

「行きたいです！」

無邪気に返事をしたのは、後ろに立つ真舟だった。

「理久はどうする？」彼は声を潜めて、「いろいろと調べることができるかもしれないよ」

「それじゃあ――はい。僕もご一緒します。人数が多いほうが安全でしょうし」

「じゃあ決まりだ。五分後に玄関に集合、でいいかな？」

僕たちは了承した。必要な荷物をまとめて、下りていく。玄関には津々良さんと銀林夫妻がいた。先ほどまで食堂に残ってお茶を飲んでいたが、どうやら帰るところらしい。車のキーを持って、見内さんが事務室から出てきた。

「見内さんがご親切に、送ってくださると言ってくれて」

と、津々良さん。見内さんは「いえ、なに」と頭を掻く。

「この雪の中、歩くのもよいじゃないでしょう。車なら、とうに轍ができとりますから、運転も安全です」

これを聞いて寿美代さんは「すれ違いがちょっと不安よねえ」などと言っていたが、便乗する気は満々らしかった。

僕と真舟は、玄関に立って四人を見送った。それから一分もせずに、丹羽さんが下りてきた。

「おっと——待たせてしまったみたいだね」

「いえいえ」真舟がかぶりを振る。「参りましょうか」

玄関を出た僕たちは、軒下を通って駐車場のほうへ向かった。階段を上がり切ると、ちょうど宵待荘のライトバンが公道へ出ていくところだった。丹羽さんはキーのボタンを押して、車のロックを外した。黒いＢＭＷ。車に興味のない僕でも「なんとなく高級ということは知っている」リストに載っている車種だ。

「わあ、恰好いいですねえ」

はしゃいだ声を上げる真舟に、丹羽はにやりと笑いかけた。

「免許持ってる？　運転してみてもいいよ」

「いえいえ。事故でも起こしたら大変ですから」

秀島からライトバンのハンドルを奪った真舟も、さすがに高級車には怯《ひる》んだようだ。しかし車好きの性なのか、真舟は「助手席はぼくでいい？」と訊いてきた。子供のような無邪気さに苦笑しながらどうぞと答える。

「さーて、じゃあ行きますか」

車がウィンカーを出しながら公道に出て、左折する。まだ雪深いため三十キロ程度の低速運転だが、景色を楽しむにはちょうどいい。

真舟が「あの案山子可愛いねえ」と他愛もない感想を言ったことから案山子品評が始まり、往路の話題はそれに終始してしまった。〈宵待湯〉の駐車場でシートベルトを外したとき、そういえば、丹羽さんに訊くべきことがあったのを思い出す。

まずは温泉で受付を済まして──「また来てくだすったんですね！」と女将が感動していた──服を脱ぎ、身体を清め、露天風呂に浸かった。ゆったりと身体をリラックスさせたところで、やっと無粋な問いを発する決心がついた。

「丹羽さん。妙なことを訊くようですが、ひとつお尋ねしたいことが」

「ん、なんだい」

丹羽さんはこちらに身体を向けた。あまりじろじろ見るのも失礼だが、人前に身を晒す仕事だけあって、綺麗に引き締まった肉体をしている。

「ええと、昨日の夜、丹羽さんが宵待荘に戻られて、玄関から入ってきたときのことなんです。深夜じゃなくて、夜九時頃のほうです。あのとき、誰か後ろにいませんでしたか?」

「ええ？　妙なことを訊くなあ」と言いつつも、顎に手を当てて思案のポーズになる。「いや？　あのときは駐車場からまっすぐ玄関に向かってきたが……。駐車場には他に人はいなかったから、当然、下りてきたのは俺ひとりだ」

僕は駐車場と坂道との位置関係を頭に呼び起こした。

「坂のほうに人はいませんでしたか?」

「いや、わからないよ。暗くて、玄関から漏れる灯りを目印に歩いていたからね。まあ、わざと気配を殺していたのではない限り、誰かいれば気づいたはずだが……。どうしてそんなことを?」

真舟が湯の中を滑るようにして近づいてきて、僕の隣に並んだ。要領よく、竜門さんの表情がおかしかったことを話してくれる。

「あ、あのとき棒立ちになっていた従業員さん？」丹羽さんは大きく頷いた。「なんでそんなところに立っているんだろう、ってちょっと疑問に思ったけれど、女将さんに話しかけられたから彼女のほうしか気に留めていなかったなあ。ごめんよ、俺は彼のほうをほとんど見ていない。そんなに驚いた顔をしていたのか。俺が雪男みたいに、いきなり入ってきたせいかな？」

からからと笑うこの人に、あのときの竜門さんの表情の異様さを伝えるのは難しい。

しかし——と、僕は疑問に思う。丹羽さんが気づかなかったのなら、前庭には明らかな異変はなかった可能性が高い。気配を殺した誰かが闇に潜んでいた可能性は残っているが、そこに人がいるのを見ただけであんなに驚くとも思えない。

やはり、こんな謎に論理的な説明をつけるなど無謀だろうか——。

「あ、それと」真舟がちゃぷちゃぷと湯を掌で弄びながら、「丹羽さんにもうひとつ伺いたいと思っていたのが、例の祠のことなんですよ。芸術の神様がいるんですよね？　ぼくと理久は探偵小説という即物的な文学を扱っていますけど、芸術は芸術ですから、ぜひあやかりたいな」

「即物的な文章で悪かったたな」

「え、ごめん、文章を腐したつもりじゃなかったんだ。理久の文章、ぼくは好きだよ」

「例の祠？　じゃあ、このあと行ってみようか」

丹羽さんがさらりと言った。僕らは「是非」と頭を下げた。

そのとき、引き戸が開いて、誰かが入ってくる音がした。僕が肩越しに振り向くと、現れたのは先ほど見送ったばかりの銀林秋吾だった。

「おやあ、丹羽さん。またお会いしましたな」

「銀林さん、でしたね」丹羽さんは爽やかに笑いかける。「ここでお会いするとは意外です。村のかたも、昼からこの湯で寛いでらっしゃるのですね」

「いや、そうでもねんですけどね、儂はよくここに逃げ込むんですよ。男湯なら、女房に見つかる気遣いがないんでね……。今日も溜まってる家具修理の依頼をこなさにゃいかんのですが、ちょいと骨休めを」

昼間から仕事をサボってここに来たというわけか。呆れてしまうが、村の生活の長閑《のどか》な一面が垣間見えた気もして、心が和む。それに妻の寿美代さんは、きっと今日一日は、事件の成り行きに夢中で夫の所在に興味も湧かないのではないか。

「そうだ、銀林さんに伺いたいことがあったんです」

真舟がふたたび湯の中を移動して、銀林氏に接近した。サボり屋の木工職人は頭にタオルを載せながら「なんでぃ」と応じる。

「宵待荘に泊まっている女性——眼鏡をかけた短髪の人のほうですけど、あの人、お知り合いなんですか？」

「うん？　またなんでそんなことを」

「昼食のとき、あのかたを目で追ってらした気がして……」

そういえば——と、僕は思い出す。今日だけでなく、昨日も昼食のとき、園出さんに熱い視線を送っていた記憶がある。

「あ、ごめんなさい。余計なことを尋ねてしまいましたか」

真舟が詫びたことで、かえってあらぬ誤解をされたと思ったのだろうか。銀林氏は「いや、なに言ってんだい、兄ちゃん」と声に力を込めた。

「若い女に夢中になっていた、なんて思われちゃっちゃあ困るで。そういうことじゃあないんだよ。あの姉さんが気になっていたんは、ちょうどこの〈宵待湯〉で見かけたからだわ」

ああ――と、僕は思い出す。そうだった、この人は一昨日、風呂上がりにビールを飲んでいた集団の中にいたのだ。ということは、同じ空間にいた園出さんの顔もそのとき見たに違いない。

だが、待てよ。今の返事は理由になっているようでいて、そうではない。

「いや、もちろん、そこでひと目惚れしたなんつうわけじゃあないがね」

真舟も訝しげな表情をしていたからか、銀林氏は慌てたように言い足す。

「あの姉さん、堂山さんところの倅と口を利いていたから、どういう知り合いなんだろう、と思ったんだ。ひょっとしたら村出身の者で、儂も知っとる子かもしれんっちゅうことでな。ほれ、女は大人になっちまうと、すっかり子供の頃と見てくれが変わっちまうでな」

「えっ……」我知らず声が漏れた。「園出さんと、堂山さん――純平さんが話していたんですか？」

「それ、いつのことですか」

真舟が尋ねると、銀林氏は少々うんざりしてきた様子で「いやだから」と声を張る。

「おとつい、この〈宵待湯〉で、だで。その姉さんはずっと大部屋の隅っこで本を読んでいたんだがね、あの倅が上がってきた途端、すっと立ち上がって近寄って、話しかけておったんだよ。だから、知り合いだと思ったわけだ」

「どんな話をしていたんでしょう」

「いや、聞こえなかったなあ」銀林氏は、じょりじょりと髭の生えた顎を掻いて、「それにふたりは連れ立ってすぐに出ていっちまったし」

　なんということだ。園出由加里が、堂山純平と接触を図っていたとは。

「しかし、えー、兄さん、その姉さんの名前は『ソノデ』と言うんかい？　それじゃあ、全然知らん名前だなあ。この村の出身じゃなさそうだ」

「姓が変わるということもあるんじゃないかなあ、いろいろな理由で」

　と意見したのは、今まできょとんとして話を聞いていた丹羽さんだった。

「下の名前は『由加里』です」

　僕は反応を待ったが、銀林氏は首を捻る。

「うーん、思い当たる名前はねえなあ。それに今日、素面《しらふ》で顔を見てみたが、化粧っけがないのに全然見覚えのない顔だった。この村じゃなくて、東京で知り合ったんかもしらんね」

　思わぬところで思わぬ情報が手に入った。僕と真舟は視線を交わす。真舟の瞳は「どう考えたものか」とでもいった具合で、定まらぬ色をしていた。

　真舟がどう思っているかはわからない。だが、僕としてはこれで目鼻がついたような気がした。堂山純平の謎の「待ち合わせ相手」——いまの情報を加味すれば、園出由加里ほどふさわしい相手はいないではないか。


　その後はみな口を噤んで、雪化粧した山を眺めていた。真舟はお腹のあたりまで浸かりながら、じっと湯面を見つめていて、時折思い出したように自分の上半身に湯をかけていた。

　ずいぶん時間が経って、誰からともなく立ち上がった。銀林氏だけが「もう少しサボってくべ」と言ってそこに残った。

脱衣所を出て大部屋で寛ぐことになる。湯上がりらしい女性の集団に丹羽さんが囲まれたので、僕と真舟は離れたところの畳に腰を下ろした。従弟とふたりきりになって、なんだかほっとした。僕は親しくない大人と口を利くことに免疫がないのだ。

「指がふやけて指紋認証ができない」

真舟がスマホにパスコードを打ち込みながらぼやいた。

「こんな山奥でもスマホが使えるっていうのは不思議な感覚だな」僕は真舟のスマホから目を逸らしつつ言う。「クローズド・サークルを成立させにくい時代だ」

「そう？　電波が届いてもクローズド・サークルは立派に成立すると思うけどな。現にいま、ここに警察が来られてないじゃない」

「到着が遅れてるだけだろ。……もうすぐ来るんじゃないかなあ」

「あはは、ちょっぴり残念そう」真舟は思い出したように顔を上げる。「叔母さんに連絡しとけば？　心配しているかも」

「スマホいじってる人についでにしてほしいな」

実際、僕よりも真舟のほうが、僕の母と密にＬＩＮＥをしている気がする。

「ただいじってるだけじゃないよ。大切な調べもの」

「なに調べてるんだよ。アコニチンの組成とか？」

「ううん、明智大学のホームページを見ていた」

園出さんが通っている大学か。僕は真舟のほうに少し身体を近寄せて、声を落とす。

「彼女が堂山さんに声をかけていたって件、どう思う」

「どうにも判断がつかないねえ」真舟はスマホの画面を消して、ポケットにしまう。「ただ、あの日の園出さんの不自然な行動には説明がついた」

「烏の行水のこと？」

「そう。入浴時間が短かったのは、彼女がここに来た目的は入浴じゃなかったから、と考えるのが妥当だね。……純平さんに会うために、待ち伏せをしていたんだ」

待ち伏せ、とはまた物騒な表現が出てきた。しかし疑問がある。

「待ち合わせじゃなくて、待ち伏せなのか？」

「そう思う。ふたりが知り合いで待ち合わせをしていたのなら、園出さんも普通に入浴するでしょう。彼女が入湯料を払いながらすぐ入浴を済ましたのは、なるべく長い時間、この部屋を見張っていたかったからじゃないかな」

「どうしてわかったんだろうな、純平さんがここの風呂を浴びにくるって」

「園出さんは、ぼくらよりも一日早く宵待荘に宿泊した。もしかしたら、どこかで純平さんの一日の行動を仕入れていたのかもしれないね。ひょっとすると、旅路がうっかり漏らしたのかも」

さもありなん、だ。地元の温泉について紹介したついでに「酒蔵の御曹司もよくひとっ風呂浴びに行ってますよ」などと言いそうである。これは、彼に訊いてみなくては。

「やっぱり、昨日の夜、純平さんが待ち合わせしてたっていうのは……」

僕が言いかけたとき、丹羽さんがこちらに向かってきた。

「お待たせ、ふたりとも。行こうか」

話を中断して、僕たちは〈宵待湯〉を後にした。丹羽さんは車のエンジンをかけ、ふと思い出したように僕と真舟を交互に見る。

「祠の前に、宵待神社に寄っても構わないかな。初乃さんにサインをする約束をしていたから」

「ええ、もちろんです」真舟がにっこりと頷く。「ちょうどぼくも、神主さんと話がしたかったところなので」

また意外なことを言う。矢守丈吉氏に、なんの用があるというのだろう?

だが、それを真舟に尋ねる前に、丹羽さんが口を開いた。

「さっき温泉で銀林さんと話していたことだけれど……、君たちは、あの園出さんという女性を疑っているのかい」

「い、いいえ!」反射的に否定していた。「ただ……、意外な情報が出てきてびっくりしてしまったというか、それだけです」

「ああ、そうだよなあ。たぶん銀林さんが言っていたとおり、本当に旧友で、たまたま会っただけなんだろうね」

丹羽さんの口調は、心からそう思っているようだった。変に疑いすぎるということのない人なのだろう。妙に勘繰ってばかりの僕には、その心性が眩しくすらある。

車は低速運転で現場となった森の前を通り過ぎ、宵待神社の駐車場に入った。村人はなるべく外出を自粛しているのか、このあたりにひとけはない。

車を降りてすぐ、真舟のそばに寄って囁く。

「丈吉さんとどんな話をするんだよ」

「もしかしたら、もうひとつ拾えるかもしれないと思ってね」真舟は片目をつぶってみせた。

「園出さんの目撃証言が」

これは僕にはさっぱりわからなかった。丈吉さんがどこかで園出さんを目撃している、ということがなぜ推測できるのだ。残念だが、真舟のほうが僕よりも名探偵の素質があるのは疑いようがないらしい。もっとも、彼の推理が正確であるということが前提となるが。

丹羽さんを先頭に、僕と真舟も宵待神社の石段を上がっていく。初日、昨日、今朝ときて、もう四度目になる。インドア派の人間にとっては「慣れる」などということはない。毎回、その長さを思い、億劫になってしまう。

こういう単調な体力勝負の間、僕の思考はあちこちに飛ぶ。高校でやらされた持久走がいい例だ。そんなときに意外と、面白いトリックを思いついたりする。大学に入ってからの僕はとんと運動不足だ。よいミステリを書くために、ランニングでも始めるべきだろうか——と何度か思ったが、いまだに実行には移せていない。

石段の目を見ながら、この村に来た本来の目的をふと思い出す。それは、山村の空気を肌で感じて、小説に活かすことだった。僕はもう、それを書ける状態になっているだろうか？

雪の間から、石段の隙間の苔《こけ》が顔をのぞかせているのがちらりと見えた。冬にも苔は生きているものなのか。そんなことが妙に新鮮だ。僕に足りないものは観察だ——と、突然悟る。唐突で脈絡のない発想の連鎖。僕たち人間の思考とは、こんなものなのかもしれない。「階段」「観察」というふたつの単語が揃うと連想されるのは、シャーロック・ホームズの名言だ。見ることと観察することはまったくの別物なのだ。ワトスン博士が下宿の階段の段数を記憶していなかったように。そう、僕に欠如しているスキルは、観察ということではないか。

少し前を歩く従弟を見上げる。ほんの数段の差なのに、彼がずいぶんと先を歩いている気がした。真舟はとてもよく人を見ている。卓抜した観察力だ。この村で見聞きしたことを彼に書かせたら、僕よりもずっと緻密な小説を書き上げることだろう。

ときどき思ってしまうのだ。「楠谷佑」は真舟ひとりでいいんじゃないか——と。

「どうしたの、理久」真舟が振り返って、こちらを見た。「ずいぶんと、息が上がってるよ」

本当に、よく気づくやつだ。なんでもないよ、と僕は答えた。

最上段まで辿り着いて、鳥居をくぐる。境内には誰もいない。僕たちは社務所へと向かった。窓口は閉ざされていたので、真舟が引き戸の横にあるチャイムを鳴らす。出てきたのは初乃さんだった。

「あ、どうも」と真舟に軽く挨拶してから丹羽さんを見て、「わっ！　いらしてくださったんですね！」

「ええ、ファンのためならどこへでも」

丹羽さんがおどけたように答える。初乃さんが彼との会話に夢中にならないうちに、とばかりに真舟が「あの」と呼びかけた。

「おじい様にお目にかかれますか」

「えーと、おじいちゃんなら、いま見晴らし台のほうです」

真舟は初乃さんに礼を述べてから、丹羽さんに向き直る。

「ぼくたち、あっちに行きますね」

丹羽さんたちをその場に残して、僕と真舟は見晴らし台へと向かった。道中、会話はなかった。なぜ丈吉さんに会うのか、とも尋ねない。なにも問わず、ただ流されてみたい、という気持ちになってきた。

宵待神社の神主は、見晴らし台の雪掻きをおこなっていた。ここは今朝も十分綺麗にされていたし、その後、雪は降っていない。ちょっと神経質にも思えてきた。

「こんにちは」真舟が朗らかに挨拶した。「すごく丁寧に雪掻きなさってますね」

丈吉さんは、軽く頷きを返した。スコップを雪山に突き立てて、ふうとひと息つく。

「ここだけは丁寧にせねばいけませんからな。去年のような悲劇を繰り返してはいけない」

そうか――と、僕は今更ながら納得した。たしかに雪が積もりっぱなしでは、転倒するリスクが高まる。雪掻きされたあともそれはそれで足が滑りそうになるものだが、災いを防ぐためにならずにはいられない、というこの人の祈りのようなものなのだろう。

「……だが、悲劇はまた起きてしまった」神主は痛ましげに瞑目する。「またこの崖下で、若者が命を落としてしまった。まったく、やりきれん。儂の半分も生きておらんような若者が」

彼の声には悲憤が滲んでいた。下手人よりも、目に見えぬ運命に対する憤りがこもっているように思えた。

しかしそうか、堂山純平が亡くなったのは、この見晴らし台の真下――。昨年、桐部直が転落して命を落としたのと同じ場所なのだ。そのことに何か意味はないのだろうか？

真舟は、丈吉さんの言葉に同調するような絶妙な吐息を挟んでから、自分の用件を切り出した。

「じつは丈吉さんにひとつ伺いたいことがあったんです」

「なんですかな」

「一昨日のことです」

「いやあ、どうもこの齢になると日付の感覚が……。一昨日、と言われても、さて、なにがありましたやら」

「僕たちが初めてお目にかかった日です。しかも、その数分前に起きたことなんです」

ここに至り、僕もようやく悟る。去年の事故の話題が出たおかげもあるだろう。

あのときここで、堂山純平が事故の遠因を作ったという話を秀島から聞かされたとき、真舟はそばに何者かがいた気配を感じ取っていた。もしもあの話が立ち聞きされていたのだとしたら――。

「ああ、あのときのことですか」

「ぼくたちの少し前に、この見晴らし台から引き返してきた人はいませんでしたか？　ぼくたちが境内に引き返したとき丈吉さんはその場にいらっしゃったので、もしかしたら見ているかもしれないな、と」

「ええ。初乃の姿が見えなかったので、あのときは境内をうろつきまわっておりましたよ。けしからん、と思いながらね」

口髭を撫でて、神主は目を細める。

「そういえば、おりましたなあ。あのとき、あなたがたの少し前に見晴らし台のほうから戻ってきたかたが」

「どんな人でした？」

「おや、見晴らし台にいらしたあなたがたならお見掛けしたと思うのだが。髪が短くて眼鏡をかけた女性ですよ。初乃といくつも変わらない齢に見えましたな。そのあとであなたがたもお見えになったから、ここもずいぶん若い人たちに人気が出たものだ、と嬉しくなったのです」

園出由加里に間違いない。

つまり――彼女は、桐部直の事故死に堂山純平が関わっていたという話を聞いた可能性が高い。

ということは、どうなるのだろう？

真舟は丈吉さんに礼を言ってから、見晴らし台の柵のほうへ向かった。僕も倣う。後ろから丈吉さんが「気を付けなさいよ」と注意してきた。

下を覗き込むと、事件現場に妙な網目が出現していてぎょっとしたが、すぐに鳥除けのネットだと気づく。そういえば、遺体にそんなものをかけたと中河原さんから聞いた。

遺体はシーツもかけられているため影すら見えないが、例の案山子の黒い姿は、一度そこにあるとわかってしまえばくっきりと輪郭が捉えられた。

あの案山子が消えて、遺体のそばに現れたのは、トリックに使われたなどという即物的理由ではないのかもしれない。犯人が一度それを持ち去ってから現場に戻したのは、なんらかの思想的な理由があるのではないか。案山子を見つめていると、まるでそれはここから落ちて亡くなった桐部直の亡骸のようであった。

「行こうか」と真舟が不意に言った。僕は彼に続いて、速足でその場を離れる。丈吉さんは気づかぬ間に姿を消していた。先に戻ったのだろう。

境内に引き返す途中で、耐えきれずに口を開いた。

「真舟は、園出さんが犯人だと思ってるのか？」

「思っていないよ」意外な返答だった。「彼女が犯人であることを否定する根拠が、いくつかある」

「たとえば？」

「ボウガンによる凶行が十日以上前から始まっていたことだよ。ぼくは、あの一連の事件の犯人はやっぱり村の内部にいると考えたほうが自然な気がする」

「たしかに」

ならば同じ理由で、僕や真舟を含む宿泊客と、ついでに東京にいた秀島も容疑者から外れる。もっともこの集団は、園出さん以外の全員に純平さんが殺されたときのアリバイが成立しているから、あまり意味のない発見だが。

「でも、現に宵待荘っていう旅館があるわけだし、よそ者をまったく見かけない村ではないよな。外部の人間には絶対犯行が不可能とは言い切れない。麓のホテルに滞在して、この村に通うことだってできる」

推理作家の性として、厳密に可能性がゼロにならないことは排除したくなかった。真舟は、しぶしぶという様子で頷く。

「そうだね。まあ、その場合、村の内部をよほど熟知している外部犯ということになるよ。村人の目につかないルートを的確に選んで、かつ短時間で目的を果たさなければならないから」

「でも、ボウガンの事件で犯人がハンターだと見なされれば、観光客として訪れたばかりの自分は容疑者から外れることになる。それを考えれば、面倒臭い下準備をするだけのメリットは十分あるんじゃないか。もし村人に顔を見られてしまったら、殺人計画を延期すればいい」

真舟は急に立ち止まって、じっと足許を見ている。僕は彼を追い越したところで立ち止まり、振り向いた。真舟が顔を上げる。

「うん、理久が正しい。園出さんが来る前にボウガン騒動が二件起きていたことは、彼女を容疑者から外す理由にはならないね。……理久は、どう思う？　彼女は犯人かな？」

「堂山さんと口を利いていたのが、怪しい」率直に答える。「あと、昼食の前に僕らの部屋に来て、事件の状況を聞いてきたことも。なぜ、そんなに気にかかっていたのかがわからない――事件に関与しているのでなければ。そして、さっきの丈吉さんの話だ。それを聞き出したのは真舟だろ」

「……ん、まあね」

「もしも桐部直さんと園出さんの間に、親密な関係があったなら――そして、あのとき秀島の話を聞いていたのなら。彼女は、堂山純平を殺したいほど憎んだかもしれない」

真舟は、うんと小さく頷いて、足を踏み出した。並んで歩きながら、僕は話し続ける。

「問題は、桐部さんと園出さんの接点だよな。大学は違うから、高校の同級生……、あるいは、インカレサークルで知り合ったのかな。ただ、それは僕たちには調べられることじゃないな……。本人が素直に口を割るとも思えないし」

「理久は怖いことを言うなあ。『口を割る』だなんて」

真舟は苦笑まじりに言ってから、ぽつんと漏らす。

「でも、大学が同じだった可能性もあるよね」

僕は首をかしげる。園出さんは明智大学に通っているが、たしか事故死した桐部直は、赤川学院大学の学生だったはずだ。

「さっきお風呂上がりに調べていたのはね」真舟は世間話みたいな調子で話す。「明智大学の宗派についてなんだ。うっすらと記憶があったからもしやと思っていたんだけど、調べてみたら、やっぱりカトリック系の大学だったよ。今でも学内に『イエズス会センター』っていうのがあるみたい」

だからなんだ、と思いかけたが、記憶にひっかかるものがあった。まだ半日も経っていないことだから、さすがに僕でも憶えている。

「たしか園出さんは、学部で必修だった宗教学の講義は『プロテスタント的な史観が強すぎた』みたいにぼやいていたよな。大学の方針どおりなら、むしろカトリックの立場に立つはずだ。彼女はどうしてそんな嘘を……」

「いや、嘘じゃないと思うよ。きっと学部生のときはプロテスタント系の大学に行っていたんだ。学部と違う大学の院に進むって、別に珍しくないでしょ」

ここまでヒントを出されて、ようやく僕は結論を悟った。

「これもついでに調べてみたんだけど」

真舟は軽い調子で続ける。このことを深刻に扱うのを忌避しているかのようだ。

「赤川学院大学は、プロテスタントだったよ」

17 盗賊と祠

境内に戻ると、丈吉さんと初乃さんがなにやら話し込んでいた。

「どうしたんですか?」

真舟が話しかけると、初乃さんが困惑顔で応じた。

「じつは……、この神社に泥棒が入ったみたいなんですよ」

なんという村だ。ボウガンを持ったハンターに殺人事件ときて、今度は盗賊か。

「初乃、ちょいと話が混乱しておるな。詳しく教えてくれんか」

「さっき、サインペンを探しに家まで戻ったんだけど、窓から外を見たら蔵の扉がわずかに開いているように見えて……。外に出て確かめてみたら、やっぱり開いていたの」

「それで、中は荒らされていたのか」

祖父に問われて、初乃さんは首をかしげた。

「それがねえ。全然荒らした痕跡がなくて、なにが盗られたかわからないの」

「じゃあ、勘違いという可能性もあるだろう。扉が開いていたというのは、昨日閉め忘れたからではないのか」

「ううん、誰かが勝手に開けたことはぜったい勘違いじゃない。昨日はあっちのほうまで雪掻きしたもの。そのときはきっちりと閉まってた……それも夜だよ、夕食の直前。あれより後に自治会の人がなにか取りにきたなんて考えられない」

「鍵はかかっていなかったんですか？」

真舟の問いに、初乃さんはかぶりを振る。

「本当は施錠しておきたかったんですけど……年末年始に開けっ放しにせざるを得なくて、ついそのまま、施錠せずにいました。祭りの道具とかを、自治会の人が出し入れすることがあるんですよ。それで、催事があるときはみなさんを煩わせないように鍵をかけずにいて」

それで、二月頭の今まで鍵をかけずにいたというわけか。もっとも、セキュリティという概念が薄そうなこの村では致し方ないところではある。

「まあ、気にしすぎることはないだろうが……どれ、儂も点検しよう」

僕と真舟も、ついでのようについていったが、初乃さんが見晴らし台のほう——僕たちがさっき引き返してきた道に向かったので驚いてしまった。しかし、社殿の裏に回ったとき、疑問は解けた。蔵は社殿の裏を突っ切ってすぐのところにあるのだ。社殿の屋根の下は雪が積もっていなくて、僕たちはすぐにそこまで辿りつくことができた。

蔵は歴史がありそうな木造のものだった。想像していたよりも大きい。鉄の両開き扉の片側の取っ手に、錆びたチェーンと南京錠がぶら下がっている。丈吉さんが扉を開くと、大きく軋む音がした。中は暗くて埃っぽい。初乃さんが照明をつけると、裸電球が内部を照らし出した。

真っ先に目に飛びこんできたのは、ブルーシートで覆われた巨大な物体だった。二メートルの高さの天井に達するほどである。屈んで覗き込んでみると、祭りで使われる神輿《みこし》のようだ。他にも、太鼓や紅白ロープなどもその近くにまとめられている。さらにはテントの骨組み、埃まみれの案山子、段ボール箱などなど、様々な用具がある。

「これ全部チェックされたんですか？」

真舟が感心したように初乃さんに問うた。彼女は掌を振る。

「とんでもないです。うちの神社が預かる、と厳密に決まっているのはこのお神輿だけで、あとは全部自治会の催事担当者が勝手に置いていったんですよ。神事に使う大切な道具は、ぜんぶ社務所の中にあります」

それなら、鍵をかけていないのも納得である。だがそれでは、なくなっているものがあってもわからないのではないか。

「これとか、神社の持ち物じゃないんですか？」

真舟は、蔵の隅に置かれていた赤い木造の物体をぽんと叩いた。さながら拝殿のミニチュアといった代物だ。

「あー、それはたぶん、子供会で使うためのお神輿じゃないかな。知りませんけど」

と、初乃さんが答えた。僕は足許に転がっていた大きな鈴を指さして、

「これは神社のものですよね。ガラガラ鳴らすやつ……」

「いや、知らんな」と丈吉さん。「祭りのとき、櫓《やぐら》のてっぺんに飾ってあった気がするような、しないような」

ひどい管理不行き届きぶりである。中は埃っぽかったが、床は掃き清められていたので、仮に賊がいたとして、どこからなにを持っていったのかわからない。神社のふたりも思い当たるところがないようで、熱心さを感じさせない素振りで中を見回している。途中、初乃さんが小さくくしゃみをした。彼女はコートを着ていなかった。

「あー、寒い。すみませんけど、一旦扉ちょっと閉めますね」

初乃さんが扉を完全に閉める直前に、ぎいいっと扉が激しく軋んだ。

「……やっぱり誰かが侵入したのかもしれませんね」真舟が言った。「閉めるときに激しく軋みます。その音を聞きつけられるのを恐れて、半開きのまま逃走したのかも」

「ま、まさか純平さんを殺した犯人が……っ？」

怯えた声を出す初乃さんを、丈吉さんが「そんなわけなかろう」となだめる。

「何を盗んだというんだ。ボウガンなんぞ、この蔵には保管されておらんよ」

その言葉で閃いた。僕は試みに言ってみる。

「もしかしたら侵入者はなにかを盗んだのではなく、隠しにきたのではないでしょうか？」

真舟がぱんっと手を叩いた。

「それだよ、理久。さすがの発想だなあ。凶器のボウガンは見つかったけど、毒の小壜かなにか、犯行に関係のあるものを隠しにきたのかも」

「なんと、けしからん！」丈吉さんが真っ赤になった。「神罰が下るわい。ええい、お二方。忌まわしい代物がないか探すのを手伝ってくださらんか」

口調が時代劇じみてきた。神主の剣幕に押された僕らは「はい」と応じるしかなかった。

捜索は三分ほど続いた。初乃さんと丈吉さんは段ボール箱をひっくり返している。真舟はビニールシートを剥いで神輿を調べていた。僕は、子供用だという神輿――らしき物体――を調べてみる。観音開きの扉にはちゃんと蝶番《ちょうつがい》がついていて、けっこう凝っている。五十センチ四方くらいのサイズだったのでいろいろ隠せそうだと期待したのだが、中は空っぽだった。

「あ、理久、気を付けて！　手袋してないんだから！」

「え、なに?」

「いま理久が持ってるそれ、後ろからなにか飛び出てるよ」

調べてみると、神輿（たぶん）の後ろから、ネジ釘のようなものが飛び出ていた。箱の内側にはなにかをぶら下げていたらしいフックみたいなものがふたつもついているから、その後部なのだろう。

「大丈夫だって、大げさだな、真舟は……」

そのとき、がらんがらんと音がしたので、僕と真舟はびくりとしてそちらを振り返った。見ると、初乃さんが床に転がっていた鈴を手にしている。

「ご、ごめんなさい……。なにか怪しいものが詰め込まれてないかなって思って……」

結論から言えば、この蔵には不審なものは見当たらなかった。

「ぼくの早とちりのようでした。すみません」

責任感の強い真舟が頭を下げる。どちらかといえば僕の責任という気がするので、こちらも慌てて倣った。

「いえいえ、気にせんでください。妙なものが隠されていたわけではないとわかって、ほっとしましたわい」

「うーん。誰かが扉を開けたのが事実でも、覗いて帰っただけかもね。すみません、あたしも早とちりだったな」

初乃さんの言葉で場が締まって、僕たちはその場を離れることにする。初乃さんが「念のため」と言いながら、南京錠で戸締まりをした。

社務所に入ると、上がり框《かまち》に腰かけていた丹羽さんが「終わりましたよ」と言った。傍らにはCDが積み上がっている。全部にサインをしたらしい。初乃さんは高いテンションで礼を言った。お茶でもどうかと丈吉さんに誘われたが、遠慮した。僕と真舟は丹羽さんと一緒に、宵待神社を辞した。

石段を下りていく間、真舟は丹羽さんに国内音楽市場の現況について質問をしていた。作家としては見習うべき姿勢だと思うが、僕は現実の事件について考えることで忙しかった。蔵の騒動については、いったん脇に置いておくことにする。「真夜中の散歩者」と同様、事件にはまったく関係のない空騒ぎという可能性があった。

考えていたのは、疑惑が強まっていく謎の人物——園出由加里のことだった。彼女にどうやって質問しようか、とシミュレーションをするうちに、いちばん下の段に着いてしまった。

「さて、じゃあ……車を移動させるのもなんだし、このまま祠まで行こうか」

丹羽さんに言われて、そういえば——と思い出す。僕らは、ありがたいご利益のある祠を拝みにいくことになっていたのだ。

「楽しみだねえ、理久」

真舟は心から言っているようだ。神仏というものを信じない僕にしてみれば、もはや祠に対する興味は失われていたのだが、付き合うことにしよう。この村に来た本来の目的を考えれば、僕のすべきことは尋問などではなく明らかにそちらだ。

「そういえば宇月くん、手袋していないね」

丹羽さんにいきなり話を振られて、僕は挙動不審な反応をしてしまった。

「あ、はい——ええ。お気に入りのやつ、家に忘れてきちゃって」

「手袋なしはきついだろう」

「いいえ、普段からあまりつけないんです。真舟がプレゼントしてくれたやつはスマホ対応だから愛用しているんですけど」

「理久が気に入ってくれて嬉しいよ」

真舟がにこにこと笑みを広げた。その様子を見て、丹羽さんは声を立てて笑う。

「君たちみたいに仲のいい従兄弟は見たことないな。手袋のプレゼントなんて、まるで恋人同士みたいじゃないか。……って、ごめん、べつに性的指向を詮索しようなんてつもりじゃないんだけど」

突然真顔で謝られて、こちらのほうが照れ臭くなる。僕は話題を逸らすことにした。

「でも、丹羽さんのその手袋も手編みでしょう。恋人からですか」

赤い毛糸の手袋が両手にはまっている。彼は、目を丸くしながら手を閉じたり開いたりした。

「これ？　いやいや、これはファンからのプレゼントさ」

「えっ。そういうのも着けるんですか」

「俺はファンから貰い物をするのがけっこう好きでさ。マネージャーからは、特定のファンからの贈り物を身に着けることは推奨できない、なんて叱られるけど、せっかくくれたものなら大切にしたいと俺は思うよ」

「ファンを大切にするって、大事ですねえ」

真舟がしみじみと言う。そういえば、彼はファンレターが届くとクリスマスの小学生みたいにはしゃいでいる。僕も嬉しいけれど、人との繋がりを尊重する純粋さにかけては、彼には敵《かな》わない。

そんな話をしているうちに、僕たちは森の入り口に差し掛かっていた。踏み入ってすぐのところは、すでに足跡が入り乱れて、なにも判別できなくなっていた。

しばらく無言で歩いていた僕たちだったが、ご神木まで辿り着いたところで、しんがりを務めていた丹羽さんが「ちょっと待って」と声を上げた。振り返ると、彼は右の手袋を外して、尻ポケットからスマホを取り出していた。

「この木、すごいから写真に収めてもいいかな？　昨日は夕方で暗かったから……」

真舟も釣られたようにスマホを取り出して、撮影を始めた。僕は一歩後ろで眺める。温泉に浸かって、神社を参拝して、ランドマークを撮影している。ふざけているつもりはないけれど、殺人事件に遭遇した日にこんなことをしていいのか、とそわそわしてきた。

やがて真舟が「お待たせ」と言った。丹羽さんも撮影を終えたようで、手袋をつけ直している。それから僕たちは、地蔵案山子の横を通り過ぎてご神木の裏へと回った。そうすると今度はひょっとこと天狗がそれぞれ目印となっている二つの道がお目見えする。僕たちは天狗案山子が佇む道へと踏み出した。こっちの道も、空き地へ続く道と同様、ぐねぐねと曲がりくねっている。

数十メートル進むと、ようやく視界が開けた。円形のスペースになっていて、祠はその中央に鎮座ましましていた。祠の後ろには数本の木が立ち並んでいて、その奥は山になっている。例の崖とひとつながりになっている山で、比較的なだらかな斜面だが、綺麗に雪が積もっているから人は上り下りしていないだろう。

いや、足跡問題は忘れよう、今は祠だ。それは赤茶けていて、だいぶ古いもののようだった。腰の高さあたりまでの石造の土台の上にある。話を聞いた限りでは打ち捨てられた遺物のようだったが、渡された注連縄も紙垂もそこまで古びていないように見えた。

参拝はあっけなく終わった。賽銭箱もついていないから、ただ手を合わせて祈るだけだ。学芸の神様という触れ込みだったが、このときばかりは重版出来などという現世利益を求めずに、殺人犯逮捕を祈念した。

「……行きましょうか」

僕が歩き出し、真舟も続いた。道を少し引き返したところで、丹羽さんが後から駆けてきた。

「いや、ごめんごめん。靴紐がほどけてしまった」

彼を置いて先に歩き出した僕こそ謝るべきであった。すみません、と返す。

公道から宵待神社の駐車場まで戻り、僕たちはＢＭＷに乗り込んだ。

「それにしても、びっくりだな」丹羽さんが突然言った。「君たちには驚かされるよ。温泉に浸かって神社と祠に寄っただけなのに、妙な情報がたくさん集まった」

「いえいえ、たまたま多くの人に出会えたからですよ」

真舟の謙遜めいた言葉に微笑で応えて、丹羽さんは車を発進させた。わりと湯冷めしてきたので、車内が暖まってくると生き返る心地になる。丹羽さんがカーステレオをオンにすると、ちょうどラジオで交通情報をやっていた。首都圏のあちこちで大規模な渋滞が発生しているという。

「警察はまだ来られないのかな」

液晶パネルの時計を見ると、四時二十分になるところだ。通報から八時間以上が経っている。

「山梨方向からなら通行できるって聞いたが、山梨県警が来てくれたりはしないのかなあ」

丹羽さんはそう言うが、現実味のない話だ。小説の資料として警察関係の本をいくつか読んだが、あの組織はとかく縄張り意識が強いらしい。まだ現着すらしていない事件で他県に協力要請などしないだろう。

ラジオは続いて天気について報じる。まだ平野部のそこここで降雪が続いているらしく、大気の状態はひどく不安定だという。ヘリで来てもらうのも望めなさそうだ。

「なにげなくこの村で過ごしていたけれど、歴史的な降雪かもしれないね」

真舟は左方向——田畑のほうに目をやっていた。僕もつられてそちらを見て、驚いた。ビニールハウスの中には、骨組みがひしゃげているものがあった。屋根に積もった雪のせいだろう。昨日、必死に雪下ろしをしている人たちを見たが、間に合わなかったのか。胸が痛む。同時に、忘れかけていたあることを思いだした。

「二〇一四年に関東で大雪があったよな」つい、口に出していた。「僕と真舟が小学校を卒業した年だ。中学受験と重なっていたから、大騒ぎになったよ」

「なんだ、理久。関東の雪の怖さをちゃんと知ってたんじゃない」

「今思い出したんだよ。そういえば、あのときに秩父郡は一部孤立したって聞いたかも」

「このあたりの交通事情は、けっこう大変みたいだな」丹羽さんが言った。「俺もおとしのライブのとき、会場のキャパを超えてかなりの人を呼び込んでしまったみたいでね。付近一帯で渋滞が発生したと聞いて、とても申し訳ない気持ちになった」

東京に住んでいたらわからないことだ。この国はけっして、隅々まで開発が行き届いて管理されているわけではない。一部の田舎のインフラは脆《もろ》く、危ういバランスの上に成り立っている。非常事態が出来すれば、いつだって機能不全が起こりうるのだ。

そんなことを考えているうちに、車は宵待荘の駐車場に滑りこんだ。

18　彼女の理由

丹羽さんにお礼を言って車を降りた。中河原さんのフォルクスワーゲンがなかったが、まさか茨城に帰ったわけではないはずで、さしずめ〈宵待湯〉にでも行っているのだろう。僕たち三人は、ゆっくりと危なっかしい階段を下りて、宵待荘の中へ戻る。

「おかえりなさいませっ」と言いながら、秀島が駆けつけてきた。

「ただいま」真舟は笑いかけてから、きゅっと表情を引き締めて、「警察は来た?」

「おおう、物騒な切り出しかた。いや、まだ来てないんだなあ、これが」

「いつまでかかるんだろうな」と、丹羽さん。「まあ、さすがに明日には交通の状態も改善すると信じたいが」

「そうですねえ……。あ、そうだ、丹羽様にこれを」

秀島は事務室の前のカウンターに置いてあった紙袋を取り上げる。和菓子屋のロゴが入っているが、中身は菓子ではなさそうだ。

「寿美代さんが発起人になって村の人から集めた、寄せ書きとかファンレターなんです」

「えっ……ありがとう」

彼は目を丸くして、その袋を受け取った。ちらりと覗き見たが、中には封筒のほかにお菓子やら手芸品やらも入っていて、かなりの量がある。

「素早いなあ、あの人は。だってまだ、ここでお昼を食べてから三時間ってところだよ」

「急いだんじゃないかなあ、寿美代さん。なにしろ丹羽さん、お忙しいかたですから」

昨日の夜〈宵待湯〉の女将が丹羽さん来訪を拡散したというから、きっと昨夜のうちにスターへのプレゼント企画が立ち上がったに違いない、と僕は推測した。

「ともあれありがとう。後で寿美代さんにもお礼を言わなくてはいけないな」

「ああ、それならおれ、託《ことづ》かりますよ」

「うん、場合によっては頼もうかな」

丹羽さんは腕に紙袋をひっかけて、靴を脱いだ。立ち上がって、大きく伸びをする。

「いやあ、充実した小旅行だったけど、疲れてしまったな。君たちは大丈夫？」

「ええ、もう、ピンピンしています。雪道の運転、ありがとうございます」

朗らかで礼儀正しい従弟に倣って、僕も会釈する。

「なに、楽しかったよ。でも齢くうと疲れやすくなっちゃうからいけないね。じゃあ夕食の時間まで、部屋でひと眠りさせてもらおうかな」

「でしたら起こしに伺いますよ。夕食は七時です。今夜は時間通りで大丈夫そうですか？」

「うん、平気だ。出かける予定もないし。じゃあ夕食の時間に起こしてもらおうかな」

丹羽さんが階段へと足を向けた。僕たちに手を振って、二階に上がっていく。そのとき、廊下の奥――食堂から、亜佐子さんと見内さんが現れた。

「あら、おかえりなさいませ。お疲れ様でございます。……いま、見内を買い物にやらせるところですが、なにかご入用のものはございますか。田舎のことですから、ご期待に沿えないかもしれませんけれど」

今まで出かけていた身でおつかいを頼むというのも恐縮きわまりない。いずれにせよ、必要なものはなかったので、僕と真舟はそう言って断った。

「左様ですか。……では精三さん、よろしくお願いしますね」

見内さんは女将に頷き、僕たちにも会釈をしてから、玄関を出ていった。亜佐子さんは「それでは夕食の仕込みを始めます」と言って、食堂へ戻る。

「……人ひとり亡くなっても、おれたちはいつもの生活のままだもんな。なんだか、それにほっとするような、寂しいような、だよ」

秀島が、意外な感想を漏らした。落命した男に反感を持っていた彼の中にも、複雑な思いがあるらしい。

とはいえ、こっちにはこっちの事情がある。僕はしみじみしている男に単刀直入に尋ねた。

「園出さん、いま部屋にいる?」

「え、たぶん。出かけられてはいないから……。どうしたんだ?」

「ちょっと話があって」

と言うと、真舟が僕のコートの袖をくいっと引っ張った。

「まあまあ、待ちなよ理久。それは本当にぼくたちがやらなきゃいけないことなのか、よく考えないと」

たしかに真舟の言うとおりだ。僕はあまりに性急すぎたかもしれない。たぶん、自分たちで得た手がかりだから、最後まで自分たちで究明したいという思いがあるのだ。

しかし、手がかりの大部分は真舟の労によって手に入れたものだ。「自分たち」などと言うのもおこがましい。真舟が様子を見るというのなら、僕は彼に従うべきだろう。

「……わかったよ。待つ」

「おまえら、なんの話してんの」

秀島が訝しそうな顔をして見つめてくる。真舟が「なんでもないよ」と首を振る。

「ちょっと、園出さんと学術的な話がしたかったんだけど、夕食のときにでも話しかけてみるよ。それより、ぼくと理久も部屋に戻って休もうかな」

「おう、そうしろ、そうしろ。なんか今日はイヤな感じがするし、もう外に出ないほうがいいかもしれねーな」

僕と真舟が階段を上ろうとしたとき、玄関の戸が開いた。

「太一さん！」

秀島が叫んだ。入ってきたのは、竜門太一だった。後ろには木佐貫巡査がいる。

「ようやっと解放されたんっすね。お疲れ様です」

「どうも」竜門さんはそっけなく言って、深々と頭を下げた。「すみません、旅路さん。つまらないことで業務から外れてしまって」

「いや、太一さんは悪くないっしょ。ささ、食堂でお茶でも飲んで一服してください」

「本当に申し訳ないですねえ、竜門さん」

なぜか木佐貫巡査が低姿勢である。彼は秀島や僕、真舟に順番に視線をやりながら説明する。

「いえ、これは本当に誤解してほしくないのですが、逮捕はしていないんですよ。あくまでも任意同行を求めたという形でありまして、不当な事実はいっさいありません」

「ええ、わかっていますよ」竜門さんが苛立ったように遮る。「村内政治というやつに流された恰好ですね。馬鹿げていますが、この村が馬鹿げていることにはもう慣れていますから」

口が悪い人だ。この難しい性格では、宵待村で良好な人間関係を築くのは難しかろう。

竜門さんは秀島に向かって説明する。

「沼尻さんと権田さんは、俺を交番まで送ったらとっとと帰ってしまってね。それからはずっと、お巡りさんふたりと茶飲み話をしていたんです。昼飯も出してもらいましたし」

「えー。じゃあ本当に自治会の顔立てるためにポーズとして連行しただけかよ」

秀島がじろりと巡査に視線をやった。

「いや、その……。ただ本官としては、べつに容疑が晴れたわけではないとも申し上げておきますよ」

木佐貫巡査は威儀を正すように言い置いて、敬礼をした。

「では、失礼します。あと一時間弱で秩父署の応援が到着する見込みなのです。事故現場の復旧が終わり、その先の大規模渋滞も抜けて、車通りが少ない山道まで入ったとの報告がありました」

事情が透けて見えた気がした。村のリーダーである堂山信比古の意向――というより、それを勝手に忖度した結論――によって竜門太一を連行したが、警察官ふたりも本気で竜門さんを重要参考人と考えていたわけではない。しかしそんな薄弱な根拠で村民に事情聴取をおこなったと知れたら、秩父署の刑事に怒られかねない。だから署員の到着が近いと知り、釈放したわけだ。

たしかに竜門さんの言うとおり、馬鹿げている。空気の読み合いみたいなことですべてを決めてしまっていいのか。正義って、そういうもんじゃないだろう。

巡査が去ると、竜門さんはちらりと秀島を見やる。

「そういえば今日の夜はお休みをいただく予定でしたが……。昼の埋め合わせで、ひと働きしましょうか」

「いやいや、いいって。なんておれの一存で言っていいかわかんないけど、母さんもそう言うと思いますよ。いま厨房で夕飯仕込んでるけど」

「……では、亜佐子さんに伺ってきます」

竜門さんは僕たちに小さく会釈をして、食堂へ歩いていった。

なんとも不器用な男だ、と思う。ありがとうございますと言って、おやすみしてしまえばいいものを。僕も人に甘えることが苦手な性質《たち》だから、気持ちはわからないではないのだが。

「ねえ旅路」真舟がにわかに深刻な調子になって切り出した。「園出さんが泊まってる部屋、教えてくれる」

「うん？　いや、それは……」

守秘義務の意識が芽生えたのか、彼はごにょごにょと言葉を濁した。

「ああ、立場上難しいよね、ごめん。まあ、二階の部屋を片っ端からノックすればいいから大丈夫」

「おいおい篠倉、おまえそういうキャラだったか。迷惑行為はやめてください、お客様」

「ちょ、ちょっと待てよ真舟」

僕は驚いて真舟の顔をじろじろと見てしまう。

「園出さんに会いにいく気なのか？　さっきと言ってることが正反対だぞ」

「うん、さっき理久をたしなめた手前、強引なことはよくないとは思ったんだけど……」

言葉を探すような間のあと、真舟は目を落として、ゆっくりと話す。

「なんだろう。警察を信じないわけじゃないんだけどね……。今の竜門さんと木佐貫さんのやりとりを見て、考え込んでしまったんだよ。真実が明らかにされるときは、手続きが大事だなと思う。乱暴なのは好きじゃない」

視線を上げた真舟は、まるで縋るような目で僕を見据えた。

「なんていうか……、根回しをしたくなっちゃったんだよね。園出さんが隠しているかもしれないことが強引に明かされる前に、力になれるならなりたい、って思ったんだ。これは傲慢かな？」

僕は黙ってかぶりを振った。

真舟の考えかたは傲慢と形容できるかもしれない。でも、僕はあくまで彼の考えに寄り添いたかった。真舟の悪い癖で、優しすぎるところが出てしまっているのだ。危ういな、とも思うが、ひょっとしたら僕が愛してやまない名探偵というのは、総じて真舟みたいな生き物なのかもしれない。言ってしまえば、名探偵とは「人のためになると信じてお節介をする」連中のことである。その行為が本当に人を幸せにできるかどうかはわからないと承知した上で、それでもやってしまう連中だ。

真舟もその厄介な気質を持っているのなら、制することは難しい。今の僕にできるのは、本当の危険に足を突っこまないよう、彼の後ろについて見守ることだけだ。

「行こう、真舟。僕らでやれるところまでやろう」

目を見返して、強く頷きかけた。僕の横で、秀島が笑いながら言った。

「よくわからんけど……おまえら、本当にいいコンビなんだな。まあ、あれだ。迷惑行為をされる前に教えると、園出様の部屋は二〇五号室だ」

「勝手に教えられると、私が迷惑だけど」

秀島が「ひゃっ」と叫んで飛びのいた。廊下の奥——食堂のほうから、園出さんが近づいてきた。Tシャツにジーンズというシンプルな恰好で、洗面用具を携えているところを見ると、大浴場でひと風呂浴びてきたところらしい。

「ちょうどよかった」真舟が表情を引き締めた。「少し、お時間をいただいても構いませんか?」

話し合いの場は僕たちの部屋でもよかったが、園出さんに導かれるまま彼女の部屋までついていった。

僕たちのツインルームとは構造が違って、入ってすぐの板の間に冷蔵庫があった。部屋の奥に洋風スペースはないが、八畳の和室はひとりで泊まるには十分広いように見える。畳には何冊かの本が積み上げられていて、文机には赤いノートパソコンが置かれている。園出さんはフリースジャケットを羽織って、僕たちと机越しに向き合った。

「用件はなんだろう」

簡潔に切り出してきた。僕は黙って、真舟の話を待った。

「警察がもうすぐきます」

真舟の口調はゆっくりとしていて、聖職者めいていた。

「そのまえに、ちょっとお話ししたいことが——」

「うん。だから、その『お話』の内容が知りたいんだ。午前中にいろいろ聞かせてもらった貸しもあるから、少しだけなら付き合うよ」

園出さんは、文机の上に置いてある電波時計を見た。

「……四時四十五分、か。五時くらいまででいい?」

「たぶん、それで済むかと」

真舟が答えたとき、廊下でドアが閉まる音がした。丹羽さんが部屋を出たらしい。僕がそちらに気を取られていると、園出さんが「それで?」と真舟を急かした。

「なんの話なの」

「堂山純平さんのことについて、です」

「彼のことはよく知らないよ。この村の大きな酒蔵の息子、ということくらいしか」

「桐部直さんの死に間接的に関わっていたことも、ご存じだと思うんですが」

園出さんは眼鏡の奥の目をすっと細めた。机の端に置いてあった眼鏡ケースからクロスを取り出して、レンズを磨き始める。

「探りを入れられるのは好きじゃないんだ。君たちがどこまで突き止めたのか、もったいぶらないで全部話してほしい」

真舟は順を追って説明した。とっかかりは〈宵待湯〉で、園出さんが堂山純平に話しかける様子が目撃されたこと。次に、僕たちが見晴らし台で一年前の事故死について話しているときに、何者かがその話を立ち聞きしたらしいこと。神主の証言によれば、それは園出さんだったということ。さらに彼女が学部時代にプロテスタント系の大学にいたと推測されること。

「……変わっているね、君。そんなことをわざわざ調査したんだ。その才能、探偵活動じゃなくて学術的なことに活かしたほうが有益だと思うよ」

園出さんは呆れたような口調で言って、眼鏡をかけた。

「ところで残念だけど、私には君たちになにかを話す義務はないんだよね」

「べつに興味本位で探偵活動をしているわけじゃないんです。なにかお力になれないかと思っていて」

「お節介だね。こちらはとくに困っていないよ」

「これから困るかもしれないじゃないですか。警察は全部突き止めます。その前に、園出さんが知ってらっしゃることとぼくらが持っている情報を付き合わせれば、浮かび上がってくる真実があるかもしれません。そのほうが、園出さんも変に疑われないかと」

「待てよ、真舟」耐えかねて口を挟んだ。「その口調だと、園出さんは無実だって確信してるってことか？」

「その口調だと」と、園出さん。「君は私を有罪だと思っているということ？」

僕は口ごもって俯《うつむ》いた。真舟に任せておけばよかった。

「理久、失礼だよ。ぼくは園出さんが犯人とはまったく思っていない」

そういえば、丈吉さんの話を聞いて見晴らし台から引き返す途中、真舟は言っていた。園出さんが犯人ではない「いくつか」の根拠があると。だが、犯行が十日あまり前から起きていたため外部犯説は考えにくい、という理由しか聞いていなかった。真舟には、まだ他になにか、彼女の無実を信じる理由があるというのか。

「あのね。そもそも、温泉で銀林さんの話を聞いた時点で、ぼくは殺人に関しては園出さんの仕業である可能性は限りなくゼロに近いと思っていたよ」

「どうして」

園出さんが被害者の堂山純平に話しかけたという事実こそ、彼女が容疑者リストの筆頭に躍り出た要因ではなかったか。

「園出さんは堂山さんがお風呂から出てくるのを待っていた。――そうなんですよね？」

真舟は本人に問いかけた。彼女は頷く。

「さて、園出さんが犯人と仮定したら、その時点で犯罪計画を立てていたと思う？」

一瞬迷ったが、これは明らかだ。

「立てていたはずだ。犯行に使うボウガンを村に持ち込む必要があるし、そもそも事前に案山子や鳥を撃って布石を打っていたなら——あ、いや」慌てて当人に弁解する。「仮定の話ですけど」

「うん。つまり、園出さんを犯人だと仮定したら、お風呂上がりの堂山さんに話しかけた時点で殺意があったはずなんだ。なら、どうして、みんなの視線がある〈宵待湯〉の室内で声をかけたの？」

……やっとわかった。僕は自分の馬鹿さ加減に舌打ちをしたくなった。

「気づいた？　べつに、純平さんが〈宵待湯〉を出た後、追いかけて声をかけてもいいんだ」

あの夜、彼はひとりで温泉に来ていた。つまり、帰り道もひとり。もしも翌日に会う約束を取り付けるなら、外に出て人目がないところで話しかけたはずだ。あの夜、道は暗く、人通りは少なかった。

「だから、その時点で園出さんには、法を犯す気はなかったとぼくは推理した」

「今も法を犯す気はないよ」園出さんが言った。「そういう認識のすり合わせは、私の部屋に来る前にしてほしかったな」

ごもっともである。僕は両手を太ももに乗せて、深々と謝罪した。

「……まあ、君、篠倉くんといったっけ。どうやら、本当に善意で声をかけてくれたみたいだから、こちらの話をしてもいいかな、という気になった。なにから話せばいいの」

「まず伺いたいのは、どういう理由があってこの村にいらしたか、ということです」

園出さんは、はじめて笑みめいたものを頬に浮かべた。

「『理由』か。いい言葉遣いだね。べつに『目的』と言ってくれてもよかったんだけど。ひと言でいえば、君たちがやっていることと同じかもしれない。探偵活動だ」

「桐部直さんが亡くなった事故の再調査、ですか」

真舟の確認に、園出さんは「そう」と頷いた。

「私は学部時代、赤川学院大学の学生でね。史学研究会というサークルで、直くんは私の一年後に入学してきた」

直くん、という呼称に驚いた。彼女の口調はあくまでも淡々としている。

「およそ一年間、交際していた。恋人同士という意味だよ。その一年で、彼がどういう人かはだいたいわかったと考えていたから、死因を聞いたときはただならぬ違和感があったんだ。たしかにお酒は弱かったけれど、だからこそ羽目を外す人ではなかった。なにか理由があるんだろう、と判断して、その理由を知りたいとずっと思っていた」

「どうして、一年間この村を訪れなかったんですか」

問う真舟に、園出さんはまっすぐ視線を向けて答えた。

「忙しかったんだ」

シンプルすぎる答えに、驚くと同時に納得した。

「まず事故の直後、二月と三月は、なかなか感情の整理がつかなくてね。学部とは違う院に進むことも決まっていたから、引っ越しもしたし、なにかと準備することが多かった。というより、あえて自分を忙しい状況に追い込んでいたのかな、嫌な感情に呑み込まれないように」

わかるような気がしたが、とても「わかります」などとは言えない。

「明智大学に移って、研究を続けた。梅雨《つゆ》の頃に一度、直くんのご遺族とも会った。私の部屋に置き忘れられた彼のマフラーを返却しようと思って。結局、持っていてくださいと言われたけど。

そのときに、事故についての詳細を聞き出そうとしたものの、ご遺族も『お酒を飲み過ぎて神社の崖から落ちた』としか知らされていなかったそうでね」

園出さんの話は続いた。

彼女はいつか必ず宵待村を訪れて、事故の詳細を調べようと決めた。だが、彼女は決行を急がなかった。夏は島根まで指導教員についていって、フィールドワークをしていたら潰れた。秋や年末年始にも三連休程度ならあったが、まだ「宵待行き」には早いと思い、資金を稼ぐことに専念した。ひとたび宵待村に来てしまえば、面が割れる。だから少なくとも一週間は滞在して、その一回で辿り着けるところまで突き止めようと決めた。そして大学が春休みに入った今、ようやくそれを決行したのだ。

「一年間も辛抱されていた、というのは驚きます」

真舟が素直な感想を漏らした。僕も同感だった。

「怖くありませんでしたか。一日経つごとに、人々の記憶から事件のことは薄れていきますし、現場付近の証拠だってなくなってしまうのに」

「そういうわかりやすい証拠なら、警察が見つけていると思ったから」

園出さんの語調は力強かった。僕たちを交互に見る目は澄んでいて、迷いがない。

「私はべつに、彼が殺されたと思って、その犯人を捕まえるために来たわけではないよ。ただ、丘の頂《いただき》にあるという神社まで上った彼が、なにを思って酒を食らって、崖の上に立ち、身を乗り出したのかが知りたかったんだ。どんな景色が見えたのか、見ようとしたのか。そういった――直くんの思考を跡付けることが、今回のフィールドワークの目的だったんだ」

それでも、事件から日が浅いうちに来るのが道理ではないのか。そんな僕の疑問を察したらしく、園出さんはこちらを向いて、きっぱりと言い放つ。

「本当に決定的な痕跡というものは、一年やそこらで失われてしまうものではないんだ。そして誰かが消そうとして、簡単に消せるものでもない」

「歴史学の徒としての信念、ですね」

思わず言うと、彼女は眼鏡のブリッジを軽く押し上げた。眼鏡がわずかにずれる。

「そう言っても、構わないけど」照れたのだろうか。「ともあれ、初日には直くんが亡くなっていた空き地を訪れた。あの案山子が立っていたことも、そのとき確認したんだ」

いまなら、彼女が案山子の失踪に大きな反応を示していた理由もわかる。

「宵待荘のホームページにあの森の親切な案内が出ていたから、それも確認しつつ森を散策したよ。でも、まだ自分の中で結論が出なかった。だから翌日――今から見ると、一昨日か。あの日は、村の全体を見て回ってから、見晴らし台に向かって……そこで、君たちの会話を聞いてしまった」

彼女が知りたいと願った、桐部直の死の真相。それは悲しくも美しい夭逝の物語とは言えず、ひとりの男の行動が大きく関連していたのだ。園出さんは堂山純平の責任を、何割だと受け止めたのだろう?

「とにかく、私が想像していたよりもひどい真相らしいということはわかった。直くんが堂山酒造でお酒を試飲した、ということはすでに突き止めていたけれど、あの見晴らし台まで彼を連れていった人がいたということは初耳だった。ぜひともその人の話を聞かなければいけない、と思った」

「どうして、〈宵待湯〉に行けば純平さんに会えると思ったんですか」

「会えるとは思っていなかったんだ」

またしても驚かされる言葉だった。

「だって考えてもみてほしいんだけれど、この村に滞在していて、夜しかできないことって、なにかある？　この宿に泊まっている人は村の外から来た人なので、私の目的に適う話は聞かせてくれない。宿の従業員は貴重な情報源だけれど、一気に質問攻めにしたら、こちらの意図に感づかれて、聞ける話も聞けなくなってしまう。貴重な時間を浪費しないためには、夜は宿よりも〈宵待湯〉で過ごすのが有意義だと判断したんだ」

「じゃあ、初日も……」

真舟に最後まで言わせず、園出さんは「三時間過ごしたよ」と言い切った。

「もっとも、一昨日は全然湯に浸からなかったけれどね。というのも、私が〈宵待湯〉の玄関に入った瞬間、ちょうど会いたかった男が、男湯の暖簾をくぐっていくところだったんだもの。だから、とりあえずシャワーで身体を洗って入浴したフリをして、テレビがある部屋で目当てのあの人を待ったというわけ。そこで君たちとも会った」

「どうして、彼の顔を知っていたんですか」

「それくらいは簡単にリサーチできる。堂山酒造のホームページに顔が載っているし、彼、フェイスブックもやっていたよ」

田舎であっても、ここも紛れもなく情報化社会の一部というわけか。

「風呂上がりの彼をさっそく捕まえた。自分は旅行者で、堂山酒造に興味がある、ぜひ話を伺ってみたい、というようなことを言った。私としてはもうそのまま堂山酒造に連れていってもらいたい、くらいの気持ちだったんだけどね。ただ、もう夜も遅いから、と言われて断られた」

ひょっとしたら、初乃さんに求婚している手前、夜に他の女性と一緒にいるところを目撃されたくなかったのかもしれない。もはや彼の真意を知る術《すべ》はないが。

「それで、午前中に会うことにしたんだ。午前十時に待ち合わせ……だったかな。堂山酒造にお邪魔したよ。そこで、本人から話を聞いたんだ」

僕たちが駐車場で雪搔きをしていた頃だ。彼女は昨日の午前、堂々と純平さんと会っていたというのか。

「蔵の事務室みたいなところに通されて、あの人と一対一で話した。そのとき、蔵子さんたちはみんな作業中だったみたい。で、私はものすごくお酒に興味があって、そういう研究をしている学生のフリをした。話を一年前の事件に持っていくのは難しかったけれど、彼が『試飲をどうぞ』と言ってお酒を勧めてきてからは楽だったよ。彼はあまり強くないようだったから、『私と一緒に飲んでください』と誘って、酔わせた。蔵の見学ツアー、という話から去年の事故へと話を運んで、すべてを聞き出した」

「桐部さんは、神社を見るために宵待村に来たんですよね」真舟の声は悲しげだった。「だからツアーの後、純平さんが肩を貸して、神社まで連れていった」

「ふうん、それも調査済みなんだ。……そう。あの見晴らし台に直くんを放置して帰ったら、彼が落ちた……ということを、苦々しげに話してくれたよ」

ここで思い出したのは、あの日の堂山純平の態度だ。

昼、宵待神社に現れた彼は、驚いたことに午前中から聞こし召していた様子だった。あれは、園出さんに勧められたせいだったのか。さらに、あのとき秀島が一年前の事故死を持ち出したときに、彼が漏らした言葉。

——うんざりだ。またその話かよ。

ひとりごとめいたあの言葉は、その少し前に園出さんの誘導で同じ話をさせられていたから出てきたものなのか。

「聞き終えた後、園出さんはどうされたんですか」

真舟は静かに訊いた。答える園出さんのほうも、穏やかな口調だった。

「どうもしない。これで、私が知りたかったことはだいたいわかったからね。後はただ、彼を放置して宿に帰るのみだった」

僕はどうしても訊かずにはいられなくて、口を開いた。

「あの……。桐部さんのことで、純平さんを非難したい、という気持ちは起こらなかったのですか」

「うん、起こらなかった」きっぱりとした口調だった。「彼の過失が事故を招いた、としてご遺族なら訴訟が起こせるような気はしたけれど、そういうふうにことを荒立てたくもなかった。とにかく、知りたかったことは知れたんだ」

「……彼が憎くはありませんでしたか？」

彼女は少しだけ唇の端に笑みを滲ませた。苦笑としか形容できない笑みだった。

「まあ、多少はね。でも、責め立てても直くんが帰るわけでもないし……。なんというか、もう、これ以上関わりたくなかったんだ。あの人と」

僕は、園出さんが頑なに堂山純平の名を口にしないことに気づいた。

彼女の話を裏付ける根拠は、なにもない。しかし、疑うべき理由もなにひとつない、と僕は感じた。

「さて、私から話せることはもう終わり。彼とはそのとき――昼前に別れたきりで、私は午後、ずっと部屋で本を読んで過ごしていた。そして夕食を食べた後、お風呂に入って、また本を読んで寝た。今日の午前中、あなたたちに答えたとおりで嘘はないよ」

僕も真舟も、しばらくなにも言わなかった。園出さんも黙っていた。しばらく無言のまま、時が流れた。

「……聞かせていただき、ありがとうございました。とても参考になりました」

真舟は深々と頭を下げた。顔を上げた彼の顔には、困ったような笑みが浮かんでいた。

「ただ、今のお話を警察にして、信じてもらえるかどうかがちょっと心配ですね」

「あ、そう？　私は心配していなかったけど」

「お力になりたくて話を伺ったのに、あまり役に立てそうになくて申し訳ありません」

「ふうん、本当に役に立とうとしてくれていたんだ。人がいいね」

彼女はちらりと窓の外を見た。冬の空はもう暮れかけていた。僕がちらりと時計を見ると、約束の五時を三分ほど過ぎていた。園出さんは立ち上がって、カーテンを閉めにいった。

「今の私の話が、事件を解明する役に立てば嬉しいな。正直、あまりいい気分がしていないから。直くんが命を落としたのと同じ現場で事件が起こったというのも、少々気がかりだし」

「……そうですよね」

真舟は僕にアイコンタクトを送って、立ち上がった。脚が痺れていた。なんとなくやり残したことがあるような気がしたが、園出さんに対するこれ以上の質問も思いつけなかった。これほどきっぱりと自分の態度を決めている彼女に、慰めや励ましの言葉をかけるのも無礼に思える。

僕と真舟がスリッパを履くのを眺めながら、園出さんは口を開いた。

「……まあ、君らに話せてよかったかもしれない。自分の胸ひとつにしまっておくのも、少し居心地が悪かったから」

そう言われると、こちらの心も揺らぎそうになる。彼女も、言葉や態度で示すほどに揺るがぬ感情を持っている人ではないのかもしれない。元気を出してください、くらいのことは言いたくなる。

「ちゃんと真相が明らかになるといいですね」

真舟はそう言った。なんだかひとごとめいた祈りの文句だ。

僕がドアを開けたとき、園出さんが「ああ」と言った。

「ひとつ、言い忘れていたことが」

なんだ、と身構える僕と真舟に、彼女は心から零れたような微笑を見せた。

「『古畑任三郎』でいちばん好きな話はね、鈴木保奈美が出てたやつ」

19　悲劇ふたたび

部屋に戻った。

電気をつけて、ごろりと畳に横になる。真舟は僕の横に体育座りした。いつかとは逆の構図だ。

……いつのことだったろう？　この村に来てからせいぜい五十数時間しか経っていないが、あまりにも立て続けに多くのことが起きたから、記憶が混乱している。早回しで映画を観せられているような気分だ。

「疲れたねえ」

真舟は軽く首をかしげながら話しかけてきた。まるで保育士にあやされている幼児のような気分になる。いたたまれなくなって、僕は上半身を起こした。

「なんか、頭が疲れた。一気に大量の情報を浴びると、人間疲れるんだな……」

「下の温泉に入る？」

「いや、温泉はもう十分。……コーヒー淹れよう」

電気ポットでミネラルウォーターを沸かして、アメニティのインスタントコーヒーを淹れる。一秒でも早く飲みたかったので、淹れたあとに軽く水を足した。

椅子に座る元気もなくて、足を崩して畳でくつろぐ。向かいに座った真舟から「コーヒー、畳に零さないでね」と注意された。

「お茶菓子が欲しいなあ。下でなにかもらってこようかな」

「呑気だね。おまえは」

本気で頭が痛くなりかけたが、コーヒーをひと口飲んだら落ち着いた。

「園出さんの話、どう思った」

「ぜんぶ本当なんじゃない」真舟はふうふうとコーヒーを冷ましながら、「他の事実との整合性はしっかりとれている」

「そうだな。とりあえず、最初から不審な様子を見せていた彼女の意図はわかった。真舟が言うとおり、純平さんに大胆に声をかけていたことからして、彼女が犯人である可能性は低そうだ。……ただ、ひとつのルートが潰れると、けっこう徒労感があるな」

推理小説の中で名探偵が誤った推理に飛びつくのを読むと、ときには「まだページ数が残っているんだから、その人が犯人なわけないだろう。早く次に行こうぜ」という気分になるが、今では彼らを労《ねぎら》いたい気分だ。やっと光明が見えた、と思った後に真相が遠ざかってしまうというのは、なかなかしんどいものがある。

「まあまあ、理久。どうしてそんなにネガティブになるの？　ぼくたちは、十分すぎる地点まで辿り着いたような気がするよ」

「そうか？」

「そうさ。たとえば、純平さんの足跡から、彼が空き地に着いてすぐ殺害されたって推理したでしょ。蔵子さんたちの証言と合わせれば、おおよその犯行時刻は午後九時か、せいぜい数分過ぎだとわかる。とすれば、第一容疑者とされていた竜門さんのアリバイもギリギリ成立するんじゃないかな？　彼が宵待荘を出たのは、九時になるほんの数分前だから、空き地に先回りすることは難しかったはずだよ」

「本当にギリギリだけど……。もっとも、純平さんが空き地に呼び出されたとしたら、そもそも竜門さんはあまり怪しくないとは言えるな。犬猿の仲の相手が夜中にひとけのないところに呼び出してきたっていうのに、それを誰にも話さないままのこのこと出向くなんてありえない」

「お、理久鋭い。それもそうだね」

「鋭いついでにもうひとつ、わかったことを言っておくと……。宵待荘の従業員と宿泊客のうち、アリバイが確認されなかった亜佐子さんもこれで潔白だってわかるな。彼女は丹羽さんが戻ってきて竜門さんが出ていったあの場にいたから、九時十分あたりまでに森に着くことは不可能だ」

「そうだね。まあ、そもそもこの宿に犯人がいるなんて考える理由もないけど。登場人物一覧の中に必ず犯人がいるミステリとは違うんだから」

たしかにそうだ。僕は頷いて、水っぽいコーヒーを一気に飲んだ。

「理久、大丈夫？　今日はいっぱい歩いたからね」

「親みたいなこと言うな。そりゃ、僕はインドア人間だけど。……不思議と、今は疲労を感じてないな。むしろ、コーヒー飲んだらちょっと身体動かしたくなったくらいだ」

それからまもなく、僕たちは食堂へ下りた。食いしん坊すぎて夕食が待ちきれなくなった、というわけではない。部屋にいるとくさくさしてしまうから、人のいるところに行ってテレビでも観よう、ということになったのだ。

食堂には見内さんがいて、寛いだ姿勢でテレビを観ながら煙草を喫っていた。まさに今の僕たちがかくありたいと思っていた姿で、喫煙などしたことがないのについ「一本ください」と言ってみたくなる。言わないけれど。

「すみませんな、けぶたくて」

見内さんは灰皿で煙草を潰して、紫煙をぱたぱたと煽いでみせる。自分で喫っていたのに、と可笑《おか》しくなる。

「夕食はいま、女将が仕込んでくだすってます。私はさっき食料品の買い出しから戻ってきたところで、一服させてもらっとります」

「旅路はいないんですか」

「裏手で作業をしとりますよ」

見内さんは無意識のように机上の箱から煙草を取り出そうとして、途中でやめた。

「にしても、えらく宿が静かですな。太一は散々な目に遭ったようだからとっとと家に帰しましたが、上にもあまりお客様がおらんようで」

「ああ、そういえば、駐車場に中河原さんの車がありませんでしたね」

「中河原様は、温泉に行くと言って一時間と少し前に出かけられましたよ。男性のかたも、帰ってきてまもなく出かけられたようで……」

丹羽さんの名を呼ばなかったのは反撥心の現れだろうか。そういえば、園出さんの部屋で話し始めてまもなく、廊下でドアが開閉する音がしていた。やはり、あれは丹羽さんが出かけるときの音だったということか。——だが待てよ。

「丹羽さん、夕食まで部屋で寝ているって言っていたんですけど」

「ねえ？　旅路に起こしてって頼んでいたし」

「ああ、左様ですか。気まぐれですな」

見内さんが辛辣じみたことを言ったが、真舟はそれを気にしたふうでもなしに、ちらっと僕に視線をよこした。

「まだ五時半だし、ぼくらもちょっとだけ出かけてみない？　理久も、ちょっと身体動かしたかったんでしょう」

僕に異存はなかった。部屋からコートを取ってきて、すぐに宵待荘を出た。


外に出た真舟は、公道には出ずに建物沿いに裏手まで歩いていった。雪はわずかに解けかけているが、まだそこらじゅうに雪山が残っている。本格的に解けるのは明日になりそうだ。

裏手から、工作機械が唸るような音がしていた。秀島がこちらに背を向けて屈みこんでいる。

「旅路」

真舟に呼びかけられた秀島は、額を腕で拭って「おう」と応えた。彼の手にはインパクトドライバーが握られていて、足許には板を組み合わせたような物体がある。

「なに作ってるんだ？」

「母さんが使う厨房の踏み台。前に使ってたやつ、天板がガタガタになっててさ。ネジ穴が広がってたからもうそれ捨てて、新しいの作ってんだよ」

「すごいなあ。旅路、木工ができるの」

秀島はくすぐったそうに笑って、鼻の頭を掻いた。

「この村の人たち、大抵こんくらいのＤＩＹはお手の物だぞ。家具の量販店も遠いし送料がたけーから、みんなちょっとした家具は作っちまうんだよ。さすがにデカい箪笥とかになると、プロの銀さんに発注するけど。……ところで、どうしたんだおまえら」

「ちょっとぶらついているだけだよ。警察は来た？」

「おっと、一時間くらい前にもその話を振られた気がするな。宵待村交番までは来たんじゃねーの？　知らんけど」

「よし、じゃあぼくと理久で見てこよう」

作業に戻る秀島に背を向けて、僕たちは歩き出した。

林を抜ける道は、直射日光が射さないのに気温で雪が解けてきていて、つるつるの坂になっている部分が多かった。これは相当危ない。

公道に出ると、もう空は暮色に染まっていた。田圃の向こうの山が鮮やかなシルエットとなっている。解けきらぬ雪が茜色がかっている。

宵待村交番へ向かいながら、ふと思ったことを口にする。

「丹羽さん、いったいどこへ行ったんだろうな。部屋にいるって言ってたのに」

「ぼくに訊かれても。用事を思い出して郵便局にでも行ったんじゃない？」

それからしばらく、雪道を無言で歩いた。土と雪が混じってべしょべしょになっている部分もあって、僕はそこを慎重に避けて歩く。

「あっ、見て理久！」

真舟が叫んで、前方を指さす。俯かせていた顔を上げると、宵待村交番の前にちょうど赤色灯を載せた車が停車したところだった。車三台が三つ子のように並んでいる。これは第一陣で、今後はさらに大所帯になるのだろう。

ひとりの男が車から降り立ち、交番に入っていく。僕たちは「はたらくくるま」に夢中になる幼児のごとく、車列のほうへ駆けていった。先頭車輛の中にいた警官たちが、不審そうな顔でこちらを見る。僕はそれにびびって交番の前を素通りしたくなったが、真舟が大胆に交番の戸口へ近づいていくので、仕方なくついていく。中から会話の断片が漏れ聞こえてきた。渋いおじさんの声が言う。

「こんなに遅れて本当に申し訳ない。現場保存は十全ですかな？」

「え、ええ。誰も立ち入らないようにしておきました」

「それではさっそく、鑑識班をご案内いただきましょう」

木佐貫巡査とともに交番から出てきたのは、五十絡みの男性だった。ふくよかな体型で、丸みのある顔は人がよさそうである。

「あっ、そちらの青年ふたりが、第一発見者であります！」

木佐貫巡査が僕たちを見つけて、指さした。おじさんがこちらを向く。

「ほう、君たちが」

柔らかな見た目とは裏腹に、声はベテランの吹き替え声優みたいに深く鋭い。

「私は秩父署の剣《つるぎ》という者です。堂山純平さん殺害事件の、現時点での責任者でしてな」

グレーのコートの内ポケットから、バッジ式警察手帳が出てきた。警部補、剣征作《せいさく》。生で警察手帳を見るのは初めてで、触ってもいいですかと訊きたくなる。そんな度胸はなかったが。

「よろしければ今、お話を聞かせてはいただけませんか」

もちろん僕たちに異存はなかった。ふたり揃って首肯する。

剣警部補は先頭車輛に乗っている刑事たちになにごとか指示をして、その車に木佐貫巡査を乗せた。現場までのガイド役ということだろう。その車に続いて、もう一台が宵待神社の方向へ走り出すと、最後尾の車輛にいた刑事たちが降りてきた。男性がふたり、女性がひとり。

「じゃあ、中で話を伺いましょう」

デスクがある執務スペースを通り過ぎ、奥の引き戸を開く。瀬上巡査長がテレビを観ながら蜜柑を頬張っていた。剣警部補が警察バッジを示すと、老警官は泡を食って蜜柑の皮をゴミ箱に捨て、炬燵から這い出す。彼が必死に「本署のみなさんにお越し願えて」云々と並べ立てるのをあしらって、警部補はただ「場所を貸してください」とのみ言った。

最初に真舟が指名されて、剣警部補らと共に座敷へ消えた。僕は瀬上巡査長と、女性の刑事さん――名前は蛭川《ひるかわ》さんだそうだ――と一緒に待つことになる。

真舟の聴取は十分ほどで終わり、次に僕が呼び出された。証言の食い違いがないかチェックするために僕らは別々に呼ばれたのだろうが、真舟がすでに伝えている内容の反復をしていると思うと気は楽だった。すべての質問が済んだとき、時刻は六時半になるところだった。

僕の事情聴取が終わって座敷を出たとき、剣警部補は少し迷うような表情をしてから僕たちに言った。

「だいぶ鑑識作業も進んでいるところだと思う。だから君たち、もしよければ実況見分に付き合ってもらえないかな」

嫌です、とは言えなかった。相手は警察官である。僕としては、事情聴取よりは退屈しなさそうだ、という気持ちだった。

日はもうすっかり落ちていた。僕と真舟は警察車輌の後部座席に座る。運転席に蛭川刑事、助手席に剣警部補が乗った。車が走り出す。

「……しかし、またあの見晴らし台の下で人が亡くなるとは」

と、警部補が言った。僕は思わず顔を上げた。

「事情聴取のとき、君たちは案山子が『服喪の証《あかし》である』ことも話していましたね。ということは、ご存じなのじゃないかな。あの事故のことを」

真舟が「知っています」と答えた。剣警部補は鼻から息を吐きだす。

「またあそこで人が亡くなるとは、恐ろしいことだ。およそ一年の時を経て、ふたたび悲劇が……」

「そのとき、堂山純平さんとは会われたんですか?」

真舟がさりげなく訊いた。警部補は、ルームミラーの中で眉を上げた。

「なぜ、そう思われるんですかな?」

「その亡くなった桐部さんという学生をあの見晴らし台まで連れて行ったのは、純平さんだと聞いたので」

「驚いたな、そんなことまでご存じとは。……まあ、君の言う通りで、じつは我々は堂山くんのことも知っているのですよ。ただ、去年のことは事件性がありませんでしたから」

　ところが、今回は明確に殺人者が存在する事件である。命の重さは平等とはいえ、刑事としては捜査にかかる構えも変わらざるをえないだろう。前に座るふたりの顔は、ぴりりと引き締まっていた。

〈宵待湯〉へと折れる角を通り過ぎ、ずっと道なりに進む。薄闇の中で見る森は、どこか恐ろしい。

　森の入り口近くに、三台の車が停まっていた。二台は警察車輛だったが、もっとも手前に停まっている車は違う。丹羽さんのＢＭＷだった。蛭川刑事はその後ろに停車して、エンジンを止めた。

「……六時三十八分」

　真舟が腕時計に視線を落として呟いた。

「ああ、そういえば、このままだと夕食になっちゃうな。秀島に連絡入れておく？」

「そうじゃなくて。丹羽さんが宵待荘を出てから、ずいぶん時間が経ってない？」

　そういえば。僕たちが園出さんの部屋で話し始めたときに出かけたのだとしたら、二時間近くも出歩いていることになる。……少し、おかしくはないか？　彼は疲れたから部屋で休むと言っていたのに。

　車を降りるとすぐ、真舟はＢＭＷのほうへ駆けていった。僕も追いかけて、彼の背中から運転席を覗き込む。車は無人のようだった。後ろから、剣警部補も覗き込んでくる。

「どうしたんだね、いったい。この車がなにか？」

「いえ……」真舟は軽く唇を噛んで、「この車の持ち主も、宵待荘に泊まっている人なんです。

二時間近く前に出かけたはずなんですが……」

「ほう？　じゃあ、森の中を散歩しているのかもしれませんな。困ったものだ……。とにかく、現場まで行きましょう」

もう森は暗く、刑事ふたりが懐中電灯を車から出した。

真舟を先頭に、剣警部補と蛭川刑事が後ろから照らしながらついてくる。

烏たちは山へ帰ろうと急いでいるのか、ひっきりなしに叫んでいる。彼らの声が、僕の不安を増幅させた。

ご神木の後ろへ回り込む。空き地の方角は心なしか明るいが、警察が投光器を設置したのだろう。それを目印に――と思っていると、真舟がぴたりと立ち止まった。

「あっちでは、刑事さんたちが作業を始めているんですよね？」

「ええ、そう指示しました」

それを聞いた真舟は、空き地のほうではなく、天狗の面をつけた案山子が立つ道――祠のほうへと進む。

「お、おい？　君、どこへ行くんだ？」

剣警部補の声を無視して、真舟は道をずかずかと歩いていく。

「お、おい真舟！　なんでこっちに行くんだよ？」

「空き地にいないなら、丹羽さんがいるのはこっちしかない」

「でも、二度も祠を見た丹羽さんがこっちに来るとは……」

「ならなんで、車が放置されていたの」

なお早足になる真舟を、僕も早足で追う。後ろから剣警部補が「君たち！」と叫んでいる。

曲がりくねった道を進む。真舟が手にしているスマホのライトが、頼りなく足許を照らす。祠に到達する少し前で、真舟の歩調が緩んだ。彼は雪を蹴って駆け出した。

「丹羽さん！」

丹羽星明は、祠の十五メートルほど手前に、うつ伏せで倒れていた。黒いコートの背中に裂け目がふたつあった。流れた血が辺りの雪を染めていた。真舟が手にするスマホから放たれる光の環が、震えながら動く。

丹羽さんの右手は、祠のほうへと差し伸べられていた。左手は、必死に前に進もうとしたのか、雪を摑むような恰好になっている。どちらの手にも手袋がはまっていた。ファンがくれた、赤い手編みの手袋。それらは、本来のものではない赤黒い色に染まっていた。

「なんてことだ！」

追ってきた警部補が叫んだ。彼は丹羽さんのそばに跪いた真舟を押しのけ、被害者の顔を覗き込んだ。脈をとる。

「駄目か……」

剣警部補の呟きを聞いて、雪に膝をついていた真舟は、頭を抱えた。

喉の奥から絞り出したような真舟の叫びが、林にこだました。

20　最後の待ち合わせ

僕と真舟は車の中で待たされた。

堂山純平殺害現場を調べていた捜査員も、祠へと続く道に詰めかけた。蛭川刑事も捜査に加わった。僕たちはおとなしく待てると信頼されているのか、車内に見張りはいない。もっとも、そこらじゅうを警察官がうろついているから、車を出て逃げ出そうとしたらすぐ見つかるに決まっているのだが。

人は自分よりもパニックに陥っている人間を見ると冷静になる、と言われる。純平さんが死んでいた現場を見たときもそうだった。今も、僕はショックを受けてはいるものの取り乱さずに済んでいた。それはたぶん、真舟のおかげだ。

真舟の落ち込みようはひどかった。絶叫の後は口も利かなくなって、丹羽さんの遺体を呆然と見つめるばかりだった。車に戻るときも、僕が腕を支えてやらねばならなかったほどだ。今、彼は僕の隣で、両腕を脚の間に垂らして、足許に虚ろな目を向けていた。

起きたできごとについて、語り合えそうにもない。仕方なしに僕は、自分の頭の中だけで思考を整理する。

丹羽星明が殺された。

現代日本を代表するアーティストのひとり、秩父地方出身のスターが。

誰に殺された？　なぜ殺された？——そう、殺されたことには疑いがない。傷は背中にあった——ふたつあった。どう考えても自殺ではありえない。そんな「自殺」を可能にする機械的トリックを思いつけなくもないけれど、今は馬鹿げた可能性のゲームに興じるつもりはない。

祠へと続く道は、夕方に僕たちが往復していたことも災いして、足跡から犯人を辿ることは困難に思えた。つまり、今回は「ハウ」の要素はない。誰が、なぜ、その二点だけが問題だ。

まず「誰」——これは無理だ。僕たちが駆けつけたとき、すでに被害者の周囲には誰もいなかった。途中の道でも誰ともすれ違っていない。警察からあの場を去るよう命じられる前に僕が目にした範囲では、遺留品などもなかったはずだ。今のところ手がかりはゼロ。

だが、もうひとつ考えなくてはならないのは、この事件と堂山純平殺害事件との関連である。すなわち、ふたつの事件の犯人は同一なのか否か？

同一犯の可能性が、きわめて高い。同じ村で、こんな短期間にたまたま人がふたりも殺されるなんてことはないだろう。たまたまではなく、かつ別々の犯人がおこなった犯行だとすると、便乗殺人という線がある。しかし、便乗するメリットはかなり小さく思える。今朝発覚した事件はすでに村に知れ渡っていたわけで、警察が今しも乗り込んでくる、という状況だったのだ。村人たちの緊張感と警戒心も高まっていただろうし、考えうる限り最悪の状況での犯行だ。

だが待てよ、それは同一犯であっても同じことだ。そもそも、二件目をやるつもりだったなら、なぜ犯人はボウガンを捨ててしまったのだ？　所持しているだけで危険ではあるが、犯行を重ねる気があるならば道端近くの茂みになど捨てず、もっと見つかりにくい場所に隠しておいたはずだ。

もしかして、この丹羽さん殺害は、犯人にとって予定外の——。

そこで思考は途切れた。コートの中でスマホが震えたのだ。ＬＩＮＥ通話の着信で、相手は秀島だった。

『お客様、夕食のお時間ですが、まだお出かけ中ですか』

「丹羽さんが死んだ。殺されたんだ」

なにも考えずに口を開いたら、そんな言葉が飛び出していた。やってしまった、と気づいたが遅い。

『えっ……、え？　殺された、って言ったか？　丹羽さんが？　おい宇月、ちょっと状況考えろよ。さすがにいま、この村でそれは冗談にならないぞ』

「そうだよ」苛立ちが口調に滲んでしまう。「誰が冗談でそんなこと言うもんか。丹羽さんが殺害されたんだ――森の中の、祠へと向かう道の途中で。丹羽さんも部屋にいないいんだろ？　いてくれたらどんなにいいかと思うよ」

『……っ、おい。マジかよ。おい……』秀島の声からみるみる元気がなくなっていく。『信じられねえよ。なんで丹羽さんが？　いや、本当に本当なんだよな』

「本当に本当。いま、僕と真舟は警察に留め置かれていて――」

僕たちが乗っているのよりも宵待神社寄りに停まっていた車が一台、Ｕターンして道路を走り去っていった。

「いま、警察車輌が出ていった。丹羽さんが宵待荘に宿泊していることはさっき刑事さんに話したから、そっちにも刑事が行くかも」

『わ、わかった……。えっと、おまえらはなに、留め置かれてるって、容疑者なの？』

「容疑者なら電話なんかできないよ。放置されている第一発見者。だから、戻れるのは当分先になりそう」

『了解。……いや、とにかく、刑事来るの待つわ。その、なんだ、お疲れ』

秀島は『マジかぁ』と呟きながら電話を切った。

「理久、駄目だよ。勝手に事件のこと話したら」

真舟が隣で言った。弱々しい口調だった。さっきとは姿勢が変わっていて、ドアにもたれかかるように座っている。

「そんなこと言っても仕方ないだろ。どこで、どうしているか言う必要があったんだから」

真舟はため息で返答した。僕は勝手に話題を変えることにした。

「同じ犯人だと思うか」

「……わからないよ」

「なんで殺されなきゃいけなかったんだろうな、丹羽さんまで」

「わからないってば」

普段に似ぬきつい口調だった。僕は口を閉じる。しばらくして真舟が「ごめん」と言った。

「悪くないのに謝るな」

そのとき、僕の横の窓が叩かれた。蛭川刑事が目で「開けるよ」と合図してから、ドアを開いた。流れ込んできた冷気で、車の中が意外と暖かかったことを知る。

「実況見分のはずが、まさか新たな事件が持ち上がるなんてね。それもあの丹羽さんが。とてもショック」

後半の台詞はひとりごとめいていた。ファンだったのだろうか。

「とにかく、今から事情聴取をさせてもらえるかな。ちょっと狭いけど、この車の中で」

許可を求められる形だったが、異論を挟める状況でもない。三十秒後には運転席で蛭川刑事が手帳を構え、僕の隣に剣警部補が乗り込んできて、事情聴取が始まった。真舟は車から降ろされて、警察官に付き添われ棒立ちしていた。こんなときまで別々に聴取する必要があるのかよ、と腹が立った。警察に怒っても意味がないとわかっているのに。

遺体発見は僕と警部補で十秒も差がなかったから、第一発見者に対するお定まりの質問――そんなものがあるかは知らないが――は省略された。

「なるほど、森の中には他に行く場所もないから、車の主があの道に入っていったと考えたと。それはわかりました。しかし、なぜそこまで彼を見つけようと必死だったのです？」

必死だったのは真舟なのだが、口答えをしても仕方がない。

「丹羽さんは、宵待荘の自室で休むと言っていたのに突然出ていきました。それがたしか、四時四十五分ごろのことです。そしてさっき、ＢＭＷの中を覗き込んだときに時計を見たら、六時三十八分でした。丹羽さんの車が『数分だけ一時駐車する』ような恰好だったことも考え合わせて、祠に来た丹羽さんが、なんらかの理由で身動きが取れなくなってしまったのだと想像されました」

「まあ、朝方に堂山さんの遺体を見つけたあなたがたなら、不吉な想像もしたくなりますな」

剣警部補は理解あるところを見せてから、声をやや低くした。

「それでは、あなたと丹羽さんとの関係をお話しいただきましょう。ええ、わかっています、同じ宿に泊まっている客だ、ということは。彼と交わした会話など、細かいことを聞かせていただきたい。まず、彼との初対面はいつ、どこでなのか――」

丹羽さんと僕たちの付き合いについて、五分ほど質問が続いた。どう考えても事件には関係ないと思われることも尋ねられた。この問答は端的に言って、こたえた。僕たちと酒席を共にし、車に乗せてくれて、一緒に温泉に浸かった男――全国的な有名人であるにもかかわらず、未熟な学生である僕たちを対等に扱ってくれた相手が、もうこの世の人ではないのだ。そのことが、じわじわと身に染みてきた。

僕と彼の間にあったやりとりを、記憶している限りすべて話した。宵待荘の階段の前で別れたこと、その後に部屋を出るドアの音を聞いたことまで伝えてしまうと、僕に提供できる情報はもうなくなった。

「……ありがとうございます」

剣警部補のその言葉を合図に、蛭川刑事が手帳を閉じた。僕はそこで真舟と交代しようとドアノブに手をかけたが、

「ああ、最後にもうひとつ」

剣警部補が呼び止めた。警察学校では、取り調べの際のお手本として『刑事コロンボ』を鑑賞するのだろうか？

「じつは見ていただきたいものがあるんです。少々、ショッキングかもしれませんがね」

彼が懐に手をやったので、なにが出てくるのだろうと身構えた。血染めの凶器でも見せられる覚悟だったので、その手にあるものを見て、少々拍子抜けする。真ん中に折り目がついた紙片だった。

「おっと、念のためですが触らないで。その位置から読んでみてください。……蛭川くん、灯りを」

オレンジ色の車内灯に照らされて、紙片の正体がはっきりした。ピンク地の可愛らしい便箋で、丸っこい文字が並んでいる。こんな文面だ。

丹羽星明さま
突然すみません！　丹羽さんの大ファンの女子高生です！
さっき、丹羽さんを宵待荘の駐車場で見かけてびっくりしました！
宿に押しかけるのも申し訳ないので、お手紙を託します。
じつはお会いしてお渡ししたいものがあるんですけど……

駄目だったらすみません。

今日の夕方、五時に森の中の祠で勝手に待ってます！

（祠には音楽の神様がいるそうです！　道順は宵待荘ＨＰ参照です）


差出人の名前はない。

それにしても疑問なのは、この宵待村に女子高生など存在するのか、ということだ。それからもうひとつ、なぜ剣警部補がこれを僕に見せたのかということ。

「読み終わりましたか？」彼は手紙をしまった。「これは、丹羽さんのコートのポケットに入っていたんです」

「どうして、これを僕に？」

「ありません」

「伺いたいのは、こういう手紙を丹羽さんに渡しそうな心当たりはないか、ということです」

「そうですか。だが、あなたがたは、丹羽さんと午後じゅう一緒にいらしたんでしょう？　ならば、この手紙を渡すところを見ていらっしゃるはずだ。……どうです」

「いいえ、誰かが彼に手紙を渡すところは見ていません」

銭湯で女性たちに囲まれていたが、そのときに誰かが手紙を渡していただろうか。視界の端に捉えていただけだが、そういう動きはなかったように思う。

——いや、待てよ？

「撤回します。受け取っていました、大量に」

丹羽さんが秀島から渡された紙袋について簡潔に説明すると、剣警部補はにわかに鋭い表情になった。

「彼、その場で手紙のどれかを開封していましたか」

「いえ……。まっすぐ部屋に上がっていきました」

「で、君はその後、彼とは直接会っていない」

すでに話したことだ。頷いて答える。

「それは、犯人による呼び出し状なんですか?」

思わず尋ねていた。剣警部補は困ったように眉根を寄せた。「質問をしているのはこちらだ」と思ったかもしれないが、答えてくれる。

「そう見るのが妥当でしょうな。宵待荘を出てまっすぐこの森に向かったのであれば、彼はおよそ午後五時前に到着し、そして殺害されたのですから」

「手書きの文字ですから、筆跡鑑定をすれば犯人は割れるのではないですか」

「そうは問屋が卸さないようですな。この手紙ね、同じ文字――たとえば『て』とかね、これ、まったく同じ形をしているんですよ。つまり、パソコンかなにかで出力された文字をなぞって書いた、そういう文字なんです」

プロの目は誤魔化せなかったようだが、僕が読んだときには可愛らしい文字という印象しかなかった。丹羽さんが騙されてしまったのも仕方ない。

「まあ、筆圧やなにか、特徴は見いだせるでしょう。ただし、それは照合する筆跡があって初めて意味をなしますからな、これ一枚きりじゃあ、犯人を辿る手がかりにはならない」

話しすぎたな、というように、刑事は顔をしかめた。

「さ、どうもありがとうございました。すみませんが、篠倉さんを呼んでください」

僕は車を出て、真舟と替わった。彼は僕の目を見て、うんと頷く。少し落ち着いたようで、先ほどよりも顔色が良くなっていた。ドアが閉まる直前、剣警部補の声が聞こえた。

「蛭川くん、宵待荘にやった組に紙袋のことを伝えて……」

車外は寒い。コートのジッパーをいちばん上まで引き上げた。

ふーっと息を吐いて、その白さが夜に溶けるのを眺めていると、通りの向こうからひとりの女性が近づいてきた。藤色のコートに見覚えがある——津々良さんだ。幸いと言うべきか、警官がたまたまどこかに行ってしまっていたので、彼女は僕のそばまで誰にも止められずに辿り着いた。

「さっきから庭先で見ていたのですけれど、警察のかたがようやく到着した、と思っていたら、ずいぶんばたばたと大きな騒ぎになっていますね。無線に向かって怒鳴っていたかたもいたようですけれど」

「……実は森の中で、新たな事件が起きてしまったんです」

また勝手に話してしまった。でも、駄目とは言われていないし、警官に訊いてくださいと無下にするのも気がひけた。

丹羽星明が何者かに殺されたらしい、ということを話したら、津々良さんは目をいっぱいに見開いた。

「ああ……、そんな、なんということ。ひどいわ、あんまり悲しすぎる……」

彼女は口を覆って震えた。自分が住む村で立て続けにふたりも殺されたとあっては、無理もあるまい。そんなときに質問するのも申し訳ないが、今を逃したらチャンスはない。

「津々良さんのお宅は森の向かいにありますけど、なにか見ませんでしたか」

「いえ……。私、さっきまで家で寝ていたのです。午前中にあんなことがあって、疲れてしまったものだから。騒がしさに気づいて外に出てきたの」

つまり、帰宅後初めて外に出てきたわけか。それなら仕方がない。

このとき僕は、津々良さんが腕に提げているビニール袋に気づいた。蜜柑が透けて見えている。

「あの、それは？」

「ああ……、今ね、太一さんに渡そうと思って持ってきたの。ほら、今日は随分大変な思いをしたでしょう」

そういえば、竜門邸も津々良さんの家と同様、森の目の前にあるのだ。彼ならなにか目撃しているかもしれない。

現場にいちばん近い家だから、警察もすぐに事情聴取をしにいくであろう。いや、もう向かっているかも。だが、もしもまだ竜門邸に警察の手が及んでいないなら、僕は彼から話を聞いてみたいと思った。午後は宵待荘では仕事をせずに帰った様子だから、家にいるはずだ。

「お邪魔でなければ、僕も同行してよろしいですか」

「ええ、もちろんですよ」

コミュニケーション担当の真舟がいないことは大いに不安だったが、津々良さんも一緒ならば安心だ。ただ竜門さんの顔を見て、「事件があったんですが、なにか見ませんでしたか」と訊ければ、それでよい。

ちらりと車内の真舟を見ると、剣警部補の問いに真剣な様子で応えていた。彼らを背にして、僕は津々良さんとともに道路を横切り、津々良さんの家の隣にある木造家屋へ向かった。

津々良さんがチャイムを鳴らした。インタホンでやりとりをすることもなく、足音が家の奥から近づいてくる。戸口に顔を出した竜門太一は、まず津々良さんに会釈をしてから、不審そうに僕を見やる。

「いったいどうしたんです」

竜門さんがどちらにともなく尋ねた。津々良さんがビニール袋を掲げる。

「これ、渡しにきたの。宇月さんが同行してくれたのはね、近くでまた恐ろしい事件があったからなの」

「いただきます……。それで、今度はいったいなにが」

「落ち着いて聞いてちょうだい。歌手の丹羽さんが殺されてしまったというの。あの森の中で」

竜門さんは一瞬、言葉に詰まった。顔をしかめながら髪を掻き上げる。

「いったい……、それは、どういう？　話が呑みこめない」

「私も現場を見たわけではないから、これ以上説明はできないけれど」

「刺殺のようです」僕が説明した。「祠で、というか祠へと向かう道で事件は起きていました。僕らがまた、第一発見者になったんです」

「ああ……、それはなんとも、災難ですね」

丹羽さんの災難に比べればなにほどのことでもない。

「なにか、不審な物音など耳にしませんでしたか」なるべくさりげない調子で僕は尋ねた。「それか、林に入っていく誰かを目撃するとか……」

「いいえ、とくには」

そっけなく竜門さんが答えたとき、彼の後ろ、廊下の暗がりからのっそりと人影が現れ出た。

「どうした、太一」

銀林秋吾氏だった。顔の赤さを見れば、飲酒をしていたことは一目瞭然である。舞台役者が

「この人物は酔漢です」と示そうとしているかのようにわかりやすく、右手に一升壜を提げていた。

「それがね、銀さん。どうも祠の近くで歌手の丹羽さんが殺されたそうで」

「殺された！」叫びの呂律も怪しい。「この村で人が、また！　二人目だってことかい。いったいどうなっちまっているんだよ、おい」

「俺に訊かれても困るよ。それよりもう帰んな、寿美代さんが心配する」

「心配なんぞするもんかい。あれはどうせ今ごろ、事件のことを村じゅうに触れ回っているよ」

銀林氏がここにいたということは、もしかしたらふたりのアリバイが成立する可能性もあるのではないか。勇気を振り絞って尋ねてみる。

「あのー、銀林さん。こちらのお宅にいらした時間、わかります？　現場が近いので、犯人とどこかで接触しているかも」

「べつに、変な輩《やから》はうろついてなかったで。太一とはもう三時間は飲んでいるようだがなぁ……」

おっと、アリバイ成立か。

「違うだろう、銀さん」竜門さんは呆れ顔で、「今が、えーと、七時半か。まだ一時間しか経ってないよ」

酔って時間の感覚が失われていただけのようだ。

「なんでぇ、まだそれっぽっちか。じゃあ、もうちょっと飲んでいかせてくれよ」

「およしなさいな」津々良さんが止めた。「また寿美代さんに叱られますよ」

よその女性に怒られることには慣れていないのか、銀林氏はばつが悪そうに頭を掻く。

「まあ、そう堅いことをお言いにならんでくださいよ。人が二人も殺されたなんて、こんな日にゃあ酒にでも頼らんとやっていけねえ」

二人目の死はいま知ったのだから、時系列がおかしいのではないか。

それからしきりに、津々良さんと竜門さんが銀林氏に帰宅を勧め始めた。勧められた男はそれを拒み続ける。僕は口を挟むこともできず見守っていた。

ほどなく、僕の背後で車のドアが開閉する音がした。振り向くと真舟が車から降りたところだった。剣警部補の乗った車にはすぐエンジンがかかり、切り返して逆方向へと走っていった。車を降りた真舟はそれを見送って、こちらへと歩み寄ってくる。

「剣さんたちは堂山酒造に行くってさ」

真舟は僕に囁いてから、その場にいる人たちを見渡す。

「なにを話してるの？」

「なんだろうな……」

帰りたがらない銀林氏と他のふたりの押し問答は、まだ続いていた。せっかく馳せ参じた真舟も口を挟めずに途方に暮れていると、道路からライトを手にしてずんずんと近寄ってくる影があった。銀林寿美代である。彼女は僕と真舟をちらりと見てなにか言いかけたが、戸口にいる夫を見つけて、そちらにまっすぐ歩いていく。

「ちょっとあんた、またよそでお酒を飲んで！　なにを考えてんの、こんな日にっ」

夫君はたじろぎ、先ほどまで繰り返していた言い訳――酒を飲まずにはやっていられない――を繰り返した。寿美代さんは、鼻をひとつ鳴らすことで「叱るのは後にするわ」というニュアンスを鮮やかに伝えた。それから彼女は、僕たちの顔を順繰りに見ていく。

「ようやく警察が来たと思ったら、ずいぶんな大騒ぎをしているわねえ」

僕たちは答えるのをためらったが、妻の気を逸らす絶好の機会を見つけた銀林氏が口を開く。

「丹羽星明さんが殺されたみたいだで。祠の近くで」

それから三分間ほどの寿美代さんの大騒ぎはひどいものだった。ひとしきり僕たちに事実確認をしてから、自治会や婦人会のＬＩＮＥでそれを共有しようとして、津々良さんに止められていた。だが、寿美代さんは「村民には知る権利があるわ」と高らかに言い放ってメッセージの送信ボタンを押し、この第二の悲劇を村じゅうに知らしめた。

そんな様子をどこかもの悲しそうに眺めていた真舟は、ためらいがちに切り出した。

「寿美代さんにひとつ伺いたいことがあるのですが」

「あら、なあに」

「丹羽さんに渡された、あの紙袋のことなんです」

「ああ、本当に悲劇としかいいようがないわね！　あれを渡したその日のうちに彼が命を落としてしまうだなんて。きっと彼がまだ読めていない手紙もあるに違いないわ。でも、でもね、あたしは信じるわ、きっと読んだものもあるって。お菓子も食べたかしら。この村の人の思いを……」

「あの、あのですね」真舟は寿美代さんを押しとどめて、「その紙袋を宵待荘に持っていかれたのはいつ頃のことでしょうか」

「本当はね、丹羽さんに直接渡したかったのよ。想いというのは直接伝えなくてはいけないもの、そうでしょう？」

「いつ頃、宵待荘に持参されたのですか？」

話の流れというものに無頓着な寿美代さんは、話を遮られることにも寛容だった。

「え、持っていった時間？　ええと、たしかあれは、午後四時ちょうどのことよ。食堂で、たぶん見内さんが観ていたのね、四時のニュースが始まる声がしていたもの」

「なにか、それが意味のあることなのかしら」

津々良さんの問いかけに、真舟は頷いて答えた。

「丹羽さんを祠に呼び出した手紙が、あの紙袋に紛れ込まされていた――警察はそう考えているようです」

寿美代さんは悲鳴をあげた。

「ちょっとあなた、馬鹿なことを言わないでちょうだいよ！　あたしがそんな……」

「いいえ、あなたではないんです。誰かが紛れ込ませたんです」

真舟だけではなだめきれない様子なので、僕も加勢する。

「きっと、午後四時より後、玄関に置いてあった間に手紙は混入されたんですよ。だって、それより前には混入するチャンスなんかなかったでしょう？」

僕の言葉を聞いて、寿美代さんの気は静まったようだ。

「もちろんよ。当然のこと。今日の朝方、村の婦人会と自治会のＬＩＮＥグループに『丹羽さんにお手紙やお菓子を渡したい人は、うちの玄関先にひっかけた袋の中に入れておいて』と通達したの……。うん、そう。よその不審者に知られるはずはないわ」

この言葉を聞いて、力が抜けそうになる。

「朝方というと……純平さんの遺体が見つかるよりも前ですか？」

「ええ。手紙を書こうって呼びかけ自体は昨日の夜に始めたのよ、丹羽さんが村に来ていると〈宵待湯〉の女将さんが言っていたからね。じゃあどうやって集めようかしらってなったときに、あたしが代表して渡すことにして、玄関に募集用の袋をぶら下げておいたの。こういうことは誰かがやらなくちゃいけませんものね」

「そうですね」僕は言った。「つまり、そこには誰でも入れられた」

「外部の不審者は無理よ。それが丹羽さん行きの袋だとは知らないはずだもの」

「不審者が犯人っておめえ、太一をさんざ犯人扱いしていたべ」

夫の背後に竜門さんがいることに気づいていた寿美代さんは、頬を真っ赤にする。

「ちょっと、よしてよ。あたし、そんなひどいことは言っていないわ」

「そうだったっけかな」

「さあ！　もう帰りましょうよ、あんた」

「その袋って、丹羽さんに渡した紙袋と同じものですか？」

夫の腕をぐいぐい引っ張る寿美代さんに、真舟が尋ねた。

「ええと……、いいえ。ビニール袋で集めたんだけれど、さすがにそれじゃあ見場が悪いってことで、紙袋に移したのよ」

「袋を回収したのは、宵待荘でお昼を食べて、見内さんに車で送ってもらった後ですよね」

「ええ、そう。家に戻ったのが……二時半くらいだったかしら。で、それからしばらくおうちでのんびりしてから、三時半にはビニール袋を取り込んで、紙袋に移して……まっすぐ宵待荘まで持っていったわ。歩いてね」

その紙袋の中に、すでに運命の手紙は入っていたのだろうか。それとも——。


僕と真舟は、銀林夫妻と一緒に森の横を歩いた。

宵待村全体がそうではあるが、銀林家はあらためて見るとセキュリティがきわめて低い。門もなく庭は簡単な柵で囲われているだけだ。呼び出し状を丹羽さん宛の袋に投入するのも、さぞ簡単だっただろうと推察できた。

宿までの帰路、僕と真舟は互いに事情聴取で訊かれた内容をすり合わせた。判明したのは、僕たちはまったく同じ質問をまったく同じ順番でされて、まったく同じ内容を答えたということだった。

「あと、理久が得ていない情報を、ぼくはひとつだけ持っているよ。剣警部補に尋ねたら教えてくれた」

真舟が最後に付け足した。僕は俄然、前のめりになる。

「丹羽さんは……今際《いまわ》のきわに、右手を前に伸ばしていた。あれが気になっていたんだ」

彼の言葉で、あのつらい光景が思い出された。僕は厳粛に頷く。

「彼が伸ばしていた腕の先には、スマホがあったということがわかったよ。丹羽さん自身の持ち物である、黒いスマホ。祠の脇に落ちていたみたい」

「……そうか。倒れた拍子に吹っ飛んだそれを摑もうとして、彼は手を伸ばしたんだな」

かけられなかった、最後の電話。必死のＳＯＳ。それが叶っていれば、人を呼べて、彼は助かったのだろうか？　考えると、よりいっそうつらくなる。

真舟は目を伏せて黙っていた。

それから後は、宵待荘に着くまで、僕たちは口を利かなかった。

21　彼が見たものは

宵待荘の玄関に上がると、僕と真舟は並んで上がり框に腰かけた。ふたりとも疲れ切っていたのだ。

ブーツを脱ぐ気力も起きず、しばらくそのまま座っていた。引き戸のガラスに並んで映る僕たちの顔は覇気がなくて、待合室の患者みたいだ。

その引き戸には廊下の向こうの様子が映っていて、食堂から出てきた秀島が駆けてくるのが見えた。映り込んだ中で、僕たちの目が合う。

「おかえり、ふたりとも。なんつーか……まだ信じられねーけど……大変、だったな」

僕も真舟も無言だった。秀島が間を持たせるように続ける。

「いま、上に刑事来てるんだ。丹羽さんの部屋調べてる」

「そう」と、僕は短く答えた。

秀島はエプロンの端を摑みながらもじもじしている。話を聞きたい様子だったが、こちらは疲労のせいで口を開く気にもなれない。靴を脱ぐのに専念した。

「夕食、できてるから。食えそう？」

真舟が「うん」と答えた。こんなときでも彼の食欲は衰えを知らぬらしい。それが妙に頼もしかった。

僕たちは二階に上がってコートを置いてから、食堂に向かった。丹羽さんの部屋ではまだ捜査が続いているらしく、廊下の向こうで物音がしていた。

時刻は八時を回っている。すでに中河原さんも園出さんも食事を済ましたらしく、客は僕と真舟だけだった。食堂から亜佐子さんが出てきて、「お疲れ様です。大変なことでしたね」と声をかけてくれた。僕たちは頷きで応えた。

食事は美味であるはずなのだが、舌を素通りしていく。味噌汁を飲み終えてしばらくしたら、実がなんだったか忘れてしまったほどだ。真舟も、僕の隣でずっと沈黙していた。一心不乱とでも言いたくなるような熱心さで、食事と格闘している。

秀島が、食後のコーヒーを持ってきたとき、ためらいがちに口を開いた。

「……なんで、こんなことになっちゃったんだろうな」

空腹が癒されたおかげで、このときは僕にも応答する余裕が生まれていた。

「それは僕たちにもわからない。本当に悪夢みたいだよ」

そのとき、食堂の入り口にふたりの女性客が現れた。一緒に温泉を出たところなのか、どちらも浴衣姿だ。中河原さんは、その沈鬱な表情から察するに、すでに不幸なニュースを知っているらしい。園出さんは普段どおりの無表情だが、彼女も同様だろう。

女性ふたりが座敷に上がってきて座った。悲しい事件について共有するのは、どうやら僕たちに課せられた義務らしい。ぼんやりとした真舟が口を開く様子がなかったので、仕方なしに僕が語り始めた。

丹羽さんがどこで、どのように死んでいたのか。今回は、現場の状況に不審な点はなかったから、伝えるべき情報はそう多くなかった。だが、口は重く、話し終えるのにひどく時間がかかった。僕の語りが終わると、三人は顔を俯かせたり、吐息を漏らしたりしてリアクションをとった。

「どうして、丹羽さんが殺されなくちゃいけなかったのかしら」中河原さんが暗然とした顔で言った。「堂山さんの殺害は、怨恨殺人だとしても『村の中でなにかいざこざがあったのね』くらいに思っていたけれど。丹羽さんが狙われたのでは、まったく話が違ってくる」

「やっぱりハンターなんじゃ」秀島の口調は弱々しい。「村の中に潜んで、無差別殺人やってるんだよ」

「無差別殺人犯が、呼び出し状で丹羽さんをおびき出すかな」

三人の反応で、まだこの情報を伝えていなかったことに気づいた。

この話を勝手にすると、警察の捜査に差し障りが生じるだろうか？　まあ、いいや、話してしまえ。宿の事務室の前に紙袋が置かれた後に呼び出し状が紛れ込まされたのなら、この三人はその場面を目撃した可能性がある。一刻も早く、そのことを確かめたい。

僕は呼び出し状の内容を伝え、これが殺人犯による罠であった可能性が高いことを話した。

「へえ……。それにまんまと丹羽さんは呼び出されてしまったの」

中河原さんが、苦手な食べ物を口に含んだ子供のような顔で言った。犯人の卑劣さに憤っているというよりも、「女子高生」の呼び出しに引っかかってしまった丹羽さんに対する幻滅が感じられる。

「不用心すぎると思う」園出さんが簡潔にコメントした。「殺人事件が起きた村で、匿名の呼び出し状に応じるなんて、どうかしているよ」

女性ふたりの辛辣さになぜか慌てたような顔で、秀島が早口で言う。

「それはきっと……、その架空の『女の子』を心配してたんすよ。犯人がうろついているかもしれないのに、危ないからって」

「まあ、面会はすぐに済ますつもりだったと思います」僕も言い添える。「車を路肩に停めていましたから。長くかかるなら、すぐそばにある宵待神社の駐車場を借りたはずです」

こめかみに人差し指を当てて考え込むポーズをしていた園出さんが、すっと口を開いた。

「呼び出し状を送ったってことは、殺人は計画的なものと考えるのが妥当。でも、犯人はボウガンを捨てていたと聞いたよ。最初から二件目の殺人を犯す予定だったなら、なぜ貴重な凶器を手放したんだろう」

　彼女の話を聞きながら、僕は横目で真舟を見た。彼はまだ口を開こうとしない。

「いま園出さんが殺人は『計画的なもの』と言ったけれど」中河原さんは慎重な口ぶりで、「いったいその『計画』がいつ立てられたかってことは重要な点じゃない？　つまり、一週間前なのか昨夜なのかで、だいぶ話が違ってくる」

「一週間前ってこたないですよ」秀島は大慌てである。「噂がすぐ出回るこの村ですけど、丹羽さんが宿泊するってことは宿の中だけで厳重に秘密にされてました。実際、予約は年始に入りましたけど、丹羽さんが来るらしいって村で話題になったとは聞いていません」

「現場の状況を見る限り、丹羽さん殺害はけっして緻密な計画のうえに成り立ってるものじゃないと思う」

　僕は考えつつ喋る。

「純平さんのときと違って、謎らしい謎もない。どうも犯人の焦りが感じられる。お得意のボウガンを捨てていたことから考えても、丹羽さん殺害は予定外の犯行だったと考えるのが妥当だ」

「ま、まさか」秀島が腰を浮かす。「犯人は丹羽さんに犯行現場を見られたのか？　それで、口封じを」

「なら、その場で殺しているでしょう」園出さんが指摘した。「一夜待った意味はなに？　あと、丹羽さんが目撃したことを黙っている理由がない」

　ここで真舟が、ようやく口を開いた。

「……もしかしたら丹羽さんは、自分が見たものの意味がよくわかっていなかったのかもしれません」

　真舟の言葉の意味を、一座の者たちは各々呑みこんだように頷いた。

　つまり、こうか。丹羽さんは事件当日、もしくは今日、どこかで犯人にとって都合の悪い現場を見てしまった。丹羽さんは、それが決定的な場面だとは気づかない。しかしそれは、いつか丹羽さんが意味に気づいたら命取りになる場面だった……。

　ありうる想定だろうか？　わからない。

　この問題については、これ以上考えても仕方ない、という気がしてきた。もっと現実的に確認しなくてはならないことがある。

「秀島。寿美代さんから紙袋を受け取ったのはいつ？」

「へ？　そんなのいちいち……いや嘘、憶えてる。午後四時だったはず。精三さんが観てたテレビのでかい音が食堂からしてた。ちょうど午後四時のニュースだった」

　寿美代さんの証言とぴったり一致する。

　秀島は、僕の質問の意味に気づいたようで、はっと目を見開いた。

「まさか、あの紙袋の中に？　寿美代さんが持ってきた袋の中に、その呼び出し状が……」

「可能性は高いと思う。でも、僕が確認したいのは、宵待荘にあの紙袋が到着した後で、呼び出し状が紛れ込まされた可能性なんだ」

　秀島は険しい顔になった。僕は慌てて言葉を重ねる。

「内部犯だなんて言いたいわけじゃない。玄関に置いてあったんだろ、あの紙袋。だから、いつでも誰でも触れられた」

「まあ、そりゃ、玄関に鍵はかけてないから、入ろうと思えば誰でも入れるけど。でも、玄関の引き戸は音がするしさあ」

「それでも入れたとしたら、紙袋には接近できた？」

秀島はしぶしぶといった様子で頷く。

「丹羽さんが帰ってくるまでの三十分くらい、事務室の前——宿帳の横あたりに置きっぱなしだったからな」

機会は誰にでもあった、ということになる。いや、そもそも、銀林家の前で「募集袋」にあの不幸の手紙が投げ入れられていたとしたら、容疑者リストは際限なく長くなる。

そこで話が打ち止めになったとき、厨房から見内さんが出てきた。さっきまでしていた皿洗いの音がやんだから、片付けを終えたところなのだろう。

見内さんはこちらを見ずに、黙って廊下に出ていった。そういえば彼は、丹羽星明に反感を持っているようだった。しかし、その表情は今、暗く険しい。生前の故人に対して悪感情を表明していただけに、気持ちを持っていく場所がなくこたえているのだろう。

これ以上、秀島たちに話す情報もない。僕と真舟は風呂に入ることにした。夕方には、これだけ湯に浸かったのだからもういいか、という気もしていたのだが、その後に変な汗をたくさんかいてしまった。

脱衣所で僕が服を脱ぎ始めても、真舟は隣でぼうっと突っ立っていた。

「どうしたんだよ、真舟」

事件の後、彼はずっと上の空だ。真舟は、小さく「ああ、うん」と答えた。今度は僕がズボンを脱ぐさまをじっと見てきたので、さすがに気になって抗議する。

「あ、ごめん……。ねえ理久、丹羽さんが亡くなったときに穿《は》いていたのって、ジーンズだったよね」

　言われて、彼の遺体を脳裏に思い浮かべる。

「ああ、昼に穿いてたのと同じだろ。黒のタイトジーンズ」

「……そうだよね」

　それがどうかしたのだろうか？

　ともあれ、僕たちは服を脱いで浴場に向かった。真舟と並んで湯に浸かっていると、昼間一緒に温泉に入った男のことが思い出された。会話もなく時間が過ぎた。

　風呂を上がって廊下に出ると、事務室から中河原さんが出てくるところだった。なぜ従業員でもないのに――と思っていると、彼女は口の前で人差し指を立てる。

「事情聴取が始まったの。剣さんって刑事さんがいらしててね」

　説明する彼女の後ろで、刑事に案内された園出さんが階段を下りてくるところだった。今度は彼女が事務室に入っていく。

「どんなことを訊かれましたか」

　真舟が尋ねた。中河原さんはひょいと肩をすくめて、

「堂山さんの検死に関する医学的な話がほとんど。でも、丹羽さんと交わした会話とか、午後に不審な人物を宵待荘で見なかったかとか、そんなことも話した」

　やはり警察も、宵待荘で呼び出し状が紙袋に紛れ込まされた可能性を考えているのだ。

「あ。それから、ひとつだけ奇妙なことを訊かれたわね」

「奇妙な、というと？」僕はつい前のめりになる。

「現場付近に立っている案山子のことなのよ。なんだったかな……。案山子のお面をいじりまし

たか、みたいなことを訊かれたわ」

案山子のお面？　たしか、祠へと続く道には天狗の面をつけた案山子がいたが……、べつに、僕たちが見たときはなにも異変はなかったはずだ。いったい、剣警部補の質問の意図はなんだろう？

中河原さんは二階へ戻り、僕と真舟は食堂で休むことにした。といっても、リラックスしていたのは身体だけで、頭ではずっとあれこれ考えっぱなしだったのだが。

しばらくして、事務室のドアが開閉する音がした。園出さんの聴取が終わったのだ。スリッパの足音が近づいてきたので、彼女が来るのかと思ったら、現れたのは剣警部補だった。

「おや。お風呂上がりですかな」

警部補は呑気な口調で言って、座敷に腰を下ろした。厨房から亜佐子さんが出てくる。

「お疲れ様です、刑事さん。お茶を一杯いかがですか」

「ありがとう。いただきます」

亜佐子さんが厨房に引っ込むと、警部補は僕たちに向かってにっこりと笑いかける。

「じつは、茶をいただきたくて食堂まで来たんですが」

彼は座卓の前に胡坐を搔いて、そこにある灰皿に目を留めた。懐からアメリカンスピリットの箱を取り出して、僕たちにちらりと視線を向ける。真舟が「どうぞ」というジェスチャーをした。

「では、失礼して。……おふたりは喫わない？　そうですか」

僕たちは剣警部補の前に座って、百円ライターで煙草に火を点ける彼と向き合った。

「……今から十二時間も経っていない頃ですかな。丹羽さんがここでお昼を食べ終えたのは」

真舟が身体を硬くしたのを感じた。僕は、少し腹が立って目を細めた。

「どういった意味でしょうか」

「ああ……、これは失敬。それというのも」

警部補はいったん言葉を切った。厨房から亜佐子さんが出てきて、僕たち三人分の湯呑みを置き、急須からお茶を注いでくれた。彼女は頭を下げて厨房に引っ込む。

「それというのもですね」剣警部補は声をひそめて、「宵待荘の人たちに事情聴取をしたところ、少し気になる話が出たものですから。丹羽さんは、昨日の夕方、森の中にある祠に行った——そうでしたね？」

「はい、そうです」と、真舟が答える。

「その話題が、昼食のときにも出たそうで」

「出ました」

「……そのとき、昼食の席にいたどなたかが、妙な反応を示しませんでしたか？　とくに、丹羽さんに対して妙な目を向けていたとか」

あっ、と声が漏れた。剣警部補は、鋭い目つきで僕を見やる。

「思い出されたことがあるんですな」

「いえ、すみません。剣さんの質問の意図がわかったので、つい声が。つまり、丹羽さんは祠に行ったときになにかを見てしまい、その口封じで殺された——そういうことですね？」

剣警部補は、お茶で口を湿してから慎重に答える。

「まだ、そういう可能性もある、という仮説の段階です。それで、いかがですか」

目を閉じて、今日の昼の会話を頭に蘇らせる。時間が経っていないことだからわりと細かい部分まで記憶しているが、とくに怪しかった人はいなかった。

素直にそう話すと、剣警部補は真舟に水を向けた。僕の相方もかぶりを振る。

「剣警部補」僕はそろりと尋ねる。「だとすると、丹羽さんを殺害した犯人はあのときこの部屋にいたメンバーの中にいるとおっしゃるんですか？」

警部補は素早く手を振って否定した。

「ですからね、まだ仮説なんですよ。いくらもある可能性のうち、ほんのひとつです。ただ、丹羽さんが森の中で犯人を見たとしたら、翌日の夕方まで丹羽さんの口を塞がなかった理由がひっかかるというわけで。犯人が遅れて『自分を目撃したのは誰だったか』に気づいた――と、こう仮定するとすんなりいくわけですね」

「ああ、なるほど。たとえば、森ですれ違ったとき、犯人は咄嗟にフードを被ったり、相手に背を向けたりしたため、犯人自身も相手の顔が確認できなかった。しかし、相手にはどこまで見られていたかわからない。それで、口を封じたくなったということですね？」

「お見事です。まあ、それも単なる仮定ですけどね」

黙っていた真舟が口を開く。

「丹羽さんが森に行ったという話を聞いたとして……彼はなにを目撃したというんですか？　犯行は、もっとずっと後におこなわれたんですよ」

「ええ、そこなんですがね。犯人があらかじめ現場に凶器を隠しておいた可能性、これは否定できないと思うのです。あるいは逆に、犯人はクロスボウを森の中に隠していて、それを夕方のうちに回収しにきた。その最中、丹羽さんは森のどこかで犯人と出会ったのではないでしょうか。彼は『記憶が曖昧だけれど、森か道路で村の人とすれ違った気がする』と言っていたそうですからね」

ありうることだ、と僕は思った。村人がほとんど近づかないあの森に凶器を隠すのは、自分の手許に置いておくよりも安全なように思える。

「もちろん、そのときクロスボウは袋にでも入れて、すぐにはそれとわからないようにしていたんでしょう。しかし、それでもそのとき姿を見られたということは、後で決定的な不利益になる。ならば、そのときのことを丹羽さんが思い出して誰かに話す前に……と、こう思ったかもしれません」

剣警部補が語るのは、あくまでも根拠がない仮説である。しかし、これより見込みのある仮説を出せと言われても、僕にはできそうにない。

しばし、皆が無言でお茶を啜る時間が続いた後で、真舟が口を開いた。

「僕たちにはお尋ねにならないんですか。お面のこと」

警部補はぴしっと自分の額を叩いた。

「中河原さんあたりからお聴きになったんですな？　いや、じつはちょうど訊こうかと思っていたところなんです。ま、これは個別に聴取するほどのことでもない。祠へ続く道の、天狗のお面のことなんですがね。これについて、妙な証言が出てきましてな」

警部補は顎を撫でながら、軽く首を捻る。

「ある村人が、昨日の夕方、森の中に入っていったそうなんです。この村の人はみんな案山子を大切にしていますが、その人はとりわけ熱心に、所有者の曖昧な案山子の面倒を見てましてね」

「あ……、引間さんですか？」

僕は憶えていたその名を口にした。昨日の昼、空き地に例の案山子がないことを確認して森から出てきたときに出くわした老人だ。

どうやら正解だったようで、剣警部補はにっこりとした。

「そうです、引間さんです。あのかたは、君たち三人が森から出てくるのを見たとき、散歩から家に帰るところだったんです。彼の家は宵待神社より、いくらか村の奥にあります。で、家でお昼を食べてしばらくしてから、再び出かけて森に向かったんですな」

「どうして森へ？」と、真舟が当然の疑問を呈した。

「いやね、秀島くんは昔から案山子に悪さをする悪戯坊主だったそうで、引間さんにはその印象が強く残っていたようですな。まさか森の中の案山子に悪さをしたのではないか、とふと思って、気になってたまらなくなった。そこで、案山子が無事かどうかを確かめるために森に向かったそうです。そして、実際に案山子が悪戯されているのを発見した」

僕と真舟の口から、同時に「えっ」という声が漏れた。

「というのもですね、祠へと通じる道に立っている案山子の面と、空き地への道の前に立っている案山子の面がかけ替えられていたというんですよ」

そういえば、今日の昼に自治会の沼尻氏が、秀島に向かって「引間さんが君にご立腹だった」というような話をしていた。このことだったのか。しかし、秀島は否認していたし、そもそも僕と真舟も彼が悪さをしていなかったことを知っている。

「お面のかけ替えって、誰が、なんのために」

僕の問いに、警部補は苦笑を返した。

「そこのところがさっぱりでしてね。だから一応、あなたたちおふたりに尋ねたいんですよ。あのお面に触らなかったかどうか」

「触っていません、僕も真舟も。……な？　真舟」

眉間に皺を作ってなにやら考え込んでいた真舟は、はっとしたように顔を上げた。

「ああ、うん。……はい、触っていません」

「まあ、秀島くんもそう証言していたから、あなたたちの仕業だとは思っていませんでしたがね。彼もまた、昨日の昼の時点ではお面に異状はなかったと言っていたが……、そうなると、誰がいじったのやら」

「引間さんがそれを発見したのは夕方の、何時頃なんですか？」

真舟は急き込むように尋ねた。

「午後四時半から五時ごろのことらしいですな。引間さんの息子夫婦も証言しています。父は四時過ぎに家を出て、一時間もせず戻ってきたと」

「あっ」思い出すことがあって、声が出ていた。「丹羽さんが話していたのは、引間さんのことだったのか」

丹羽さんは、四時五十分過ぎに森に入るとき、入れ違いに出ていくお年寄りの背中を見たと言っていた。ということは、それは引間老人だったと考えて間違いない。

「ああ、あなたがたもそのことを思い出しましたか。秀島くんをはじめ、その場にいたかたたちも、丹羽さんがそういう話をしていたと証言しましたよ。まあ、まさか引間老人が犯人ということはないでしょうがね。昨夜および、丹羽さんが殺害された時刻の彼のアリバイは家族が証言していて、完璧でした」

丹羽さんが見た「謎の老人」の正体は解明されたが、より大きな謎が残った。

僕らは昨日、午後一時頃にあの森を出たが、そのときはたしかに空き地の前の案山子はひょっとこのお面をつけていた。また、祠へと通じている道の前に立っている案山子は、天狗の面をつけていた。ということは、僕たちが森を去ってから午後四時ごろまでの間に、誰かがかけ替えたということになる。

　しかし、誰が？　なんのために？

「まあ、気にしすぎかもしれません。被害者の死亡推定時刻は九時から十二時の間ですから、事件が起きたのは、引間さんがお面を元に戻してから早くても四時間あまり後ということになります。関係がない可能性のほうが――」

「待ってください、剣警部補」

　真舟が鋭い声で、話を遮った。

「いま、お面を元に戻したとおっしゃいましたか？」

「ええ。かけ替えられていたお面を、引間さんが正常に戻したんです。つまり、祠のほうの案山子に天狗の面、空き地へと通じる道にひょっとこの面をかけ直したというわけで」

「戻したんですね」

　真舟は念を押して、剣警部補が頷くのを見ると、掌で口許を覆って、考え込む姿勢になった。それから、突然顔を上げて、

「あの、剣警部補。丹羽さんのコートのポケットって、開いていましたか」

　この質問に、警部補は顔をしかめた。

「どういう意味ですかな」

「丹羽さんのコートの……」

「いや、言葉は聞き取れたんです。それを知ってどうしようというんです？」

　真舟は少し考えてから、言った。

「スマホです。丹羽さんのスマホが、祠の真横に吹っ飛んでいましたよね。コートのポケットから取り出したのかな、と思って」

ポケットから取り出したとしたらどうだというのだろう。僕にはわからない。

剣警部補にもわからなかったようだ。彼は釈然としないような顔で、

「丹羽さんのコートのポケットは、すべてジッパーが上がっていました。だから、スマホは手に持っていたのではないですか」

「……そうですよね。ありがとうございます。……ところで、封筒はありましたか？　丹羽さんに送られた呼び出し状を入れていたはずの封筒です」

真舟の問いに、剣警部補が笑った。今度は苦笑どころではなく、いっそすがすがしい、というような笑いだった。

「好奇心旺盛でいらっしゃる。いちおう、またしても同じ質問をさせてもらいましょう。それを訊いてどうしようというのです？」

「封筒に寿美代さんの指紋がついているか否かで、丹羽さんの手に渡ったタイミングが変わります」

ああ、そうか——と、僕は真舟の頭の働きに舌を巻いた。

寿美代さんがビニール袋から紙袋に手紙を移し替えるときに、当然、彼女は触ったはずだ。指紋がないとしたら、封筒は宵待荘に紙袋が到着した後で入れられたことになる。

「はい、封筒は見つかりましたよ。丹羽さんのコートのポケットに。便箋はそもそも、その封筒に収まっとったのですよ。必要がないから、わざわざ言いませんでしたが」

「そ、それで指紋は？」

僕はつい興奮したが、警部補は冴えない顔でかぶりを振った。

「指紋はありませんでしたが――それは、なんの手がかりにもならんのですよ。紙袋に入っていた他の手紙類もぜんぶ調べましたが、指紋は丹羽さんのものと差出人とみられる複数のものがあるだけで、寿美代さんの指紋は一切なかったのです。つまり――」

「彼女は、ビニール袋をひっくり返して、どさどさと手紙を移した」

真舟の言葉に、警部補は頷きを返した。なるほど、彼女の性格なら、さもありなん。

「さて。なぜだか質問を交互にする流れになっていますが、このあたりで手打ちにさせていただきましょう。私は宵待村交番に詰めていますので、なにか思い出したことがありましたら、教えてくださいね」

言い置いて、剣警部補は去っていった。

僕と真舟もまもなく食堂を後にした。部屋に戻って、敷かれていた布団に並んで座る。

「なあ、真舟」

しばらく経ってから、僕は口を開いた。

「さっき、剣警部補にいくつも質問をしていたよな。いったい、あれにはどんな意味があったんだ?」

「意味……」

真舟はぽつりと呟いて、浴衣の合わせ目を指でなぞった。

「どんな意味があるんだろう。まだ、完全には繋がらないんだ。ただ、丹羽さんが殺害された現場の状況を考えると……」

ふいに言葉を途切れさせて、彼は疲れたように首を横に振った。

「もう、電気消してもいい？　ちょっと目を閉じて考えたいんだ」

僕は、素直に従った。

読者への挑戦状

このページまでの記述で、堂山純平、丹羽星明両名を殺害した犯人を特定することが可能となりました。作者はここで、探偵小説の伝統にのっとり読者に挑戦します。問いはひとつだけです。すなわち——両名を殺害した犯人は誰か？

とはいえ、実地で現場を検分した探偵役（篠倉真舟）が読者よりも優位に立っていることは否めません。公平を期するため、いくつかのおことわりをしておきます。

一、ふたつの殺人事件は、同一の単独犯によって引き起こされたものであり、共犯者は存在しない。
一、探偵役である篠倉真舟と、語り手である宇月理久は犯人ではない。
一、真舟が作中ですでに解説した「足跡なき殺人」の成立方法は誤っており、実際に使われた手段は次章で説明される。もちろん、その手段は現時点で推理可能である。

推理がまとまりましたら、ページをめくってお進みください。

楠谷佑

第四章　罪　人

22　夜明けの村で

寝付けなかった。

一日じゅう歩き回ったせいで、僕の身体はあちこちが悲鳴を上げていた。関節は熱を持ったようになっていて、膝から下はもう動きそうにもない。筋肉痛が出ていないのは、ありがたい温泉の効力としか思えなかった。

僕は不眠症というわけではないが、昔から心配ごとがあると寝つけなくなるタイプだ。そのくせ、まとまった睡眠を取らないと翌日にまったく頭が働かなくなるタイプでもある。厄介すぎる自分の体質を持て余すこんな夜は、いつもうんざりする。眠らなきゃ、という焦燥感は毎秒募っていくのに、その気持ちが膨らむほどに眠りは遠ざかっていくのだ。

「眠りの壁の彼方」という小説が、ラヴクラフトにある。その短編は中学時代に一度読んだきりで内容はあまり憶えていないのだが、こういう寝つけぬ夜は、いつもこのタイトルが頭に浮かんで離れなくなる。眠り、無意識。それは物語の中では時として畏怖の対象として描かれるけれど――ラヴクラフトもそうだった気がする――こういううんざりする夜は、その壁の彼方は甘美な桃源郷と思える。すっと扉を開くように眠りの世界へ入れたら楽なのに、その世界は一方的に襲う形でしか僕たちを受け入れてくれない。眠りという魔物はあまのじゃくで、ひと思いにやってくれと腹を見せて横になっている者はけっして襲ってくれないのだ。

ああ、馬鹿馬鹿しい。

布団をはねのけて起き上がった。枕元にある置き時計の頭を叩いてバックライトを点けると、時刻は午前二時十五分。いつもなら、とっくに眠りの壁の彼方にいる時刻だ。

「理久、眠れないの」

隣の布団から声がして、驚いた。

「……真舟こそ」

「ぼくは眠れないんじゃなくて、寝ていないんだよ」

「考えごとか」

「推理、だよ」

夜の空気は耐えがたい冷たさだった。僕は布団を被り直して、自分の体温を全身で味わう。

「そろそろ、まとまったか？　僕にも聞かせてほしいな。真舟の推理を。なにか僕にも指摘できることがあるかもしれないから」

「……これっぽっちも名探偵ぶる気はないんだけど、まだ言いたくないんだ」

真舟の声は珍しく気弱で、消え入りそうだった。

「というか、ぼくはいま自分が持っている仮説が、外れてほしいと思っている。当たっていたら、怖い」

ふう、と彼が天井に向かって息を吐くのがわかった。

「ごめん。結局思わせぶりになってしまった。とにかく、ぼくには最後までこの事件を推理する責任があるような気がする」

「真舟が責任を感じることないだろ」

「感じるか感じないかは、『べき』で論じることじゃないよ。ぼくはただ感じてしまっている。正しいとか間違っているとかじゃなくて、この気持ちから逃れられないんだよ」

僕は黙っていた。真舟の感じている責任の念が妥当だとは、まったく思えない。要するに、人を殺せる凶器を持った人間が、相手を殺すという明確な意思を持って、丹羽星明に突進していったのだ。僕たちが仮にその場にいたとして、止められただろうか。暴力は世界に遍在している。たまたま身近に感じられるそれだけを僕たちの意識は拾い上げ、悲しんだり憤ったり、後悔したりするのだ。

丹羽さんが殺されたことは悲しい、憤ろしい。そしてこの村に犯人が潜んでいるという事実が恐ろしい。それでも、責任という念は僕には乏しかった。

園出さんに話を聞きにいく直前に感じたことを、ふたたび感じる。——もしも名探偵がこの世界に存在するとしたら、それは真舟のようなやつだと。なにもかも背負いこんでしまうような厄介な性格をしていないと務まらないのだ、名探偵というのは。

しかし考えてみれば、僕も真舟も自分を名探偵に重ねて考えるのは馬鹿げているのだ。だって、過去に殺人事件を解決した実績などないのだから。それでも、事件について考えていたのに第二の犯罪に間に合わなかった、という事実は否定できない。もしかしたら、秀島や、初乃さんや、中河原さんも同じように感じているのだろうか。

「……おまえが必死に推理してる横で、僕は必死に眠ろうとしていたよ」

少しでも彼の気持ちが和めば、と思って言ってみた。真舟は「寝なよ」と短く答えた。

「寝られたら、苦労しないんだけどな」

「……昔、お互いの家に泊まり合っていたときは、眠るのが惜しかったのにね」

「そんなこともあったたな」

久しぶりに会った従弟とは、話したいことがたくさんあったのだ。駅で会ってすぐにミステリの話をして、食事の時間もミステリの話をして、お風呂に一緒に入りながらミステリの話をして、それでも足りない。夜、どちらかが眠りに落ちるまで、僕たちはミステリについて語り合った。読んだ本の感想交換もしたが、ほとんどの時間、僕たちはオリジナルのミステリについて語っていた気がする。まだこの世に存在しないトリックを編み出そうと、必死になっていた。どうしてあの頃は、あんなに機械的トリック、というものが好きだったのだろう。

「あの頃に話し合ったトリック、使えるネタがあればいいんだけどな」

僕が戯れに言ってみると、真舟はくすくす笑った。

「どうだろうね。でも、あの頃のぼくたちはすごく画期的なネタを編み出したつもりでいて、じつは既存のパターンのバリエーションをぐるぐる回っていただけという気がするよ」

たしかにそうだ。氷と鏡とワイヤーに、僕たちはどれだけお世話になっただろう。

「でも、あの頃の発想自体は悪くなかったと思うんだよね」

真舟がこちらを向いたのを感じて、僕も真舟のほうを向いた。薄闇の中で、彼の瞳はきらきらと光って見えた。まるで、十年前に戻ったみたいだ。

「とにかくなんでも逆にしてみたよね」

「ああ、そうだな。あれ思いついたの、真舟だっけ？　風船のやつ」

紐で錘《おもり》と繋がれた凶器が川に消える、という有名な古典的トリックがあるが、その逆で風船にくっついた凶器が天高く運ばれてゆくというトリックを思いついて、かつて多いに盛り上がった。それから読書体験を重ねるうちに斬新とは思えなくなってきたが、たしかに真舟の言うとおり、発想としては正しい気がする。まず、逆にしてみるということ。

「今風に置き換えれば、ドローンとか使うのが現実的なのかなあ」

真舟が畳を指先でなぞりながら言う。口調はどこか子供っぽくて、あの頃のままだ。

それからしばらく、他愛ないトリック談義をした。どれくらい時間が経ったのかわからない。僕たちがミステリの話を始めると、もう、必然的にこうなってしまうのだ。

話が途切れたとき、時計をぽんと叩いてみたら、午前三時四十四分となっていた。条件反射みたいに欠伸が出てくる。

「ちょっと寝よう」

僕が提案すると、真舟が頷いた。もう暗闇に目が慣れていて、その様子は鮮明に見えた。

「おやすみ、理久」

「おやすみ真舟」

眠りの壁の彼方に行くのは、今度は容易だった。

壁が破られたのは突然だった。

真舟が勢いよく布団を払いのける気配がした。僕は目を開く。自分がどれくらい眠っていたのかがまったくわからなかった。五分なのか、五時間なのか。たしかなのは、まだ部屋が薄暗く、襖の間から日光は入ってきていないということだった。

枕元の時計を見ると、五時五分。

真舟は上半身だけ起こしたまま、なにかを見つめるように固まっていた。僕に見えていないだけで、本当に座敷童《ざしきわらし》でも見ているように思える。

「……そうか」彼が呟いた。「呆れるほど簡単なことだったんだ」

僕も身を起こした。真舟がこちらを向く。

「理久、わかったよ。『足跡なき殺人』のトリックが。たぶん、今度こそ間違っていない」

寝ぼけているのは僕か、真舟か、どちらだろうか。

「えーと？　それ、もう解けたんじゃなかったか」

「いや、違う。ぼくは間違っていた。犯人は崖を上り下りなんてしていない。使われたのは違うトリックだ」

僕の口から、呻くような唸るような声が漏れた。

「とにかく確かめにいかなきゃ。今すぐにでも」

真舟は喋りながら、浴衣を脱いで服を着始めている。

「どこに？」

「宵待神社さ」


僕たちはすぐにコートを着込んで、宿を出た。歩いて宵待神社へと向かう。

真舟はなにも説明しなかった。僕もなにも訊かなかった。

思えば僕は彼に、正しいトリックの説明を求めるべきなのだろう。そうしなかったのは、僕の思考回路があくまでもミステリに囚われていたからだという気がする。そう、助手は「本命」の推理に辿り着いた名探偵に、野暮なことは訊かないものなのだ。

もちろん、真舟の推測が当たっている保証はない。それでも、なにかが僕の胸を高鳴らせていて、答えがすぐそばにあるという不思議な感覚が全身に漲《みなぎ》っていたのだ。

山の端《は》から日の光が差し始める。冬はつとめて、とはじつに卓見である。鋭い光線が凍った雪を射る。きっともう、今日にはほとんどの雪が力強い陽光によって掃討されることだろう。

一歩を踏みしめるごとに体温が上がっていく感じがした。あれほど睡眠時間が短かったのに、身体の疲れはどこかへ消し飛んでいた。アドレナリンが出ているせいだろうか。

森の入り口を通り過ぎるとき、真舟の歩調は少し緩んだ。だが、すぐに力強く足を踏み出して、宵待神社を目指した。

階段を上る。解けた雪が夜の間に凍っていて、手すりに摑まらないと怖くて歩けないほどだ。ここを上るのは五回目だったか、六回目だったか、すでに記憶が怪しい。ただ、これが最後になるという気がしていた。

境内に入ると、初乃さんが社務所から出てくるところだった。手に箒を持っている。彼女は僕たちに気づいて短く叫んだ。

「わっ、びっくりしたあ。どうしたんですか、ふたりとも」

「初乃さん！」真舟は急き込んで言う。「あの、蔵を見せてください。昨日、鍵をかけていましたよね」

「く、蔵ですか？　構いませんけど……。鍵持ってきますね」

真舟の剣幕に押されたらしく、彼女は理由を訊こうともしなかった。しかし、旅行者の男ふたりが早朝に現れたのがさすがに怖かったのか、社務所から出てきたときには祖父を伴っていた。

「いったいどうされたんですかな」

丈吉さんは厳《おごそ》かな面持ちで、僕と真舟の顔を見比べる。

「参拝はまことに結構、ことに早朝の参拝はとてもよい心掛けです。しかし、蔵に神様はおりませんぞ」

「神様なら、きっと」真舟は真顔で言った。「蔵を調べなさい、と啓示をくださることでしょう。もしかしたら、参拝していたからぼくは答えに辿り着けたのかもしれません」

どこまで真剣に言っているのだろう、こいつ。目が本気だけれど。

「……神の御心をはかることは、感心しませんが。まあ、それが正しい道であると信じるのならば、拒む理由は儂にはない。初乃、開けてやりなさい」

丈吉さんは社務所に引っ込んだ。僕たちは初乃さんについて、蔵のほうへと向かった。道中、初乃さんがまくし立てる。

「昨日の夜、警察の人が来て、丹羽さんが殺されたって聞いて……いろいろ事情聴取もされました。本当につらくて、信じられない。許せない。犯人を絶対に捕まえてほしいですし、そのために役立つことなら、あたし、なんでもします。本当になんでも。ねえ、篠倉さん。これも役に立ちますよね？」

真舟は「もちろんです」と請け合った。話すうちに辿り着いた蔵の扉は、昨日見たまま、チェーンと南京錠で施錠されている。初乃さんが鍵を開けると、真舟は散歩を焦《じ》らされていた犬みたいな勢いで中に飛びこんでいった。僕が電気をつけてやる。

真舟が飛びついたのは、祠によく似た赤い木製の箱だった。子供会で使うお神輿らしい、と初乃さんは言っていたが。

「初乃さん。これ、見覚えがあるわけではないんですよね？」

「ええ、あたしは知りません。でも昨日言ったように、みんな好き勝手に置いていくから」

　真舟はしばらくその物体を睨んでいた。初乃さんは困惑顔で一歩下がり、

「あの……あたし、掃除の途中でしたので、時間がかかるようでしたらちょっと向こうに行っていますね。終わったら声かけてください」

　真舟が微動だにせず声も発さなかったので、僕が彼女に「はい」と返事をした。初乃さんが去ると、真舟は赤い箱の扉を開けた。手袋をした手で、内側に触れる。そして、うんと頷いた。

「これだよ、理久。間違いない」

「なにが」

「触ってみて、手袋を忘れずに。はい」

　真舟から渡された彼の手袋を装着して、その赤い箱の内部に触れた。下のほうと壁面が、ちょっとねばついている気がした。

「きっと、ガムテープを貼っていたんだと思う。ボウガンを固定するためにね」

「え……え？」

　混乱する僕に向かって、真舟は力強く言い放った。

「これこそ、純平さんの命を奪った殺人装置だったんだよ」

「どういうことだ」

「言葉そのままの意味だよ。ねえ理久、これ、なにかに似ていると思わない」

「……森の中にある、あの祠？」

「そう。で、この底を見てみなよ」

　真舟は手袋を着け直すと、その「祠」を持ち上げて、底を見せてきた。そこには粘着テープの痕があって、段ボールを無理やり引っぺがしたような痕跡もあった。

「なにかが貼られていたんだ。それはたぶん、段ボールとかで作った、台座」

「偽物の祠ってことか」

「うん。そして、おそらくこの扉を開けると、ボウガンの矢が発射されるようになっていた。引き金に木の棒をひっかけておいて、その棒の両端に結んだ糸の先を、扉に貼りつけておくとかしたんだろうね」

真舟は蝶番のついた扉をぱたぱたと動かしてみせた。

「もちろん、ボウガンは引き金が引かれる方向と矢が飛び出す方向が逆だから、中で糸をループさせなきゃいけない。そのために、フックがふたつ取り付けられているんだよ」

棒の両端に結ばれた糸が、奥のフックでループし、扉の側に引っ張られる。扉の側を向いたボウガンは、一定以上扉が開くと、引き金が絞られて矢を放つ……。

犯人が扉を閉めるときに糸がそれなりに張っていないといけないから、『祠』の側面を開けた状態で横から作業して、最後に板を打ち込んだのかもしれない。

「仕掛けはわかったけど、上手く作動するかな？　矢を矯めたボウガンってのは、成人男性でもだいぶ力を込めないと発射できないものなんだろ」

「たしかにね。でも、発見されたボウガンは小型ピストルクロスボウだった。しかも引き金を引く力はふたつの扉に等分されている。ちょっと重いな、と感じても純平さんの膂力《りょりょく》なら苦労せず開いたはずだよ」

起きたことを想像してみよう。

一昨日の夜、堂山純平は誰かに呼び出されて、あの空き地へと向かった。とにかく彼は、そこにあるはずのない「幻の祠」を発見する。石の台座――と見せかけた段ボール――の上に載った木製の祠。彼はどうしただろう？　こんなものがあったぞ、と人を呼びにいくほどではなかっただろう。明らかな不審物ではあるが、大の大人が騒ぎ立てるほど恐ろしいものではない。

次に彼が取った行動は、容易に想像できる。とにかく、開けてみる。僕もそうしただろう。だが、それが彼の生涯で最後の行動となったのだ。

「……矢が発射されて、その場には純平さんの遺体と、この祠だけが残った」真舟が語る。「それから、どれくらいの時間が経ったかはわからないけれど——犯人は見晴らし台の上から、この祠を回収した」

「どうやって」

「テグスのようなものを取り付けて、崖沿いに這わせておいたんじゃない？　その先端はもちろん、見晴らし台の柵に結びつけられていた」

「夜目には気づけないな」

「うん。……犯人は崖の上から、祠を手繰りよせた。上が木で、下が段ボールなら、総重量はせいぜい五キロくらいだ。もっと軽かったかも。犯人はそれを回収すると、段ボールの部分は取り去って、祠はこの蔵にしまった」

頭の中で検証してみると、たしかに仕掛け自体には現実味がある。高校時代に演劇部で段ボールの大道具を作ったことがあるが、手間さえかければそれなりに本物らしいものができると学んだ。テグスは業務用で五十メートル巻きのものも売っているから、十五メートルの長さを用意することもできるし、先に見晴らし台に結わえて垂らしておけば、祠と接続するのも簡単だろう。引き上げるときも、多少風に煽られたかもしれないが、崖に這わせればいいわけで、用済みの偽祠が多少岩肌で傷ついたとしても問題ない。ボウガンがガムテープで固定されていたのなら、仕掛けが作動して扉が開きっぱなしになっていても、途中で落ちたりはしない。

「よし、そこまではオーケーだ。でも、どうしてこの偽祠をここに置いてったんだ？」

「もちろん、自分の身辺を調べられたときに見つからないようにするためだよ。こんなものが個人の生活空間にあったら、明らかに怪しいし、これ何ですかと訊かれて説明することもできない」

「まあ、たしかに」

「ボウガンをすぐ見つかる場所に捨てたのは、ボウガン捜索が始まって、万一にもこの祠が注目されることがないようにするため、ってところかな」

「ボウガンが森で発射されたと見せかける意図もあったかもしれない」

「そうだね、さすが理久。ちなみに、ボウガンの持ち手がガムテープでぐるぐる巻きにされていたのは……」

「ボウガンをこの箱に固定したときについた粘着物をごまかすため――だろ？」

真舟は僕の言葉に頷くと、お祈りをするように両手の指同士を組み合わせて、目を閉じた。

「……これでやっと、いろいろなことに説明がつくよ」

「たとえば」

「なぜアコニチンを使ったのか、ということ」

そういえば真舟は、事件発生前から毒のことを気にしていた。

「犯人は事件前から、入念に布石を打っていた。なぜ、鳥を射殺したときだけでなく、案山子や看板を射たときにもわざわざ毒を塗ったのか？　それは、犯行のときに毒を使うことが決定的に重要だったからだ」

それは既知のことではないか、と思ったが、真舟の話には続きがあった。

「そもそも、犯人はなぜアコニチンを使わなければならなかったのか？　至近距離から急所に矢を撃って殺すならば、毒なんて使わなくても確実に死ぬのに」

「……矢に毒が塗られていたのは、どこに命中するかわからなかったから？」

祠を開けた瞬間に矢が発射されるなら、顔付近に当たる可能性が高い。覗き込んだのならば、今回のように額に当たる可能性がいちばん高いし、鼻や口、喉、もっと下がって胸に当たったとしても致命傷を与えるには十分だっただろう。

しかし、少しでも横にずれたら命を奪うには至らない。この仕掛けでは放てる矢は一本きりなのだ。つまり確実に純平さんを殺害するには、掠っただけでも死に至る毒を塗っておくことが、成功率を上げるもっともシンプルなやりかただったのだ。

「なるほど、やりかたはわかったよ。でも、まだ疑問はある。たしかに、遺体を下ろしたとか犯人自身がロッククライミングをしたという推理と比べれば、お手軽だし僕でもできそうだ。でも、このトリックを実行することで犯人にどんなメリットが？」

「その部分だけは、ぼくがこれまでに話した推理と変わらない」

顔を上げた真舟は、痛ましそうな表情をしていた。

「これは『足跡なき殺人』トリックじゃなかったんだ。アリバイトリックだったんだよ」

ああ――やはりそこに行きついてしまうのか。

「犯人は、仕掛けが作動するであろう時間にアリバイを確保しておいた。その間に殺人が遂行され、自分は嫌疑を免れる」

「だけど、現場が『足跡なき殺人』の様相を呈してしまうことは確実だろ。そうしたら、アリバイトリックどころじゃない。ダミーの足跡とかを用意しておくのが筋なんじゃないか？」

「ううん。現場の足跡が問題視されたのは、やっぱり偶然だよ。犯人はこのトリックを仕掛けた時点では、そんな小細工はできなかったし……する必要がないと思っていたのかもしれない。だって、雪が止む時間は予測できなかったんだから」

そう言われればそうか。あの日、死亡推定時刻を超えて雪が降っていたら——そして遺体にも雪が降り積もっていたら——足跡はどこかに紛れてしまったのだろう、と警察は思う。

「そして理久、アコニチンだけじゃないんだ。このトリックが使われたとすれば、もうひとつの疑問点も解消される。わかるでしょ、ぼくたちの頭を悩ませていた最大の謎だ」

僕は正直「足跡なき殺人」に囚われていて、あまりそちらを問題とは思っていなかった。だが、真舟が重視していたことは知っている。

「案山子、だな」

「そう。なぜ犯人は案山子を持ち去って、戻したのか？　それは簡単なことなんだ。案山子が邪魔だからいったん片付けた——それだけだったんだ」

犯人は、ちょうどこの見晴らし台の真下にあたる場所に祠を置きたかったのだ。そのためには、案山子にどいてもらう必要があった。

わざわざ空き地を訪れるか、この見晴らし台から身を乗り出して覗き込まないと、案山子の不在には気づかない。犯人にとって、僕たちが案山子失踪に気づいたことは想定外の事態だったのだ。犯人は案山子の失踪を謎として提示したわけではない。そんな事態が発覚さえしなければ、案山子は事件前からそこにあり、雪で頽れただけだと思われたのだ——この村の道に並んでいる、他の多くの案山子たちと同じように。

「ちなみに、その案山子を隠していた場所の見当はついてるのか、真舟？」

「そりゃあ、最適なのはここだよ」彼の口調に迷いはなかった。「この蔵の中に隠しておけば、祠を回収した後、すぐ崖下に捨てられる。糸を使って降ろしてやれば、落下時の痕跡も残らない」

「なるほど。たとえば、この中なんか恰好の隠し場所だな」

僕が青いビニールシートに顎をしゃくると、真舟は「さすが」と言って頷いた。

祭りに使われるという、巨大な神輿を収めたビニールシート。次の祭りが来るまで出番のない神輿の中なら、矢守家のふたりや他の村人がここに立ち入っても、見つからない。

「とにかくこれで筋道がついた。ぜんぶわかったよ」

「……全部？」

殺人トリックが解明されても、僕にはまだ解せないことがいくつかある。なにより、最大の謎がふたつある。

「真舟、全部って言ったな」

「言ったよ」

「犯人の名前もわかった――そういうことか？」

「そういうことになるね」

僕はほんの少し躊躇したが、確認せずにはいられなかった。

「つまり、僕たちが知っている人物ということだよな？」

「うん」

「……動機も、わかってるのか？」

真舟は一瞬、言葉に詰まった。

「それは、どうだろうね。わかったと言える人はこの世にひとりもいないんじゃないかな――犯人自身でさえも。人の心って、そういうものでしょう」

逃げ口上めいた言葉の後に、彼は「ただ」と付け加える。

「推測はしている。それらしい『物語』を思いつくことはできるよ。その人の人生に照らせば、この罪を犯さずにはいられなかった衝動が理解できる気はする」

あともうひとつ、尋ねたかったけれど、どうしても訊けないことがあった。

真舟。

真相がわかったっていうのに、おまえはどうしてそんなに悲しそうな顔をしているんだ？

ふたたび読者への挑戦状

「足跡なき殺人」が成立した理由は解明され、読者が真相に辿り着くことは、さらに容易になりました。最初の挑戦の時点で解答を完成させていたかたは、ご自身の推理が当たっているという確信を深められたことでしょう。

いま一度、挑戦します。

堂山純平、丹羽星明両名を殺害した犯人は誰なのか？

結論に辿り着くための手がかりは、すべて読者の前に提示されています。

ご健闘をお祈りします。

楠谷佑

23 結論

真舟はそれから何も語らず、蔵の扉に鍵をかけた。

手水舎を拭いていた初乃さんに「鍵をお預かりしたいです」と声をかけた。蔵の中には大事な証拠物件がある、警察に渡さなければならない、と真舟は説明した。初乃さんが要求を呑んだのは、真舟が「警察にこの鍵をすぐ渡す」と思わせることに成功したからだ。

だが、彼にそうする気がないことはわかっていた。

「真舟。どうするんだ」

石段を下りながら尋ねた。前を歩く真舟は、簡潔に答えた。

「まだ、どうもしない」

「犯人がわかってるのに、見逃すのか」

「……わかった、と思うだけで、この推理が当たっている保証はないんだ。だから、まずは理久に推理をすべて聞いてもらって、合っているかを確かめたい。合っていたとしたら、そうだね、犯人に自首を勧めてみる」

面食らった。「自首？　警察に推理を話せばいいだろ」

「理屈だけ持っていっても相手にされないよ。警察は物証しか求めていない」

「つまり、物証はないってことか」

「うん。まあ、あの偽物の祠を見せれば、トリックは認めてくれるかもしれないけど。でも犯人に辿り着きました、というぼくの言葉は世迷言だと思われかねない」

「わかった。真舟が辿り着いた結論が世迷言かどうかは、まず僕が聞いて検証する」

「うん、お願い。でも今じゃない」

「いつだよ」

「食事の後。とにかく宵待荘に戻ろう」

真舟は有無を言わせぬ調子で言って、それきり黙った。宵待荘まで戻る途中、彼は本当に一切口を利かなかった。

尋ねたかったけれど、やはり尋ねられない。真舟の性格を思えば、犯人が誰であっても情けをかけることは十分に考えられる。しかし、彼の態度から推すと——。

それは真舟や僕にとって、とてもショッキングな人物なのではないか？

宿に戻ると朝餉が用意されていた。園出さんと中河原さんも座敷にいたが、僕たちは挨拶を交わした以外は無言のうちに食事をした。真舟の旺盛な食欲は衰えていないようだったが、僕は真舟の推理が気にかかるあまり、気もそぞろなまま食事を終えた。

「あなたたち、いつ帰るの？」

食後のコーヒーを飲んでいるとき、中河原さんが尋ねてきた。

「当初の予定どおり、もう一泊します」真舟が答えた。「急いでも仕方ないですし」

「そう。……園出さんは」

「私は、今日帰ります」

「なら、私と同じね。昼前には発つつもり」中河原さんはそろりと僕たちに目をやる。「残るあなたたちにお願いしてもいいかしら。この事件……なにか動きがあったら、伝えてくれるって」

「ええ。もちろんです」

涉外担当の真舟が、女性ふたりとLINEの連絡先を交換していた。中河原さんだけでなく、園出さんも事件の先行きは気になっている様子で、自分からスマホを取り出していた。

部屋に戻ると、真舟はドアを閉めて鍵までかけてから、僕を洋間に導いた。ここは廊下から一番離れている。どうやら、よっぽど聞かれることを警戒しているらしい。

洋間の窓際に差し向かいで座った。今日の日差しは眩しく、完全に雪解けしそうな気配だ。

「『皆を集めてさてと言い』じゃなくていいのか」

なるべく雰囲気を軽くしようと言ってみたが、真舟はきわめて真面目な表情で首を横に振った。

「人を集めるのは嫌だ」

素直に従おう。とにかく、彼の推理が合っているかどうかわからないのだから。

「どこから話せばいいんだろうね、理久。ぼくも探偵役のロジックを組み立てることには慣れているつもりだけれど、どうやって語るか、という演出面のことはすべて理久に丸投げだったから」

「こっちとしては、最初に犯人の名前を教えてもらいたいな」

真舟は再び首を横に振った。

「それは駄目。最初に結論を言ってしまうと、過程を聞いても『その結論に沿うかどうか』で論証を評価してしまうからね。辻褄が合えばそれが唯一の答え、というわけじゃないでしょ。ぼくは、論証の穴を理久に見つけてほしいんだ」

まるで願うような言葉に胸を衝かれた。

真舟は、僕らも知っている人が犯人だと考えているらしい。となると、その人物を告発することは彼にとっても相当勇気が要るのだろう。僕は「わかった」と言って頷いた。

「うん、そうだなぁ。まず、犯行手順について確認しよう」

真舟はゆっくりと話し出した。

「昨日の午後、ぼくたちが空き地を見にいった後で、犯人は偽の祠を空き地に設置した。それはボウガンが中に仕掛けられていて、扉を開くと矢が飛び出す祠だ」

「うん」

「偽祠にはテグスか、なんでもいいけれど、雪に紛れて視認しにくい紐状のものが取り付けられていた。テグスそれ自体はあの日よりも前に崖下にぶら下げられていた可能性が高いね。昼日中にやるにはリスキーだもの」

「そうだな。崖に這わされてたら、気づかなかっただろうな。昨日の昼、僕たちは空き地の真ん中あたりまでは行ったけど、崖の際までは近づかなかったし——なにより、そのときには雪が積もってテグスは埋もれていただろう」

もちろん、犯人はそれを掘り出して使えばよかったのだ。

「とにかく、犯人は偽祠をすぐ回収できるように糸を結わえ付けた。空き地は普段誰も行かない場所だから、偽祠の存在には気づかれない。よほど身を乗り出して覗き込まないと、見晴らし台からも見えない」

真舟は、少し迷うような間を置いた。

「ここで時間を飛ばそう。夜、堂山純平さんはこの扉を開けて、眉間に矢が刺さり、息絶えた。——純平さんの死亡後、どれくらい時間が経ってからかはわからないけれど、犯人はぼくたちが見晴らし台に行く前に、偽祠を回収した。段ボール部分だけ剝ぎ取り、木製の祠本体は蔵に隠したんだ。段ボールは、どこかで燃やしてしまったのか、細かくちぎって隠しているかだね」

「木製の祠よりは遙かに処分や所持が容易だからな。で、それをやった犯人は誰だ?」

「もう少し待って。……ねえ、理久、お茶を淹れようか」

僕はため息をついて、冷蔵庫に向かう。二リットルのミネラルウォーターが、ちょうどお茶二杯分残っていた。僕が電気ケトルを作動させたところで、真舟が話を再開する。

「ここまでは、すでにわかっていたことの確認だね。で、第一の事件について確認したところで……、丹羽さんの事件に飛んでいい? というのも、ぼくはそっちに糸口を見出して推理を始めたんだ」

「わかったよ、好きなように話してくれ」

「丹羽さんは、村在住の女子高生を名乗る何者かから手紙で呼び出された。それに応じて、彼は昨日の夕方あの森へ行き、祠へと続く道で何者かに背後から刺された。その手紙は、丹羽さんに渡された紙袋の中に入っていた――というのが、警察の見立てだね」

「その言いかただと、真舟の見立ては違うのか」

「うん。手紙が紙袋の中に入っていたというのは、大いに疑問だ」

「どうして」

「呼び出しの時間が、五時だったから」

真舟はマグカップをふたつ並べて、緑茶のティーバッグをそれぞれのカップに入れた。インスタントコーヒーは使い切っていたので、それしか選択肢がなかったのだ。僕はその動作を見ながら、真舟の言葉の意味を考えてみる。

「呼び出しが五時じゃいけないのか」

「『今日の夕方、五時』っていう部分が、おかしい」

「そうかな。午後五時を過ぎてから渡された手紙にそう書いてあったらおかしいけど。寿美代さんの証言を信じれば、手紙はその日の朝から募集していたそうじゃないか」

「朝から募集していたとしても、宵待荘の玄関に手紙が届けられたのは午後四時だよ。寿美代さんと秀島の証言は一致している。それも、丹羽さんに直接渡されたわけではない。彼は不在で、秀島が預かる恰好になった」

「それはたまたま……」

「そう、たまたまだ。午後四時より早く手紙が到着する可能性もあった。でも、午後四時よりも遅くなる可能性だって、十分にあったんだ。もっと言えば、午後五時より遅れる可能性も」

　真舟の言わんとするところがわかってきた。

「たしかにおかしいな。犯人は、丹羽さんが手紙を五時より前に受け取ることを確信していた人物……」ひとりしかいない、と気づいた。「寿美代さんが犯人だってことか?」

「ちょっと待って、理久。どうしてそっちに行っちゃうの。彼女が宵待荘を訪れたとき丹羽さんはぼくらと一緒に出掛けてたじゃない。彼女もタイミングは調整できなかった」

「たしかにな」

「それに、午後四時に手紙を渡したからって、午後四時に丹羽さんが手紙を読むとは限らないよね。さらに、待ち合わせに指定した時間のあとで丹羽さんに手紙が渡った場合を考えると、どうなるだろう?　あの文面は、来ないなら来ないで諦める、という雰囲気だ。丹羽さんが駆けつけてくれる保証はない」

「つまり、犯人は丹羽さんが待ち合わせに間に合う時間に手紙を受け取り、かつ、すぐに手紙を読むことを確信していた……」

「そのとおり。犯人の気持ちになってみよう。寿美代さんが玄関先にぶら下げていたビニール袋に入れるにしろ、宵待荘の玄関先に置き去りにされた紙袋に紛れ込ませるにしろ、それを当日の五時——いや、待ち合わせに間に合うとしたら、四時半くらいかな。そのころまでに丹羽さんが手紙を読むとは確信できなかったはずだ」

「手紙は別の手段で渡された……。丹羽さんが午後四時半までに読み終えると確信できるやりかたで」僕は少し考えてから、「ドアの下から手紙を差し入れる、とか」

「それじゃあ文面の『託す』と合わない。……あの一文のせいで、ぼくたちは手紙が寿美代さんに『託された』ものだと勘違いしてしまったんだけど」

カチッと音を立てて、電気ケトルが活動を停止した。僕は考えながら、それぞれのカップに湯を注ぐ。

「丹羽さんに、直接渡す」僕は答えた。「それしかない。それをくれた子はすぐ読んでほしいと言っていました、みたいな『伝言』も付け加えるとなおいいな」

「いつ渡せたかな」

「可能性は朝から晩まで、いつでもありえた。丹羽さんが昼食のときに話したなにかが口封じの動機になったんじゃないか、と剣刑事は推理していたけど、それは仮説にすぎない。もっと早く丹羽さん殺害が計画されていたなら、手紙も朝のうちに——」

「ううん。手紙を渡せた時間はもっと絞れる。午後四時半以降だ」

「謎かけか？　真舟、さっきは四時半より前に渡さなきゃ意味ないって言ってただろ」

「ところが、四時半以降でしかありえないんだ。ぼくたちが祠から宵待荘へ帰ってきたのが四時半だからね」

「〈名探偵話法〉が板についてきたな」僕はティーバッグを空の湯呑みに捨てながら皮肉る。「どうして僕たちが帰ってきた後に丹羽さんが手紙を受け取った、と断言できるんだ？……って訊けばいいのか、僕は」

「拗ねないでよ。難しいんだってば、順を追って説明するのは。でもそれくらいは察してほしかった。あのときの丹羽さんの台詞を思い出してみて。彼は『夕食まで部屋でひと眠りする』って言ってたでしょ。待ち合わせが五時だと認識していたなら、ぼくたちを宵待荘の駐車場に置いてそのまま車で出かけたよ。なのにどうして、一度宿に戻ったの？」

「……考えたくないけれど、丹羽さんには少し後ろめたい気持ちがあったのかもしれない。手紙につられて女子高生にほいほい会いにいった、なんて僕たちに知られたくなかったんじゃないかな。だから嘘をついた」

「でも、出かけていく音は聞かれてしまうし、嘘をついたらかえって後で詮索を招くよ。ちょっとこのまま郵便局へ、とでも嘘をついて出かけるのが、やっぱり無難だったと思う」

「うん、嘘はデメリットが大きいな。でも、そうだとしても見落としている可能性がある。丹羽さんが自室に戻った後で待ち合わせのことを思い出したというケース」

真舟は「おっと」と呟いて眉間を掻いた。

「いろんなこと思いつくね、理久は」

「論証に欠陥がないかチェックしてほしい、って頼んだのはおまえだろ。どう、これは覆《くつがえ》せる？」

「うん。簡単だよ。祠に行った人が、祠での約束を忘れるとは思えない」

――ああ、そうだ。あの人が温泉で、僕たちに今から祠に行こうと提案したのだ。そして実際、そうした。

「そもそも、後ろめたい思いがあったのならぼくたちを祠に連れてったりはしなかったはずだよ。連れてって、とぼくたちがせがんだわけでもないし」

「『夕方にこの小僧どもが祠に来ないよう、今のうちに見せて満足させておくか』という心理だったかもしれない」

真舟は苦笑した。

「理久の想像の中の丹羽さん、ものすごく悪い人みたいだね。でもその場合、丹羽さんは待ち合わせを忘れるどころか、強く意識していたことになる。やっぱり、玄関で『夕食まで寝ている』と嘘をついたはずがないよ。旅路に『起こして』とまで頼んでいるんだよ」

「……うん。僕もいろいろ屁理屈を考え出しているけれど、丹羽さんがあのとき『祠での待ち合わせ』なんて寸毫《すんごう》も考えてなかったとみるのが、いちばん妥当だと思う。つまり結論はこうだな。あの後——四時半よりも後に、誰かが丹羽さんの部屋まで行って手紙を渡した」

「いや、それはないよ。丹羽さんが上がっていったあと、二階にいたのは彼だけだった」

そうだ。亜佐子さんも見内さんも一階で姿を見かけた。竜門さんはといえば宵待村交番から帰還したところを見た。二階に上がるまで、僕と真舟と秀島は玄関ホールで話し込んでいたから、彼らのうち誰かが階段に近づいたらわかったはずだ。さらに、他の宿泊客でもない。中河原さんは〈宵待湯〉に出かけていて車がなかったし、園出さんは玄関に僕たちが留まっているとき風呂場のほうから現れて、丹羽さんが出かけるまでずっと一緒だった。

「ぼくたちが園出さんの部屋に入った後の、わずかな時間でもないはずだ。丹羽さんが部屋を出る音は聞いたけれど、それより前にノックされたり開けられたりする音を聞いていない。廊下で呼び止められる声も耳にしなかった」

　結論は一行で言える。昨日、僕たちが祠から戻ったあと丹羽さんに手紙を渡すチャンスは、誰にもなかった。

「じゃあ、手紙を渡しうるタイミングがなくなっちゃうぞ」

「簡単なことだよ。手紙が丹羽さんに渡されたのは、昨日じゃなかったんだ」

　マグカップを取り落とすかと思った。

「馬鹿な」

「そんなに馬鹿かなあ。あの手紙、日付はなかったよ。あれが丹羽さんに渡されたのは一昨日だったんじゃないかな」

　真舟が持っていこうとしている結論が見えた気がして、嫌な予感がした。まずはそれから目を逸らして、当然浮かぶ疑問を述べる。

「……丹羽さんが昨日呼び出し状を受け取らなかったとする。そしたら、なんであの人は午後五時に着くように祠に行ったんだ」

「五時に着くように行ったわけじゃないと思うよ。落としたスマホを拾いにいったんだ」

　また、結論が空中から取り出された。本当にロジックの橋が架かっているのか確かめなくては。

「どうしてそう言えるんだよ」

「丹羽さんはスマホを尻ポケットに入れていたよね。よく落としていた、と本人も語っている。ぼくたちと祠に行ったときにスマホを落として、部屋に戻ってからそのことに気づき、車で取りに戻った。宵待神社の駐車場を借りずに路肩に停めたのも自然だよね、スマホを回収して戻るだけなんだから」

そういえば丹羽さんは、祠を離れるときに靴紐を縛り直していた。あのときに尻ポケットからスマホが落ちたのか。ありえる可能性だ、ということはわかる。だが。

「丹羽さんがスマホを落として、それを拾いにいった。そこまでは理解できた。でも、それはただの推測で、絶対にそうだったとは……」

「別に根拠があるんだ。丹羽さんのスマホが祠の横に落ちていたことは話したよね？」

「ああ、刑事さんがそう言ってたって」

「さて、この落ちていたスマホについて、ぼくたちは、丹羽さんの手から滑り落ちたものだと考えた。でも、そうするとおかしなことがある。丹羽さんがつけていた手袋だ」

「手袋……、ファンからもらったっていう、あの？」

「そう。あの手袋は毛糸の手編み、すなわちスマホ対応ではない。でも、スマホの画面がいじれないなら、丹羽さんはなんのためにスマホを手に持ってたの？　午後五時はまだライトが必要な時間帯でもなかった。スマホを持っていたとしたら、スマホの画面を見る以外必要はなかったはず。要するに、丹羽さんがスマホを手に持っていたとしたら、手袋は少なくとも片方、外された状態だったはず」

　そういえば、彼はご神木を撮影しているとき、手袋を片方外していた。

「まさか刺された後、悠長に手袋をつけ直すはずないもんな。了解、手袋をつけていたってことは、スマホを手に持っていなかったということ、というのはわかった」

「そこまで呑みこめたならゴールは見えてる。手にしていなかったのなら、地面に倒れただけで十五メートルも離れたところに吹っ飛ばない。丹羽さんのスマホは、彼が死の直前、祠への道を歩き始めた時点では、すでに祠の真横に転がっていたんだ」

見落としている可能性があるのでは——と口を開きかけたが、真舟が機先を制した。

「コートのポケットには入っていなかったよ、ジッパーが上がっていたんだから。さらに、定位置——ジーンズの尻ポケットに入っていたとしても、十五メートル先まで吹っ飛ぶはずがない。タイトジーンズだから前ポケットは無理だね、屈んだだけでスマホが折れちゃう。そんなところには入れない」

退路はすでに断たれていたというわけか。そういえば真舟は、やたらと丹羽さんの服装を気にしていた。

「……丹羽さんのスマホは、ぼくたちと一緒に祠に行ったときにあそこに落ちたものだったんだ。つまり丹羽さんは、ぼくたちと別れた時点では部屋で休むつもりだったけれど、その後、スマホの紛失という理由ができて、祠まで引き返したということ。……ここまで、納得してもらえた？」

「……ああ」

「さて、それでは丹羽さんが祠に呼び出されていた本当の日はいつか？　これは決まってる。丹羽さんは一昨日、村に来たばかりだ。彼は一昨日呼び出されたんだ。

一昨日というのは、堂山純平さんがボウガンで殺された日だ。さて、ここで考えなくてはいけないのは、本当にボウガンは純平さんを狙っていたのかということだよ。そして、丹羽さんが同じ日に祠に呼び出されていたという事実がある。

ここまで言えばもうわかると思うけど、犯人は丹羽さんを殺すためにボウガンの仕掛けをセットしていたんだよ。純平さんはターゲットではなかったのに、間違って殺されてしまったんだ」

そうなのだろうか？　本当にそう断言できるのか？

たしかに真舟のここまでの論証を聞いていると、可能性は高いように思える。だが、彼の巧みな話術に誑《たら》し込まれてしまっているだけという気もしている。

「ええと……。いくつか疑問点がある」

「なあに」

じつはまだ思いついていなかった。お茶を飲んで時間稼ぎをしていると、ひとつ思いつけた。

「まず、丹羽さんのコートのポケットに手紙と封筒が入っていた理由がわからない。昨日が待ち合わせ当日じゃなかったなら、とっくに出してるはずだろ」

「出し忘れていたんだよ。よくあることだと思うけど」

ごもっとも。コートというのは洗濯機にかけないこともあり、ポケットに入れたものをつい出し忘れてしまう衣類なのだ。イヤホンをどこにやったっけと焦っていたらコートに入っていたことが何度あっただろう。いや、最近、もっとわかりやすい実例があったじゃないか。僕はいつも使っているダッフルコートのポケットにお気に入りの手袋——真舟がくれたスマホ対応のやつ——を置き去りにしてこの村に出かけてきてしまったのだ。

「あっ、そうだ……。もっと重要な疑問が。丹羽さんを殺すつもりだったなら、どうして純平さんが死んだんだ？」

「表現の仕方はいろいろ考えられるけど、まず丹羽さんが仕掛けにひっかからなかったせいだ。すり替えられていた天狗とひょっとこの面のこと、憶えている？」

「もちろん。あれは考えてみれば、空き地へ続く道と祠へ続く道を錯誤させるためにかけ替えられていたんだな」

「うん。でも、もっと考えてみれば、天狗の面をかけ替えても村人を祠へと誘導することはできないよね。この村に長いこと住んでいれば、祠がどこにあるかはだいたいわかっているはずだ」

　最初に森に入ったときの、秀島の言葉を思い出した。彼は、迷わず空き地へと進む道を選んで言った。「この右の道が、例の空き地なんだ」と。

「村人はひっかからない仕掛けかもしれない。けれど、村を初めて訪れた丹羽さんなら、お面のすり替えで簡単に偽の祠へ誘導されてしまっただろうね。なぜなら、林道の先になにがあるかを判断する手がかりは案山子しかないんだから」

「左とか右って言いかたもできるだろ」

「いや、あのご神木がある広場を思い出してみて。まず左には、お地蔵さんのところへと続く道があったでしょ。それで、木の裏側に回ると、初めて『天狗案山子』と『ひょっとこ案山子』がお目見えするんだ。これを口で説明するとしたら、誰もが『天狗の面のほう』って言うよ。位置情報をつけ加えたとしても、憶えるほうはインパクトの強い『天狗』を目印にする」

「なるほどな。そこで犯人は、丹羽さんを罠にかけるために、お面をすり替えた。それを、引間さんがなにも知らずかけ直してしまった……ってことか」

「ものすごい偶然だった。そもそも、あの森は祭事以外ではあまり人が立ち入らない。入る人も大抵は地蔵のところにお詣りにいくだけで、ご神木の裏手にまでは回り込まない。けれど、偶然ぼくたちが空き地に入り、偶然それを引間さんが見ていた。結果として、犯人が昼過ぎにお面のかけ替えを終えた後、引間さんがその仕掛けを台無しにしてしまった……」

　なんという運命の悪戯だろう。僕は目を閉じた。

「さて、呼び出し状につられてやってきた丹羽さんは、午後五時から、どれくらいかわからないけれど、ファンの女の子を待った。でも待ちぼうけを食らい、帰ることにした。その後で、純平さんがやってきて――たまたま、空き地であの祠を見つけた。本来そこにないはずの祠を訝しく思いつつも、扉を開けて――死んでしまった」

「ちょ、ちょっと待った。もしも純平さんが人と待ち合わせをしていたなら、その相手は誰で、なんで現れなかったんだ？」

「待ち合わせなんかしていなかったんだ。蔵子さんたちは、純平さんが『野暮用』のために『森のほう』に行くとしか聞いていなかった。彼の個人的な用事だったんだよ。純平さんがあそこに現れることは、犯人はおろか、他の誰にも予測できないことだったんだ」

「あんな時間に、なんの用があって森に……？　まあ、彼が亡くなった今では、たしかめることはできないか」

　ひとりで納得した僕に、真舟はなにも言わなかった。

「丹羽さんのことに話を進めよう。丹羽さんが昨日の昼、祠の話題になったときに待ち合わせのことについて言わなかったのは、やっぱり女の子の呼び出しにほいほい応じたことに後ろめたい気持ちがあったからか？」

「そうだろうね。あまり恰好のいいことでもないし。もっとも、昼食のあとに一度、口を滑らせてしまったみたいだけど」

　丹羽さんは、森でなにか見なかったかと僕に訊かれて、「あのこ」と口走った。

もはや確かめる手立てはないが、あれはきっと、自分を手紙で呼び出した少女のことを思い浮かべていたのだろう。――あの子はどうしたのだろう。あの子が森にいたのなら、なにか見ているのではないか、と。

　口の中がからからに乾いていた。僕はカップに口をつけて傾けてから、それが空であることを知った。見ると、真舟のカップにはまだティーバッグが入っていて、彼はひと口も飲んでいなかった。

「……丹羽さんがターゲットだったなら、祠の扉を開けさせる手口もなんとなく読めるな」

真舟が頷いた。

「渡したいものがあります、という手紙の文が布石だったんだろうね。『この中に入れておきます』というメモ書きを祠に貼っておけばよかった。紙の四隅をテープで留めておけば、心理的に『まずは贈り物を確認してから剝がそう』と思って、先に扉を開けるはず。そうすれば矢が放たれるときにはメッセージは偽祠に貼りついたままだ。現場に残さずに回収できる」

手法は、すべて明らかになった。しかし、もっと恐ろしい局面はこれからだ。

「ところで真舟は、犯人もわかってるって言ったな」

「うん。そう思う」

「それは誰で、どうしてわかった」

真舟はティーバッグを捨てると、ぬるくなった緑茶を一気に半分ほど飲んだ。

「ここから先は、ぼくが言わないほうがいいと思う。この推理を理久と検討しているのは、ぼくの推理の穴を見つけてほしいからだもの。もうゴールは目の前で、一本道だ。理久も同じ道を辿るのかどうかを見届けたい」

そこまで言われたら、いいとも。こちらで頭を絞ろう。

だが、絞るほどのことはなかった。

「……初日に丹羽さんに手紙を渡すことができたのは、ごく限られた時間だけだ」

ランチタイムの後、丹羽さんが宿に到着してから、夕方、彼が出かけるまでの間。チャンスはそこだけだ。

「呼び出し状に書いてあった『駐車場で見かけ』たっていうのは、丹羽さんが到着したときのことだったんだな。つまり……、丹羽さんが宿についてから出かけるまでの間に、すでに用意しておいた手紙を渡した」

　あまりにも自明な、犯人の条件が浮かび上がる。

「宵待荘の従業員でなければ不可能だ。丹羽さんが泊まるという事実を先に知っていなければ、あの手の込んだ偽装筆跡の手紙は書けない。それ以前に、祠の仕掛けを用意するのも無理だ。さらにあの午後——ランチタイムが終わった後は、従業員と宿泊客の他に、宿に人はいなかった。手紙を丹羽さんに渡す役目は、従業員でなければ不可能だ」

　真舟は黙って僕の目を見つめていた。

「従業員といっても、初乃さんはリストには入らないな。あの日は出勤していなかったうえ、昨日の境内での秀島とのやりとりを聞いた限り、丹羽さんの宿泊を知らされていなかった様子だし」

　つまり、秀島親子と常勤の従業員ふたりが容疑者となる。

「でも、丹羽さんの行動を振り返ると、もっと絞れるな。最初に亜佐子さんが部屋に荷物を上げたとき……には無理か。到着したばかりでは手紙の内容と齟齬が出る。いや、べつに彼女が犯人だなんて思えないけど」

　真舟はまだなにも言わない。

「そのあと、丹羽さんはほとんどずっと僕たちと一緒に食堂にいた」

「そう、一緒にテレビを観ていたね」

「つまり、手紙が渡されたのは、番組が終わって丹羽さんが二階に上がってから、『出かけます』

と言ってまた下りてくるまでの三十分ほどの間ということになる。時間的にもじゅうぶんだ。ただしそうなると、今度は秀島親子にはまったくチャンスはなかったってことになる。この三十分間、秀島はずっと僕たちと一緒だったし、亜佐子さんは厨房を出ていない。僕たちの目を盗んで、厨房の窓から出入りするような馬鹿げたリスクを冒す意味もないし」

「そうなるね」

秀島亜佐子、秀島旅路が容疑者リストから消えた。リストには男ふたりの名前が残った。

「まさか——」

丹羽星明を憎んでいた男が、そういえばいた。

彼と熟年離婚した妻は、丹羽さんを崇拝していたというが——。坊主憎けりゃ袈裟まで憎い、が殺人にまで発展したということか？

「見内さんが……」

手許から顔を上げて、真舟を見た。その目を見て、僕は自分が間違えたことを悟った。

違う。彼じゃない。

丹羽星明がやってきてしばらくしてから、見内さんは亜佐子さんにお使いを頼まれて、宵待荘を出ていった。もちろん、戻ってきて駐車場で丹羽さんと行き会った可能性は否定できないが、丹羽さんが予定より早めに出ていったことから考えると、彼が出かけようと思ったきっかけこそ、あの手紙だったはず。見内さんにそのきっかけを作ることはできなかったのだ。

「夜の丹羽さんの発言は憶えていない？」

真舟が初めて誘導した。僕はまんまと、思い出した。

「丹羽さんはあの夜、見内さんについてこう言っていた。『つっけんどんでびっくりした。ひと言も話さないうちからなにかしてしまっただろうか』と」

その時点で丹羽さんが見内さんから手紙を受け取っていたのなら、そんな嘘をつく理由はない。日中、あのふたりは接触していないと考えるべきだ。

「そうなると、ごく自然に架空の少女と丹羽さんの伝書鳩になれたのはただひとりだな。秀島のポカをフォローするために、丹羽さんの部屋にアメニティを置きにいった人物……」

真舟は頷いた。

「僕も、同じ結論に辿り着いた」

竜門太一。彼こそがゴールだったのだ。

「旅館のホームページに祠のことを載せたのも、竜門さんだと思うよ。彼はパソコンを使うのが得意だった、と津々良さんも言っていたでしょ。天狗の面が目印、ということも書いておいたんだ——丹羽さんを罠にかけるために」

「でも、絶対にそのページを見てくれる保証はないだろ」

「ないけど、必ずしも事前に見てもらう必要はない。手紙に書かれていた祠の場所を調べようとしたら、宵待荘のホームページを参照したはずでしょ。予約完了時に送られてくるメールで、そのホームページで名所が紹介されていたことはわかっていたはずだから。それに駄目押しで、手紙にも書いてあったじゃん。『道順は宵待荘HP参照です』って」

周到な計画だったのだ——と、ようやく納得できた。これは、宵待荘のホームページを任されている従業員だけがなし得た犯行で、その意味でも竜門さんしか犯人はありえない。

それにしても、なんという皮肉だろう。どんな動機だか知らないが、彼が丹羽星明を殺害しようとした結果、誤って殺してしまったのが殺したいほど憎んではいなかったが犬猿の仲だった堂山純平だったとは。

「そうそう、手紙の主が竜門さんだと考えれば、他にも説明がつくことがある。封筒に指紋がなかったこととかね」

「それは僕も気がついた。っていうか、ちょっと変だと思ったんだよな。あのとき」

竜門さんは一昨日の午後四時過ぎ、丹羽さんの部屋にアメニティを置きにいったとき、防寒着を着たまま向かって、そのまま降りてきた。客の部屋にものを置きにいくのにそれは変だろう、と少し思った気がするが、その後すぐに雪掻きにいったから、疑問は消えた。しかし、防寒着を脱がずに丹羽さんのところまで行ったのは、手袋をしたままであることが目立たないようにするためだったのだ。

「さらに、丹羽さんが昨日の日中、一度も『手紙を渡した謎の少女』の話題を出さなかったことにも説明がつくでしょ？　もしも秀島や亜佐子さん、見内さんから手紙を受け取ったとしたら、どこかの時点で『その少女はどんな子でしたか』とでも尋ねたはずだ。でも、それをしなかったのは――」

「その従業員と接触する機会がなかったから、か」

丹羽さんが待ちぼうけを食らった夜、宿に帰ってきたとき、そこには竜門さんがいた。しかしあのときは衆人環視の中だったから手紙の話はしづらく、すぐに竜門さんは帰ってしまった。翌朝、事件が発覚して、第一発見者を演じた竜門さんは出勤が遅れた。そして、昼に丹羽さんが下りてきたときには、彼はすでに重要参考人として連行されていた。見事にすれ違っていたのだ。

でも、待てよ。ひとつ矛盾していないか？

「竜門さんにはアリバイがないじゃないか。あの偽の祠はアリバイトリックのために設置されたんだろ？　竜門さんにとってどんなメリットが」

「理久、混乱しているね。問題は、あのトラップが別の人間に、しかも想定した時間よりも遅く発動してしまったことなんだ。丹羽さんは午後五時にあそこで死ぬはずだった。その時間、竜門さんは宵待荘で勤務しているところだった。それから夕食の片付けが終わるまで、彼は働きづめでしょう。アリバイ成立だ」

「でも、死亡推定時刻がどうやって弾き出されるか、竜門さんに読めたかな」

「そこまで厳密に読めなくてもいいんだ。要は、丹羽さんと入れ違うような形で竜門さんが宿に戻ってきた時点で、それ以降、宿で勤めを終えるまでのアリバイは保証される。たぶん竜門さんは、あの夜退勤してすぐに遺体を発見する予定だったんだ。とりあえず木佐貫巡査が死体を検分して、『亡くなってから一時間以上は経っている』程度のことを言ってくれれば、竜門さんは容疑の圏外に逃れられた」

　空振りに終わったアリバイ工作を、僕は頭の中で組み立ててみる。午後五時から九時までのアリバイを確保した竜門さんは、まず宵待神社に行って祠を回収する。それから、誰か人を引き連れて、空き地にある死体を一緒に発見する。その死体が死んでから一時間以上経っているとわかれば、竜門さんは容疑者リストから外れることができる……。

「納得できたことと、納得できないことがひとつずつある」

「おっと。じゃあ、まずは納得できたほうを聞かせて」

「言われてみれば、竜門さんはたしかに偽の祠トリックを使った犯人像に合致するな。彼にはあのとき矢守家に回覧板を持っていくという大義名分があったから、石段を上り下りするところを万一誰かに見られても、後で言い訳ができる」

「そう。竜門さんは事前に、それが回ってくることを読んでいたんだろうね。ひょっとしたら、一日くらい自分のところでストップさせていたのかも。それを神社に持っていって、境内まで辿り着いた時点で誰にも出会わなければ、すぐに祠を回収できた。夜間は見晴らし台に通じる道に通行止めのパネルが置かれているから、まともな人は近づいてこない。段ボールはその場で細かくちぎれば、バッグの中に入るしね」

「そして丈吉さんと初乃さんに回覧板を渡して、『見晴らし台の下になにか横たわっています』とか言う、みたいな計画だったわけか」

「いやいや、ぼくたちが見晴らし台の下に死体を見つけたのは偶然。竜門さんはもっと自然に、事件をシナリオ通りに演出できたはずだ。彼は、他の村人を捕まえてこう言えばよかったんだ——『森の中で怪しい光が動いているのを見た』ってね」

背中をぞくりと冷たいものが走り抜けた。真舟の才能は怖いほどだ。実際には顕現しなかったプロットが、まるで本当に起きたことのように理解できた。

「そうか。ひと言誰かに吹き込めば、ハンター捜しに血眼《ちまなこ》になっている村の警官や若い衆を集めて、森の捜索が始まる。人間関係が濃密で自治意識の強いこの村なら、絶対そうなる」

「うん。竜門さんが最初に相談を持ちかけようとしていたのは、津々良さんあたりが適当かな。彼女が寝てしまっているとかで捕まらない事情があったら、〈宵待湯〉にでも駆け込めばいい」

そうすれば、森の捜索が行われたことだろう。そして、死後数時間が経過した丹羽星明の死体が見つかるという算段だ。

これが、竜門太一が描いた犯罪計画。実際に立ち現れたものよりもずっとシンプルだが、そのぶん隙がない。

「それで、理久はなにに納得がいかなかったの？」

「この犯罪計画にはひとつ穴がある。すり替えたお面を戻すタイミングがないことだ。人を呼んでから森に駆け込むのでは、自分があの空き地まで行く前に、他の誰かがお面を発見する可能性だってあるだろ」

「ああ、お面？　最悪、先に発見されても大丈夫でしょ」

あまりにもあっけらかんとした真舟の言葉に、拍子抜けした。

「さっきも言ったとおり、村人は位置関係で祠の場所と空き地の場所は頭に入っているんだから。お面が入れ替わっていることを神経質に気にする人は少ないんじゃないの」

そうかもしれない。だとすると、村じゅうの案山子を気にかけている引間さんが現場に接近したのは、本当に不幸な偶然だったのだ。

「あ、あともうひとつ穴があるぞ。丹羽さんの遺体から手紙を回収できないと、丹羽さんがターゲットだったことがわかって、ハンターという偽犯人を用意した苦労が水の泡だ」

「まあ、ハンターは『毒矢』の刷り込みにも使われたわけだから、計画殺人だとバレたら完全に無意味ってわけじゃないけど……。森に駆けこんで第一発見者のひとりになれば、遺体から手紙を回収する機会はあると踏んだんじゃない。もっと言えば、竜門さんは一切のリスクなしに手紙を回収できた可能性も五分《ごぶ》であったんだ。もしも、丹羽さんが手紙を自室に置いていったとしたらね」

「ああ、そうか。竜門さんは布団を敷くという理由で丹羽さんの部屋に入っていた」

これ以上、現実化しなかった筋書きの細部に感心しても虚しい。僕は真舟を「納得したから、続けて」と促した。

「じゃあ、ここからは実際に起きたことを辿ってみようか。午後九時少し前、アリバイの確保を終えて、さあこれから祠を回収しにいくぞというとき、竜門さんは幽霊と出会った」

呻くような声が、僕の喉の奥から出た。

「あのとき……、玄関で竜門さんが見たのは、それじゃあ」

「うん。そりゃあ驚くよね、自分が仕掛けた罠にかかって死んでいるはずの男が、元気に玄関から入ってきたんだから」

戸の向こうではなく、戸から入ってきた相手そのものに驚いていたのだ。そう考えるとあの表情の意味がしっくりときた。

「さあ、ここから竜門さんはどうしたか。とにかく理由はわからないけれど、計画は不発。まさか丹羽さんに『なぜ祠を開けなかったんですか』とも訊けず、急いで帰った。他の人間がひっかかる前に、偽物の祠を回収しなければならないからね。竜門さんは回覧板を携えて石段を上り、まず見晴らし台に近づいた。軽くライトで下を見たとき、彼は仰天しただろうね。おそらくそのときはまだ崖の下で、つけっぱなしになっていた純平さんの懐中電灯が光っていただろうから」

「……そりゃあ、驚くな。さらに、祠を引き上げれば確信しただろう」

そのとき祠の扉は開いていて、ボウガンの矢はなかったはずだ。標的である丹羽さんの生存は確認したから、この事態は狙っていない他の誰かが自分の罠にかかって死んだということを意味する。

「竜門さんはどうにも身動きが取れなくなった。誰がどうして空き地に近づいたのかわからないけど、とにかく村人の誰かを死なせてしまった。その誰かは気の毒だけど、計画が成功していたときのように『森の中に誰かがいる！』と騒いで事件を発覚させることはためらわれたんじゃないかな。足跡が残るから、誰を殺してしまったのかちょっと確認に、ということもまたためらわれる」

「そうだな。本当のターゲットは生きているんだから。事件が発覚して警察が来る前にどうにかして丹羽さんを殺さなきゃ、と頭を捻ったかもしれない」

「ぼくが竜門さんなら、とにかく翌朝、宵待荘に出勤することに決めたと思う。ターゲットはそこにいるんだから。空き地はほとんど人が近寄らないから、事件発覚までの猶予は多少あった。……でも、朝になると彼からその選択肢は奪われてしまった」

「僕たちが死体を見つけてしまったから、か」

「うん。竜門さんはきっと、森の入り口にそれとなく神経を尖らせていたことだろうね。そうすると、なにやら騒がしくなってきて、ぼくたちが津々良さんに怒鳴っている。空き地に誰かが倒れている、ってところまで聞きつけた様子だったよね。こうなったら仕方ない。自分が誰を死なせてしまったのか確かめるためにも、ぼくたちについてきた。それから……」

真舟は「これは想像だけど」と前置きして、

「もしかしたら、ぼくたちが遺体を見つけた時点では、ボウガンはまだ捨てていなかったのかもしれない。事件の発覚が遅れれば、まだ使えるチャンスはある。だから、彼は第一発見者となった後で、こっそり森の茂みにそれを放り投げたのかも」

「えっ。でも、タイミングがないだろ？　純平さんを見つけるまでは僕たちと一緒で、宿に戻ったときは秀島と一緒……森に戻って来たときは木佐貫巡査を連れていた。森を出たときも――」

話していて気がついた。まさか……その後？

「うん。竜門さんは森を出た後、ぼくたちから離れて、自分の車を車庫入れしていたよね？　橋の足跡を確認するべくぼくたちが去った後、彼はボウガンを持って家から出て、人目がないことをたしかめてから捨てた……。その後で、木佐貫巡査たちが発見したんだ」

僕は、腹の底から息を吐き出した。

「純平さん殺しについては、わかった。でも、丹羽さんの殺害は……、あれも、竜門さんの仕業、なのか」

真舟の瞳が迷うように揺らいだが、彼は力強く頷いた。

「真のターゲットが丹羽さんだった、ということを踏まえれば、その可能性が極めて高い。しかもあの現場の状況は、竜門さんが犯人だと想定すれば、ぴったりくる。ほら、スマホを落としたことに気づいた丹羽さんは、午後四時四十五分に宿を出たよね？　その頃、竜門さんも自宅に帰るところだった。長時間にわたる拘束を労わる意味で、もう仕事はいい、と言われていたからね」

なるほど、その帰宅の途で、丹羽さんのＢＭＷが彼を追い抜いたのだろう。

「今を逃したらもう、あの憎い男を殺す機会はない――竜門さんはそう思ったはずだ。だから、まだ夕方で目撃されるリスクがあるにもかかわらず、適当な凶器を家から掴んできて、丹羽さんを追いかけたんだ。そして、祠に入っていく彼の背中を見つけて……」

僕は、真舟の「今を逃したら」という言葉で、この事件のある意味では最大の謎についての結論を得た。

「なるほどな。今しかない、か」

「そういうこと」真舟は、重々しく頷いた。「雪で足跡が残ってしまうこんなタイミングで、なぜ犯人は不可能犯罪にするつもりもないのに事件を起こしたのか……。今しかなかったからなんだ。今回を逃したら、人気絶頂のシンガーソングライターは、もう二度とこの宵待村を訪れないかもしれないんだからね」

僕は一拍置いてから、蛇足としか思えない言葉を言った。

「真舟の推理が、たぶん正しい」

「……そう。理久も、そう判断したんだ」

「だけど、あとひとつだけ謎がある。それは、竜門さんが丹羽さんを殺そうと思った動機だ。犬猿の仲だった純平さん以上に丹羽さんを憎む理由って、いったいなんだろう」

「それは……、神社でも言ったように、仮説なら思いつくよ。でも、それはぼくの勝手な推論だから、本人に訊くしかない」

僕は意を決して、立ち上がった。

「じゃあ、訊いてみよう。本人に」

24 告白

食堂に入ると、見内さんが紫煙をくゆらせながらテレビを観ていた。彼に尋ねると、竜門さんは男湯の掃除をしているところだという。

僕たちは靴下を脱いで、〈清掃中〉の札がかけられた男湯に入った。デッキブラシを動かしていた竜門太一が肩越しに振り返った。

「すみませんが」

彼は声の刺々しさで、「すみませんが」の後の「まだ掃除が終わっていないので出ていってください」を表現した。真舟は静かに首を横に振って応えた。

「お風呂に入りにきたわけじゃないんです。お掃除をしながらでいいので、話を聞いていただけませんか」

竜門さんは足許に視線を戻して、ブラシを動かし始めた。それからひと言「どうぞ」と答えた。

真舟は語った。さっき僕に話していたために、頭の整理もできていたのだろうか。スムーズかつコンパクトな語りだった。

じつは狙われていたのは丹羽さんだった、というところまで話が進んでも、竜門さんは一切口を挟まなかった。なぜそれを俺に話すのだ、とすら言わない。無言でブラシをかけている。

真舟の推理は「誰が丹羽さんに手紙を渡しえたか」というところまで進んだ。真舟は理屈を語った。

「つまり、犯人はあなただということになります」

告発された男はバケツの水を足許にぶちまけた。ただし、それは感情の発露ではなかった。磨き終えた場所をすすいだだけだ。

真舟がそれ以上なにも言わなかったので、竜門太一は顔を上げた。

「終わりですか?」

「終わりです」

竜門は「そうですか」と言って、バケツにふたたび水を汲んだ。ブラシを持ったまま露天風呂のほうへと歩いていく。僕と真舟は彼を追う。相手はバケツの水を石畳に撒いてから、僕たちを見上げた。

「まだなにか?」

「ぼくの推論に対するお返事を聞かせていただけますか」

「とくに、こちらから言うことはありません」

もどかしくなって、なにか言わずにはいられなかった。僕は、真舟が一枚切っていないカードを残していることに気づき、勝手に使わせてもらうことにした。

「あなたが一昨日の夜、驚いた表情をしていたのは、丹羽さんが生きていたからだ」

竜門はブラシをかけ始めた。

「そうでないのなら、なにに驚いていたのか、答えていただけますか」

竜門は答えなかった。「そうでない」から答えがない、と受け取っていいのだろうか。

「ぼくはどうすべきか迷っているんですよ」真舟が嘆願するように言った。「少なくとも、この後すぐに警察に、宵待神社の蔵の鍵だけは引き渡しにいきます。あの偽の祠が殺人に使われたことは明らかですから。もっとも、手袋をしていたでしょうから、あなたの指紋があれから検出されるかどうかはわかりませんが」

「警察の科学捜査技術はすごいですよ」僕は脅した。「もしも祠を作った人が、作業段階で手袋をしていなかったのなら、木の継ぎ目だろうがどこだろうが、指紋や皮脂、皮膚片を検出できるはずです」

「木工仕事は、常に指を傷つける危険があるんです」竜門が冷ややかに言った。「そういうものを作るときは、誰であれ手袋はつけっぱなしのはずだ」

「そういえば、あなたはプロでしたね。銀林さんの許で、木工職人の仕事を手伝っていた」

皮肉と呼ぶには直截的すぎる僕の言葉に、竜門は無反応だった。それから、長い間を置いてから、彼は口を開いた。

「……仮にあなたの一連の推理が正しいとして、俺に自首を勧めるのは理解できませんね」

竜門の言葉はひとりごとめいていた。

「さっき、警察の科学捜査が優れていると話していましたね。なら、放っておいてもいずれ犯人に辿り着く。殺人犯に自首を勧めたら、逆上して暴力を振るうかもしれませんよ」

「自首をすれば、情状を酌量してもらえるかもしれません」

真舟の控えめな言葉に、竜門は振り向いた。

「慈悲というわけですか」

「ぼくのエゴです。事件が未解決、犯人が誰だかわからずに村の中が疑心暗鬼……そういう状態が少しでも早く終わってほしい。そういう、ぼくの願望です」

「お優しいことだ。どの道、あなたがたは明日にはチェックアウトすることになっているのに……。どうして、この村にそんなに興味がおありなのかわからない。ここに住んでいる俺ですら、この村がどうなろうが興味はない」

「嘘ですよ」

真舟の言葉に、竜門は再び手を止めた。

「嘘とは？」

「あなたもまた、この村の磁場――田舎というコミュニティを畏怖しているひとりのはずです。捨て鉢になりながらも、みずからのアリバイを作って罪を逃れるようなやりかたを選んだのがその証拠です。ただし、あなたが恐れていたのは、自分ではなくお母様の評判が傷つくことでしょうけど」

竜門の手からモップが滑り落ちた。それが試合終了を告げる合図だった。真舟はもう一枚ジョーカーを持っていたのだ。彼がそれをテーブルに出したことで、決着はついた。

竜門はモップを拾おうとしなかった。僕は彼の顔を見た。迫りくる雨雲を眺めるかのように、抜けるような青空に視線を注いでいる。腕をだらんと垂らして、唇はきつく結んでいる。その瞳に、猟犬のような鋭さはもはやなかった。もしかしたら、真舟が切り札を出さずとも、竜門はそう粘らずにみずから白旗を揚げたかもしれない、と思った。

「わかっているんだな、ぜんぶ」

「推測をしただけです。あなたの心の中に踏み込むような真似をして、すみませんでした」

「殺人者に詫びるなんて、おかしな探偵だ」

竜門は力なく笑って、温泉のへりに膝をついた。池の鯉でも鑑賞するかのように、白濁した湯の表面を見つめる。

「君の推理を聞いているとき、おかしな気がしてきた。人間が常に合理的に、理性的に振る舞うという前提に基づいた推論。この子は算数でもやるみたいに現実の社会を生きているんだな、と笑えた。でももっとおかしかったのは、その推論が的中していたことだ。不思議だよな。人を殺す、なんて割に合わない選択をした俺たち殺人者は、理性なんて言葉にもっとも縁のない異端児だ。なんで、君たちの推理は当たっているんだろうな。おかしなことだ」

彼はちゃぷり、と湯の表面に指を浸した。この男がこれほど饒舌に喋るのを聴くのは初めてだった。

「僕には、まだわからないんですけど……」こわごわと口を開いた。「どうして、あなたが丹羽さんを殺さなければならなかったんですか。なぜ、彼をそんなに憎んだんですか？」

竜門は黙して答えなかった。ただ、水面に映る自らの歪んだ像を一心に見つめていた。

先ほど真舟は、竜門の母親のことを持ち出した。彼女の死の原因に丹羽さんが関わっているというのか？　たしか、死因は脳梗塞だと言っていたはず。二年前のことだ。秩父地方を子供のときに去った丹羽さんがどう関わっていたというのだ。彼女が丹羽星明の熱心なファンで、興奮させすぎたとでも？

「理久」

僕の心を読んだように、真舟が振り向いた。

「ライブだよ。おととしのクリスマスライブだ」

ああ――そうか。丹羽さんはいた。この秩父という地にいたのだ。

昨日の車中での、彼の言葉が鮮やかに思い出される。

――俺もおととしのライブのとき、会場のキャパを超えてかなりの人を呼び込んでしまったみたいでね。付近一帯で渋滞が発生したと聞いて、とても申し訳ない気持ちになった。

竜門の母親はいつ、どうして死んだと秀島は語っていた？

おととしの暮れ、だ。麓の病院に搬送されたときにはすでに手遅れだった。

時期は一致する。そのふたつが同じ日だったとしたら。

銀林寿美代によれば、竜門は母親の死についてなにも語りたがらなかったという。だから、村の人は誰も知らなかったのだ。麓で行われていたライブのために発生した渋滞で、竜門の母の搬送が遅れたということを。

「丹羽さんが憎かったんですか？」

真舟の問いに、竜門は軽く首をかしげて答えた。

「たぶん。でも、今となってはわからない」

「そんな曖昧な理由で、人の命を奪ったんですか?」

「今となっては、と言ったじゃないか。罠を仕掛けた時点では、たしかに憎かったんだ。起点は明白だ。あいつがこの宿に泊まろうと予約を取った時点だった。そのときに殺意が芽生えた。それから計画を立てて、準備した。ボウガンを用意して、またハンターがうろついていると思わせる偽装工作もした」

竜門の声が小さくなる。

「でも、殺してしまったら、そんなに憎かったのかな、とわからなくなった」

「純平さんが亡くなったとき、後悔しなかったんですか?」真舟はかすかに眉根を寄せて問うた。

「彼もまた、憎かったのですか」

「あいつのことは嫌いだった。でも……殺したかったわけじゃない。あいつを殺してしまったのに、本来のターゲットを始末しないのは……」

彼は首を振った。

「やめとこう。不適切な言葉だ」

「『申し訳ない』、ですか?」

僕があてずっぽうで言うと、竜門は無言によってそれを肯定した。

「たぶんあなたにとっては、犯行が可能であったことが不幸だったんです」

真舟は一転、悲しみを湛えた調子で訴えた。

「誰が悪い、とも言い切れないおとといしの渋滞において、丹羽さんはそれを象徴するシンボルだった。なにかを憎まずにはいられなかったから、あなたは彼を憎んだ。そして、丹羽星明という存在が、あなたの射程圏内に入ってしまった。それは大いなる不幸です」

「……そうだな。君の表現が、適切だ」

竜門は、ゆっくりと頷いた。なにかを無理に納得しようとするように、ぎこちなく二度、三度と頷く。

「安心して憎むことができる遠いスターが、この村に来ると知ってしまった。来なければ、わざわざ殺しにいこうだなんて思わなかった。でも……手が届いてしまった」苦々しげな調子で、彼は繰り返す。「手が届いてしまったんだ」

思い出されるのは、丹羽さんがこの宿に来た、あの夜の会話だ。

人間は象徴を見出さずにはいられない。信仰も憎悪も、特定のなにかにぶつけずにはいられない生き物なのだ。憤りや悲しみを丁寧に分節化して、ひとつひとつを冷静に受け止められる人間がどれほどいるだろう。

竜門太一はただただ、平凡な弱い人間だったのだ。丹羽星明は、地上に降りてくるべきではなかったのだ。

「行くよ。長々話していても、仕方ない」

竜門はデッキブラシを取り上げて、僕たちの横をすり抜けた。

「……でも、俺自身にもひとつだけわからないことがある。お面が直されていたのは、あの引間さんあたりが運悪く森に来てしまったせいだと思い至ったんだが……。堂山があの空き地に来たのは、なんでなんだろう。俺はべつに、あいつを……死なせたいわけじゃなかったのに」

真舟を見やると、彼は目を伏せて、小さく首を横に振った。僕は頷いて応える。それから、室内へと戻った竜門さんを追って歩き出した。

死者の声を聞くことができない以上、この問題について明確な答えを知ることは不可能だ。

たとえば——堂山純平が森に入っていったのは、空き地から消えた案山子を見つけるためだったとか。

案山子を見つけようと思ったのは、純粋に、初乃さんにいい恰好をしたかったからだとか。

そんなのは、立証不能な仮説にすぎないのだ。

25 その後

それから宵待村を離れるまでは、すべてがあっという間のできごとだった。

竜門太一はすぐに、宵待村交番を訪れて自首をした。僕と真舟、見内さんが付き添った。見内さんは、竜門が罪を告白すると、かつてコーチとして教え導いた青年の背中を、ばしんと叩いた。短く「馬鹿垂れが」と叱りつけた声は、悔しそうに掠れていた。

竜門はたしかな足取りで先頭を歩き、ためらう素振りすら見せずに交番に入った。剣警部補と蛭川刑事は、炬燵で蜜柑を食べているところだった。

雪解けが始まった道を歩きながら、午前中だというのにひどく疲れたような気分になってしまった。

宵待荘に戻ると、中河原さんと園出さんが宿を発つところだった。園出さんは、中河原さんの車に便乗するということだった。竜門さんが犯人だったことに始まり、簡単に事件の経緯を説明した。それくらいのことを知る権利は、彼女たちにもあるはずだ。

「皮肉なものだね」と、園出さんが冷静に評した。「アリバイ工作が失敗して犬猿の相手を殺してしまって、それで自分に容疑が向くなんて、ね。そもそもそんなトリックを使ったのが悪手《あくしゅ》だけど。彼が丹羽さんを殺害する動機は知られていなかったし、ハンターというスケープゴートも用意したんだから、下手なアリバイ作りはせず、直接殺害すればよかった」

「それはどうかな、園出ちゃん」

中河原さんが物憂げに言った。いつのまにやら、園出さんと相当親しくなっていたことが呼称から窺えた。

「その祠のトリックは、アリバイ工作だけが目的ではなかったんじゃないかって、私は睨んだわ。竜門さんは、きっと……自ら手を下したくなかったのよ」

これを聞いた僕は思わず、「ああ」と、呻くような声を出してしまった。

「きっと、そうだったんでしょう」

手の届くところに来た星を射る——そのためにも、竜門太一は間接的な手段を選んだのだ。遠くにあるものならば、安心して憎むことができる。竜門は、憎んだまま丹羽さんを葬りたかった。しかし、純平さんを殺してしまった彼は、もはや戻れなくなった。間接的だろうが、離れた相手だろうが、人を傷つければその手は汚れるのだ。ひとたび一線を越えてしまった彼は、自らの手に刃物を握りしめたとき、自分を制することができなくなっていた。

その午後は宵待村交番での事情聴取で潰れた。竜門太一はすでに秩父署まで連行された後だった。

僕たちは偽の祠を勝手に調べたことや、勝手に竜門を追い詰めたことなどで、剣警部補からお叱りを頂戴した。これだけの成果を上げたのに「下手をしたら公務執行妨害ですよ」とまで言われたのだから、素人探偵は甘くないと痛感した。

前日ほどの大冒険をしなかったにもかかわらずくたくたになってしまった僕と真舟は、その夜は日付が変わる前に床に就いた。

あっと言う間に迎えた最終日、津々良さんが見送りのために宵待荘まで来てくれた。彼女は竜門が犯した罪を嘆き悲しみながらも、案外気丈な態度を見せていた。

「あの子は本当に、可哀想でした。ひとりぼっちになってしまって、やけっぱちになって。もう村には戻れないでしょうけれど……。罪を償って、やり直してほしいわ」

「ええ、きっといつかは、彼も……」

僕は自分自身の慰めが無意味であることに気づいて、言葉を途切れさせた。心の機微に敏感な我が従弟が口を開く。

「また、この村にお邪魔したいと思ってます。案山子たちが、なんだか好きになってしまったので」

案山子職人は、潤んだ目を瞬《しばた》かせて「是非」と短く答えた。

津々良さんと亜佐子さんに見送られて、僕たちは宿を出た。

「車を回します」と言って、見内さんはきょろきょろする。「旅路さんにスーツケースを運んでもらいたいんだが、どこへ行っちまったのやら」

「ああ、大丈夫です。自分で運びますから」

真舟が言うのを聞きながら、初日のことを思い出す。あのときも、竜門さんが現れなかったから、僕たちはみずからスーツケースを転がしていた。

僕たちは前庭を横切って、林へと向かう。もう雪はほとんど解けて、日陰にしか残っていなかった。

「動機はどこまで報道されるんだろうな」

「どうだろう？　丹羽さんが狙われていた、ってことはきっと隠し通せないよね。あれだけ有名な人だし」

　ぽつりぽつりと言葉を交わしながら、木々に囲まれた坂道をふたりで上がった。日陰が多いこの道は、泥混じりの雪がまだ多かった。汚れないようにスーツケースを手で提げて歩くことになり、歩調も自然とゆっくりになった。

　坂の半ばまで来たとき、道の先でふたりの人影が対峙しているのが見えた。どうやら、僕たちには気づいていないらしい。なんだか既視感のある場面だ。

　向かい合っているのは、秀島と初乃さんだった。真舟が手で合図して、僕たちはこそこそとふたりから見えない位置まで下がった。

「ほら、お友達のふたりが帰っちゃうんでしょ？　早く行きなって」

　初乃さんが両手を腰に当てて、秀島を睨んでいた。

「待ってってば、その前におまえに話しておきたいことがあるんだって」

「なに」

「いや、だから……。きっとこの村、これから大変になるからさ。おれも大学辞めて、戻ってこようかなって」

　僕と真舟は顔を見合わせた。

「はあっ？　あんたなに馬鹿なこと言ってんの⁉」

　初乃さんは、呆れたような大声を上げた。

「亜佐子さん……っていうか、この村の人みんな、あんたに期待してんだからね。ただでさえ若い人がどんどん減ってんだから。あんたのすべきことは、大学でちゃんと勉強して戻ってくることでしょうが」

「いや、でもさ。こんな事件があったら宵待荘も大変だし？　丹羽さんの件でマスコミとか野次馬とかが押しかけてくる気がするしさ」

「そんなの一過性だよ。旅路、来月いっぱいまで春休みなんでしょ？　そこまでいれば十分」

「じゃ、じゃあ休学かな？　せめて次の半期はおれもこの村にいたほうが……」

「なに甘えたこと言ってんの、せっかく学費出してもらって……」

「あー、もう！」

秀島が、がりがりと頭を掻く音がした。

「違うって！　おれは心配なの、おまえが！」

「は……」初乃さんが、一瞬言葉に詰まった。「いや、お母さん心配しなさいよ。あたしは宿手伝いにこない日だってあるし、亜佐子さんのほうがよっぽど苦労してるからね」

「そういうことじゃなくて。だっておまえ、その、さ。純平さんと……。婚約？　とか考えてたんだろ。だったら、落ち込んでるかなって」

「いや……。そりゃ、悲しかったけど、べつに婚約してないし。それに、さあ。……なんで伝わらないかな、ほんと」

「えーと……。よ、よくわかんねーけど、わかったよ。だから、大学辞めるとか休むとかは撤回するけど、おまえはもっと、おれに頼ってほしいというか――」

真舟が僕にアイコンタクトをよこしたので、頷きを返した。よいじゃないけれど、スーツケースを抱えて階段を上がらねばならないようだ。
案山子のように突っ立っていた僕たちは、こそこそと坂道を引き返した。

『案山子の村の殺人』では凶器としてクロスボウが使用されていますが、現在、クロスボウの所持は「原則禁止、許可制」となっています。正確を期するため、警察庁ホームページの説明を引用いたします。

　クロスボウ（ボウガンともいいます。）が使用された凶悪事件が相次いで発生したことを受け、令和三年六月十六日に銃砲刀剣類所持等取締法の一部を改正する法律が公布され、令和四年三月十五日に施行されました。
　これにより、改正法の施行日以降、クロスボウの所持が原則禁止され、許可制となることとなりました。
（出典：https://www.npa.go.jp/bureau/safetylife/hoan/crossbow/index.html）

本編の作中時間は二〇二二（令和四）年一月～二月としています。「改正法公布後、施行前」という時期であり、かつ、本書刊行時点では改正法が施行されていることに鑑み、混乱を避けるべく、作中では所持の違法性に言及していないことをおことわりいたします。

著 者 紹 介

1998年富山県生まれ。高校在学中、小説投稿サイト《小説家になろう》に投稿した作品が編集者の目に留まり、2016年に『無気力探偵～面倒な事件、お断り～』でデビューする。18年に〈家政夫くんは名探偵!〉シリーズを開始し、多くの読者を得た。ほかの著書に『ルームメイトと謎解きを』などがある。

ミステリ・フロンティア 118

案山子の村の殺人

2023年11月30日 初版

楠谷《くすたに》 佑《たすく》

発行者
渋谷健太郎
発行所
株式会社東京創元社
〒162-0814 東京都新宿区新小川町1-5
電 話
03-3268-8231(代)
URL
http://www.tsogen.co.jp

DTP/印刷
キャップス/萩原印刷
製 本
加藤製本

ISBN978-4-488-02023-1 C0093